KB043597

폐하의 소꿉친구 2

폐하의 소꿉친구 2

지은이 송주희
펴낸이 이형기
펴낸곳 도서출판 가하

초판인쇄 2015년 7월 17일
초판발행 2015년 7월 24일
출판등록 2008년 10월 15일 제 318-2008-00100호

주소 서울 영등포구 양평로 67, 1209 (당산동5가, 한강포스빌)
전화 02-2631-2846 **팩스** 02-2631-1846

www.ixbook.co.kr

ISBN 979-11-295-4021-8 04810
      979-11-295-4019-5 04810(set)

값 12,000원

copyright ⓒ 송주희, 2015

05

Sleeping Beauty

제국은 이미 해가 저물어 있었다. 창을 통해 스며드는 공기는 시원하면서 부드러웠고, 안개처럼 차분하게 내리깔렸다. 불볕더위에 찌들지 않아 가볍게 부유하는 공기였다. 열기라고는 없어서 조금 쌀쌀하다고 생각될 정도였다.

나는 낯설지만 분명히 어디인지 짐작 가는 실내를 한 바퀴 돌아보다가 얼굴을 일그러뜨렸다. 아카시아 제국의 상징인 마호가니 냄새가 사방에서 진동하고 있었다. 그 아름다운 무늬를 가진 진귀한 나무로 방 안을 도배했을 때나 풍기는 고귀하고도 사치스러운 향이었다.

머리가 지끈거렸다.

"이게 무슨 짓이야, 이 멍청아! 다짜고짜 끌고 오면 어떡해! 엄마랑 아빠는 어쩌고!"

"안 들려. 그리고 레이첼을 걱정하는 것만큼 쓸데없는 짓도 없어. 누군들 그 진절머리 나는 여자한테 위협이나 되겠어? 내 눈은 벨모트에도 달려 있으니 걱정 마. 너는 그냥 내 옆에 있어주기만 하면 돼."

루아가 능청스럽게 대꾸했다. 나는 화풀이 삼아 루아의 볼을 잡아당기며 물었다.

"내가 돌려보내달라고 해도 안 보내줄 거지? 그리고 뭐? 진절머리 나는 여자? 너 죽을래?"

이 입만 산 꼬마가……. 나는 심술궂게 반대쪽 뺨도 마저 꼬집어주곤 루아를 나무랐다. 하루 이틀도 아니고 사흘이나 루아와 같이 있어야 한다니. 심지어 나는 이제 막, 겨우겨우 초경을 시작했단 말이야! 심신의 안정이 필요하다고!

뻔히 알면서 왜 괴롭히는지 모르겠다. 물론 루아와 있는 게 싫지는 않았지만 너무 갑작스러워서 탈이었다. 받아들일 시간을 주고 데려오면 좀 좋아? 나중에 부모님이 뭐라고 잔소리를 할지 안 봐도 훤했다.

나는 눈을 가늘게 떴다.

"진짜 우리 부모님 괜찮은 거 맞아?"

"검 하나 들고 황실 마법사들을 단체로 때려눕힌 적 있는 공작이나 그동안 레이첼이 벌인 행각을 생각하면 전혀 그럴 필요가 없어 보이지만……, 뭐, 원한다면 펠레스라도 붙여줄게. 그런데 그거 진짜 무의미한 걱정이거든? 솔직히 나는 공작보다 레이첼이 더 무서워. 네 앞에서나 얌전한 부모인 척하지, 내 가정교사일 땐 성질 나면 책상도 때려 부수거든."

무, 물론 엄마가 다른 여자들보다 힘이 세긴 하지만 절대 그 정도는 아닌데! 나는 루아의 말을 부정하면서 식은땀을 흘렸다. 절로 한숨이 새어나왔다.

가까운 훗날에 들이닥칠 불안은 뒤로하더라도 문제가 여럿 있었다. 당연히 외출할 땐 이런 일이 생기리라 전혀 짐작하지 못했으므로, 나는 맨몸이었다. 돈은커녕 드레스조차 브리싱가멘이 만들어준 거라서. 난감하기 그지없었다.

엄마가 화난 모습을 직접 목격한 적이 있는 건지, 펠레스가 순간

침울하게 입을 다물었다. 그런 그를 주뼛거리며 곁눈질하다가 결국 나는 체념했다.

"그럼 나 씻을래. 아직도 기분이 더러워."

벨모트와는 상당히 먼 거리에 있는 아카시아 제국으로 왔음에도 불구하고 교황과 눈을 마주했을 때 느꼈던 불쾌감이 사라질 줄을 몰랐다. 신에게 가장 가까이 닿아 있는 자? 그저 어이없을 따름이지. 파우스트 교황은 내가 살아생전 만난 사람들 중 가장 위험하고 정신 나간 놈이었다. 그 직위와 인망이 상당하기에 더욱 공포스러운 사내였다.

교황은 신의 사자라고도 알려져 있으며, 부정을 저지르지 않는 이상 권력으로도 끌어내릴 수 없다. 단순히 정신병자라 경계하는 것이 아니라 권력을 가진 정신병자라 훨씬 끔찍한 것이었다.

내가 소름이 돋은 팔을 문지르며 투덜거리자 루아가 군말 없이 시녀를 불러주었다. 그 시녀는 놀랍게도 내가 잘 알았던 익숙한 얼굴이었다. 내가 아주 어렸을 때부터 루아를 돌보았던 시녀들 중 하나였다. 말이 시녀지 거의 유모나 다름없지만.

"로벨리안! 아직 살아 있었구나!"

금발을 단정하게 묶은 싹싹한 인상의 시녀를 향해 반갑게 웃으며 인사하려니, 활짝 미소 짓던 로벨리안이 대번에 죽상을 했다.

"너무해요, 아가씨. 반갑다도 아니고 살아 있었구나라니!"

나도 모르게 본심을 말했더니 로벨리안이 우는 시늉을 했다. 나는 눈알을 굴렸다.

"워낙 신기해서 말이지. 아리엘은 잘 있어?"

나는 루아가 아팠던 비 오는 날, 로벨리안과 함께 밤새도록 루아의 침실 앞을 지켰던 또 다른 시녀를 떠올리고는 고개를 갸우뚱했다. 즉시 안색을 바꾼 로벨리안이 활기차게 고개를 끄덕였다.

"물론이죠. 아리엘도 아가씨를 보면 무척 반가워할 거예요. 이렇게 아름답게 자라주셔서 얼마나 영광인지 몰라요. 공작부인께서 엄청난 미인이시라는 사실은 잘 알지만 감히 쳐다볼 수도 없었는데, 지금의 아가씨를 보니 절세가인이라는 성어가 왜 있는지 알겠다니까요! 몇 년만 지나면 정말 완벽한 어른이 되실 거라고요!"

3년 만에 만났다고 열변을 토하는 로벨리안이 꽤나 재미있었지만, 이런 얘기는 둘만 있을 때 해도 괜찮을 듯싶었다. 나는 손사래를 치며 로벨리안의 흥분을 가라앉혔다.

"아리엘도 잘 지낸다니 다행이네. 일단 내가 좀 씻어야겠거든? 안내해주겠어?"

"저만 따라오세요!"

의외인 점이 한 가지 더 늘었다고 생각하면서 나는 즐거워 보이는 로벨리안을 응시했다. 루아는 말은 저렇게 하지만 엄마와도 제법 친해 보였고, 어린 시절 내내 자신을 돌봐주었던 활발한 성격의 로벨리안도 내치지 않았다. 루아가 마냥 쓸쓸하게 지낸 것 같지 않아서 다행이라는 생각이 들었다.

너무나 넓어서 마치 하나의 홀 같은 휘황찬란한 복도를 가로지르는 동안 로벨리안이 행복에 잠겨 얘기했다.

"아가씨께서 돌아와주셔서, 여전히 폐하를 아껴주셔서 얼마나 기쁜지 몰라요. 폐하께서 매일 밤마다 아가씨 얘기를 하셨거든요."

"으, 정말?"

갑자기 얼굴에 피가 몰렸다. 내 표정을 본 로벨리안이 놀리는 투로 말을 이었다.

"아가씨가 좋아하는 것, 싫어하는 것, 무서워하는 것, 흥미로워했던 것들을 매일 되새기셨어요. 사소한 것 하나라도 잊을 수 없다시면서요. 상사병에 걸리실 지경이라 보다 못한 공작부인께서 아가씨 초상화를 선물로 드릴 정도였다니까요? 아직도 그 초상화가 폐하의 침실에 걸려 있는 거 아세요? 폐하께서 직접 닦으시고는 하는데. 행여 저희가 손대려고 하면 엄청 화내신다고요."

아니, 별로 알고 싶지 않은데. 이럴 땐 뭐라고 대답해야 할지 모르겠다. 아니, 어떤 표정을 지어야 할지도 모르겠어!

부끄러운 건 둘째치고 괜히 입안이 간질거려서 죽을 것 같았다. 벽에 머리를 박고 싶은 충동을 느끼며 나는 손으로 부채질을 했다.

"엄마가 루아한테 내 초상화를 줬단 말이야?"

"폐하께서 워낙 강경하셔야지요. 한 번은 잔뜩 취하셔서 부인을 아가씨로 착각했는데, 그 뒤론 부인도 포기하셨어요. '망했어. 이놈은 도저히 갱생이 안 돼'라고 하셨던가."

로벨리안이 엄마 목소리를 흉내 냈다. 어쩐지 더 물어봐선 안 될 것만 같았으므로, 나는 조용히 입을 다물었다.

로벨리안의 시중을 받아 씻고 새로운 옷으로 갈아입으니 한결 기분이 나아졌다. 이미 저녁때를 지난 시각이라 로벨리안은 가볍고 움직이기 편한 드레스를 권했는데, 예쁘게 나풀거리는 모양새라 순순히 입기는 했다만 어째서 내 사이즈에 딱 맞는 드레스가 황성에 수백 벌이나 구비되어 있는 건지 영문을 모르겠다. 그것도 전부 내가 선호하는 색, 재질, 취향에 맞춰져 있었다.

찝찝함을 잠시 뒤로하고 루아에게 돌아갔을 때 펠레스는 어디론가 가고 없었다. 루아는 산더미처럼 쌓인 서류를 건성인 듯 아닌 듯 결재하고 있었는데, 몹시 빠른 속도로 처리하는데도 남은 서류의 두께가 내 교과서를 모두 합친 것보다 두꺼웠다. 이런 걸 보면 아빠나 루아나 서류를 처리하기 위해 태어난 것만 같아서 나까지 서글퍼질 정도였다.

큰 공간에 단둘이 있는 건 생각보다 어색한 일이었다. 로벨리안에게 그동안 루아가 뭘 했는지 들은 직후엔 더더욱.

나는 머쓱하게 주위를 살피다가, 장식장에 가지런히 놓인 최고급 와인 한 병과 유리잔을 집어 들었다. 소파에 앉으려고 했지만 교황 생각이 나는 바람에 테이블 의자를 골랐다.

최대한 편히 자리 잡은 뒤 와인 병을 잡은 채 이로 마개를 물고 돌려서 열자, 언제부터 보고 있었는지 루아가 쯧쯧거렸다.

"왜 그렇게 봐? 아주 가끔씩만 먹는 거거든?"

누가 보면 내가 술에 중독되기라도 한 줄 알겠어. 지레 찔린 내가 입술을 삐죽이자 루아는 어이없이 웃는 것으로 대답을 대신했다. 그 모습이 또 미친 듯이 사랑스러워서 이성을 놓을 뻔했다가 나는 간신히 정신을 수습했다.

"너 엄마랑 친한 것 같더라."

이게 얼마만의 음주인지 모르겠다. 체르지안이 구박하는 바람에 그동안 손도 못 댔는데 말이야. 나는 잔에 한가득 와인을 따르고서 뿌듯하게 한 모금 들이켰다. 달콤쌉싸름한 맛이 깊은 풍미를 퍼뜨리며 깔끔하게 목 안으로 넘어갔다. 과연 황실에 놓일 만한 것이라 감탄하는데 루아가 대수롭지 않게 답했다.

"자주 만났으니까."

"우리 부모님이 밉지 않아?"

루아가 나를 쳐다보는 게 느껴졌지만, 나는 애꿎은 잔을 만지작거리기만 했다.

"그다지."

속을 모르겠는 간결한 대꾸가 불만스러웠다. 나는 얼굴을 찡그리며 말했다.

"하지만 엄마는 너랑 나를 만나지 못하게 했잖아. 아빠는 지금도 네가 아닌 다른 귀족들의 손을 들어주고 있고……."

"걱정 마, 보니. 레이첼은 잔소리가 더럽게 심하기는 해도 내 대모나 다름없으니까. 너를 구실로 5개 국어를 완벽하게 구사할 때까지 한숨도 안 재운 걸 생각하면 아직도 이가 갈려. 나중에 너한테 함부로 대할지도 모르니 귀족가의 여식 50명과 차례대로 티타임을 주선하기도 했었지. 한 번은 누가 더 똑똑한지 소금광산을 걸고 내기를 한 적도 있었어. 그건 아직도 짜증 나네. 도대체 무슨 여자가 하루 만에 정치학, 역사학, 전쟁사, 반역사, 지리학, 천문학 200권을 다 외워? 계절별 별 지도를 만들고서 깔깔거리는데 진짜 죽이고 싶었어.”

아, 아무래도 술을 더 마셔야 할 것 같다. 나는 식은땀을 흘리며 잔을 남김없이 비운 뒤 아예 와인을 병째로 들이켰다.

사실 엄마는 마음만 먹으면 세상에서 가장 악독해질 수 있는 사람이었다.

여전히 쉬지 않고 깃펜을 움직이면서 루아가 음울하게 중얼거렸다.

“아발론으로 돌아간 레이첼의 가문에 요정의 피가 흐른다는 얘기는 익히 들었지만, 그 본가를 통째로 불질러버리고 싶은 충동을 억누르는 건 엄청나게 힘든 일이었어.”

나는 말없이 벌컥벌컥 와인을 들이켰다. 지금 이 상황에서 위안이 되는 유일한 단 하나의 사실은 내 입으로 들어가는 게 물이 아니라 술이라는 것뿐이었다.

자꾸만 목이 타서 기어이 와인을 거의 다 작살냈을 무렵, 루아가 먼저 침묵을 깨뜨렸다.

“왜 안 물어봐?”

“무……, 아니, 뭐를?”

나른한 취기가 밀려오는 바람에 혀가 꼬였다. 텅 빈 와인 병을 거꾸로 뒤집고 잔 위에 탁탁 터는데 루아가 어리둥절한 투로 중얼거렸다.

"교황이 너한테 아무 말도 지껄이지 않았을 리 없는데."

"그렇긴 하지. 내가 초경 해서 아쉽다고 말했어."

등 뒤에서 깃펜 부러지는 소리가 났다. 나는 아랑곳하지 않고 내 몸을 내려다보았다. 순백의 네글리제에 가려졌음에도 살짝 굴곡이 져 보였다. 하지만 이건 나라서 알아보는 거고, 다른 사람이라면 고개를 갸웃거릴 정도의 미세한 변화였다.

남이 보는 나와, 내가 보는 나의 차이점이 정확히 뭔지 가늠할 수가 없다. 드레스 앞자락을 손으로 잡아당겨서 맨가슴을 내려다보며 나는 혼잣말처럼 웅얼거렸다.

"내가 자란 게 그렇게 티 나나? 엄마도 그렇고 금방 알아채더라. 예전보다 가슴이 좀 커지기는 했는데 이건 내가 보기에만 그런 거 같거든? 애초에 드레스를 입으니까 별로 부각되지도 않는걸."

음, 도무지 해결될 수 없는 미스터리다. 교황은 미친놈이라서 그런 거고 엄마는 엄마여서 그런 걸지도 몰라.

나는 생각하기를 포기하고 루아를 보았다. 루아는 미친놈도 아니고 엄마도 아니니 직접 확인하지 않으면 내가 얼마나 달라졌는지 모를 것 같았다. 하는 수 없지.

"보여줄까? 나 진짜 가슴 있어."

루아는 얼굴을 찡그려야 할지, 말아야 할지 모르겠다는 얼굴이었다. 선뜻 '그러지 뭐.'라고 대답할 얼굴이 아니었으므로, 나는 새침하게 입술을 삐죽였다.

"싫음 말고. 펠레스……."

단순히 일어나려는 시늉만 했을 뿐인데 루아가 이를 갈았다.

"죽을 때까지 봐줄 테니까 이리 와."

아, 진짜. 엄마가 왜 루아를 놀리는지 알겠다.

한 번 터진 웃음은 좀처럼 멈출 줄을 몰랐다. 얘 진짜 귀여워! 나는 루아가 짜증스럽게 노려보는 것도 무시한 채 한참을 웃었다. 루아가 조금만 덜 귀여웠어도 이런 장난은 치지 않았을 텐데. 아니면 와인 대신 물을 들이켰다던가 했으면.

뭐, 어쨌거나 루아는 역시 루아였다. 엄마와도 지속적으로 교류하고, 어렸을 때부터 자신을 보살펴준 시녀를 즉위하고서도 곁에 두는.

"너를 가장 잘 아는 사람이 누구야?"

미친 듯이 웃다가 나는 다짜고짜 물었다. 루아가 잠시 눈을 들어 나를 응시했다.

"너."

내가 원하는 대답을 들려준 루아가 한숨을 쉬며 새 깃펜을 집어 들었다. 하지만 나는 아직 루아를 더 괴롭히고 싶었으므로 미적미적 일어섰다. 날개가 들어찬 것 같은 뱃속이 기묘하게 울렁거렸다.

나는 루아와 조금 더 가까운 거리에 있는 소파로 가서, 무릎을 세운 채 거꾸로 앉았다. 등받이에 배를 붙이고 그 모서리에 턱을 괴었다.

이윽고 나는 평상시와 같은 어조로 평범하게 되물었다.

"로벨리안이 아니라?"

1미터 정도 될까. 나는 루아와 나 사이의 빈 공간을 눈으로 가늠했다. 그 간격은 가까운 듯, 코앞인 듯 해서 내 걸음으로도 금방 닿을 수 있는 거리였다.

가만히 루아를 지켜보고 있으니 가지런한 벌꿀색 속눈썹까지도 훤히 보였다. 아른거리는 빛이 불현듯 체감한 오후의 햇살처럼 곱게 환했다. 반면 눈은 흐리디흐린 푸른빛에 가까웠고, 유리구슬에 비친 물과 같았다. 귀를 약간 덮는 풍성한 머리카락은 속눈썹보다 진한 황금색이어서 달콤하고 진득한 별무리에 흠뻑 취한 것 같았다. 아, 취한 건 나일 수도 있지만.

나는 여러 번 눈을 깜박였다. 아빠를 꼭 닮은 내 눈도 황금의 색을 띠지만, 시간이 지나면서 그 영롱했던 빛이 꽤나 부드러워진 터였다. 당장이라도 녹아 흘러내릴 것 같은 호박이었다.

"걔도 얼마 전까지는 가까이 오지도 못했어."

루아는 더 이상 나를 바라보지 않았다. 내 손톱이 소파 표면을 살짝 긁었다.

"샤론 에니벨은 지금 뭐해?"

나는 어렸을 적, 처음이자 마지막으로 가본 플라워 가든에서 루아가 내 손을 놓더니 생판 모르는 여자에게 뛰어갔던 일을 아직도 기억하고 있었다.

루아가 그제야 눈을 들었다.

"정확히 하고 싶은 말이 뭐야?"

왠지 모르겠는데 그 질문이 조금 상처로 다가왔다. 루아가 나와의 대화를 지루해하는 것 같다는 생각까지 들었으므로, 충격을 받은 나는 직설적으로 말했다.

"거짓말 치지 마. 너를 가장 잘 아는 사람은 내가 아니잖아."

"내가 그렇게 말해줬으면 좋겠어?"

갑자기 울컥 하고 속에서 뭔가가 올라왔다.

나는 루아에게서 등을 돌렸다. 소파에 웅크리고 앉아 루아가 나를 볼 수 없도록 숨었으나, 시도조차 무색하게 루아는 어느샌가 내 바로 옆에 와 있었다.

루아가 나를 따라서 얼굴을 일그러뜨렸다.

"미안해. 다시는 안 그럴게."

루아가 곧장 사과했지만, 이건 루아의 잘못이 아니었다. 어떻게 이 애의 잘못이겠어? 순식간에 차오른 눈물이 잔뜩 고여서 시야를 흐릿하게 만들더니, 이내 하염없이 터져 나왔다. 나는 못됐다. 이보다 고약할 수가 없었다.

어쩌면 이렇게도 욕심이 많은 건지 모르겠다. 루아와 만나기 전에는 루아가 나를 기억하고만 있어도 분에 겨운 행복이라고 여겼는데, 지금은 내가 모르는 루아를 알고 있을 사람들 생각으로 머릿속이 터질 것 같았다. 이런 감정밖에 못 느끼는 내가 한심해서 돌아버리기 직전이었다.

나는 루아에게 사과할 필요가 없다는 뜻으로 고개를 가로저으며 훌쩍였다.

"너는 변했어. 그리고 나는 나빠."

일단 입 밖으로 내뱉고 나자, 극단적으로 비뚤어진 내 속마음을 부정할 수 없었다. 나는 한가득 숨을 들이켜고, 눈물을 쏟아냈다가, 원망과 애정과 질투를 담은 눈으로 루아를 바라보았다.

"하지만 너는 더 이상……."

"더 이상 뭐?"

부드럽게 되묻는 말에 도리어 말문이 막혔다. 나로서도 이 모난 감정을 어떻게 표현해야 할지 몰랐다. 나는 서러웠고, 슬펐고, 극심한 죄의식에 시달렸지만 그런 와중에도 루아가 미웠다. 그러나 결단코 루아의 잘못이 아니었다. 내가 사랑하고 내가 그리워하던 루아와 지금의 루아가 다른 건 당연하니까.

사람은 결국 변할 수밖에 없는데.

나는 시무룩하게 눈을 내리깔았다.

"나는 너를 거의 키우다시피 했어. 네가 얄미울 때도 많았지만 그보다 훨씬 좋은 감정이 커서, 정말로 애지중지 아꼈단 말이야. 물론 순전히 내가 생각하기에 그런 거고, 너는 다르게 느꼈을 수도 있겠지. 내가 좋아서 해준 행동이 너한테는 괴롭힘으로 보였을 수도 있다는 거 알아."

그 말에 내 머리를 쓰다듬어주던 루아가 얼굴을 찡그렸다.

"그렇게 보인 적 없어."

참으로 한결같이 답답했다. 나는 솟구치는 눈물을 닦고 루아를 노려보았다.

"어떻게 그럴 수 있어? 내가 이렇게 변해버렸는데, 내가 너밖에 모르니까 너도 나만 쳐다보기를 바라는데 어떻게 아직도 나를 원할 수가 있는 거야? 너는 더 이상 열두 살이 아닌데 왜 내가 네 전부라고 했어? 삼 년의 시간 동안 나한테 기대했던 게 정말 아무것도 없었니? 예쁘고, 지적이고, 나긋나긋하고, 배려 깊은……, 아무튼 뭐 그런 거 말이야! 너한테 나는 예나 지금이나 짜증부리는 것밖에 못 하는 여자애라서 그때 나를 보고도 그렇게 태연했던 거야?"

실컷 소리치고 나자 더더욱 자괴감이 심했다. 급기야 바닥에 주저앉아 세상에서 가장 서러운 애처럼 우는데 루아의 어이없다는 듯한 중얼거림이 귀를 파고들었다.

"어차피 기대치가 높지도 않았는데."

"……뭐라고?"

지금 당장 테이블에 있는 빈 와인 병을 들고 와서 루아를 칠 수도 있었다. 그런 다음 뒷산에 묻어버릴 수도 있겠지. 나한테 메피스토펠레스와 황실 근위병 수천 명을 이길 힘이 있다면 말이다.

"너는 너야. 거기까지 생각할 염려는 없었다고."

웃기는 소리였으므로 나는 코웃음을 쳤다.

"너 말이야, 내가 여자로 보이기는 하니?"

"여자가 아니고서야 이렇게 성질이 더러울……, 아니, 예민할

리가 없을 텐데."

그 말이 마치 내가 술을 병째로 들이붓지 않고, 월경 중이지 않아도 성질이 더럽다는 얘기로 들렸다. 나는 루아의 볼을 꼬집으며 벌컥 화냈다.

"그게 아니야, 이 멍청아!"

나 또한 루아가 남자로 보이는지 아닌지 확신할 수 없으면서 루아에게 대답을 강요하는 게 퍽 우스웠지만, 지금은 억울하다는 생각만이 전부였다. 결혼하고 싶다고 말한 것도 루아고, 내가 전부라고 말한 것도 루아인데 왜 내가 말려드는 것 같지? 오히려 나만 안달 난 것 같았다. 심지어 나는 엄마에게조차 질투를 느꼈다. 나한테는 한마디 말도 없이 루아랑 자주 만났다니. 예상하지 못한 건 아니었어도 직접 듣는 것과는 차이가 컸다.

예전에 루아는 정말 나만 알았는데. 내 손만 잡고 내 목소리만 듣고 나만 의지하던 애였다. 내가 바로 루아의 세계였다. 그런 맹목적인 따름이 교황의 비열한 수작에서 기인한 것인 줄도 모르고 바보처럼 좋아했단 사실이 미치도록 분했다.

알고 있다. 나는 너무나 잘 안다.

"네가 백치가 아니었으면 나 같은 건 안중에도 없었겠지."

루아가 나한테 얼마나 과분한지를.

"글쎄, 내가 너를 얼마나 각별하게 여기는지 안다면 그런 말은 절대로 못 할걸. 왜 너는 내가 하는 말을 안 믿어? 너는 나를 너무 불신해."

그러나 루아는 그다지 기분 나쁜 기색이 아니었다. 오히려 좋아하는 것에 가까운 표정이라 의아하게 눈을 치켜뜨려니, 잠시 내 머리를 쓰다듬는 데 집중하던 루아가 능청스럽게 입을 열었다.

"그거 알아? 나는 네가 나한테 안달 나서 울 때마다 세상 사는 보람을 느껴."

너도 술 먹었니.

나는 틀림없이 새빨개졌을 얼굴을 감추려 보드라운 쿠션에 고개를 파묻었다가, 아직 해결하지 못한 문제가 있음을 깨닫고 한숨을 내쉬었다. 이 한숨에 다량의 부끄러움과 한 스푼 정도의 안도가 섞였다는 게 아이러니였다. 루아가 아직도 나를 싫어하지 않는 것이 신기했다.

"한 번만 보여줄 테니까 잘 봐둬."

나는 루아를 노려보면서 다시 소파 위로 기어 올라갔다. 휴지가 멀리 떨어져 있었으므로 하는 수 없이 눈물 젖은 손을 네글리제에 닦고는, 루아의 무릎에 자리를 잡았다.

"뭐 하려고?"

"가만히 있어."

네글리제에 달린 꽃 모양의 단추는 크고 단순했다. 나는 배꼽 바로 위에 있는 단추까지 풀어 내린 다음, 천을 벌려서 루아에게 가슴을 보여주었다. 부디 필름이 끊겨서 다음 날 이 일을 기억하지 못하길 바라며.

"어때?"

내가 여자로 보이냐고 물을 셈이었건만, 루아가 내 눈치를 살피며 대뜸 칭찬했다.

"예쁘네."

영 못 미더운 답변이었다. 하기야 얘한테 뭘 바라겠냐마는.

"손 이리 줘봐."

나는 대답을 듣지도 않고 루아의 한쪽 손을 잡아서 천 안으로 밀어 넣었다. 어릴 적 하루도 빠짐없이 잡았던 손이건만, 가슴에 닿으니 유독 생경해서 얼떨떨했다. 마냥 귀여운 줄 알았는데 가슴을 감싼 손이 제법 크게 느껴졌다.

참 이상한 기분이었다. 당연하지만 누가 내 가슴을 만져본 적은 처음이었고, 루아는 그저 내 행동이 신기하다는 듯한 기색을 보였다. 다행히 루아의 손이 워낙 매끄러운 데다가 조심스러워서 살살 만지라고 할 필요도 없었다. 몽우리가 져서 뻐근했던 게 나아지는 것도 같았으므로 나는 눈만 깜박였다.

아, 이게 아니지. 나는 다급하다 싶을 정도로 서둘러 입술을 뗐다.

"너 나랑 결혼하면 죽을 때까지 내 거만 만져야 돼."

"또 다른 주의사항은 없고?"

"음……, 음. 글쎄, 생각을 좀 해봐야겠어."

나는 고민하느라 루아가 다른 쪽 손으로 가슴이 잘 보이게 네글리제를 벌리는 것도 보고만 있었다. 그러고 보니 얘가 성교육을 받기는 했을지 모르겠다. 어련히 알아서 시켜준다지만 혹시 모르는 거 아니야.

나는 뻔뻔스러울 정도로 순진한 루아의 얼굴을 보며 고개를 갸우뚱했다. 루아 역시 의아한 표정이긴 마찬가지였다.

"부드럽네. 무슨 살이 이렇게 연해?"

"그러니까 세게 만지면 안 돼."

나는 그렇게 대꾸했다가 슬쩍 미간을 찌푸렸다. 먼저 만지라고 한 건 난데 왜 속은 것 같다는 느낌이 드는지 모르겠다. 기분 탓인가.

멀뚱멀뚱 루아를 바라보았다. 루아가 눈알을 굴리는 게 너무 귀여워서 몽실몽실한 뺨을 쿡쿡 찔러보며 입을 열었다.

"너는 내가 왜 좋아?"

"그러는 너는 나를 좋아하지도 않으면서 왜 나랑 가까이 지내는 사람들한테 질투해?"

그건 나도 의문인 점이었다. 나는 루아를 무척이나 아끼고 애정하지만, 이성으로 와 닿아 가슴이 두근거렸던 적은 손에 꼽을 정도였다. 그마저도 루아가 어른의 모습을 하고 나를 찾아왔을 때, 그 희대의 미남자가 루아인 줄도 모르고 설렜던 거였다.

나는 루아의 질문을 곰곰이 곱씹어보다가, 내 침묵에 루아가 불만스러운 표정을 짓는 걸 보고 웃으며 말했다.

"아니야. 나 너 좋아해."

"정말 그렇게 생각하는 거야, 아니면 내 기분이 나아지길 바라고 위로하는 거야?"

"굳이 나를 닮아서 부정적이 될 필요가 있어? 너를 좋아해. 너랑 떨어져 있는 동안에도 끊임없이 네 생각만 했어. 네가 보고 싶었어."

이 말은 결단코 거짓이 아니었다. 그러나 루아는 이 대화를 가볍게 끝낼 생각이 없었고, 단지 좋아한다는 말 한마디로 만족할 생각은 더더욱 없는 듯했다.

루아가 한숨을 쉬면서 말했다.

"네가 좋아하고 네가 그리워하는 건 과거의 나지, 지금 이 순간의 내가 아닌 거 알아. 네가 정말로 나와의 관계를 지속하고 싶었다면 어떻게든 연락을 해왔겠지. 하지만 너는 그러지 않았어. 아마 내가 먼저 찾아가지 않았다면 우리는 절대로 다시 못 만났을 걸."

나무라는 투가 아니어서 훨씬 잔인하게 들리는 말이었다. 나는 충격에 빠져 소리쳤다.

"그런 식으로 단정 짓지 마! 나는 무서웠단 말이야! 나를 싫어하는 너를 볼 자신이 없었다고! 네 세상은 자꾸만 넓어지는데 나는 반대로 계속 작아지기만 해. 네가 점점 멀어져가. 도저히 따라잡을 수가 없어서 나는 그냥…… 과거에 머물러 있는 거야. 나도 네가 대체 뭐길래 이토록 나를 괴롭히는지 모르겠어. 모르겠다고."

"정말 모르는 게 아니잖아, 보니."

루아가 부드럽게 말하고서 나를 안은 채 일어섰다. 갑자기 나는 급속도로 자신감을 잃고 입술을 오므렸다. 몸이 자라면서 정신도 같이 성숙해졌으면 얼마나 좋을까. 하지만 나는 여전히 과거에 파묻혀 있는 열두 살짜리 여자애였다. 이 박제되어 있는 추억에서 벗어나기가 그렇게 두려웠다.

기껏 신벌이 풀렸는데 나는 본질적으로 달라진 것이 아무것도 없었다. 아니, 오히려 상황이 더 나빠졌다고 봐야 옳을 것이다. 더 이상 '아프다'는 변명 따위는 통하지 않을 테니까. 눈에 보일 정도로 심각한 문제 때문에 비뚤어졌다는 핑계는 이제 통하지 않을 거였다. 곧 모든 사람이 내 문제는 신벌에서 기인한 것이 아니라는 사실을 알게 되겠지. 단지 그것은 기폭제 역할밖에 하지 못했으며, 처음부터 나는 문제아였다는 명백한 진실이 만천하에 드러날 거다.

아, 쟤는 원래부터 저렇게 볼품없는 아이였다고, 그 부족함이 신벌이라는 편리한 저주에 의해 좋게 포장되었던 거였다고 논할 터였다.

"괜찮으니까."

어딘가에 나를 내려준 루아가 그리 다정하게 말하며 안심시켜 주었다. 나는 사라지고 싶었다. 문득, 아무도 모르게, 존재한 적도 없었다는 듯이, 그 누구의 시선도 미치지 않는 가장 안전하면서 은밀한 장소로. 엄마도, 아빠도, 루아도 절대 찾을 수 없을 나만의 공간으로.

자괴감에 휩싸여 나는 손으로 얼굴을 감쌌다.

"나, 나는 너한테 열등감을 느껴. 그런데도 너무……, 너무 좋아하니까 미칠 것 같은 거야. 다른 사람한테 가버릴 너라면 필요 없다고 말한 것도, 사실은 내가 감당할 자신이 없어서……."

어째서 루아는 내가 솔직해지기를 바라는 걸까. 이런 얘기는 그냥 안 들으면 그만인 거 아닌가? 루아가 나를 외면한다고 해서 나무랄 사람은 없다. 그런데도 루아는 몸을 숙여서 나와 눈높이를 맞춰왔다. 똑바로 나를 응시했다.

"나는 네 거야. 네가 지금의 나를 만들었어. 그러니까 조금은 기뻐해주면 안 되겠어? 두 팔 벌려서 반길 거라고는 생각도 안 했지만 이건 너무한 처사야."

루아가 얼굴 가득 불만을 드러냈다. 그 모양새가 또 미친 듯이 사랑스러워서 나는 입술을 세게 깨물어야만 했다.

나른하게 올라오는 취기 덕분인지, 가뜩이나 귀여워 보이던 루아가 정말 죽도록 예뻐 보였다. 하루 종일 껴안았으면 소원이 없겠다. 품에 쏙 들어와서 정말 행복할 텐데.

내가 자기를 껴안고 싶어서 미치기 직전이라는 사실을 아는지 모르는지, 루아가 제 책상 의자를 차지하고 앉은 내 무릎에 머리를 묻었다. 그러곤 따사로운 봄날에 나른하게 한숨을 쉬듯이 중얼거렸다.

"부족해. 지금보다 더 나를 좋아해줬으면 좋겠어. 나만 생각하고 나만 미워하고 나만 신경 써줬으면 해. 네 관심은 전부 내가 차지할 거야."

"넌 내가 너한테 오만 가지 감정을 느껴도 상관없다 이거니?"

빈정거림 가득한 말이었으나 루아는 안중에도 없는 듯했다.

"그다지."

책상서랍이 미끄럽게 열리는 소리가 들리는가 싶더니, 루아가 장신구를 꺼냈다. 그 예쁜 결정체를 한 번에 알아본 나는 눈을 휘둥그레 떴다.

"어, 야명주다!"

어렸을 적 루아가 선물로 주었던, 그리고 얼마 전 내가 자존심을 챙기느라 화풀이 삼아 집어 던졌던 작은 보석이었다. 새까만 밤하늘을 아름답게 장식해주는 여름철의 별무리처럼 영롱하고, 또 화려한. 마치 작은 소행성 같았다.

나는 생각할 겨를도 없이 열성적으로 소리쳤다.

"나 줘! 그거 돌려주면 다시는 안 던질게! 진짜야!"

"말 안 해도 줄 셈이었어."

루아가 그럴 줄 알았다는 얼굴로 말해서 조금 심술이 났지만, 보석을 되찾았으니 이번만 넘어가기로 마음먹었다. 내가 야명주를 돌려받아도 브리싱가멘을 포기하지 않으리라 예상한 건지, 야명주의 백금 체인은 두 겹으로 뱀처럼 우아하게 꼬인 채 고정되어 있었다. 루아는 그것을 내 발목에 걸어주었다.

"왜 발목이야? 팔에 걸어도 되는데."

그래도 기분 좋게 발목을 흔들거리면서 물으니 루아가 몸을 일으키며 답했다.

"이건 너무 눈에 띄어. 교황이 또 너를 데려가려고 한다면 제일 먼저 뺏어버릴걸."

"맞아, 말이 나와서 말인데……."

어째서 교황을 내버려두는지 물어보려고 했건만, 별안간 인상을 확 쓴 루아가 짜증스럽게 손을 뻗어왔다. 다소 서두른다 싶은 감이 없잖아 있는 손길로 거의 벗겨지다시피 한 네글리제의 단추를 잠그고 옷차림을 정돈해줘서 나는 어리둥절하게 루아의 안색을 살폈다.

애가 왜 이런담. 영문을 몰라 고개를 기울이는데, 그 대답을 대신하려는 듯이 갑작스럽게 문이 벌컥 열렸다.

화들짝 놀라 머리를 돌리자, 아예 떨어져나간 문짝을 밟고 들어오는 한 남자가 보였다. 그는 확 튀는 새빨간 머리카락을 가져서 더욱 사납게만 느껴졌다.

"아, 진짜 왜 나를 미가엘이랑 같이 처넣냐고! 누가 그 자식 면상 보고 싶다고 했냐? 이지스랑 있는 것도 짜증 나 죽겠는데 내가 뭔 죄를 지었다고 자꾸 징글징글한 성물을 들이밀어?"

누가 무섭게 생겼는지 모를까 봐, 남자는 다짜고짜 격앙된 목소리로 욕설을 늘어놓았다. 무례하다는 생각이 먼저 들었고, 저 남자가 미리부터 올 줄 알았다는 걸 눈치 챈 루아가 무척 신기했다. 루아의 귀와 내 귀의 차이점이 뭘까.

쉴 새 없이 미가엘을 욕하던 남자가 방을 절반 가까이 넘어와서야 나를 발견하고 어리둥절해서 손가락질을 했다.

"뭐야, 이 여자애는?"

그러는 넌 뭔데. 나는 못마땅하게 얼굴을 찡그렸다.

불이라도 붙은 것처럼 새빨간 머리가 무척 인상적일 뿐이지, 가까이서 본 남자는 생각보다 더 젊어 보였다. 남자가 욕하는 미가엘보단 확실히 어린 인상이었다. 많이 쳐줘야 20대 초반 정도일 거다.

성큼성큼 걸어 책상 너머에서 멈춰 선 남자가 갑자기 불량하게 씩 웃었다.

"너 되게 예쁘게 생겼다. 이 잘생긴 오빠가 맛있는 거 사줄 테니까 이리 와볼래?"

"……싫은데."

뭐야, 얘 이상해. 미가엘을 욕할 땐 언제고 왜 수작질이야?

불길함을 느낀 나는 슬금슬금 루아의 등 뒤로 몸을 숨겼다. 남자는 전혀 개의치 않고 고개를 갸우뚱했다.

"먹을 거 별로 안 좋아하나? 그럼 뭐 좋아하는데? 보석? 반짝이는 거?"

"뭐? 보석?"

그거라면 얘기가 좀 다른데. 흥미를 느낀 내가 머리만 삐죽 내밀자, 고민하느라 여념이 없던 남자의 얼굴에 화색이 돌았다.

"보석 좋아하는구나! 역시 뭘 좀 아네. 내가 예전에 잠깐 떠돌이 생활을 해봐서 보석들이 산처럼 쌓여 있는 장소를 몇 군데 알거든? 그중에 분명 네가 마음에 들어 할 만한 것들도 있을 거야. 그런데 조금 조심해야 돼. 마녀들이 애지중지 아끼던 보물도 꽤 많아서. 너도 알겠지만 마녀들은 자기 물건에다 저주를 걸어놓거든. 귀찮은 족속들이야."

"설마 너만큼 귀찮을까."

루아가 시큰둥하게 말하며 한숨을 내쉬었다.

나는 완전히 떨어져나갔던 문짝이 제 스스로 움직여서 도로 벽면에 붙는 걸 신기하게 지켜보다가, 루아의 옷자락을 잡고 일어섰다.

"당신도 성물이야? 그……, 프라가라흐?"

자기 입으로 이지스와 미가엘을 운운했으니 아마 확실할 거였다. 단도직입적으로 묻는 말에 남자가 어깨를 으쓱였다.

"그럴걸? 몰라, 별로 관심 없어."

흥. 나도 너한테 별로 관심 가져주고 싶지 않아.

아무리 봐도 이놈이 썩 괜찮은 인성의 소유자인 것 같지 않아 보였으므로, 나는 입술을 삐죽이며 고개를 돌렸다. 이놈이나 미가엘이나, 성물들은 성격이 다 이런가? 브리싱가멘은 귀엽기라도 하지, 얘네는 그냥 징그럽다. 그 이지스라는 성물도 별로 정상은 아닐 것 같아.

시간이 지날수록 취기가 퍼져서 나른하기만 할 뿐이었다. 나는 뻑뻑한 눈을 비비며 루아의 옷을 잡아당겼다.

"나 졸려. 가슴 만지게 해줄 테니까 침실로 데려다줘."

"뭐? 그런 거라면 내가 쟤보다 잘할 수 있는……."

불쌍한 문짝이 두 번째로 떨어져나가는 순간이었다. 저럴 거면

붙이긴 왜 붙였는지 모르겠다. 마법을 쓴 것도 아니고 아예 발로 걷어차서 프라가라흐를 내보낸 루아가 짜증스럽게 인상을 썼다.

"저러니 벨모트의 왕자들도 진저리를 치지."

흠. 나는 나한테 브리싱가멘을 맡겼던 알베이흐를 떠올리며 눈을 굴렸다. 그러나 그것도 잠시, 순식간에 청년 모습으로 변한 루아가 낯설어서 의자 뒤로 도망쳤다.

내가 루아를 경계하며 의자 등받이를 붙잡는 동안 문이 저절로 움직여서 두 번째로 다시 붙고, 소파를 비롯한 가구들이 둥실 떠올라서 문 앞을 막았다. 문 주변이 희미하게 빛나는 걸로 봐선 프라가라흐가 들어오지 못하게 마법까지 걸어버린 것 같았다.

이제 루아가 다시 내게로 시선을 돌릴 것이 분명했으므로 나는 우물거리며 입을 열었다.

"아까 했던 말 취소할래."

"왜?"

"열다섯 살인 네가 아니면 싫어. 부끄럽단 말이야."

그 중얼거림에 루아가 눈도 깜박이지 않고 말했다.

"더 부끄러워해봐."

얘가 도대체 어쩌다가 이 지경까지 왔는지 도통 모를 일이었다. 조기교육을 잘 시켜놨다고 뿌듯해했을 때가 불과 몇 년 전이건만.

나는 황급히 몸을 뒤틀었다. 속수무책으로 화끈거리는 얼굴이 루아에게 보이지 않기를 간절히 바라며 소리쳤다.

"싫어! 나 잘 거야!"

"자든지. 네가 자는 동안 내가 무슨 짓을 해도 상관없으면."

협박이다! 이건 틀림없는 협박이라고!

내가 경악스럽게 입을 벌리는 것도 아랑곳하지 않고 루아는 책상 뒤편에 호화로운 장식처럼 숨겨져 있었던 반원의 문을 열었다. 의자를 잡고 버티는 나를 얼굴색 하나 안 바꾸고 여유롭게 들어올렸는데, 언뜻 보이는 손가락이 아까보다 훨씬 길고 매끄러워 보여서 말문이 막혔다. 정교하게 다듬은 것처럼 아름다운 손이었다. 달이 빚고 별빛이 공들여 다듬은 작품 같은. 내가 미쳤지. 아까 왜 그랬을까? 그냥 취했으면 닥치고 잠이나 처자지, 이게 무슨 짓이냔 말이야!

기억나지 않아야 한다. 내일이면 전부 까맣게 잊어버려야 마땅했다. 나는 나 자신에게 열심히 최면을 걸었다. 부디 이 기억이 사라지기를 바라고 또 바라는데 나를 세상에서 가장 고상하고 사치스러운 침대에 내려준 루아가 아무렇지도 않게 네글리제에 붙은 단추를 풀었다. 그 미려한 손이 너무나 또렷하게 시야에 들어와서 문제였다.

"자, 자, 자, 잠깐만? 루아야?"

차마 루아를 똑바로 쳐다볼 수도 없었다. 보나마나 넋을 놓을 게 뻔해서 엉뚱한 허공에 시선을 두려니 참으로 낯선 감촉이 찾아들었다. 흑흑, 불가능해. 이걸 잊을 확률은 내가 검으로 샤트린을 이길 확률보다 희박하다고. 한 병을 추가로 더 마셨다면 모를까.

기절할 때까지 술을 먹지 않은 나 자신이 원망스럽기 그지없었다. 루아의 손이 머리를 받쳐준다 싶더니 어찌할 바 없이 몸이 뒤로 기울었다. 루아가 내 위로 올라왔고, 그러는 동안에도 네글리제를 벌리고 들어온 손은 가슴에서 떨어질 줄을 몰랐다. 얼떨결에 차선책으로 눈을 감자, 감각이 배는 더 예민해져서 죽을 것만 같았다. 먼저 꼬드긴 것도 나고 다시 꼬드긴 것도 나라서 항변의 길이 없다는 게 슬플 뿐이지. 어째서 아까는 루아가 마냥 귀여운 채로 있어줄 거라고 생각했을까.

아무런 느낌이 없었던 좀 전과는 다르게 낯설고 어색하고 창피해서 눈물이 나올 지경이었다. 루아가 내 얼굴을 가린 분홍색 머리카락을 넘겨주면서 말했다.

"너는 나보다 보석을 더 좋아하는 것 같아."

"그럴 리가 없잖아! 당연히 네가 더 좋으니까 손 좀……."

그제야 나는 루아에 대한 내 생각이 틀렸음을 깨달았다. 내가 초경을 시작하는 걸 보고도 아무렇지 않아 하던 놈이 순진할 거라고 믿다니 내가 미쳤지.

얼굴이 일그러지는 걸 막을 수가 없었다. 내가 제 앞에서 초경을 시작한 순간, 루아는 오히려 나한테 그리 말했다. 내가 메피스토펠레스와 같이 있지만 않았어도 훨씬 신사적으로 시간정지 마법을 해제했을 거라고.

그때 루아는 내가 자신에게 다가가려다 말았기 때문에 심술을 부린 거였다. 루아는 내가 보는 앞에서 사람을 죽여놓고도 어째서 자기를 무서워하는지 이해하지 못했다. 심지어 나랑 같이 욕실에 들어오기도 했었어!

미친 듯이 머릿속을 헤집으며 과거를 되짚자, 루아의 사랑스러운 외양에 넋을 놓느라 제대로 신경 쓰지 못했던 사건의 진상이 절절하게 와 닿았다. 왠지 모르게 루아가 어쩌면 지금의 나보다 성질이 더 더러워졌을지도 모른다는 생각이 들었다.

가장 찜찜한 사실은, 루아와 긴 시간을 보낸 엄마는 나에게 무한한 사랑을 선사하는 자상한 엄마가 아니라 하루 만에 전문서적 200권을 외우는 악독한 공작부인이라는 것이었다. 생각해보면 루아의 성격을 버리게 만드는 요인이 너무나 많았다. 가령 교황이라든가, 돌아가신 선황제 폐하시라든가, 이제 황태후의 자리에 오르신 황후 폐하 같은…….

순간 나는 얼어붙었다. 루아의 어머니는 아직 살아 계셨지만, 파우스트 교황을 경애했다. 루아의 말과 교황의 태도로 미루어 보아 결코 얕은 숭배가 아닐 터였다.

"루아야."

나는 가만히 입을 열었다. 루아와 나는 아주 가까이 닿아 있었는데, 서로 사랑하는 연인들처럼 살갗을 맞대고 있는데도 썩 설레거나 가슴이 두근두근하진 않았다. 핑핑 도는 머릿속에는 느낌표가 아닌 물음표가 가득했으므로 긴장감이라고는 전무했다.

루아가 한 박자 늦게 대답했다.

"왜?"

"나 지금 생리하는 거 알면서 어딜 더듬어. 죽을래?"

애가 얌전히 있어주니까 못 하는 게 없다. 나는 루아의 양쪽 뺨을 마음껏 꼬집어주면서 얼굴을 구겼다. 애석하게도 전혀 야릇한 분위기가 일지 않았다. 어설픈 소꿉놀이를 한다고 진짜 부부가 되지는 않는 것처럼, 단지 연인들의 흉내만 내는 것뿐이라 당연하다면 당연한 거겠지만.

"너 진짜 신기하게 생겼어."

눈과 손으로 실컷 내 몸을 감상한 루아가 능청스럽게 소감을 말했다. 부아가 치밀어서 걷어차주지 않고는 배길 수가 없었다.

"성별이 다르잖아, 성별이! 그리고 이제 와서 순진한 척해봤자 가증스럽기만 하거든?"

"원래 황제는 가증스러워야 된다고 레이첼이 그러던데."

엄마……, 대체 애한테 뭘 가르친 거야.

높은 지식과 교양을 쌓은 공작부인이 장차 황위에 오를 왕가의 후손을 성심성의껏 가르치는 것은 상당히 흔한 일이지만, 아무래도 엄마는 루아에게 약간 다른 방면의 지식도 전수해준 듯 보였다. 아니, 어쩌면 지식이라기보단 경험에서 얻은 깨달음에 가까울지도 모르겠다. 아빠가 전에 말하기로는, 스무 살 무렵의 엄마는 하늘의 실로 짠 듯 우아하지만 얌전한 요조숙녀는 절대 아니었다고 들었다.

"이럴 줄 알았어. 내가 너를 길렀어야 됐다고."

나의 좀 모자라지만 순수했던 루아는 어디로 떠났는지 모르겠다. 훌쩍이며 한탄하자 루아가 얼굴을 찌푸렸다. 어처구니없다는 시선을 여실히 보내와서, 나는 결국 고개를 들어 루아와 눈을 마주치고 말았다. 슬프게도 즉시 얼굴이 뜨겁게 달아올랐다.

사실, 몇 년만 더 기다리면 루아가 이런 바람직한-물론 생긴 것만!-남자로 자랄 것이라 생각하니 들뜨기는 했다. 그만큼 정신적인 성장이 이루어질지는 미지수라, 큰 함정이 도사리고 있지만. 그동안 나는 메피스토펠레스가 세상에서 제일 잘생긴 줄 알았는데 모습을 바꾼 루아를 보면 절로 입이 벌어졌다. 마냥 귀여운 지금과는 달리 남자라는 생각이 제일 먼저 들었다. 이게 문제였다. 시선을 마주하면 루아가 이런 내 생각을 간파할 것만 같아서 두려웠다.

"으, 나 잘 거야!"

정말 환장하게 아름다워서 미칠 것 같다. 기왕 커지는 거, 좀 더 우락부락하고 험상궂게 생기면 좋을 텐데 그런 느낌이 없었다. 몸을 그려낸 선은 미끈했지만 어깨와 손을 보면 단단하다는 느낌이 분명하게 전달되어왔다. 가만, 손? 나를 만졌던 그 손? 악! 야릇하지 않다는 말 전부 취소다! 저 눈으로 나를 보고 저 손으로 나를 만졌다고 생각하니 전율이 일어서 식은땀이 흘렀다. 발끝이 오므라들고 심장이 꽉 조였다. 버, 벗어나야 해. 벨모트로 돌아가야 한다고!

얼굴에서 불이 났다고 해도 믿을 정도였다. 나는 전혀 내 위에서 내려올 생각이 없어 보이는 루아를 무시한 채 등을 돌려서 팔꿈치로 기었다. 어떻게는 빠져나올 생각이었건만, 잠시 지켜보던 루아가 한 팔로 내 배와 허리를 휘어감아 나를 안아 올리더니 제 위에 앉혔다. 순간 전신에서 핏기가 빠져나가는 기분이었다.

"너, 너 자꾸 괴롭히면 엄마한테 이를 거야!"

나도 내가 이런 우스꽝스러운 협박을 하게 될 줄은 꿈에도 몰랐다.

루아가 아무렇게나 널브러진 내 장밋빛 머리카락을 그러쥐면서 태연하게 대꾸했다.

"일러봐. 그럼 나도 너 벗은 거 봤다고 얘기해줄게."

이게 미쳤나!

"그전에 내가 너를 죽여버릴 거야."

"순서를 기다려야 할 텐데 괜찮겠어? 나를 죽이려고 벼르는 놈들이 꽤나 많아서."

그렇게 말한 루아가 돌연 웃더니, 내가 뭐라고 말하기도 전에 불만 섞인 한숨을 내쉬었다.

"나도 다른 애들이랑 얘기 안 할 테니까 너도 메피스토펠레스랑 얘기하지 마. 쳐다보지도 말고 무시해. 그래야 공평하지."

"영원히 안 볼 것도 아닌데 인사 정도는 할 수 있지 않아?"

거기다 펠레스는 거의 대부분의 시간을 루아와 함께 보낼 거였다. 지금 가장 가까이서 루아를 보필하는 건 펠레스인 모양이니까.

루아가 잠시 뜸을 들였다.

"샤론 에니벨이 지금 뭐 하냐고 했지? 그 여자 죽었어."

나는 귀를 의심하며 눈을 깜박였다.

"뭐?"

"희귀한 병에 걸렸는데, 치료제도 비싸고 사제를 부를 수도 없어서 그냥 앓다가 죽었어. 열이 너무 높아서 몸 안의 장기가 죄다 익었다고 하던데."

당황스러울 따름이었다. 나는 낯빛 하나 안 변하고 샤론의 죽음을 운운하는 루아를 얼떨떨하게 내려다보면서 그녀를 떠올렸다.

"말도 안 돼……. 정확히 언제 그랬는데? 고칠 수 없는 병도 아니고 치료할 수 있는 거면……."

너한테 돈 같은 건 많으니까 주면 됐지 않았냐고, 어차피 교황이라도 황명을 거스를 수 없는 거 아니냐고, 그렇게 말하려다가 나는 헛숨을 들이켰다.

충격을 받아서 정신이 멍해졌다.

"나 때문에 내버려뒀구나. 내가 그 여자를 죽였어."

가슴이 아렸다. 눈 주변이 뜨거웠으나, 울 수는 없었다. 나는 샤론 에니벨을 위해 눈물을 흘릴 자격이 없었다. 그녀를 향한 내 감정은 시기와 질투뿐이었고, 멸시밖에는 없었다. 나는 내 자존심을 지키기 위해 샤론 에니벨을 업신여기는 방법을 선택했다.

루아를 바라보는 것도 그저 죄스러워서 고개를 숙였다. 숨소리조차 못 내는데 루아의 부드러운 목소리가 귀를 파고들었다.

"네가 죽인 거 아니야. 내가 죽게 내버려둔 거지."

아니다. 그 말은 틀렸다. 이건 내 죄였다. 이만한 확신을 느껴본

적이 없었기에 나는 도망치지 않고 사과했다.

"미안해."

두려움을 무릅쓰고 루아를 똑바로 바라보자, 내가 제 전부라던 말이 또렷이 떠올랐다. 나는 또박또박 말하려고 애쓰며 입을 열었다.

"너를 이렇게 절박하게 만들어서, 구석까지 몰아넣어서 정말 미안해, 루아야."

3년의 시간 동안 우리는 너무나 변했다. 하지만 어떻게든 받아들여야만 했다. 나는 루아가 필요하고, 루아는 내가 필요하니까. 아니, 어쩌면 너무나 변한 게 아니라, 오히려 그때로부터 조금도 변하지 않았는지도 모른다.

우리는 우리의 세계가 넓어지는 것을 원하지 않았다. 이 깨지기 직전의 작은 공간이 외부인에게 들킬까 봐, 침범당할까 봐 두려워하고 있었다.

사실은 루아도 어른 같은 건 되고 싶지 않았는지도 모르겠다. 영원히 나와 박제되어 있는 과거 속에서 머물고 싶었는지도 몰라. 너와 나, 단둘뿐이면 모든 게 완벽했던 그 찰나의 순간에서.

다른 어떠한 것도 중요치 않았던 작은 행성에서 우리는 서로를 길들이고 길들여졌다. 우리는 서로를 사랑하고, 원망하고, 증오하고, 그리워하면서 그 작은 세계를 필사적으로 지키고 있었다.

설령 우리가 서로를 이성으로서 사랑하지 않아도 그건 크게 문제되지 않았다. 내가 루아의 옆에 있다는 것이, 루아가 내 옆에 있다는 것이 무엇보다 중요했다.

"너는 참 이상해. 당장 부서질 것 같다가도 이렇게 단단해."

루아가 그리 중얼거렸다. 나는 루아를 껴안고, 그 가슴에 얼굴을 묻었다. 이 마음을 열기에 너무 늦지 않아서 다행이었다.

나는 속삭였다.

"그리고 고마워. 나를 찾아와줘서."

내버려두지 않아줘서.

내가 지끈거리는 머리를 부여잡고 신음하다가 겨우겨우 눈을 떴을 때, 루아는 이미 회의에 참석하러 가고 없었다.

구름이 고즈넉하게 하늘 저편으로 흘러가는 동안에도 나는 한가했고, 한가했고, 정말로 한가하기 그지없었다. 그러나 애석하게도 나는 공식적으로 제국에 돌아온 것이 아니라, 로벨리안에게 가급적 외출을 자제할 것을 권유받은 터였다. 따라서 나는 가장 경비가 삼엄하기로 소문 자자한 브레이다블릭, 빛이 모여든다는 황제의 궁에서만 마음 편히 돌아다닐 수 있었다.

"아, 진짜 미쳤어……. 정신이 나간 게 분명해."

지난밤 루아가 보는 앞에서 옷을 벗어젖힌 걸로도 모자라 네 주변의 여자들한테 질투를 느낀다고 당당하게 소리쳤다니 아직도 어이가 없었다. 슬프지만 내 기억력은 고작 와인 한 병에 굴복하지 않았으므로, 나는 루아가 내 몸의 어디를 어떻게 만졌는지도 전부 기억했다.

아씨, 진짜 망했다고! 난 망했어! 뒷감당을 어떻게 하려고 정신을 놨는지 모르겠다. 한없이 우울해져서 나는 벽에다 머리를 박고 슬프게 훌쩍였다.

"흑, 진짜 시집 다 갔다……."

도저히 루아의 침실에 얌전히 붙어 있을 수가 없었다. 나는 루아의 침대에서 자고, 루아가 사용하는 식기로 식사를 하고, 루아를 보필하는 시녀의 시중을 받았다. 지금 입고 있는 아름다운 드레스 또한 루아가 미리 골라주고 나간 거였다. 부드럽게 감겨드는 순백색의 실크가 어젯밤 입었던 네글리제와 비슷한 모양으로 나풀거렸다. 나를 놀리려는 게 틀림없었다.

"언제까지 징징거릴 셈이야? 하루 종일 책상서랍에 처박혀 있던 내 신세에 비하면 한참 나은 것 같은데 말이지. 그깟 껍데기 좀 보여줬다고 울상 짓기는."

자괴감에 빠져 한참을 허덕이는데 목에 걸린 브리싱가멘이 볼멘소리를 내며 나를 나무랐다. 내 몸을 껍데기라고 비난하더니 신랄하게 조소를 터뜨려서 나는 얼굴을 찡그렸다. 이 핀잔이 화풀이임을 잘 아는 바였지만 역시 억울했다.

"모르는 것 같은데 나도 감수성 예민한 사춘기 소녀거든? 껍데기라니? 어감이 듣기 나쁘잖아. 좋은 단어는 다 놔두고 왜 하필 껍데기야?"

"흥, 알 게 뭐야. 뭣보다 보니, 내가 그동안 너랑 지내면서 느낀 게 있는데……, 너는 다른 사람들이 다가올라치면 여자든 남자든 질색을 하고 미친 듯이 경계하면서, 왜 황제한테만 유독 너그럽게 구는 거야? 네가 말로만 남자로 안 보인다고 하니까 황제가 희망을 갖고 더 열성껏 집착하는 거 아니야."

기분 더럽기는 했어도 일리는 있는 타박이었다. 성장하지 못하는 병에 걸렸을지라도 엄마를 꼭 닮은 외양이라, 그리고 공작 영애라 나에게 접근하는 애들이 더러 있기는 했는데 나는 필사적으로 거부하며 여지조차 안 주었다. 체르지안과 친해진 것도 거의 기적이나 다름없었다.

반박할 말을 찾는 데 실패한 나는 맥없이 어깨에 힘을 뺐다.

"그야 어렸을 때부터 알고 지냈으니까 그렇지."

"거짓말 마, 보니. 그럼 황제만큼 오랫동안 알고 지낸 남자라면 누구든 괜찮다는 거야? 그 검은머리 남자나, 알베이흐나, 네가 좋아한다는 메피스토펠레스인가 하는 악마와도 상당한 시간을 들여서 친해진다면 서슴없이 황제와 지내듯이 할 수 있어?"

브리싱가멘이 아까와는 달리 조곤조곤한 목소리로 물어왔다. 나는 불쾌한 기색을 드러내다 말고 그녀가 하는 질문의 답을 머릿속으로 그려보았다. 어젯밤 나와 있던 게 루아가 아니라면? 그리고 그 남자가 내 몸을 본다면?

나는 혐오스러움을 감추지 못하고 벽에 머리를 다시 박았다.

"악, 소름 끼쳐! 아니, 그보다 토할 것 같아!"

전율이 일더니 헛구역질까지 올라올 것 같았다. 나는 전염병에 걸린 것처럼 미친 듯이 팔뚝을 긁으면서 얼굴을 일그러뜨렸다. 설령 내 첫사랑인 메피스토펠레스조차 벗은 몸에 살갗이 닿는다는 생각만으로도 역겹기 그지없었다. 하다못해 입을 맞추거나 손을 마주잡는 상상도 불편하고 거북하기만 해서 나는 입술을 깨물었다. 물론 다른 사람이라고 견딜 만할 턱이 없었다. 체르지안과는 3년을 알고 지냈지만, 그럼에도 주위에 있는 물건을 부수고 싶은 충동이 물밀 듯이 올라오는 바람에 나는 대입시키려는 시도마저 포기한 채 주저앉았다.

복도가 텅 비어 있어서 천만다행이었다. 나는 고급스러운 문장이 새겨진 카펫에 널브러져서 애꿎은 허공에다 눈을 부라렸다.

"오랫동안 알고 지냈다고 해서 전부 괜찮은 건 아니거든?"

"네가 삼십 초 전에 뭐라고 말했더라."

루아에게 유독 관대한 이유는 바로 어렸을 때부터 알고 지냈기 때문이라고 했지. 망할. 나도 다 기억한다고. 안 까먹었단 말이야.

하지만 역시 다른 사람이 루아와 똑같은 짓을 내게 하는 건 받아들일 수 없었다. 용납할 수도 없었고 그리고 싶지도 않았다. 불결했다. 극히 일부만 상상하는데도 내가 오염되는 기분이었다. 차라리 진흙탕에 빠지는 편이 깨끗하겠다 싶을 만큼.

"역겨워. 싫어. 짜증 나. 더러워. 혐오스러워. 절대로 닿고 싶지 않아. 나는 아직 남이랑 발가벗고 그런 짓거리를 할 준비가 안 됐어."

"만약 황제가 하자고 하면?"

브리싱가멘이 흥미롭다는 목소리로 물어왔다. 어쩐지 쥐가 들끓고 피가 흥건한 감옥에서 가장 악독한 고문관에게 고문받는 듯한 기분을 느끼며 나는 순교자처럼 입을 열었다.

"그야 당연히……."

"당연히?"

나는 반사적으로 싫, 이란 단어를 내뱉으려다가 멈칫했다. 어쩐지 이 위기를 모면하고자 별수 없이 거짓말을 하는 기분이 들어서 당황스러웠다. 이게 왜 거짓말이라는 거야? 나는 루아를 전혀 남자로 안 보는걸! 어젯밤의 사건은 순전히 주정 섞인 짓궂은 장난이었을 뿐이다. 어차피 루아도 나한테 그런 걸 강요하지는 않을 텐데.

참으로 미묘했다. 그래도 더 이상 뜸을 들였다간 브리싱가멘이 평생 동안 놀릴 게 분명했으므로, 나는 어설프게 주의를 돌렸다.

"음, 이런 얘기는 복도에서 나눌 만한 게 아니야."

"아, 보니, 가끔 넌 정말로 귀엽다니까."

이제 화를 풀기로 마음먹은 건지, 브리싱가멘이 자지러지게 웃으며 말했다.

"기분이 어땠어?"

물론 지난밤 일을 두고 물어보는 말이겠다. 누가 보면 루아도 같이 벗었는 줄 알겠네. 가까스로 공개처형을 면한 나는 부루퉁하게 혀를 빼물었다.

"나쁘진 않았어."

"나쁘진 않았다라. 충격적인데?"

아, 머리가 지끈거린다.

"좋았어. 됐지?"

"뭐가 그렇게 좋았는데?"

브리싱가멘의 고운 미성이 아니었으므로, 나는 놀라서 고개를 확 들었다. 소리도 없이 나타난 프라가라흐가 바로 코앞에서 능글 맞게 웃고 있었다.

나는 벌레 씹은 표정을 지으며 부정을 표했다.

"아무것도."

"아무것도라."

놀리는 여지가 다분한 음성이어서, 나는 기분 나쁜 기색을 고스 란히 드러내며 자리를 털고 일어섰다. 브리싱가멘도 불쾌한 기색 을 여지없이 보였다.

"윽, 짜증 나. 쟤는 왜 여기에 있는 거야?"

"쟤라니? 같은 처지에 좀 더 친근하게 굴 순 없어?"

프라가라흐가 못마땅한 듯이 눈썹을 구부러뜨렸다. 나는 더 다 가올 여지도 없건만 성큼 가까이 오는 프라가라흐를 피해 반걸음 뒤로 물러나 복도 벽면에 딱 붙었고, 브리싱가멘은 코웃음을 쳤 다.

"누구신지? 저는 너같이 벌레보다 지능 낮은 바람둥이는 모르 는데요. 저리 꺼져주지 않겠어요? 계속 말 섞었다가 그 무식한 기 운이 옮으면 어쩌려고 그래요? 네가 잘난 척만 일삼는 미가엘보다 몇 배는 더 짜증 나거든요?"

존댓말인지, 반말인지 모를 악담을 퍼부으며 브리싱가멘이 딱딱거렸다. 그러고는 프라가라흐가 나한테 손댈 수 없도록 투명한 황금빛의 장막을 만들어서 나는 어리둥절하게 눈을 깜박였다.

"쟤한테 가까이 가지 마. 병균 옮는다. 지지. 훠이훠이. 당장 꺼져버려."

브리싱가멘이 어째서 프라가라흐를 싫어하는진 몰라도, 확실히 별로 친해지고 싶지는 않은 상대였다. 보석을 미끼로 나를 애완동물처럼 부리던 체르지안의 형들이랑 다를 게 없어.

내가 더 노골적으로 기피하든 말든 프라가라흐가 황당하다는 듯이 입을 벌렸다.

"병균? 지금 누가 누구더러 병균이래? 너 얼마 전까지만 해도 나 좋다고 따라다녔던 거 기억 안 나? 내 얼굴 한 번 보겠다고 인어의 바다까지 왔었잖아!"

그 말이 사실이든 아니든 인정할 브리싱가멘이 아니었다.

그녀가 악을 썼다.

"이게 미쳤나, 누가 누구를 따라다녀! 너 돌았어요? 뇌가 발가락에 달려서 그렇게 정신을 못 차리는 거예요? 병신, 병신, 상병신! 꺼져! 꺼지라니까! 이 치마만 보면 환장하는 변태 새끼야!"

아, 머리 아파.

브리싱가멘이 하도 소리를 질러대는 바람에 머릿속이 폭발하기 직전이었다. 다른 성물들도 죄 사람으로 변신할 수 있으니 너도 그렇게 해서 좀 떨어지라고 말하려는데, 다행히 소란을 듣고 메피스토펠레스가 찾아왔다. 그는 말끔한 제복 차림이었고, 그 복장은 단정히 빗어 넘긴 검은색 머리카락과 기묘한 감정을 불러일으키는 녹빛 눈을 평소보다 매력적으로 돋보이게 만들었다.

"펠레스!"

나는 반색하며 그를 맞이했다가, 펠레스를 쳐다보지도 말고 얘기하지도 말라던 루아의 말을 떠올리고 헛숨을 들이켰다. 이, 이미 불러버렸는데 어떡하지?

다소 늦은 것 같지만 이제라도 입을 닫을까 말까 고민하는 찰나, 순식간에 무섭게 안색을 굳힌 프라가라흐가 찢어 죽일 듯 펠레스를 노려보았다.

"황제의 개가 납셨군."

어……, 어쩐지 두 번째로 일이 터질 것 같은 불안감이 든다. 또 싸움이 벌어질 것 같다고.

나는 질린 표정으로 프라가라흐를 쳐다보았다. 싱글싱글 웃을 땐 몰랐는데 얼굴을 굳히니 상당히 무서웠다. 송곳 끝에서 끓어오른 불 같은 새빨간 그의 눈이 살아 움직이는 듯 너울거렸다.

"그러는 당신도 교황의 끄나풀이 아니었습니까? 그가 교황이니 무조건적으로 옳다고 여기셨던 때가 있었잖아요."

펠레스가 태연한 음성으로 되물었다. 불길한 예감을 느낀 게 비단 나뿐만은 아니었는지, 브리싱가멘이 체념의 한숨을 내쉬었다.

"아, 난 몰라. 될 대로 되라지."

그러면서도 꿋꿋하게 나를 감싼 빛의 장막을 거두지는 않아서,

나는 불안한 얼굴로 두 사람의 눈치를 살폈다. 왠지 모르게 지금 이 순간이 아까보다 몇천 배는 더 위험하다는 생각이 들었다. 최소한 브리싱가멘은 프라가라흐와 같은 성물이기라도 하지만, 악마인 펠레스는 상극이 아닌가.

근심이 가득했다. 프라가라흐가 언제 어떻게 꺼냈는지 모를 장검—미가엘의 검과 신기할 정도로 닮아 있었다—을 수직으로 올려 잡고는, 장난치듯이 제 어깨를 툭툭 쳤다. 수도승의 마지막 비명처럼 예리하게 벼린 검날이 그의 어깨에 닿았다 떨어지기를 반복했다.

실로 살벌한 분위기에 가슴이 조여들었다.

"다른 놈들이 잠자코 있는다고 네 죄가 없어지는 줄 알아? 네가 나를 이 멍청한 무기에 처박았을 때부터 나는 오로지 이날이 오기만을 손꼽아 기다렸다. 우리를 봉인해두고 뭘 하나 싶었더니, 겨우 인간들의 왕을 섬기며 비위나 맞추고 있어? 악마가 되어 한다는 짓이 고작 인간들의 더러운 오물을 치워주는 발닦개 노릇이냐?"

갑자기 프라가라흐가 시야에서 사라지는가 싶더니 큰 폭발이 터졌다. 엄청난 돌풍이 일면서 귀가 먹먹해졌는데, 경악하지 않을 수 없었다.

"자, 잠깐만? 여긴 황성이거든? 여기서 살의를 품으면……."

성 전체가 병기로 변한단 말이야! 당연하지만 나는 미스릴이 박힌 천 개도 넘는 화살에 꿰여서 죽고 싶은 마음은 추호도 없었다.

머리 위에서 비처럼 쏟아져 내리는 유리파편을 어이없어서 바라보는데 펠레스가 침착한 목소리로 나를 안심시켰다.

"괜찮습니다, 안젤리크 양. 황성의 결계는 폐하께서 전부 해제하셨으니까요."

아니, 그렇다고 내가 죽을 위험이 아예 사라진 건 아닌데 어떻게 안심하라는 거야?

나는 의혹이 담긴 눈으로 펠레스를 훑었다. 펠레스가 무슨 짓을 했길래 프라가라흐가 저리 돌아버린 건지 모르겠다. 그가 말하기론 펠레스가 자기를 무기에 처박아 넣었다고 했지. 그럼 프라가라흐는 처음부터 성물이었던 게 아닌 건가? 설마 인간…… 이었을 리는 없을 테고. 저 성미에 사람이었다면 목숨이 열 개라도 남아나질 않았겠다.

프라가라흐가 재차 펠레스에게 덤벼들었다. 나는 황급히 그들과 거리를 두면서 아주 작은 목소리로 브리싱가멘에게 물었다.

"있잖아, 브리, 교황의 말이 사실이라면 루아가…… 그거라는 거잖아. 쟤는 몰라?"

차마 신이라는 단어가 입 밖으로 안 나와서 나는 에둘러 표현했다. 사실 신이라는 것 자체가 미심쩍은 것도 사실이었다. 제국과 신성 벨모트에선 그 존재를 가장 위대한 빛의 신 발두르라고 부르지만, 마녀와 인어들은 그를 잔혹한 악마들의 신왕이라고 부른다. 반면 달과 요정들의 세계인 아발론에서는 잠과 죽은 자들을 감시하는 앙그라 마이뉴라고 칭했다. 나라와 나라 사이를 가르는 경계를 넘어설 때마다 처우가 천차만별이라 영 신뢰가 안 갔다.

브리싱가멘이 매우 안타깝다는 듯한 어조로 대꾸했다.

"저 눈물 나게 모자란 머리로 뭘 알겠니."

"그럼 아까 펠레스가 했던 말은 뭐야? 봉인 말이야."

그냥 넘어가기엔 무척이나 꺼림칙한 말이었다. 프라가라흐는 분명히 '우리'를 봉인해두고라고 표현했으니까. 그 말인즉슨, 봉인당한 것이 결코 프라가라흐 혼자만은 아니라는 소리였다. 프라가라흐가 말한 '우리'는 높은 확률로 그와 같은 성물일 테고.

미가엘과 이지스, 그리고 브리싱가멘.

"우리가 처음부터 인간들이 휘두르는 도구였던 건 아니라서. 정확히 말하자면 성력이 깃든 도구들은 예전에도 있었고, 거기에 느닷없이 우리가 들어간 거지."

브리싱가멘은 단지 그렇게만 말했다. 그때 또다시 폭발이 일더니 복도 한쪽이 완전히 뜯겨 나갔다.

우글거리는 발밑을 피해 황급히 뒷걸음질을 치다가 나는 짜증스럽게 얼굴을 찡그렸다.

"루아는 언제 와?"

어쨌든 자신의 행방을 묻는 거니까 루아도 이 정도 질문은 용서해주리라 믿는다. 제 목소리만큼 부드러운 바람을 일으켜서 흙먼지와 돌 섞인 파편을 뻥 뚫린 구멍 밖으로 내보내며 펠레스가 평이한 어조로 대답했다.

"아직 공식 일정이 남았습니다만, 이 소란을 들으셨을 테니 곧

오실 겁니다."

"그럼 나 좀 안전한 곳으로 이동시켜주겠어? 루아더러 데리러 오라고 해."

먼지바람에 의해 프라가라흐의 모습이 보이지 않았다. 나는 펠레스가 고개를 끄덕이는 걸 보고 망설임 없이 곧장 입을 열었다.

"기왕이면 아카데미로 갔으면 하는데. 거기에 아주 중요한 게 있거든."

더 자세히 설명할 생각은 조금도 없었건만, 그 말만으로도 내 의도를 눈치 챈 펠레스가 다소 미안한 감정이 묻어나오는 미소를 지었다.

"폐하의 심장을 말씀하시는 거군요. 알겠습니다."

프라가라흐가 들을지도 모르는데 왜 저리 태연하게 심장이란 단어를 운운하는지 모를 일이었다.

나는 항의하려고 했으나, 그보다 먼저 주위 풍경이 변했다. 후 끈한 더위와 함께 향긋한 꽃내음이 맡아졌고, 초저녁이 되기 직전의 어스름한 잿빛 하늘이 머리 위에 있었다.

벨모트의 하늘은 창백했다. 화사한 무지개 빛깔로 조화롭게 꾸며진 아카데미의 정원을 가로지르면서 나는 의아하게 머리를 기울였다.

"브리 너는 왜 프라가라흐처럼 펠레스한테 안 달려들었어?"

"내가 왜 그놈이랑 똑같이 행동해야 돼?"

질색을 하며 내뱉는 말이었으므로, 나는 미간을 찌푸린 채 이어 말했다.

"펠레스가 너희를 성물에 집어넣은 장본인이라서 프라가라흐가 저렇게 화내는 거 아니야?"

하기야, 생각해보면 이상할 것도 없었다. 성물에 대해서는 세간에 널리 알려져 있지만, 그 전설과도 같은 소문 중에 성물들이 말을 하고 사람으로 변신할 수도 있다는 얘기는 없었다.

"미가엘이 가만히 있는데 괜히 나서서 뭐해? 쟤 혼자 덤벼봤자 실컷 처맞기만 할 텐데. 난 목걸이에 들어온 것만도 감지덕지인걸. 그리고 나는 너랑 만나기 전까진 그 악마를 전혀 몰랐어. 별로 관심도 없었지만. 어쩐지 어디서 들어본 것 같은 이름이더라니. 예전에 이지스가 말해줬던 게 분명해."

나는 펠레스가 루아를 찾아 아카데미에 왔던 때를 떠올리며 입술을 오므렸다. 확실히 브리싱가멘은 펠레스를 보고도 아무렇지 않아 했다. 오히려 내가 펠레스에게 호감이 있단 걸 알고 루아와 비교하면서 놀리기만 했지.

내가 여학생 기숙사 문을 열고 들어가는 사이, 프라가라흐와 떨어져 기분이 좋아진 듯 브리싱가멘이 한껏 평화로운 목소리로 얘기를 늘어놓았다.

"그리고 나를 목걸이에 집어넣은 건 메피스토펠레스인가 하는 악마가 아니라 미가엘이야. 막 태어나서 세상 빛을 보기도 전에 우겨넣었지. 이지스와 프라가라흐는 메피스토펠레스가 봉인한 모양이지만, 나는 아니야."

"뭐?"

귀를 의심할 수밖에 없었으나, 브리싱가멘은 한숨만 푹푹 내쉴 뿐이었다.

"실은 걔가 내……, 아니, 별로 말하고 싶지 않아. 생각만 해도 우울하다. 자살하고 싶어질 정도야."

브리싱가멘이 더 이상 이야기하고 싶지 않다는 의사를 분명하게 보여왔으므로, 나는 영문을 몰라 얼굴을 찡그리면서도 순순히 생각을 접었다. 기숙사 안은 비교적 한산했지만, 텅 빈 것은 아니라 나는 입 모양을 크게 하지 않으려 노력하면서 다른 화제를 물었다.

"네가 보기엔 펠레스가 강해 보여? 프라가라흐를 실컷 처맞게 할 수 있을 만큼?"

나로서는 영 동의하기 싫은 생각이었다. 엄연히 성물인, 더 나아가선 정체 모를 뭔가인 프라가라흐를 상대할 정도면 왜 미가엘은 그렇게 피하지 못해서 안달이었는지 모르겠다. 나는 나를 두고 미가엘에게서 멀찍이 떨어지려고 했던 펠레스의 신사답지 못한 행동을 떠올렸다. 미가엘이 유독 강한 건지, 프라가라흐가 약한 건지 알 수가 없네. 그리고 펠레스도 이상하긴 마찬가지였다. 그토록 강했으면 더 확실하게 루아를 도와줄 수 있었을 텐데.

펠레스는 교황과 함께 루아의 탄생을 지켜본 이였다. 지금보다 더 직접적이고 확실한 도움의 손길을 뻗었을 수도 있었다.

"음, 그건 그 악마 본인한테 직접 물어보는 편이 좋을 것 같아. 애초에 나는 왜 이렇게 일이 꼬였는지 모르겠어. 황제가 신이라는 건 둘째쳐도 저 악마는 어째서 우리를 봉인하고 자기 혼자만 황제의 곁에 머무는 거야? 마치 일부러 그런 것 같잖아. 미리부터 발두르가 인간의 몸에 들어갈 줄 알고, 그것도 정확히 황제의 아들이 되리란 사실을 알고 황성에 들어간 것 같단 말이지. 거기다 내가 알베이흐와 있으면서 듣기론 메피스토펠레스라는 아카시아 제국 제일의 마법사는 교황과 꽤나 친분이 있었다고 했어. 그가 황성으로 들어올 수 있도록 추천한 게 교황이었다던데?"

루아에게 스며든 악마가 발두르임을 믿어 의심치 않는 어조에 절로 근심 어린 신음이 새어나왔다. 나는 내 이름과 캐리에타의 이름이 새겨진 기숙사 방문을 사납게 열어젖히며 보일 듯 말 듯한 연결고리를 계속해서 이어나갔다. 방 안에 캐리에타는 없었다.

"네가 알 정도면 루아도 이미 알겠지. 걔도 펠레스를 썩 좋아하지는 않거든. 어쨌거나 조금 감격해보지그래? 일단은 넌 성물이잖아. 이렇게나마 발두르를 만나서 반갑지 않아?"

"저렇게 성질 더러운 놈인 줄 알았다면 어떻게든 알베이흐한테 붙어 있었을 거야. 아, 그렇다고 화내지는 마. 네 남자친구지 내 남자친구는 아니잖아."

브리싱가멘이 신랄하게 떠들었다. 누가 남자친구라는 건지.

나는 부루퉁하게 눈알을 굴리며 책상으로 갔다. 간단한 안전장치만 해놔서 불안하던 차에 차라리 잘됐다 싶었다. 얼른 루아한테 돌려줘야지. 나한테 제 목숨을 맡기다니 미친 게 틀림없다.

　나는 조심스럽게 책상서랍을 열었다. 그 즉시 뭔가가 잘못되었단 사실을 깨달았다.

　서랍 안에는 아무것도 없었다.

　나조차 내 생각의 흐름을 이해할 수 없었다. 정신을 차렸을 땐 이미 옷장이 쓰러져 있고 책상 주변은 엎어진 잉크로 범벅이 되어 있었다. 섬세한 도자기와 유리 공예품은 산산조각 나 바닥에 수많은 파편을 흩뿌렸으며, 교과서들은 찢어진 채 아무렇게나 방 안을 나뒹굴었다.

　깔끔했던 방 안이 아수라장으로 변모한 것은 순식간이었지만, 내가 찾는 물건은 어디에도 없었다.

　"없어, 없어, 어디에도 없다고!"

　머릿속이 새하얗게 물든 지 오래였다. 나는 서슴지 않고 캐리에타의 가방까지 뒤졌다. 그녀의 드레스와 책을 비롯한 모든 소유물이 엉망으로 망가질수록 심장이 마비되고 있었다.

　입안에서 피 맛이 났다. 나는 마지막까지 온전한 장식 역할을 했던 액자를 집어 던져 깨뜨리고서, 피 맺힌 입술을 비틀었다.

　"브리싱가멘."

　"난 아무 짓도 안 했어! 정말이야!"

　그 억울함이 전달될 리 없었다. 나는 브리싱가멘을 벗어 침대에 내던진 뒤, 깨진 액자 유리 중 가장 큰 조각을 집어 들며 물었다.

"그걸 어떻게 증명해?"

불붙은 듯 머리가 뜨거웠다. 더는 참지 못하고 씹어뱉듯이 욕을 하는데 브리싱가멘이 당황한 목소리로 소리쳤다.

"그동안 나는 계속 너랑 같이 있었잖아? 어젯밤에도 황제가 가둬두는 바람에 이지스나 프라가라흐한테 귀띔할 시간도 없었어. 설령 있었더라도……."

"있었더라도?"

"아무 말 하지 않았을 거야."

그저 헛소리로만 들리는 변명이었다. 나는 노골적으로 그 말을 비웃으면서 되물었다.

"이유를 말해봐."

잠깐의 침묵이 있었다. 그러나 그건 말문이 막힌 그녀를 위한 것이 아니라 나에게 받아들일 시간을 주기 위해서였는지도 몰랐다.

"네가 황제한테만 유일하게 마음을 여니까."

단지 그 한마디에 발밑이 무너져 내리는 듯했다.

유리조각을 쥔 손에서 피가 배어나왔다. 뻑뻑한 눈알은 뜨겁게 달아올랐고, 미칠 듯한 분노로 참담하기까지 했다. 루아는 나를 믿지 말았어야 했다. 나는 루아가 준 물건이기에, 다른 누구도 아닌 루아가 직접 안겨준 마지막 선물이기에 그 책을 더욱 험하게 다루었다. 루아는 나를 믿지 말았어야 했다. 내가 제 목숨을 털끝 하나 건드릴 수 없도록 경계하고 또 경계해야 되었다. 언제나 나를 감시하고 예의 주시해서……, 아니, 처음부터 주지 말았어야 했는데. 차라리 나를 잊어버리지.

이 손에 묻은 피가 루아의 것 같았다.

울 수도 없었지만 분노할 수도 없었다. 그 시간조차 아까워서 나는 브리싱가멘을 내버려둔 채 지체하지 않고 방을 나서 탈리아를 불러 세웠다.

"지금 당장 공작가로 가서 레뮤시를 불러와. 사병을 전부 끌고 오라고 해."

"예? 사병을 이곳으로요?"

탈리아가 곤혹스러운 표정을 지었으나 그녀를 설득하고 확답을 기다리는 것조차 낭비로 느껴졌다.

"두 번 설명 안 해. 지금 당장 가. 이십 분 이내로 오지 않으면 전부 죽여버릴 줄 알아."

빌어먹을. 이마를 짚으며 나는 또다시 욕설을 내뱉었다. 본격적으로 시작된 생리통이 짜증스럽기 그지없었다.

루아가 데리러 온다고 했는데. 그전까진 어떻게든 찾아야 되는데.

유력한 용의자가 너무 많다는 게 흠이었다. 우선은 나와 루아의 얘기를 엿들은 브리싱가멘이 있었고, 룸메이트인 캐리에타와 다른 아카데미 학생이 존재했다. 최악일 경우엔 교황이 있겠지. 메피스토펠레스도 간과할 수는 없었다.

어느 누구든 죽여버리고 말 거다. 단순히 죽이는 걸로는 모자라서 안식을 빼앗아 평생의 삶을 후회하며 손톱으로 바닥을 긁게 만들어줄 거였다. 교황이 권세가 있어 더더욱 위험하듯이, 내게도 그만한 권력이 있었다. 하물며 여긴 제국도 아닌 것을.

나는 정문 앞을 서성였다. 다행히 기다림의 시간은 길지 않았다. 정말로 죽을 거라 여겼는지, 탈리아가 거금을 들여서 마법으로 연락을 취한 듯싶었다.

덕분에 레뮤시는 십 분이 조금 지나서 도착했다.

"괜찮습니까, 아가씨?"

다급해 보이는 레뮤시의 표정으로 보아 내 안색이 별로 좋지 못한 모양이었다. 아니면 손바닥에 생긴 상처가 심각해 보였던가.

나는 사병들의 수를 가늠해보면서 입을 열었다.

"아니, 안 괜찮아. 오자마자 미안하지만 우선 사병들을 나눠서 아카데미 문을 전부 막아줬으면 하는데. 나머지는 학교 내부를 수색하고. 물건을 하나 찾아야 되는데, 이 안에 있을지 없을지도 확실하지 않거든. 그러니까 서둘러야 돼."

"예? 내부를요? 물건이라면 정확히 어떤……."

"황제 폐하께 아주아주 중요한 물건이야. 교사고 나발이고 막아서면 죽여서라도 끌어내. 전부 뒤지는 거야, 알겠어, 레뮤시? 여학생 기숙사고 교장실이고 남김없이……."

"보니!"

캐리에타의 음성이었다. 그녀가 소리쳐 나를 부르고는 전속력으로 뛰어왔다.

"너, 돌아왔구나."

숨이 차 헉헉거리면서도 캐리에타가 멋쩍게 웃음을 지었다. 그러나 반가움의 미소라기보단 어딘가 죄 지은 사람의 것 같았다.

"내 물건이 없어졌어, 캐리에타."

캐리에타가 한숨을 쉬었다. 이미 내가 무엇 때문에 화내는지 아는 눈치였다.

"정말 미안해, 보니. 그게……, 나도 다 지키려고는 해봤는데 애들이 워낙 막무가내라 어쩔 수 없었어. 그래도 보석함이랑 몇 가지 물품들은 내가 잘 숨겨놨으니까 조금만 화 풀어, 응?"

그 말에 나는 레뮤시에게 명령을 내리려던 걸 멈추고 눈을 깜박였다.

"무슨 말이야? 애들이라니?"

"으음, 보니 네가 최근 들어서 수업에 자주 결석했잖아. 이번엔 아예 며칠간 기숙사에도 오질 않아서, 그……, 몇몇 호기심 많은 애들이 네가 없는 동안 네 물건을 구경하고 싶어 하더라고. 얼마나 값비싼 옷을 입는지, 장신구는 뭘 끼는지, 일기는 쓰는지 같은 뭐 그런 사소한 거 말이야. 두고두고 욕하면서 비웃을 수 있는……."

캐리에타가 내 안색을 살폈다. 어처구니가 없어서 웃음만 나왔다. 이번엔 내가 타깃이라 이거지. 제국에서 온 명망 높은 귀족가의 외동딸이지만, 사교성이 부족해 친구도 없고 수업도 자주 빠지는 건방진 학생이라. 거기다 뛰어난 성적을 내는 것도 아니었다. 어느 것에서건 특출한 재능을 선보이는 법이 없으니 이보다 괴롭히기 쉬운 상대가 또 있을까.

나는 아연하게 웃으며 되물었다.

"그러니까 아카데미 학생들 중 누군가가 순전히 나를 골탕 먹이려고 내 물건을 훔쳐갔다는 거야?"

속이 메슥거렸다. 캐리에타가 머뭇거리며 입술을 달싹였다.

"아, 아마 네가 오기 전에 돌려주려고 했을 거야."

어쨌든 다행이었다. 교황의 손에 넘어간 게 아니라는 사실이 드러났으니.

나는 손짓해서 잠시 물러나 있던 레뮤시를 불렀다.

"누군지 알지? 이름 불러. 레뮤시는 얼굴을 모르니까 같이 가서 잡아와."

"같이?"

캐리에타가 공작가의 사병들을 힐끗거렸다. 이토록 큰 규모의 아카데미에서 귀족가의 자제가 행패를 부리는 일은 흔하지만, 사병까지 동원되는 일은 전무했다.

이 사건의 여파가 얼마나 클지 모를 리 없는 캐리에타가 망설이는 기색을 보였으므로, 나는 곧장 말했다.

"보상은 아주 후할 테니까 걱정하지 마. 졸업하는 즉시 제국에서도 알아주는 일자리를 구해줄 테니까. 여기서의 생활도 전혀 불편함 없으리라 보장할게. 그건 그렇고 남은 내 물건은 어디에 있어?"

"아, 그건 체르지안한테 있어! 걔가 너랑 제일 친한 것 같아서 부탁했지.”

　그 대답을 듣는 즉시 나는 미련 없이 등을 돌렸다.

　기억을 더듬으며 남학생 기숙사로 향하려니, 노골적인 호기심
과 반감으로 가득 찬 시선들이 따라붙었다. 내가 공작가의 사병을
대거로 불러들였다는 사실이 경악스러우면서도 두려운 듯했다.
그들 중 일부는 나를 힐끔거리거나 아직 영문을 모르는 동급생에
게 소식을 전파했고, 아예 가던 걸음을 멈추었다. 모두가 알아달
라는 듯이 내게 고까운 눈빛을 보내오고 있었다.

　어쩐지 아카데미를 계속 다니기엔 무리인 것 같다는 생각이 든
다. 루아만 무사하다면 어떻게 되든지 상관없지만, 지금은 누가
내 앞을 막아설지 몰라 한시가 급박했다. 이럴 줄 알았으면 사병
들이라도 몇 명 데려올 걸 그랬다. 지금 나는 혼자였고, 다른 학생
들은 무리를 지어 얼마든지 나를 압박할 수도 있었다. 나중이 어
찌 되든 현재의 분노를 풀기 급급한 놈들은 얼마든지 있을 테니
까.

　잔뜩 인상을 쓴 채 기숙사 문을 열었다. 내부는 화사하다기보단
정갈한 분위기를 풍겼는데, 감각적인 모노톤의 흑백이 조화를 이
루고 있었다. 다행인지 불행인지, 기숙사 방에 들어가 있는 학생
들은 아무도 없는 듯 보였다. 모두가 홀에 나와서 자기들끼리 수
군거리고 있다가, 나를 발견하자마자 하나둘씩 얼어붙더니 결국
홀 전체가 정적으로 가득 찼다.

　“그레이스 양?”

사감으로 보이는 젊은 남자가 놀란 듯 눈을 휘둥그레 뜨고 다가왔다. 그러나 곧 뭔가를 결심한 듯 단호한 표정으로 손을 뻗기에 나는 미리 경고했다.

"내가 너라면 내 몸에 절대로 손대지 않을 거야."

"이곳은 남학생 기숙사예요. 그레이스 양은 어떤 이유로든 이곳에 들어올 수 없습니다."

그렇게 말한 사감이 머뭇거렸던 손을 강경하게 다시 올려서 나를 문 밖으로 밀어내려고 했다. 어깨를 잡아 강제로 뒤로 물리려 했으므로 짜증스럽게 얼굴을 일그러뜨리는데 학생들을 헤집고 나온 체르지안이 황급히 소리쳤다.

"잠시만요."

그가 내 손을 잡았고, 나는 일단 얌전히 있었다. 체르지안이 사감에게 잠시면 된다고 말하더니 여전히 나를 붙잡은 채 층계를 올랐다.

"네 물건 때문에 온 거지?"

"너한테 내가 찾는 물건이 없다면 저 남자부터 죽일 거야."

그 말에 체르지안이 웃었다.

"진정해, 보니. 일부러 나서서 증명하지 않아도 네가 사납다는 건 누구나 아는 사실이니까."

나는 주저 없이 체르지안을 걷어찼다. 이 상황에서 농담이 나오냐며 욕이라도 한가득 퍼부으려던 것도 잠시, 곧 어떤 가정이 떠올라 멍하니 눈을 깜박였다.

"있어? 너한테 있는 거야?"

체르지안의 입가에 걸린 미소가 더욱 진해졌다.

"이리 와. 나는 네가 뭘 찾는지 잘 아니까."

나는 망설임 없이 체르지안의 말을 따랐다. 재가 되어 바스라질지 모르는 한 줌의 희망만 믿고 그의 손을 세게 붙잡았다.

순간 체르지안이 복잡하다는 듯 중얼거렸다.

"이렇게 잡고 싶은 손은 아니었는데 말이야."

그저 어처구니없을 따름이라 한소리하지 않을 수 없었다.

"정말 지금 나한테 작업을 걸고 싶어?"

"이게 마지막일 수도 있는 거 아니야."

더는 부인하지도 않았다. 갑자기 체르지안의 사소한 행동 하나하나가 좀 지나치다 싶을 정도로 의식되기 시작했다.

체르지안이 나한테 호감을 가졌다는 게 아주 터무니없고 우스꽝스러운 일이 아니기는 했다. 어쨌거나 그는 아카데미에서 내 횡포를 3년 동안 꿋꿋하게 견딘 유일한 사람이니까. 다른 흑심이 있을지도 모른다는 예감은 처음부터 갖고 있었다. 다만 체르지안이 엉뚱하게도 엄마에게 그 호감을 표시하길래 어떡해야 할지 몰랐을 뿐.

하여간 애도 참 취향 독특하지. 단순히 멀리서 지켜보고 자기 혼자 환상을 품은 거면 몰라도, 내가 얼마나 성질이 더러운지 뻔히 알면서 좋아하다니 도통 이해가 안 갔다. 루아와 헤어진 직후부터 재회하기 이전까지의 나는 정말로 날카롭고, 예민하고, 항상 곤두

폐하의
소꿉친구 2

서 있었다. 한 번 화가 나면 주체할 줄을 몰라서 주위를 엉망으로 만든 적이 셀 수도 없었다. 그 점을 나 스스로도 아는데 도무지 제어할 수가 없어서.

묵묵히 위층으로 올라가던 나는 그제야 내가 체르지안의 손길을 쳐내지 않은 게 이번이 처음이라는 사실을 깨달았다.

처음. 3년의 시간 끝에.

"체르지안?"

"말해."

"고마워."

내가 해줄 수 있는 말은 그게 다였다. 체르지안이 어깨를 으쓱였다.

"별걸 다."

"그리고 너한테서 땀 냄새 나."

나는 샐쭉하게 입술을 삐죽였다. 겨우 정신이 들어 체르지안을 살펴보니 그는 간편한 운동복 차림이었다. 이놈은 마법사면서 무슨 운동을 저리 열심히 하는지 모르겠다.

그와 달리 나는 가뜩이나 운동 부족이라 그새를 못 참고 숨을 헐떡이는데, 갑자기 걷는 속도를 늦춘 체르지안이 낮게 내리뜬 눈으로 나를 살폈다.

이윽고 그가 웃어야 할지, 울어야 할지 모르겠다는 애매한 얼굴로 느릿하게 입을 열었다.

"그런 식으로 나오면 나도 할 말이 있는데 말이지. 너한테서는 피……, 알았어, 안 말할 테니까 목은 조르지 마. 좋은 일이잖아!
다 살자고 하는 짓인데…….”

남들보다 족히 백배는 예민한 감각을 가졌다고 알려진 베헤모
스 후작가를 통째로 불질러버리고 싶은 충동을 느끼면서 나는 찢
어 죽일 듯이 그를 노려보았다. 만약 엄마가 내 월경을 축하하는
파티에 체르지안을 부르면 어떻게든 못 오게 막으리라 결심을 굳
혔건만, 저 혼자 낄낄거리던 체르지안이 돌연 안색을 굳히더니 내
다른 쪽 손을 낚아채 잡았다. 유리조각을 세게 그러쥐는 바람에
상처투성이가 된 손이었다.

체르지안이 한숨을 내쉬며 내 손을 감싸자, 씻은 듯 말라붙은 피
가 사라졌다. 그가 말끔한 흰색 손수건으로 내 손바닥을 감싸면서
투덜거렸다.

“생긴 것밖에 봐줄 게 없는 아가씨가 흉터라도 남으면 어쩌려고
그래?”

“어디 계속 기어올라봐.”

기가 막혀 중얼거리는 말에도 그는 웃기만 했다.

“그럴 수야 없지. 아무튼 다 왔어.”

체르지안이 가리킨 문은 계단의 바로 맞은편에 나 있었다. 황급
히 뛰어올라가 문을 열어젖히자, 언젠가 한 번 살펴봤던 단조로운
방이 보였다.

나는 바깥에서 무슨 일이 벌어지든 말든 두꺼운 전공 서적을 읽
느라 바쁜 알베이흐를 보며 어이없어서 눈알을 굴리다가, 체르지

안이 뒤따라 들어오기 무섭게 닦달을 시작했다.

"어딨어? 빨리 줘!"

다행히 체르지안은 꾸물거리지 않았다. 그가 상표를 떼지도 않은 새 가방—아마도 극심한 쇼핑 중독에 시달리는 캐리에타의 것이겠다—을 열어서, 보석함을 내버려두는 대신 정성스럽게 손질된 가죽으로 뒤덮여 있는 얇은 서적을 집어 들었다. 그것이 눈에 보였다. 망막에 박히고 가슴에 사무쳤다.

그 자리에 그대로 주저앉지 않은 것이 기적이었다.

동화책. 루아의 심장을 나는 무엇보다 소중하게 품에 안았다. 그 메마른 감촉을 느끼고, 서늘한 나무와 가죽의 향기를 미친 듯이 탐욕스럽게 들이켰다. 어찌나 다행스럽던지 하마터면 체르지안이 보는 앞에서 울음을 터뜨릴 뻔했다.

"다행이다……, 정말 다행이야."

호흡이 본디 제 박자를 되찾고, 점멸한 듯 아무것도 남지 않았던 머릿속이 천천히 식어갔다. 안도의 웃음을 감추지 못하는 나를 바라보며 체르지안이 어쩔 수 없다는 듯 덩달아 미소를 흘렸다.

"캐리에타는 네가 교과서보단 이걸 더 중요하게 여길 것 같다고 생각한 모양이더라."

"당연하지! 아, 캐리에타한테 어떻게 보답해야 할지 모르겠어. 지금 생각 같아서는 우리 집안의 양녀로 들이고 싶을 정도야. 물론 엄마랑 아빠는 내 거지만."

기분이 좋아져서 평소보다 높은 톤으로 얘기하다가 나는 짧게 신음했다. 동화책을 무사히 되찾았다고 해서 내 물건을 훔쳐간 그 괘씸한 것들의 죄가 사라지는 것은 아니었다. 어떤 방식으로든 본보기를 보여주지 않으면 이와 같은 일은 얼마든지 또 벌어질 수 있었다. 다음엔 다른 애들이, 더한 악의를 갖고 훨씬 악질적인 일을 벌일 수도 있다는 얘기다. 그리고 내 화는 아직 누그러지지 않았다. 세 배로 갚아주지 않으면 결코 성에 차지 않는 적의였다.

생각할수록 증오스럽다. 다른 여자가 루아의 심장을, 그리고 이 안에 박제되어 있는 과거를 본다는 상상을 하는 것만으로도 구역질이 났다. 이성을 송두리째 날려버리는 불길이 나를 집어삼켰다.

다른 이들에겐 이 동화책이 그저 웃음거리라는 것을 안다. 캐리에타가 미리 숨기지 않았다면 호기심과 경멸이 묻은 학생들의 손에서 손으로 넘어가 너덜너덜해졌을 것이었다. 루아의 심장이 오로지 나를 조롱하기 위해 쓰였을 것을 생각하니 미치도록 화가 치솟았다.

나는 동화책을 가방에 넣고 단단히 여몄다. 조금 무겁긴 해도 희열을 느낄 만큼 만족스러워서, 나는 뿌듯한 미소를 지어 보이며 체르지안에게 작별 인사를 했다.

"이만 가봐야겠어."

당연하게도 체르지안은 내가 앞으로 무엇을 할지 알고 있었다.

"보니, 그 애들 말인데……."

내 이름을 부를 때부터 설득하려는 의지가 강하게 느껴졌으므로, 나는 재빨리 말을 잘랐다.

"너는 내 친구지, 체르지안? 그것들의 친구가 아니라."

체르지안은 대답하지 않았지만, 체념한 듯이 어깨를 으쓱였다. 어차피 큰 기대도 하지 않았던 모양이라 나는 슬쩍 비웃고는 손을 흔들었다.

"나중에 봐. 나를 투명인간 취급하는 알베이흐 선배도 잘 있어요."

체르지안에게 인사를 남긴 다음에는, 전속력으로 충계를 내려갔다. 내가 걱정됐는지 공작가의 사병 몇 명이 기숙사 안으로 들어와 있어서, 나는 갑자기 누가 나를 막아설까 경계하지 않아도 되었다.

루아의 심장은 안전했고, 내 품 안에 있었다. 그 사실이 유일한 위안이었다.

사병들의 비호를 받으며 레뮤시가 있는 곳으로 가니 익숙한 듯, 아닌 듯한 여학생 여섯 명이 불안에 떨며 서 있는 게 보였다. 그들 중 하나가 나를 발견하고 용감하게 한 발 앞으로 나섰다.

"보, 보니……."

절로 실소가 비어져 나왔다. 나는 허탈하게 얼굴을 찡그렸다.

"누구 마음대로 보니야? 네가 부르라고 있는 이름이 아닌데."

그들을 일일이 살펴보며 어느 가문의 딸인지 알아보는 것조차 낭비로 느껴졌다. 나는 미련 없이 캐리에타에게 시선을 돌렸다.

"얘네가 다야?"

"응, 키틴이랑 니키타는 구경만 했다는데 혹시 몰라서……."

머뭇거리며 답한 캐리에타가 끄트머리에 있는 두 여학생을 곁 눈질했다. 확실히 방관도 죄이기는 하지. 나는 찌푸렸던 표정을 누그러뜨렸다.

구경꾼이 제법 많았다. 혹여 제게도 화가 미칠까 가까이 오지는 못했지만. 나는 그들을 성의 없이 훑어보면서 잠시 고민에 빠졌 다. 여기서 전부 죽여버리는 것도 하나의 좋은 방법이 되겠으나, 루아의 심장이 이렇듯 무사한데 굳이 내 손을 더럽힐 필요가 있나 싶기도 했다. 그렇다고 다른 놈한테 대신 죽여달라고 할 수도 없 는 노릇이고 말이야.

아니, 가만, 어쩌면 그런 놈이 하나쯤은 있을지도 모르겠다.

나는 험악하게 웃고 싶은 충동을 억누르느라 입술을 비틀었다.

"레뮤시, 얘네들을 파우스트 교황에게 데려가."

"예?"

레뮤시가 의아하다는 표정을 지었고, 사형수처럼 고개를 푹 숙 이고 있던 여학생들이 생각 외로 가벼운 처벌이라고 여겼는지 너 도나도 고개를 들었다. 그들의 얼굴에 미약한 화색이 돌았다.

"가서 전해. 친애하는 안젤리크가 보내는 선물이라고."

처벌이 고해성사로 끝날지 아닐지는 두고 봐야 아는 거였다.

한결 만족스러운 얼굴로 나는 동화책이 든 가방을 끌어안았다. 파우스트가 그들을 어떻게 처리하든지 내가 손해 볼 일은 없었다. 이미 상당수의 구경꾼이 내 명령을 듣지 않았나.

이 소문은 불길보다 빠르게 퍼져갈 거고, 소문을 접한 거의 대부분의 사람은 교황에게 보내진 여학생들의 행방을 궁금해할 터였다. 방심하고, 안심하고, 별일 아닌 듯 치부하겠지. 어쨌거나 이미 내 손을 떠난 일이니, 더 이상 그들의 처벌은 내 몫이 아니라고 생각할 것이었다.

교황이 그들을 제물로 삼아서 루아를 해치려는 미친 짓을 벌인다면 그것만큼 그를 나락으로 떨어뜨리기 좋은 명분도 없겠으나, 아마도 그는 다른 방법을 고를 거다. 우선 그들의 얘기를 귀 기울여 들어줄 수도 있겠지. 인애하고 너그러운 성자의 탈을 쓰고 어째서 자신에게 오게 되었는지 경위를 물어보고, 나를 대신하여 용서할 수도 있었다. 이 자리에 있는 구경꾼들의 예상이 아마 이러하리라.

일말의 꾸짖음과 자비, 그리고 용서. 교황이 그럴 것이라 믿어 의심치 않겠지. 하지만 과연 그러할지는 의문이었다.

나는 짧게나마 교황과 둘만의 시간을 가졌던 적이 있다. 당시 교황은 내가 초경을 시작한 것을 안타까워했고, 과거의 어리고 순수했던 그렌트헨을 그리워했다. 처분을 기다리는 그 어린 소녀들을 교황이 자신에 대한 조롱으로 받아들일 것은 불 보듯 뻔한 일이었다.

그건 그렇고 루아는 언제 데리러 오려나. 사실 황제를 살해할 뻔했다는 죄를 물어서 그들의 가문을 불사르지 않은 것만도 상당히 과한 친절이었다. 황제를 죽이려 했다는 것은, 성공 여부에 관계

없이 가장 극악무도한 죄악이다. 그 여학생들이 알고 벌인 짓이든 그렇지 않든, 그것은 전혀 중요하지 않았다.

나는 천천히 숨을 들이켰다. 잊지 말아야 할 단 하나는, 그들이 동화책의 존재를 알았을 시엔 나를 비웃고 욕하며 갈기갈기 찢어 발겼을 거란 사실뿐. 오직 나를 깔본다는 일념 하에 제국의 가장 고귀한 심장을 만신창이로 만들었을 거다.

나는 주위의 소란을 깔끔히 무시하고 옷차림을 정돈하는 데 몰두했다. 그 느긋한 여유를 틈타 누군가가 딱딱한 목소리로 나를 불렀다.

"그레이스."

자제심이 담긴 사무적인 부름이었으나, 승리감에 도취되어 기분이 한껏 좋아진 나는 웃으며 고개를 돌렸다.

"응?"

내가 비웃음과는 또 다른 종류의 웃음을 머금고 있어서인지, 샤트린이 잠시 당황스럽다는 듯 침묵을 지켰다. 용건이 있어서 온 듯한데 도통 말을 아껴서, 나는 그녀를 다그쳤다.

"왜 불렀는데?"

생각보다 간드러진 음성이 내가 듣기에도 퍽 낯간지러웠다. 샤트린이 미미하게 인상을 쓰면서 나에게 제법 큰 꾸러미를 내밀었다. 쟤야 체력 단련을 했으니 한 손으로 들지만 나는 양손으로 들어도 모자랄 거였다.

"받아. 그 애들이 가져간 네 물건이야."

얼핏 보기에도 꽤나 무거워 보여서 나는 멀뚱멀뚱 쳐다보기만 했다.

"이걸 왜 네가 찾아줘?"

"지난번에 신세를 졌다고 생각했는데."

샬럿 얘기를 하는 건가? 나는 뻣뻣한 샤트린 대신 제국에서 온 학생들에게 좋은 화풀이 대상이 되어주고 있는 그녀의 여동생을 떠올렸다. 나 역시 다른 제국민들처럼 샤트린과 특별히 잘 지냈던 기억이 없으니, 아마 비외르크가 샬럿을 괴롭혔을 때의 일을 말하는 듯싶었다. 내가 브리싱가멘을 비외르크에게 던진 것 말이다. 음, 딱히 그녀를 도와주려고 한 행동은 아니었지만 아무렴 어때.

샤트린이 그 일을 신세라고 생각한다면 굳이 이 친절을 마다할 이유가 없었다. 나는 더욱 진한 미소를 입에 물고서 말했다.

"그럼 신세를 갚는 셈 치고 내 방까지 옮겨다 주면 안 될까? 나 지금 가봐야 하거든. 네가 내 걱정을 덜어준다면 정말 고마울 거야."

기껏 사근사근한 목소리로 말해줬는데도 샤트린은 좀처럼 굳은 인상을 풀지 않았다. 그녀가 제 귀를 의심하며 미심쩍게 나를 주시하는가 싶더니, 이내 체념의 한숨을 내쉬었다.

"그렇게 하지."

실로 놀랍기 그지없었다. 저 샤트린이 설마 사병들 좀 데려왔다고 굴복할 줄이야. 아니, 어쨌든 나한테 신세를 졌다고 생각하니까 그건 아닌가?

하여튼 의외이기는 했다. 지난번엔 루아한테 빠져서 나한테 검을 휘두르더니 동생 한 번 도와줬다고 이런 친절을 베풀어.

나는 고개를 갸웃거리며 샤트린의 뒷모습을 빤히 주시했다. 샤트린은 뭐가 그리도 혼란스러운지 가다 말고 자꾸만 멈춰 서서 나를 돌아보았다. 내가 헤집어놓아 엉망인 방 꼴을 보고 샤트린이 무슨 표정을 지을지 기대돼서 처음 한두 번은 손까지 흔들어줬으나, 그 머뭇거림이 세 번을 넘자 나는 황당해서 얼굴을 찡그렸다. 쟤가 뭘 잘못 먹었나? 아니면 혹시 샜나!

순간 화들짝 놀라서 나는 황급히 치마를 살폈다. 다행히 치마는 어떤 얼룩도 묻어 있지 않고 하늘하늘하게 풍성한 채였다. 체르지안의 마법 덕분에 손바닥을 다쳤을 때 남았던 핏자국도 없어서, 나는 안도의 한숨을 흘렸다. 정말 다행이야. 가장 끔찍한 방법으로 내가 월경 중이라는 사실을 발설하지 않아서. 그 방법으로 알려준 것은 루아 하나면 족했다.

"교황이 얼마나 기분 더럽게 했길래 쟤네를 거기로 보내?"

참으로 느닷없었다. 바로 뒤에서 들려오는 갑작스러운 물음에 나는 비명을 질렀다.

"놀랐잖아! 왜 이제야 오는 거야?"

나는 고개를 홱 돌려 루아를 노려보았다. 루아는 나랑 같이 잔 주제에 졸린 듯 반쯤 감긴 눈으로 나를 바라보고 있었다.

아직 나한테 이목이 집중되어 있었으므로, 나는 사람들이 돌연 나타난 금발 남자—그것도 희대의 미남 아도니스란 칭호가 아깝지 않은—에게 흥미를 갖지 못하도록 루아를 황급히 잡아끌면서 대답했다.

"교황이 나한테 무슨 짓을 했는지 그렇게 궁금하면 예쁘고 깜찍하고 순수한 어린 소녀로 변해서 한번 찾아가봐. 운이 좋으면 박제해줄지도 몰라."

그러나 루아는 듣지도 않고 되물었다.

"나랑 있는 게 싫어서 사병을 불렀어? 레이첼이 오게 하려고?"

"뭐?"

어이없다 못해 화가 치솟는 질문이었다. 단 한마디 말로 화병에 걸리기 직전이라 나는 아예 뛰듯이 달려서 자귀나무들이 우거진 정원 한가운데로 루아를 밀어 넣었다. 그러고는 최대한 자제하려 애쓰며 낮게 소리쳤다.

"대체 무슨 소리를 지껄이는 거야? 내가 아까 얼마나 놀랐는 줄 알아? 네 심장이 없어졌었다고! 오죽 당황했으면 앞뒤도 생각 안 하고 이따위 짓을 벌였겠어! 나는 정말로 내가 널 죽이는 줄로만 알고……, 나 때문에 네가 잘못되는 거라고 생각해서……."

발밑이 무너져 내리는 것 같았던 충격이 되살아나는 기분이었다. 나는 충격받았고, 두려웠고, 참혹한 현실을 부정하고 싶었다. 그러나 루아를 잃어버리지 않으려 억지로 이성을 유지해야만 했다. 루아가 과거에 머물러 있지 않고 나를 찾아와주었으니 나 또한 이 잘못된 것을 바로잡으려 노력해야 한다고, 도망치거나 당황하면 안 된다고 그렇게 나를 다잡았다. 이 발악이 소용없는 짓이 될지라도 눈물 한 방울을 아꼈다. 하지만 역시 화가 났다.

나를 믿은 루아에게.

그 믿음을 저버린 나에게.

"어째서 나한테 네 목숨을 맡겼어? 도대체 나를 뭘 믿고? 내가 너한테서 받은 물건이라면 아주 극진하게 모셔놓을 거라고 생각했니? 그렇다면 그건 크나큰 착각이야. 나는 단 한 번도 네가 준 동화책을 귀하게 대접한 적 없거든."

나는 이를 악물고 말했다. 세상 누구보다 루아를 필요로 하는 주제에 루아가 준 물건을 소홀히 다룬, 아니, 거의 화풀이 대상으로 삼기까지 했던 나를 루아가 비난해도 할 말이 없었다. 차라리 원망한다면 더 마음이 편할지도 몰랐다.

그러나 루아는 그저 나를 뚫어져라 바라보기만 했다. 높아진 눈높이로, 다 큰 청년의 모습으로 나를 주시했다.

"내가 너를 이용한다는 생각은 안 해봤어?"

루아가 대뜸 물어왔다. 예상했던 것과는 전혀 다른 요지의 질문이었으므로, 나는 가쁘게 숨을 고르다 말고 얼굴을 구겼다.

"무슨 뜻이야?"

"내가 이런 헛짓거리를 하는 이유가 순전히 너를 내 곁에 두기 위해서일지도 모른다고 의심해본 적은 없냐는 말이야. 그렇잖아, 나는 성물도 부술 수 있고 사도들도 죽였는데 뭐가 불안해서 심장을 너한테 맡기겠어? 네 말처럼 너를 믿었다가 어떻게 될 줄 알고?"

무슨 말인지 영문을 모르겠어서 나는 눈을 깜박였다.

의심…… 이라니? 루아가 지금 나한테 제 심장을 맡긴 것을 '헛짓'이라고 표현한 건가? 내가 제대로 들은 거야?

그 말을 이해하느라 잠시 뜸을 들였다가, 가방을 내려다보며 가만히 입을 열었다.

"이거 그럼 네 심장 아니야?"

"맞는데."

루아가 천연덕스럽게 긍정했다.

저 뻔뻔스러운 얼굴을 실컷 패주고 싶은 충동을 느끼며 나는 얼굴을 찡그렸다. 당황스러웠다. 얘가 왜 갑자기 이러는지 모르겠다. 구김살 하나 없는 낯짝으로 루아는 지금 심술을 부리고 있다. 어째서? 어제까지만 해도, 아니, 오늘 아침에만 해도 아무런 문제 없었잖아.

「나랑 있는 게 싫어서 사병을 불렀어? 레이첼이 오게 하려고?」

나는 루아의 말을 떠올렸고, 그것에 사로잡혔다. 설마 내가 사병들을 부른 게 못마땅해서 그런가? 엄마가 나를 데리고 갈까 봐? 내가 자신과 있는 걸 싫어하기 때문에, 이런 방식으로 엄마한테 내 위치를 알려준 거라고 혼자 단정 지어서 이러는 거야?

정말로 어처구니가 없었다. 자기를 의심해본 적 없냐고? 어떻게 이런 상황에서 저런 질문을 할 수가 있는 거야? 참 지독히도 악의적이었다. 당연히 그럴 리 없잖아. 내가 어떻게 루아를 의심할 수가 있겠는가. 그리고 나는 루아의 심장만을 걱정했을 뿐이지,

집으로 돌아가고 싶다는 생각은 전혀 하지 않았다. 어차피 돌아갈 마음도 없고!

머리가 지끈거렸다. 나는 이상한 데서 심술을 부리는 루아를 노려보며 말했다.

"너 뭔가 오해하는 것 같은데…….''

"너는 언제든지 나한테서 도망칠 수 있어.''

이 갑작스럽고, 또 단도직입적인 말이 당혹스러울 수밖에 없었다. 루아는 싸늘하다 싶을 정도로 매정하게 얘기하고 있었다. 빈정거림을 담아서. 내가 미워진 건가 의심스러울 만큼.

왠지 모를 거리감이 들어서 나는 나도 모르게 루아와 시선을 엇마주쳤다. 잔뜩 예민해진 귀에 뜻 모를 저의가 담긴 루아의 음성이 닿았다.

"나는 그게 상당히 마음에 안 들거든.''

이 기분을 어떻게 표현할 수가 없다. 충격적이고, 화나고, 눈앞의 루아가 제정신이 아닌 듯도 보였다. 서럽고 기가 막혀서 눈물까지 나올 정도였다. 그동안 아무렇지 않게 나를 감시했던 주제에, 나 모르게 낱낱이 내 삶을 살펴보았던 주제에 어떻게 '너는 언제든지 나한테서 도망칠 수 있다.' 같은 개소리를 하는 거지?

나는 루아의 능력을 온전히 다 알지는 못하지만, 루아가 마음만 먹으면 이보다 더한 사생활 침해를 할 수도 있다는 것쯤은 안다. 내가 이 사실을 알면서도 용인하는 것은 결코 루아에게서 도망칠 자신이 있어서가 아니었다.

심장이 요란하게 뛰었다. 문득 가장 아프고 소중한 비밀을 담은 동화책으로 변한 루아의 심장도 이렇게 뛰는 순간이 있을지 궁금해졌다.

루아가 나를 보면서 설렌 적이 단 한 번이라도 있을까?

나는 용기를 내서 고개를 들었다. 그 찰나의 순간 절묘하게 시야가 흐려지고, 무뎌지고, 까맣게 점멸했다가 다시 선명한 색채로 물들었다. 루아의 느닷없는 심술이 전혀 이해 가지 않았지만, 달래려는 시도는 해봐야 했다.

"네가 지금 왜 이러는지 모르겠어. 네 심장을 되찾으려고 온 건데 어째서 화를 내는 거야? 나 돌아갈 생각 없어, 루아야. 도망칠 생각은 더더욱 없고. 내가 왜 너한테서 도망치겠어?"

창백한 눈, 상처와 원망이 담긴 시리도록 푸른 루아의 눈을 내 눈에 박으며 나는 말했다. 그러나 루아는 시큰둥한 얼굴이었다. 여전히 비딱한 태도를 고수하고 있었다.

"심장이고 나발이고, 그걸 네가 왜 찾으러 다녀? 애초에 나한테 말 한마디 해주고 가는 시간도 아까워서 메피스토펠레스한테 부탁한 것도 이해 안 가. 내가 언제 데리러 올 줄 알고?"

얘가 진짜 미친 게 아닐까.

"야, 이거 네 심장이거든? 내 목숨이 아니라 네 목숨이야! 네가, 나한테, 심장이라는 얘기도 안 해주고 맡긴 거란 말이야, 이 더럽게 짜증 나는 멍청아! 기껏 걱정해줬더니, 뭐? 심장이고 나발이고? 그럼 나더러 그냥 가만히 있었어야 됐다는 소리야? 네가 도둑질이나 하는 여학생들 때문에 죽을지도 모르는데? 그럴 거면 나한테 그게 네 심장이라는 얘기는 왜 했어!"

나는 기어이 폭발했다. 서로 말이 통하질 않으니 아무리 대화를 해도 제자리걸음이었다. 그 사실을 루아도 눈치 챘는지 미간을 찌푸렸다. 그러다 곧 한숨을 내쉬는가 싶더니, 체념한 듯 고개를 숙여서 내 어깨에 제 머리를 묻었다. 루아의 키가 워낙에 커서 우리 사이에 빈공간이 남을 수밖에 없었는데도 나는 충격을 받았다.

삽시간에 날 섰던 감정이 누그러졌다. 서러움이 사라지자 남은 건 뜻밖의 의아함이었다. 가, 갑자기 또 무슨 짓인지 모르겠다.

나는 어정쩡한 자세로 얼어붙어서, 달콤한 색감으로 흐트러진 루아의 머리카락이 목덜미를 간질이는데도 움직일 수 없었다. 단지 미친 듯이 눈을 깜박이기만 하려니 루아가 낮은 목소리로 중얼거렸다.

"너는 내 시야에서 사라지지 못해서 안달이 난 거 같아."

루아의 팔이 내 등을 감싸는 게 느껴졌다. 가까스로 정신을 차렸을 때 나는 이미 루아에게 완전히 안겨 있었다.

빌어먹게도 따뜻하고. 익숙하고. 다정하고.

"나 그렇게 쉽게 안 죽거든? 그러니까 말도 없이 사라지지 마."

애처롭다. 무서울 정도로 당연하게 나를 갈구하는 것이.

훨씬 차분해진 음성으로 루아가 내 귓가에 대고 속삭였다. 막 녹기 시작한 풀밭, 안개 낀 달콤한 밤하늘 같은 목소리다. 상당히, 무척이나 듣기 좋아서 나는 루아를 밀어내리려던 손을 도로 내렸다.

기분이 나아지지 않았다면 거짓말이라. 일단은 얌전히 안겨주면
서 입으로만 항의했다.

"하지만 나는 너를 위해서……."

"내 옆에 붙어 있는 게 나를 위하는 거야."

그 천연덕스러운 말에 나는 마른침을 삼켰다. 어깨에서 절로 힘
이 빠졌다. 내가 무슨 고목에 붙은 매미도 아니고 말이야.

무사히 동화책을 되찾아서 뿌듯했건만, 정작 주인이라는 놈이
이런 반응이라 여간 답답하고 서러운 것이 아니었다. 이게 다 자
기를 걱정해서 한 짓이라는 걸 도무지 알아주질 않으니.

루아는 내가 말없이 벨모트로 와서 기분이 상한 게 분명했다. 설
령 그 이유가 제 심장을 지키기 위해서였어도 납득할 수 없는 것
이 틀림없었다. 참 당혹스럽기도 하지. 나는 어차피 루아가 나를
데리러 올 테니 상관없다고 생각했건만, 루아는 내가 자신과 있기
싫어서 도망친 거라고 받아들였다. 제 심장을 되찾는다는 것은 그
저 핑계일 뿐이라고 여긴 것 같았다.

나는 루아에게 조금 더 기대고, 힘 빠진 몸을 늘어뜨렸다. 루아
가 나를 놓아주지 않는 바람에 지금 루아의 표정이 어떤지 확인할
수가 없었다.

잠시 물러갔던 속상한 감정이 스멀스멀 밀려오는 것을 느끼며
나는 입술을 삐죽였다.

"나를 못 믿겠어?"

"네가 아니라 나를 못 믿겠어."

나는 떨떠름하게 그 말을 들었다. 저 머리를 열어서 일일이 확인해보지 않는 이상 루아가 무슨 생각인지 알 길이 없었다.

"알았어. 노력은 해볼게. 하지만 나는 네 목숨이 더 우선이야. 한번 입장을 바꿔서 생각해봐, 루아야. 네 심장이 아니라 내 심장이 없어졌으면 어떡할 건데? 너도 똑같이 할 거 아니야?"

"너를 예로 들 거면 전제부터 다시 해야지. 나는 네 심장을 바깥에 둘 생각이 전혀 없는데."

도무지 말이 안 통한다! 나는 이를 갈며 루아의 그늘에서 빠져나왔다.

"좋아, 여기서 계속 이러고 있어봤자 말다툼만 할 게 뻔하니 나는 교수님들한테 해명한 다음 브리싱가멘을 가져올게. 그리고 돌아가자. 됐지? 이러면 불만이 없겠어?"

목에 뭔가가 걸린 것 같은 기분으로 나는 루아를 바라보았다. 생각해둔 변명이 몇 있지만, 교수님들께 먹힐지는 미지수였다.

우선 브리싱가멘을 데리러 가면서 천천히 머리를 굴려볼 셈이었으나, 루아는 얼굴색 하나 안 변하고 내 계획을 송두리째 뒤엎었다.

"브리싱가멘은 나한테 있고, 뒤처리는 메피스토펠레스가 대신할 거야. 그편이 더 확실할걸."

그 말에 귀찮은 수고가 덜어 만족스럽기는커녕 찜찜함이 배로 늘었다.

내가 브리싱가멘을 방에 내버려두고 나온 건 한참 전이다. 뛰어난 관찰력으로 내 목에 브리싱가멘이 걸려 있지 않았다는 사실을 눈치 챌 수는 있겠지만, 그녀가 정확히 어디에 있었는지 알고 가져왔다는 게 미심쩍었다. 물론 마력으로 탐지를 해서 찾았을 수도 있겠지. 브리싱가멘은 성스러운 기운을 발산하는 성물이니까. 하지만 지난날의 일들로 미루어보아 왠지 그게 아닌 것 같았다.

교황이 나를 데려갔을 때도 루아는 이와 같았다. 곧장 나를 구해주지 않고, 내가 스스로 빠져나온 뒤에야 제 모습을 보였다. 그러나 결코 다급하게 나타난 것 같지 않았었다.

불편한 깨달음이었다. 뼛속까지 아렸다.

생각해보면 루아는 거의 언제나 그랬다. 내가 아무도 모르는 곳에 숨어서 울 때도, 교황과 단둘이 남겨졌을 때도, 루아의 심장을 잃어버렸다고 생각한 방금 전에도, 루아는 한 박자 늦게 나타난 주제에 모든 상황을 전부 다 안다는 듯이 굴었다. 어쩌면, 어쩌면 교황이 나한테 무슨 말을 했는지 물어봤던 것도 그저 떠보는 것이었을지도 모른다. 루아는 나와 떨어져 있다가 만나도 마치 직접 제 눈으로 나를 지켜보고 있었다는 양 모든 것을 정확히 꿰뚫었다.

분명 루아라면 조금 더 빨리, 뭔가가 더 어그러지기 전에 나타났을 수도 있었을 터였다. 여유롭게 정황을 살피고 나서 모습을 드러내는 게 아니라, 일단 나를 구해주고 안심시켜준 다음 나한테 사정 설명을 부탁하는 것도 얼마든지 가능했을 것이다.

그 가능한 것을 하지 않았다.

"너 말이야, 언제부터 지켜보고 있었어?"

우리는 이 질문의 대답을 이미 알고 있었다.

"네가 황성에서 사라진 직후부터."

"메피스토펠레스가 알려주기도 전에?"

"메피스토펠레스가 알려주기도 전에."

속에서 열불이 났다. 루아를 때릴 수도 있었지만, 보나마나 몇 대를 처맞아도 멀뚱멀뚱 눈알만 굴릴 것이 뻔해서 나는 차선책으로 등을 돌렸다. 루아를 쳐다보고 싶지 않았다. 엉망으로 일그러진 얼굴을 보여주고 싶지 않았다.

"기분 좋았어? 우스웠어? 너한테 내가 얼마나 같잖았으면, 나는 정말로 걱정했는데⋯⋯. 무서워서 죽을 것 같았는데 너는 어떻게 그 꼴을 보고도 그냥 지켜보기만 할 수 있어?"

도저히 가슴 깊이 묻어두지 못할 서러움이었다. 나는 루아와 헤어질 생각이 없었고, 따라서 아쉬운 쪽은 나였다. 나는 결국 루아의 이런 점을 알게 되어도 루아에게서 떨어질 수 없었다. 하지만 역시 울화가 치밀었다.

루아의 심장도 되찾았고, 내 물건들도 무사히 돌려받았기는 하다. 그러나 그럼에도 불구하고 어쨌든 좋게 끝났으니까, 라는 명분으로 그냥 넘어가기는 싫다는 얘기였다. 그동안은 그런 식으로 어물쩍 넘어갔지만 더 이상은 안 되겠다. 뭔가 방법이 필요했다. 이대로 있다간 화병이 나서 죽을지도 몰라. 정말로 루아를 패 죽일 것 같다고.

나는 루아의 대답을 기다리지 않고 머리를 돌렸다. 얼굴을 찡그리지 않으려고 애쓰며, 빌어먹을 정도로 심성이 뒤틀린 아름다운 남자를 쳐다보았다. 독에 취한 신 같은.

"……돌아가자."

그 제안에 뭔가 말하려던 루아가 미심쩍은 기색을 감추지 않고 되물었다.

"진심이야?"

"그래. 그리고 브리싱가멘을 돌려줘. 지금 엄청나게 우울해하고 있을 거거든. 너도 알겠지만."

마지막 말을 조그맣게 흘리고서 나는 손을 내밀었다. 루아가 화려하게 세공된 목걸이를 건네주고는 한숨을 쉬었다. 남은 이틀 동안 기어이 끝을 보리라는 내 심정이 일부나마 전해진 모양이었다.

당연하지만 나는 절대로 그냥 넘어갈 생각이 없었다.

달갑지 않게 제국으로 돌아오자마자 나는 루아를 뒤로하고 방을 나섰다. 건축가이자 수학자였던 장인이 설계했다고 알려진 화려한 스테인드글라스의 장미방, 발리초 데므를 지나서 섬세함의 극치를 보여주는 곡선의 방에 멈춰 섰다.

길고 좁다란 곡선의 방은 보석도 없고 유리도 없었지만, 천장에 박힌 수십 개의 부채꼴 무늬가 단순히 석재를 조각한 거라고는 믿을 수 없이 정교한 미를 과시하고 있었다. 수만 겹으로 움츠러들었던 곡선이 벽면에 딱 붙은 기둥을 타고 올라가 천장 끄트머리에서부터 꽃을 피우는 듯한 모양새였다. 이보다 독특하고 현대적일 수는 없다는 듯이 웅장했다. 황성 건축에 참여했던 건축가들이 이 방을 황성에서 가장 우아하고 세련된 곳이라 불렀다고 들었다. 비록 이 방만 하도 유명해진 덕분에 별 찬사를 못 들은 돔의 방 건축가는 세상에서 가장 비싼 깔때기들이 주르륵 늘어져 있는 것 같다며 욕했다만.

"브리."

"으, 으응?"

무죄가 입증되었으니 조금 뻔뻔하게 굴어도 괜찮을 텐데, 내가 아직 화낼 게 남았다고 생각한 건지 브리싱가멘은 자신 없는 태도로 우물쭈물거렸다. 몹시 미안해진 나는 안심하라는 뜻을 담아 브리싱가멘을 손끝으로 살살 어루만지며 물었다.

"루아가 언제 너한테 왔어?"

이 질문을 건넬 줄 알았다는 듯 브리싱가멘이 신음했다.

"네가 나가고 바로 다음이었을걸. 아마도."

혹시나가 역시나였다. 나는 빈정거리는 투로 얘기하지 않으려 애썼다.

"걔가 뭐라고 했는데?"

"네 행동이 이해 가지 않는다고 했어. 네가 보는 앞에서 손가락 하나 움직이지 않고 사람을 죽였는데 심장 좀 사라졌다고 어떻게 그리도 불안해할 수 있느냐면서. 자기가 그렇게 어설퍼 보이냐고 묻더라."

내가 어이가 없어서 말이 안 나오는 건지, 화가 나서 말이 안 나오는 건지 모르겠다.

심장 좀 사라진 거 가지고 불안해한다고? 걔는 뭐 심장이 백 개라도 되는 거야? 오히려 나는 그런 루아가 이해 가지 않았다. 완전히 별세계 사람의 사고방식이었다.

심장에 손상이 가면 사람은 죽는다. 루아가 얼마나 강한 마력을 가졌는지는 어렴풋이나마 알고 있지만, 그래봤자 심장이 부서지면 루아도 죽을 거 아니야. 나는 그러니까 걱정한 거였다. 루아가 강한지 아닌지를 떠나서, 나 때문에 위험에 처했다고 생각했으니까 수습하려고 한 건데…….

이 당연한 사실을 굳이 되짚어보고 의심해야 한다는 것이 마냥 기막혔다. 상식적으로는 도저히 받아들이기 힘든 말이라 입만 벌리고 있으려니, 브리싱가멘이 다소 조심스러운 어조로 얘기했다.

"있잖아 보니, 이건 정말 혹시나 하는 생각인데……, 음, 황제가 교황을 그냥 내버려두는 수많은 이유 중엔 너한테 관심받고 싶어서라는 이유도 있지 않을까? 황제가 교황을 죽이려고 작정했다면 언제 어느 때건 얼마든지 그럴 수 있었을 것 같거든. 걔도 멀쩡하진 못하겠지만 어쨌든 실패하지는 않았으리라 보는데."

예전 같았으면, 아니, 불과 하루 전이었어도 코웃음을 치며 무시했을 법한 말이었다. 나는 크림 색깔 대리석으로 꾸며진 또 다른 방, 화이트 체스 홀로 느릿하게 걸음을 옮기면서 뜸을 들였다. 루아가 나와 브리싱가멘의 대화를 엿들을지도 모른단 생각에 한

곳에 머무르기 꺼려졌다.

"루아는 어떻게 나를 지켜보는 거지? 진짜 야명주에 마법이라도 걸었나?"

그 용도가 순전히 장식용인 것 같은 딱딱한 소파에 잠시 앉으며 나는 투덜거렸다. 브리싱가멘이 아까보다 덜 조심스러운 음성으로 대꾸했다.

"그건 그냥 평범한 보석이라고 단언할 수 있어."

나는 입술을 삐죽였다.

"아무튼 나 이런 거 싫어. 루아는 내가 교황과 만났다는 걸 알면서도 구하러 오지 않은 거잖아. 자기 심장이 없어져서 불안해하고 있는데 구경만 했어."

"결국 나타나기는 했잖아? 좀 늦었지만 말이지."

얘가 왜 자꾸 왔다 갔다 하는지 모르겠다. 나는 불만스럽게 눈알을 굴렸다.

"너 누구 편이야?"

갑자기 브리싱가멘이 버럭했다.

"당연히 네 편이지! 그러니까 나 좀 그만 내버리지 않을래? 나는 밤새도록 서랍에 처박혀 있는 것도, 황제랑 둘만의 시간을 가지는 것도 달갑지 않거든."

윽, 엄청 찔려서 나는 재빨리 고개를 끄덕였다.

"그건 미안하게 생각하고 있어."

생각해보면 브리싱가멘은 나보다 더 고생하고 있는 중이었다.

애초에 그녀가 위험에 처한 건 루아 때문이 아닌가. 더 나아가선 내가 신벌을 받은 탓이고 말이다.

루아는 나를 구하기 위해 성물을 부숴버리는 일도 아무렇지 않게 저질렀다. 지금은 모두가 무사하다지만 브리싱가멘이 루아를 원망할 이유는 충분하다 못해 넘쳐났다. 그럼에도 불구하고 그녀는 루아의 비밀을 지켜주었고.

브리싱가멘은 앞으로도 루아의 심장이 몸 밖에 나와 있다는 사실을 다른 성물에게 얘기하지 않겠다고 했다. 이건 루아가 두려워서도 아니었고, 협박을 당해서도 아니었다. 순전히 나를 위해서라고 했었다. 내가 루아에게만 마음을 열기 때문이라고, 그 말을 비웃으리란 걸 뻔히 알면서도 얘기해줬어. 그리고 브리싱가멘은 지금 이 순간에도 내 안에 있는 루아의 마력과 싸우고 있었다. 미가엘이나 프라가라흐, 이지스와 함께할 수도 있는데 여전히 내 곁에 있어주었다.

"이봐, 보니, 너도 알고는 있었겠지만 알베이흐가 너한테 나를 맡겼을 땐 솔직히 무섭기도 하고 짜증 나기도 했었어. 그치만 지금은 네가 꽤 마음에 들어. 네가 듣기에도 이상하지? 아무튼 너는 엄청나게 도도하고 까탈스러운데 별로 밉지가 않아. 마냥 신경질적이다가도 어쩌다 한번 웃어주면 괜히 막 뿌듯해진다고 해야 되나? 황제가 반쯤 미쳐 있는 이유를 조금은 알 것 같아."

잠자코 브리싱가멘의 말을 들어주다가 나는 싸늘한 목소리로 되물었다.

"지금 나 욕하는 거지?"

"설마."

브리싱가멘이 천연덕스럽게 시치미를 떼고는, 짐짓 부드럽게 말을 이었다.

"황제한테 신의 권능이 스며들었다고 해도 황제는 황제야. 내가 듣기로 발루아 진 윙그비아 아자젤은 어린 시절엔 백치나 다를 바 없었지만 삼 년 전 어떤 계기로 인해 완전히 다른 사람처럼 바뀌었다고 했어. 나는 어째서 황제한테 신의 능력이, 그것도 악마의 마력으로 변질된 것이 깃들었는진 모르겠지만 네가 황제 때문에 안절부절못하고 있을 때 황제가 지켜보면서 좋아 죽으려고 했다는 것만은 확실해. 오죽하면 헤실거리는 황제가 무서워서 인간으로 변신하려고까지 했어."

참으로 받아들이기 떨떠름한 말이었다. 내가 자기를 걱정하는 모습을 지켜보며 좋아했다니. 루아에게 그동안 무슨 일이 있었는지 심히 궁금해졌다. 나중에 엄마한테 꼭 물어봐야겠어. 물론 사흘의 외박으로 머리끝까지 화난 엄마가 아닌, 기분 좋을 때의 엄마에게.

생각해보면 머릿속에 물음표가 가득할 일들이 제법 있었다. 곰곰이 기억을 되짚자, 아카데미에서 처음 재회했던 날, 자기가 루아라는 사실도 알려주지 않고 강제로 내 입에 초콜릿을 밀어 넣었던 게 떠올랐다. 당혹스럽게도 루아의 만행은 그게 시작이었다. 전에는 내가 메피스토펠레스와 같이 있었던 걸로 모자라 잠시지만 자신을 두려워해서, 심술을 부려 즉시 초경을 시작하게 만들기도 했었지. 덕분에 나는 루아가 보는 앞에서 피를 쏟았다. 가만, 그나저나 내 스타킹은 정말 어디로 사라진 거람?

자꾸만 불길한 예감이 들었다. 나는 식은땀을 흘리며 자리에서 일어났다. 음, 역시 뭔가 획기적인 개혁이 필요해. 그것도 아주 절실하게. 언제까지고 루아한테 휘둘릴 수는 없다.

더는 그 귀여운 얼굴에 넘어가지 않으리라 다시금 굳게 다짐하며 나는 슬슬 걸음을 옮겼다. 찬란한 빛이 스며 나오는 숭고의 방으로 느릿하게 향하면서, 어째서 브리싱가멘이 내가 체르지안과 있는 동안 루아의 품에 얌전히 숨겨져 있었는지를 물었다.

"그러고 보니 브리 너는 왜 사람으로 안 변해? 목걸이로 있으면 불편하지 않아?"

프라가라흐는 인간 여자도 꼬실 것 같은데 말이지.

브리싱가멘이 대수롭지 않게 대답했다.

"미가엘이 태어나자마자 나를 여기에 봉인했다고 했잖아. 나는 이 편이 더 익숙해. 두 발로 걸어 다니는 짓 따위는 하고 싶지 않아."

"흠, 걸을 줄 모르는 게 아니고?"

"아니거든!"

정색하고 대꾸하는 게 아무래도 맞는 듯싶었다.

비록 성물에 갇힌 무언가이기는 해도, 제법 내 처지를 잘 알아주는 이와 얘기하고 있으니 착잡했던 기분이 훨씬 나아져서 나는 마음 놓고 브리싱가멘을 놀리며 키득거렸다. 뭣하면 내가 귀족처럼 우아하게 걷는 방법을 알려줄 수도 있다고 하다가, 갑자기 좋은 생각이 나서 걸음을 멈추었다.

"브리, 네가 다시 한 번 더 나를 예쁘게 꾸며줄 날이 온 것 같아. 이번에는 유혹할 생각도 있으니까 전보다 더 힘써줬으면 좋겠어."

채찍보다는 역시 당근이 더 효과가 좋을 것도 같았다.

브리싱가멘의 대답을 기다리며 보다 구체적으로 작전을 짜던 것도 잠시, 벨벳 융단이 깔린 복도를 부드럽게 가로지르며 다가오는 발소리가 들려 나는 고개를 돌렸다. 단아한 생김새의 여자는 시녀였지만 로벨리안과는 차림이 달랐다.

내가 얼어붙는 것도 아랑곳하지 않고 걸음을 멈춘 시녀가 고개를 조아렸다.

"그레이스 아가씨 되시는지요."

"그런데?"

달갑지 않았다. 시녀의 옷에 정갈하게 수놓인 문양이 그녀가 어디에 소속되었는지를 알려주고 있었다.

"황태후 폐하께서 뵙기를 청하십니다."

그렌트헨. 파우스트를 사랑한 여자.

루아의 어머니가 나를 부르고 있었다.

푸른색과 백색으로 화려하게 치장되어 있는 방이 나를 압도한다. 나는 딱딱하게 굳은 채 눈앞의 여인을 감히 바라보았다. 한눈에 보기에도 그녀가 더 이상 내가 알던 사람이 아님을 알 수 있었다. 더는 누구의 아내이지도, 어미이지도 않기로 작정한 모습이었다. 그러나 선황제 폐하의 죽음으로 큰 충격을 받아서가 아님은, 루아의 말처럼 명백했다.

"고개 들어. 나를 보렴."

그렌트헨이 그렇게 명령했다. 나는 그녀의 소망대로 그녀를 우러렀다.

금발에 푸른 눈을 가진 루아에게서 황태후 폐하와 닮은 점을 거의 찾아볼 수 없듯이, 폐하의 얼굴에서도 루아와 닮은 점을 찾기 힘들었다. 장신구 하나 없이 아무렇게나 늘어뜨린 갈색 머리카락은 죽은 듯이 흔들거렸고, 새하얀 얼굴은 화장기가 전혀 없었다. 거기다 그녀는 아주, 대단히 어려 보였다. 결코 마흔을 넘은 나이라고는 믿어지지 않았다.

마법을 쓴 것이겠지.

앞에 놓인 찻잔에 손을 대기가 무척 망설여졌다. 연신 방긋방긋 웃는 폐하의 저의를 알 수 없어 입술을 꾹 다물고 있는데, 브리싱가멘이 조용히 말했다.

"저 여자는 불완전한 마법을 써서 자신의 시간을 억지로 되돌리고 있어. 가장 젊고 아름다운 때의 모습으로 돌아가려나 봐. 솜씨 좋은 마법사를 부릴 돈은 넘치도록 많을 테니 별로 놀랍지도 않지. 하지만 나중에 부작용이 심각할 텐데."

브리싱가멘이 마음 놓고 말하는 걸 보니 황태후 폐하는 그녀의 목소리를 듣지 못하는 듯했다.

확실히 브리싱가멘의 말마따나 마르가레테 그렌트헨 황태후 폐하는 갓 피어난 연꽃처럼 젊고 싱그럽게만 보였다. 그러나 뜻 모를 위화감이 느껴지는 아름다움이었고, 빛바랜 암갈색 눈이었다.

"정말 오랜만이구나, 안젤리크. 기껏 돌아왔으면서 나한테 얼굴 한번 비추지 않다니 나는 좀 섭섭해. 우리가 일이 년 알고 지낸 것도 아니잖니?"

이 가볍고 친근한 투가 도무지 적응되지 않았다. 이 여자는 내가 알던 지난날의 그 고아하고 예스럽던 황후 폐하가 아니었다. 다른 사람이라고 해도 믿어질 정도였다.

나는 혼란스러움을 감추고 머리를 숙였다.

"송구합니다, 폐하. 소녀의 무례를 용서해주세요."

그렌트헨이 손사래를 치며 까르르 웃었다.

"어머, 그렇게 귀여운 얼굴로 딱딱하게 말하기니? 난 말이야, 네가 너무너무 보고 싶어서 직접 벨모트로 가볼까 생각하던 참이었어. 그런데 네가 마치 내 마음을 읽기라도 한 듯이 제국에 와줘서 얼마나 기쁜지 몰라."

"제가 보고 싶으셨다고요?"

귀를 의심하며 묻는 말에 그녀가 미소 띤 얼굴로 손깍지를 끼었다.

"선생님께서 네 얘기를 하시더라고. 아스타르 성전에서 널 만났다던데."

속이 뒤틀렸다.

제국에서 가장 고귀한 이 여자는, 서거하신 황제 폐하의 유일한 정실부인이자 루아의 어머니는 요한 블라디미르 파우스트 교황을 '선생님'이라 부르고 있었다.

새하얀 순백으로 돌아가기를 갈망하는 저문 목련처럼 그녀가 웃었다.

"네가 아주 예쁘고, 매력적이고, 덧없었다고 말이야. 그 마성이 신성에 견줄 바가 못 된다더구나."

"과한 칭찬입니다."

나를 내리누르는 공기가 더없이 불편하게 느껴졌다. 형식적으로 대답하려니 그렌트헨이 평원 사이의 고즈넉한 흙빛 강처럼 흘러내린 머리카락을 귀 뒤로 넘기며 질책하듯이 말했다.

"네 어미, 레이첼 티타니아 브라우니드 그레이스의 가문은 아발론에서 건너왔다지? 몇 년 전 레이첼만 남겨두고 떠난 것도 다시 그곳으로 돌아가기 위해서고 말이야. 그녀 자신에게도 일부나마 요정의 피가 섞였다던데, 과연 참 곱더라. 참으로 예뻐. 티 없이 말갛게 보였어. 나도 요정의 피를 몸에 넣으면 그렇게 될까? 그런데 요정들의 세계는 인간이 들어갈 수 없잖아. 그렇다고 마녀를 부르자니 선생님께서 더러운 냄새가 난다며 싫어하시고."

"미쳤군."

브리싱가멘이 낮게 중얼거렸다. 그렌트헨이 첫사랑에 빠진 소녀처럼 폭 한숨을 쉬었다.

"뭐가 문제인지 모르겠어. 다시 예뻐졌고, 이렇게 젊어졌는데도 선생님은 나를 바라봐주시지 않아. 나는 선생님이 알고 계시는 그 때의 그레첸이라고 말해도 돌아오는 것은 차디찬 시선밖에 없어. 있잖니, 안젤리크, 선생님은 더 이상 내가 순수하지 않대. 너무 많이 오염됐다는 거야. 그 남자한테."

별안간 그렌트헨이 씻은 듯 미소를 거두고 증오에 차서 그 이름을 불렀다.

"발렌틴 말이야."

그건 선황제 폐하의 이름이었다.

그렌트헨의 손에 들린 찻잔이 부르르 떨렸다. 그녀가 분에 겨워 입술을 질끈 깨물고, 세상에서 이보다 추악한 단어를 뱉어본 적이 없다는 양 괴롭게 눈을 감았다.

머리가 지끈거려서 나는 미미하게 시선을 흐렸다. 내가 아는 황태후 폐하는, 돌아가신 선황제 폐하를 너무나 사랑하셨던 분이었다. 물론 선황제 폐하도 그러하셨고. 서로가 서로만을 사랑하기에 정부를 들이라는 귀족들의 간청도 무시하고 매일같이 신전에 드나들며 기도하셨질 않나.

아이를 달라고. 왕조를 이을 아이를 그렌트헨이 낳게 해달라 빌고 빌었다.

그리하여 루아가 태어났다.

"선황제 폐하를 해하신 분이 바로 교황 성하가 아니셨나요? 실례되는 말입니다만 그때 그 자리에 황태후 폐하께서도 계셨다고 들었습니다."

목이 날아갈 수도 있음을 알지만 묻지 않을 수 없었다. 그러나 그렌트헨은 태연하게 눈을 깜박이며 다리를 꼬았다.

"내 사명을 끝내주신 거지. 발렌틴은 제물로서 신에게 바쳐질 뻔했던 내 목숨을 살려주고 황후라는 직위도 주었지만, 그건 견뎌야 할 시련이면서 형벌이었어. 봐, 봐, 봐, 안젤리크, 지금의 나를 봐봐. 대체 뭐가 잘못되었는지 모르겠어. 어째서 선생님은 그때처럼 나를 사랑해주지 않으시는 걸까? 더는 내가 울어도 보듬어주시지 않아. 나는 선생님이 시키시는 건 무엇이든 했는데."

서글프게 말한 그렌트헨이 눈을 내리깔았다.

"차라리 백치가 됐으면 좋겠어. 그럼 다시 완벽하게 순수해질 테고, 선생님도 나만 바라봐주실 텐데. 예전처럼 나를 어루만져주실 거야."

하마터면 헛웃음을 흘릴 뻔했다. 제 아들의 정신을 강제적으로 들쑤셔 백치로 만든 자를 사랑한다는 그렌트헨이 이해 갈 리 만무했다. 하물며 지금 그렌트헨은 백치가 되길 원하고 있질 않나. 오직, 순전히 파우스트에게 사랑받기 위해서.

그녀는 황제 폐하와의 길고도 짧았던 결혼 생활을 시련이자 형벌이었다고 표현했다. 그리도 행복해 보였던 것은 순전히 교황이 시켜서일 뿐이라고.

지금 그렌트헨의 머릿속에 가득 차 있는 사람은 교황이었고, 남편을 죽인 살인마였으며, 아들을 망가뜨린 자였다.

눈앞의 여자는 남편을 죽이고 아이의 정신을 붕괴시킨 남자의 사랑을 구걸하고 있었다.

"그 말을 지금의 황제 폐하께서 들으신다면 몹시 슬퍼하실 거예요."

어찌할 바 없이 피어오르는 원망을 억누르고, 나직이 속삭였다. 그렌트헨이 코웃음을 치고는 빈 찻잔을 휘휘 돌리다 바닥에 툭 떨어뜨렸다.

"그 악마가 퍽이나 그러겠구나."

그저 남 일을 논한다는 듯 나른한 음성에 얼굴이 절로 일그러졌다. 교황이 어떤 미혹의 말로 그녀를 현혹시켰길래 이토록 돌아버린 건지 모르겠다. 내가 없었던 3년의 시간이 흐르고 나니 루아는 모두에게 사랑받는 아이에서 부모도 외면한 악마가 되어 있었다. 세상에. 루아가 나만 보고 나만 필요로 하는 것도 당연했다.

나는 기만하는 듯한 얼굴 표정을 짓지 않으려고 애쓰며 또박또박 말했다.

"루아는 폐하께서 낳은 아이예요. 폐하의 자궁으로 품은 단 하나뿐인 아이요."

"아니, 그건 악마야. 더럽고 불결한."

그렌트헨이 티 테이블을 밀어 넘어뜨렸다. 그러고는 내 코앞까지 와서 상체를 숙이더니, 나와 눈높이를 맞추며 순진하게 웃었다.

"내 아들은 처음부터 없었어."

"그렇게 부정한다고 해서 루아가 폐하의 아들이 아니게 되는 건 아니에요."

"못 본 사이에 많이 건방져졌구나. 선생님의 관심을 한 몸에 받으니 눈에 뵈는 게 없지?"

"나 갑자기 황제가 정상으로 보이기 시작했어."

브리싱가멘이 얼이 빠져서 중얼거렸다. 그에 미간을 찌푸리는데, 이를 자신에 대한 도발이라고 여긴 그렌트헨이 내 머리채를 붙잡고 제게 확 끌어당겼다.

"한시적인 아름다움에 자만하지 마라. 너 또한 결국 저물 날이 정해진 가련한 장미꽃이 아니더냐? 이리도 아름다워봤자 지난밤의 새벽처럼 덧없는 것을."

이 말과 시선은 광기나 다름없었다. 그녀가 던지듯이 나를 놓아주고는, 바닥에 떨어진 브레드 나이프를 주워들었다.

그녀의 입가에 미소가 걸렸다.

"아, 아, 보니. 예쁘기도 하지. 이름만큼이나 귀여운 아이야."

날 선 조롱에 부드러운 음률을 더하니 이보다 끔찍할 수가 없었다.

지금 당장 여기서 빠져나가지 않으면 무슨 일을 당할지 모르겠어. 얼굴에 생채기가 나거나 장미색 머리카락이 뭉텅이로 잘리는 걸로 끝난다면 차라리 다행일 거였다.

이 비극적인 생각을 한 게 비단 나뿐만은 아닌 듯, 브리싱가멘이 그늘 구석구석 스며드는 햇살처럼 희미한 황금빛을 내뿜었다.

그러나 다행히, 나보다 더 치를 떠는 브리싱가멘이 제가 성물임을 알리기도 전에 문 두드리는 소리가 났다.

"폐하, 메피스토펠레스입니다."

가장 먼저 수면 위로 떠오른 감정은 어이없게도 서운함이었다. 그렌트헨이 항복하는 뜻으로 두 손을 올리며 브레드 나이프를 떨어뜨렸다.

"뭐야, 시시하게."

기름칠한 문이 소리도 없이 열렸다. 난장판이 된 실내를 보지도 않고 들어온 메피스토펠레스가 그렌트헨의 손등에 입을 맞추고는, 부드럽게 말했다.

"그레이스 양을 이곳에 들인 걸 아시면 황제 폐하께서 달가워하시지 않을 겁니다."

"이미 알고 있는 거 아니었나? 걘 뭐든 감시하잖아. 병에 걸린 것처럼. 지켜보고 통제하고 멋대로 행동하지."

의자를 걷어차고 싶은 충동을 간신히 씹어 삼켰다. 나는 구겨진 치맛자락을 바로 했다. 펠레스는 이미 익숙하다는 듯 웃기만 했다.

"그럴 리가요. 하지만 혹시 모르는 일이니 그레이스 양은 제가 모시고 가겠습니다. 해가 저물면 다시 찾아뵙도록 하지요."

이 끔찍한 장소에 다시 찾아오겠다고 태연스레 약속하는 메피스토펠레스의 저의를 알 까닭이 없었다. 설마 싶은 몇 가지 가정이 있었으나 결코 인정할 생각은 없었건만, 브리싱가멘이 토할 것 같은 목소리로 중얼거렸다.

"저 여자한테 마법을 걸어주는 게 당신이야? 나중에 어떻게 될 지 뻔히 알면서?"

경악에 찬 브리싱가멘의 음성을 들을 수 없는 그렌트헨이 만족 스럽게 웃었다.

"좋아, 그러도록 해."

나는 쉴 새 없이 퍼부어지는 브리싱가멘의 비난을 들으며 그렌 트헨에게 정중히 인사한 다음, 펠레스와 함께 방 안을 빠져나왔 다. 펠레스를 욕하는 데 여념이 없는 브리싱가멘을 툭툭 건성으로 토닥여주면서, 그렌트헨의 방과 어느 정도 거리가 벌어지기 무섭 게 입을 열었다.

"왜 네가 와?"

루아의 상처를 헤집을 생각은 없었으나, 왠지 이유를 물어야 할 것 같았다. 루아는 내가 무엇 때문에 자신에게 화났었는지를 알고 있을 테니까. 펠레스를 제 대신 보내며 말 한마디 정도는 전하라 일렀겠지.

펠레스는 그렌트헨의 손등에 입 맞출 때처럼 얼굴색 하나 변하 지 않고 답했다.

"직접 데리러 갈 수도 있지만 죽여버릴 것 같으시다더군요."

그토록 부드럽고 나직한 음성으로.

"저 여자를."

어째서 이렇게 무뎌져버린 걸까. 모두가 미쳐 있으니 도리어 내가 비정상인 듯했다. 나는 슬퍼할 수도 없었고, 동정할 수도 없었으며, 분노할 수도 없었다. 이미 모두가 돌이킬 수 없는 길을 지나버려서, 그런 감정의 소모마저 낭비로 느껴졌다.

고작 3년이었다. 길다면 길고, 짧다면 짧은.

"내가 제국에 남아 있었다면 뭔가 달라졌을까?"

누구에게 묻는 말인지도 불분명한 낮은 중얼거림에, 펠레스가 손을 뻗어서 헝클어진 내 머리카락을 정돈해주었다. 그 손길이 믿어지지 않게 조심스러웠다.

"확실히 지금과는 달랐겠지요."

"어떻게?"

"보다 좋은 방향으로. 혹은 안일하고 나태한 방향으로. 절박함 따위는 없는 평온한 일상이 돌연 피로 물들어서 손쓸 도리조차 없는 결말로 바뀌었을 겁니다. 단 하나의 계기가 사라졌으니까요. 어쩌면 황제 폐하께서는 여전히 백치로 계셨을지도 모르겠군요."

루아가 어른이 되고자 했던 단 하나의 이유. 원인이자 계기이며 시발점.

그것은 곧 나였다.

루아는 나와 다시 만나기 위해 변했다. 변해야만 했다고 펠레스는 말했다. 하지만 내가 계속 루아의 곁에 머물러 있었다면 루아는 지금까지도 변하지 않았을지 모른다.

나는 펠레스를 의심스럽게 쳐다보았다. 루아의 어머니조차 저리 변했는데 어떻게 펠레스를 믿을 수 있겠는가. 나는 펠레스에 대해 아는 게 거의 없었다. 그는 악마였고, 파우스트 교황의 추천을 받아 황성에 들어왔다고 했다. 나한테 아주 효과가 좋은 미혹 마법을 건 적도 있었지. 따지고 보면 제일 먼저 의심해야 할 상대였다. 생각의 뿌리까지 파헤쳐서 어떤 행동을 낳을지 알아내고 또 알아내도 모자랐다. 거기다 그는 루아를 가장 가까이서 보필하고 있질 않나.

불신을 품은 채 그렌트헨의 영역에서 빠져나와 황제의 궁에 들어서니 한결 숨쉬기가 편했다. 나는 교황을 선생님이라 부르던 그렌트헨을 생각의 저편으로 잠시 밀어두고는 펠레스를 관찰했다. 도무지 마음의 감정을 비추지 않는, 절벽 아래의 평야 같은, 온통 녹색인 눈을 집요하게 바라보면서 입을 열었다.

"네가 황태후 폐하께 마법을 걸어드리고 있는 게 사실이야?"

"그렇습니다."

부정의 여지도 없는 깔끔한 대답이었다. 루아가 동의한 일일까? 어쩌면 루아가 먼저 펠레스에게 그리하라고 지시했을 수도 있다. 예전이었다면 부정부터 하고 봤을 추측이 지금은 사실이 되어 나타나고 있으니 무엇 하나 불가능할 게 없다.

펠레스의 표정 변화를 면밀하게 살피다가 나는 다른 질문을 물었다.

"어째서 프라가라흐를 봉인했지? 그가 본디 무엇이길래?"

이 질문을 지금 건넬 줄은 몰랐다는 듯 펠레스가 잠시 난감하게 웃었다. 그가 자연스럽게 걷는 속도를 늦춰서 내가 앞서 걷도록 하며 말했다.

"폐하께서 기다리십니다."

아, 루아 핑계를 대시겠다.

"나는 꼭 네 대답을 들을 생각이고 말이지."

"안젤리크 양이 저와 같은 장소에 있는 것만으로도 폐하의 심기가 불편해진다는 것을 아십니까?"

"말 돌리지 마."

나는 아예 걸음을 멈추었다. 설령 기다리다 지친 루아가 찾으러 오는 한이 있더라도 기필코 대답을 들을 생각이었건만, 펠레스가 보다 일찍 체념의 한숨을 내쉬었다.

"프라가라흐를 비롯한 성물들은 발두르를 모시던 사자들이었습니다. 혹은 그럴 예정이었죠. 그들은 마지막 남은 천사입니다."

드문드문 코웃음을 치던 브리싱가멘이 돌연 조용해졌다. 거짓말은 아닌 모양이었다.

천사라. 나는 비딱하게 서서 펠레스를 노려보았다.

"그런데 그걸 네가 왜 봉인해?"

"그렇게 하지 않았으면 죽었을 테니까요. 신이 없으면 신의 사자도 존재할 수 없습니다."

의심이 배로 불어나는 답변이었으므로, 나는 빈정거리지 않을 수 없었다.

"악마가 신의 사자를 걱정한다?"

"저는 발두르와 아주 오랫동안 알고 지내왔습니다. 저 또한 그의 사자였으니. 모든 악마가 본디 천사였다는 사실은 안젤리크 양께서도 아시겠지요. 발두르는 어떠한 일 때문에 더 이상의 삶을 원하지 않았고, 새로이 태어나는 인간의 육체에 스며들어 죽기를 택했습니다. 인간들이 의심하지만 않았더라도 발두르의 권능이 악마의 마력으로 변질되는 일은 없었을 거예요. 황제 폐하는 신의 현신이라 불리며 세세토록 칭송받았을 테지요. 이들이 봉인당하는 일도 없었을 거고, 저 또한 이리 묶이지 않았을 겁니다."

그 이야기를 하는 펠레스의 표정이 씁쓸했다. 마치…… 헤어진 연인이라도 그리워하는 것처럼.

입 주변이 굳어졌다. 나는 억지로 입술을 벌렸다.

"하지만 너는 미가엘한테도 못 당한다면서?"

조롱에 가까운 물음에도 펠레스는 그저 슬프다는 듯이 웃었다.

"안타깝게도 제가 발두르와만 좋은 관계를 유지했던 건 아니라서요. 따지고 보면 이 모든 일은 전부 제 탓이나 다름없습니다. 제…… 과오로 인해 벌어진 일이지요."

나는 숨을 삼켰다. 펠레스가 정중히 부탁했다.

"이 이야기는 나중에 들려드릴 테니 이제 그만 폐께 가주시지 않겠습니까? 지난날의 실수를 만회하기 위해서라도 저는 지금 당장 죽을 마음이 없습니다만."

어쨌든 일련의 수확도 거뒀겠다, 나는 못 이기는 척 발을 움직였다.

루아는 열다섯 살의 사랑스러운 모습으로 아치형의 복도에 나와 있었는데, 나를 기다리고 있었던 모양이었다. 펠레스를 보고 얼굴을 찡그렸다가 나와 눈이 마주치자 시무룩하게 내 눈치를 살폈다.

"화 많이 났어?"

루아가 일부러 제 나이대의 모습으로 나를 만나러 왔다는 걸 알면서도 나는 얼굴을 구길 수 없었다. 손에서 힘이 빠진다. 루아가 그렌트헨마저 이용한 것이라 하더라도 나는 그러지 못할 것이었다.

"아니."

열다섯 살, 그 모습의 루아가 웃으며 다가왔다.

"그럼 안아줘."

나는 그렇게 했다.

루아는 만족스럽게 웃었다.

너무나 환하고 파란 날이었다. 하늘을 수놓는 여름철의 은빛 구름이 몽환적으로 창 안에 스며들었다.

지루하고 따분하고 나른한 와중에 서류 넘기는 소리만이 들리고 있었다. 나는 루아의 침실에서 졸음을 참아가며 버티고 있었는데, 황금 베일에 가려진 내 초상화에 자꾸만 눈길이 갔다. 루아는 낯부끄럽지도 않은지 진짜 내가 있는데도 저걸 치우지 않았다.

"있잖아, 나 정말로 도망 안 갈 건데 이거 언제까지 하고 있어야 돼?"

나는 루아의 손목과 내 손목에 하나씩 채워진 은제 수갑을 마구 흔들면서 불만을 토로했다. 마법으로만 풀 수 있는 것이라 열쇠가 들어갈 만한 홈도 없었다.

루아는 나를 쳐다보지도 않고 말했다.

"거의 다 했어. 앞으로 세 시간만 더 하면 끝나."

"그게 거의 다 한 거라고?"

귀를 의심하며 묻는 질문에도 루아는 눈 하나 깜짝하지 않았다. 오히려 잠이나 자라는 듯 수갑이 채워진 손으로 내 머리를 슬슬 쓰다듬어주었으므로, 나는 부루퉁하게 볼에서 바람을 뺐다. 세 시간 동안이나 루아의 옆에서 아무것도 안 하고 가만히 있으라니 이건 좀 너무한 처사였다.

잠시 나를 쳐다봐주지도 않는 루아와 신경전을 벌이다가, 나는 한숨을 쉬며 소파에 드러누웠다. 루아가 단 한 가지 나를 배려해준 것이 있다면 책상 의자가 아닌 소파에 앉았다는 거다. 덕분에 수갑으로 루아와 한데 묶인 나 역시 소파에 자리를 잡고 편하게 뒹굴 수 있었다. 푹신푹신한 벨벳 쿠션이 욱신거리는 허리를 효과적으로 달래주었다.

루아는 도무지 나를 놓아줄 생각이 없는 듯했다. 나는 나른하게 내리뜬 눈으로 시간을 때울 만한 뭔가를 찾아 침실을 둘러보았다. 눈매가 살짝 올라가서 무표정이지만 왠지 모르게 오만해 보이는 내 초상화를 지나쳐, 섬세한 유리 장식과 조그만 천사 조각상을 웃으며 흘려보냈다. 슬프게도 여긴 침실이라 책도 없었다.

하는 수 없이 루아와 있을 때면 으레 그랬듯 조용해진 브리싱가멘을 살살 건드려보려니, 루아가 나를 곁눈질했다.

"이거 다 하고 로즈힐에 놀러 가자. 오늘이 붉은 여왕의 날이라던데."

루아가 축제에도 관심이 있는 줄은 몰랐는데.

나는 누운 채 눈을 올려 떠서 루아를 신기하게 쳐다보았다. 붉은 여왕은 걸핏하면 부하들에게 살인을 명령하는 흉측한 악마로 알려져 있다. 신성 왕국인 벨모트와 달리 아카시아 제국에선 의외로 악마의 이름을 빌린 축제가 종종 열리고는 했다. 물론 축제란 것이 본디 즐기고자 만든 특별한 기념일이니만큼, 이름에 대해 크게 신경 쓰는 사람은 드물었다.

이것이 데이트 신청인지 아닌지 고민해보며 나는 느리게 입을 열었다.

"브리싱가멘을 그만 괴롭히겠다고 약속하면."

루아는 못마땅한 감정이 깃든 침묵을 지켰다. 그러나 내 제안을 거절할 심산은 아니었는지, 창문도 없는 방에 한 차례 미약한 바람이 일었다.

"후아."

물에 빠졌다 나온 것처럼 브리싱가멘이 크게 숨을 들이쉬었다.

"나 쟤 기운에 눌려서 죽는 줄 알았어."

순전히 루아를 대하기 꺼려져서 말을 안 했던 게 아니었던 모양이다. 이제 보니 하고 싶어도 못 했던 거였어.

나는 얼굴을 찡그리며 브리싱가멘을 어루만졌다.

"루아 너, 브리 괴롭히지 마."

생각보다 훨씬 언짢은 목소리가 나와서 나로서도 신기할 따름이었다. 루아가 깃펜을 내려놓고 나를 뚫어져라 응시했다. 작은 별들이 배처럼 넘실거리는 듯한 눈에 불만의 빛이 담겨 있었다.

"그 왕자가 줘서 그리도 아끼는 거야?"

왜 갑자기 알베이흐가 튀어나오는지 모르겠다. 나는 비딱하게 눈알을 굴렸다. 물론 알베이흐가 브리싱가멘을 나한테 맡긴 건 맞지만, 그렇다고 우리 사이에 신뢰나 호감 같은 감정이 오고갔던 건 아니었다. 알베이흐는 나를 이용한 거고, 나는 기꺼이 이용당해준 것뿐이지. 브리싱가멘은 세상에서 가장 아름다운 목걸이가 아닌가.

"그럴 리가 없잖아. 난 브리가 좋아. 브리도 내가 마음에 든다고 했어. 그렇지, 브리?"

루아의 태도가 하도 괘씸해서 더더욱 브리싱가멘의 편을 들어주었으나, 그녀는 오히려 질색하며 내 관심을 거부했다.

"나 좀 그냥 내버려두지그래? 차라리 책상서랍에 처박혀 있는 게 더 편하겠어."

"그럼 그렇게 하든가."

그렇게 말한 루아가 내게서 브리싱가멘을 빼앗았다. 나의 목 뒤로 손을 밀어 넣는가 싶더니 순식간에 가져가버려서 나는 경악했다.

"야! 돌려줘!"

황급히 벌떡 일어났지만, 애석하게도 이미 브리싱가멘은 어디론가 사라진 뒤였다. 틀림없이 마법을 썼을 거다.

내가 이를 갈자 루아가 능청스럽게 해명을 시도했다.

"걘 성물이잖아. 성물끼리 있는 편이 더 낫지 않겠어?"

"물어보지도 않고 네가 그걸 어떻게 알아!"

"난 너랑 단둘이 있고 싶은 거지, 말하는 목걸이는 필요 없거든."

참으로 뻔뻔스럽기 그지없었다. 나는 얼굴을 일그러뜨리며 루아의 발을 걷어찼다.

"자문자답하지 마, 이 멍청아! 빨리 수갑이나 풀어줘!"

"싫은데."

어쩌면 이렇게도 얄미울 수가 있을까. 수갑을 찬 것도 모자라 졸지에 세상에서 가장 예쁜 목걸이를 빼앗긴 나는 분에 겨워 씩씩거렸다.

"안 도망간다고 했잖아! 화장실 갈 거야, 화장실! 그것도 안 돼?"

망할 마법만 안 걸려 있었어도 어떻게든 풀었을 텐데, 지금은 루아가 마음을 고쳐먹고 내게 자유를 주기만 바랄 수밖에 없었다. 하지만 루아의 표정은 그대로였다. 브리싱가멘을 빼앗겼으니 훌륭한 구실이 될 법도 했건만, 내가 수갑을 마구 흔들며 이를 악무는 것도 루아는 전혀 개의치 않는 듯했다.

"내가 언제 안 된다고 했어? 같이 가면 되겠네."

잊고 싶어도 잊을 수 없는 기억은 어젯밤으로도 충분했으므로, 나는 즉시 안색을 굳혔다.

"됐어, 안 가."

"그럼 말고."

루아가 재미있다는 기색을 보이며 깃펜을 다시 잡았다.

정말 특단의 조치를 취하지 않으면 안 되겠어. 이러다간 매번 잡혀 살 거라고. 나는 우울한 기분에 사로잡혀 웅크리고 앉았다. 하다못해 브리싱가멘이라도 있었으면 조금은 덜 서러웠을 거였다.

화장실은 분명 하나의 명분일 뿐이었건만 가만히 앉아 있는 채 십여 분 정도가 지나자 정말로 화장실이 가고 싶어졌다. 하필 생리 중이라 평소보다 배는 더 참기 힘들다는 게 함정이었다.

아, 진짜 왜 이렇게 되는 일이 없는지 모르겠다. 나는 무릎에 머리를 파묻고 시무룩하게 한숨을 푹푹 내쉬었다. 조금만 더 버텨보다가 정 참지 못하겠으면 자존심이고 뭐고 사정해볼 생각이었는데, 갑자기 웬 웃음소리가 들려 비뚜름하게 머리를 틀자 루아가 미친 듯이 웃고 있는 게 보였다.

쟤가 드디어 미친 걸까. 기분이 상한 나는 구겨진 얼굴로 눈을 치켜떴다.

"뭐야? 뜬금없이 왜 웃어?"

비난을 가득 담아 물었으나, 루아는 웃음을 거두지 않고 말했다.

"내가 왜 브리싱가멘을 보냈는 줄 알아? 걔가 있으면 이런 거 절대로 못 보거든."

루아는 '이런 거'라는 단어를 말하면서 나를 보고 있었다. 나는 루아를 걷어차주고 싶은 충동을 느꼈다.

"이런 거라니? 뭘 말하는 건데?"

내 얼굴에 뭐라도 묻었나? 그저 떨떠름할 뿐이라 얼굴을 찡그리는데 별안간 철컥거리는 소리가 나더니 수갑이 풀렸다. 새하얀 은덩이가 소파에 부딪혔다가 바닥에 굴러 떨어지는 모습을 의아하게 내려다보고만 있자 웃음기 가득한 루아의 목소리가 들렸다.

"있어, 나만 볼 수 있는 네 귀여운 모습이."

세상에. 부, 부끄러워 미칠 것 같다! 그러나 도무지 뜻을 파악할 수 없는 말이었기에 나는 틀림없이 빨갛게 달아올랐을 얼굴을 수습하지도 못하고 일단 화장실로 향했다. 로벨리안이 언제 준비해뒀는지 모를 면 생리대를 착용하다가, 새삼 루아를 설득할 생각만 했던 나 자신이 몹시도 비굴하게 느껴졌다.

차라리 루아를 때리거나 악을 써서라도 수갑을 풀어달라고 할 걸. 내가 거기서 죽일 기세로 화를 냈으면 루아도 한발 물러났을 거였다. 아마 틀림없이 그랬겠지. 이거야 원, 계속 말려들기만 하고 있잖아! 저런 말 한마디에 좋아서 얼굴이나 빨개지고!

곰곰이 생각해보자 브리싱가멘이 없는 편이 다행일지도 몰랐다. 적어도 내가 느끼는 거의 모든 감정의 원흉인 루아를 제외하고는 놀림받지 않을 테니까.

어째서 루아한테는 자꾸 휘둘리기만 하는 건지 모르겠다. 심지어 그 순간엔 전혀 모르고 있다가 한참 뒤늦게야 깨닫고는 했다.

나는 화려한 금테를 두른 거울 앞에 서서 머리를 빗었다. 장미색 머리카락이 난폭한 빗질에 뽑혀나가는 동안 서서히 정신이 돌아왔다. 나는 거울 속의 내 눈에 집중했다. 몽롱하게 흐려진, 쪼개진 불빛에서 떨어져 나온 씨앗 같은. 브리싱가멘이 없다고 해서 모든 게 허사가 되는 건 아니다. 먼저 놀러 가자고 한 건 루아였으니 아직 승산이 있었다.

이 이상은 곤란하다 이거지. 절대로 목줄에 묶여 끌려갈 수는 없었다. 아니, 따지고 보면 루아는 먹이만 줬을 뿐이고 내가 알아서 끌려가주는 꼴이지만, 어쨌든!

하여간 짜증 나는 것투성이다. 나는 투덜거렸다. 마법은 루아를 지켜주는 가장 완벽한 수단이지만, 루아는 그걸 나를 괴롭히는 데에도 사용하니 문제였다.

비단처럼 부드러워진 머리카락을 치렁치렁하게 늘어뜨리고 나가자, 다시 서류 작업에 몰두하고 있는 루아가 보였다. 영 심기가 불편했으나 나는 잠자코 앉아 이런저런 작전을 세우며 기다렸고, 루아는 두 시간도 안 되어서 산처럼 쌓였던 서류를 모조리 처리했다. 덕분에 우리는 훨씬 일찍 황성을 나설 수 있었다. 시간이 제법 넉넉했던 탓에 로즈힐을 천천히 둘러보며 쇼핑을 하는 호사도 누렸다.

로즈힐은 제국의 수도와 퍽 가까웠지만, 높은 폭포산이 사이에

껴 있어 귀족들의 입김이 닿지 않는 작고 평온한 마을이었다. 보랏빛 라벤더가 잔뜩 피어오른 고즈넉한 언덕이 있고 포도와 밀, 푸른 호수, 게으른 양 떼가 있다. 그 밖에도 비옥한 땅 위의 작은 텃밭, 고전적인 나무집, 으르렁거리는 개들. 이곳 사람들은 밭을 일구고 양모를 팔아서 돈을 벌었다. 로즈힐의 포도는 신맛이 너무 강해서 와인으로 만들기엔 적합하지 않았다.

"브리싱가멘은 언제 돌려줄 셈이야?"

나는 옷매무새를 가다듬으며 물었다. 루아가 순진한 얼굴로 비열하게 말했다.

"걔가 돌아오고 싶어 하면."

겉으로만 브리싱가멘의 뜻을 존중하는 척하지, 실은 다분히 위선적인 배려였다. 지금 여기에 브리싱가멘이 없는데 그녀가 돌아오고 싶은지 아닌지를 어떻게 안단 말인가. 마법으로 그녀의 의사를 물어보라고 한들 내 눈과 귀를 속이기 위해 또 다른 수작만 부릴 테지. 브리싱가멘을 꼬드기거나 협박하는 데 실패하면 루아는 그녀의 목소리를 변조할지도 몰랐다.

더 지적하기도 귀찮아서 나는 결국 포기했다. 주의를 돌릴 거리가 있어서 다행이었다. 나는 차곡차곡 쌓이는 짜증을 인식하지 않으려고 애쓰는 채 까끌거리는 질감의 드레스에 집중했다. 이 형편없는 재질의 옷은 로즈힐 사람들의 의심을 피하기 위해 미리 다른 마을에서 구입한 것이었다. 전혀 예스럽지 않은 주름진 치마가 어색하기 짝이 없었다. 심지어 프릴이 달린 앞치마도 붙어 있어. 넉넉하게 조여드는 조끼도 신기하고 말이지.

이곳 주민들은 우리가 축제를 구경하러 놀러온 옆 마을 애들이라고 생각했다. 손을 잡고서 여기저기 기웃거리는 나와 루아를 보곤 물건 값을 깎아주는 친절도 베풀었다. 루아는 우리에게 딱 적당한 정도의 관심과 호의를 보이는 이 마을을 마음에 들어 했고, 나 또한 그러했다. 최소한 소시지를 팔던 아줌마가 나더러 몸이 가늘고 유연해 보이니 귀족들이 알아준다는 미미르의 무용수나 하라고 말하기 전까지는 그랬다. 그러나 그 아줌마는 말뜻을 잘못 알아도 한참 잘못 아는 게 분명했다. 귀족들끼리 장난처럼 떠드는 미미르의 무용수라는 건, 백조같이 아름다운 세기의 발레리나가 아니라 자신의 동성 연인을 뜻하는 오래된 은어였으니까. 귀족들은 동성 연인과 잠자리를 갖는 행위를 '미미르의 샘물을 마셨다'고 표현하고는 했다. 나는 아줌마의 너스레에 웃지 않았다.

루아는 돌아다니느라 금세 체력이 바닥난 나에게 로즈힐에서 산 큼지막한 리본을 달아주었다. 채도가 높은 선명한 빨강 리본이 머리 위에 꽃처럼 피어 있었다. 튤립처럼 눈부시게 새빨갰는데 천으로 되어 있어서 크기에 비해 날아갈 듯 가벼웠다.

나는 이 귀여우면서 우스꽝스러운 것이 제법 마음에 들었지만, 루아는 이걸로 내 기분을 달래기엔 역부족이라고 여겼는지 느릿느릿한 음조로 심경을 토로했다.

"난 너랑 둘이 있는 게 좋아. 그리고 너한테 더 도움이 되는 건 그런 멍청한 목걸이가 아니라 나야."

인정받고 싶은 욕구가 가득 담긴 어린애 같은 말이었다. 루아는 자신만의 방식으로 나를 설득했다.

나는 나를 체념시키지 못해 안달 난 루아를 보며 눈을 깜박깜박했다.

"너는 성물들이 신의 사자였다는 거 알았어?"

"그래봤자 한때의 영광이지."

나는 가만히 루아를 바라보았다. 꽃봉오리 같은 달빛과, 밤의 그늘에서 아른거리는 어스름한 기운에 몸을 맡기고 있어도 루아는 여전히 믿어지지 않게 사랑스러웠다. 내가 기억하는 수많은 날 중에 가장 밝은 낮 같았다. 평범하기 이를 데 없는 복장을 갖췄음에도 불구하고 여러 사람들이 창백한 푸른 눈을 가진 금발 소년을 힐끔거렸다.

쪽빛 바탕을 가로지르는 별들이 점점 더 영롱해졌다. 별자리를 매단 하늘이 낮게 내려왔다. 그 아래서 루아가 내 머리카락을 귀 뒤로 넘겨주었고, 나는 정체 모를 기이한 감정에 사로잡혔다.

"브리가 그랬어, 신의 권능이 스며들었어도 너는 너라고."

그것이 내가 지금 여기에 있는 이유이기도 했다.

그리 멀지 않은 곳, 로즈힐의 한가운데에서 희미하게 음악 소리가 울려 퍼지고 있었다. 삐걱거리고, 부조화스럽고, 휘파람 소리 같기도 한 자유로운 음악이었다. 어떤 형식도 주어지지 않은. 온갖 종류의 악기가 때로는 날카롭게, 또 부드럽게 맞물렸다.

루아는 대답하지 않았고, 나는 허탈하게 웃었다.

"넌 정말 엉뚱한 데서 꿀 먹은 벙어리 노릇을 하는구나."

로즈힐에서만 열리기로 소문 자자한 축제라, 우리가 있는 골목조차 어느새 사람들로 붐볐다.

루아가 눈알을 굴렸다.

"내가 가진 건 네가 전부야. 너도 봤겠지만 이제 아무것도 남은 게 없어."

그렇지 않다고, 너에겐 아직 많은 것이 남아 있다고 말하면 루아가 믿어줄까? 나도 있고 메피스토펠레스도 있고 제국의 수많은 백성도 있다고 말하면 루아에게 위안이 될까?

아니, 그렇지 않을 거다.

"기억 나? 어렸을 때 네가 나한테 사랑이 뭐냐고 물어봤었잖아. 나는 왕자가 입맞춤으로 깊은 잠에 빠진 공주를 구하는 게 사랑이라고 했어."

나는 루아의 손을 잡고 느릿하게 걷기 시작했다. 축제에 취한 사람이 아주 많아서 우리가 묻히는 것은 금방이었다. 격앙된 별빛이 달을 집어삼켰을 무렵 더는 누구도 우리의 음성에 귀를 기울이지 않았고, 누구도 우리를 쳐다보지 않았다. 하늘은 저물어가는, 혹은 피어오르는 남색의 빛깔을 흩뿌렸으며 고혹적인 여인의 노랫소리로 가득했다. 누더기 천을 보닛 삼아 머리를 가리니 이보다 완벽할 수 없었다.

비난보다는 회유고, 회유보다는 진심일 수도 있다. 누구의 시선도 닿지 않는 집과 집 사이, 골목의 끄트머리에서 나는 루아의 어깨를 감싸 안으며 속삭였다.

"있지, 루아야, 나는 아직도 당황스러워. 어떻게 그 짧다면 짧고 길다면 긴 시간 동안 너와 네 세계가 이토록 변해버렸는지 모르겠어. 대체 뭐가 잘못됐길래, 어디서부터 손쓸 도리가 없어졌길래. 더는 모든 게 내가 알던 것과 똑같지 않아. 전부 달라졌어. 그것도 상상할 수 있는 가장 끔찍한 방향으로."

메피스토펠레스는 말했다. 내가 벨모트로 떠나지 않고 제국에 있었다면 지금과는 상황이 전혀 달랐을지도 모른다고. 보다 좋은 방향으로, 혹은 안일하고 나태한 방향으로 변했을 거라 주장했다. 절박함 따위는 존재하지 않는 평온한 일상이 돌연 피로 물들어서 돌이킬 수 없는 결말로 일그러졌을 것이라.

단 하나의 계기가 사라졌으므로.

내가 곁을 떠났기 때문에 루아는 나를 되찾고자 하는 갈망으로 성장할 수 있었다.

"나는 이 모든 게 무서워. 교황도 무섭고 황태후 폐하도 무서워. 앞으로 무슨 일이 벌어질지 도저히 짐작이 안 가. 어떨 땐 너까지 무서워서 차라리 벨모트보다 더 먼 곳으로 도망치고 싶은 생각도 들어. 그런데 나는 네가 아니면 도저히 안 되겠거든. 아까 메피스토펠레스가 머리를 정돈해주는 것도 쳐내고 싶은 거 참느라 죽는 줄 알았어."

서로의 시선이 너무나 가까이 닿는 바람에 루아의 숨결이 느껴질 정도였다. 속이 울렁거렸다. 발끝이 간질간질, 푸른 나비가 팔

랑거리는 것 같고. 내가 얘를 남자로 보는 것도 아니건만 갑자기 열이 올라서, 나는 루아에게서 확 떨어진 뒤 주위를 두리번거려 가게를 찾았다. 대부분이 술집이었고, 어차피 즐기라고 있는 축제이니만큼 차라리 그편이 좋았다. 왜 이리 얼굴이 달아오르는 건지 알 수가 없으니, 차라리 취한 것처럼 보이는 게 나을 듯싶었다.

"잠깐 기다려봐."

나는 가장 가까이 있던 선술집으로 뛰어가서 선반에 놓인 커다란 나무 컵 하나를 집어 들었다. 밀주는 생각보다 쓰고 훨씬 독했지만 못 먹을 정도는 아니었다.

나는 단숨에 컵을 비우고 황당하다는 표정의 주인에게 동전을 던져준 다음, 주인이 나를 살펴보며 나이를 가늠하기 전에 왔던 길로 뛰어가 루아를 축제의 한복판으로 잡아당겼다.

"춤추자."

"그런 다음 도망치려고?"

순순히 따라오면서도 빈정거리는 루아가 귀엽기 그지없었다. 더군다나 루아는 지금 일부러 열다섯 살의 모습을 하고 있었다. 내가 좋아하니까. 그러고 있으면 내가 피하지 않고, 두려워하는 대신 오히려 먼저 다가가기 때문에.

도대체 누가 위에 있고 누가 길들여지는 건지 모를 일이었다.

"착하지. 얌전히 굴면 천국보다 좋은 곳으로 데려다줄게."

기껏 최대한 예쁜 목소리를 내어 달래줬더니 루아가 어이없다는 듯이 반박했다.

"난 악마인데 어떻게 그런 데를 가?"

나는 어깨를 으쓱였다.

"아무렴 어때. 중요한 건 네가 구하러 오지 않아서 내가 서운했다는 거야."

브리싱가멘이 있었다면 더 완벽했을 테지만, 어쩔 수 없지. 이것도 그리 나쁘지는 않았으므로 나는 슬슬 작전을 실행에 옮기기로 했다.

루아와 춤을 추는 건 정말 재미있었다. 어떤 형식에도 들어맞지 않는 독특한 음악은 점점 빨라졌고, 류트와 백파이프, 피들의 흥겨운 연주는 긴장을 풀어주기에 충분했다. 아직도 나를 교황의 손에 놀아나도록 내버려둔 루아가 얄밉고 괘씸했지만, 또다시 그런 상황이 벌어지지 않게 하려면 루아를 잘 구슬리는 수밖에 없었다. 그렌트헨의 경우엔 어쩔 수 없었다 하더라도 나는 루아가 지켜보기만 할 뿐, 거기서 제 역할을 끝내는 것이 심히 못마땅했다. 다른 누구도 아닌 나잖아.

나는 루아가 나를 타인과 동등하게 대우하는 것이 싫었다.

제 곁에 있던 사람들을 포기하고 내버려뒀지만 내게는 그렇게 하지 않기를 바랐다.

"거기 귀여운 꼬마 아가씨! 옆 마을에서 놀러 왔나?"

연주자들 중 하나가 참 좋을 때라며 우리를 몹시 부러운 눈으로 바라보기에, 루아의 손을 잡고 빙글빙글 돌던 나는 웃음을 터뜨렸다. 서서히 취기가 오르는지 괜히 기분이 좋아져서 그 연주자에게 다른 소녀들처럼 손키스를 날려주고는, 박자와 박자가 서로 맞물릴 때 루아를 바짝 끌어당겼다.

잿빛밖에 없는 하늘에 유일하게 남은 파랑처럼 선명한 눈이 가까웠다. 루아와 마주하자 또 아까처럼 얼굴이 화끈거리기 시작했으나, 단지 취해서일 뿐이라고 스스로를 달래며 말했다.

"나는 나를 구해주는 사람이 너였으면 좋겠어. 너 아닌 사람한테 구해지기 싫다고. 꼭 공주가 반죽음 상태에서 구해줘야 사랑이 아니야, 루아야. 이해하겠어? 다른 사람의 손은 싫어."

그것은 그냥 도를 넘어선 친절이자 참견으로밖에 안 보였다. 사실 브리싱가멘도 있겠다, 루아가 나한테 불어넣은 마력도 있으니 웬만한 위기상황이라면 나는 누군가의 도움 없이도 알아서 빠져나올 수 있을 거였다. 그 교황마저 내 나이와 생김새 때문에 방심하지 않았나. 뭐, 그놈은 예쁘고 어린 여자한테라면 무조건 그럴 것 같다만.

나는 무심결에 얼굴을 찡그렸다가 루아를 살짝 놓아주고 느긋하게 발을 옮겼다. 루아의 손을 붙잡은 채 박자에 맞춰 걸으며 부드럽게 원 모양을 그렸다.

"교황의 짜증 나는 마수로부터는 나 스스로 빠져나왔지만, 네가 조금만 더 일찍 와주었으면 정말 기뻤을 거야."

그렇게 속삭이는 와중, 유일한 여자 연주자가 갑자기 악기를 내려놓더니 장난기 가득한 눈으로 내게 다가왔다. 그녀가 조그만 뿔

두 개가 달린 머리띠를 내 머리에 꽂아주었다.

"넌 세상에서 가장 악독한 붉은 여왕이 될 거야. 네 엄마가 황소처럼 화가 나서 너를 끌고 가지 않는다면 말이지."

내 표정이 퍽 볼 만했는지 깔깔거리며 제 자리로 돌아간 그녀가 나한테 처음 말을 걸었던 연주자와 와자하게 떠들었다.

나는 어리둥절하게 눈알을 굴리다가, 루아와 시선이 마주치자 동시에 웃었다.

"그래서 너는 내 공주님이 되고 싶다 이거야?"

루아가 흥미롭다는 투로 물었다. 나는 샐쭉하게 루아를 흘겼다. 손을 마주잡고 있으니 열다섯 살의 루아가 아무리 귀여워도 나보다 한 뼘은 넘게 크다는 사실이 새삼 직접적으로 다가왔다.

"다른 사람들이 나를 어떻게 보든 너만은 아주 섬세한 마음을 가진 여자애로 봐줬으면 좋겠어. 그게 어려운 일은 아니지?"

"글쎄."

루아는 전혀 진지하지 않은 얼굴로 뜸을 들였다. 덕분에 나는 붉은 여왕의 날이란 이름에 걸맞게 경쾌하면서도 어딘지 음산한 연주가 멈춘 틈을 타 나도 모르는 사이 손톱을 물어뜯고 있었다. 그 사실을 인식하는 순간 소스라치게 놀랐다.

조금 곤혹스러웠다. 아니, 많이.

"어라. 내가 너를 좋아하나······?"

곰곰이 방금 했던 말을 되짚어보자, 이보다 이상할 수 없었다. 루아는 나를 도와줘도 되고 다른 사람은 안 된다니. 심지어 나는 공주가 반죽음 상태에서 구해주는 것만이 사랑은 아니라고도 했다. 사랑이라는 단어를 직접 말했다고! 그러나 더욱 당혹스러운 건, 이 중얼거림이 작게나마 입 밖으로 새어나갔다는 거였다.

루아가 눈을 깜박였고, 나는 당황스럽게 입을 벌리며 뒷걸음질을 쳤다.

"나 다시 잠깐만!"

이번엔 혼절할 때까지 밀주를 들이켜고 올 셈이었건만, 루아가 내 팔을 붙잡았다.

"어딜 가려고?"

"화, 화장실?"

애석하게도 지금 당장 생각나는 변명이 이것밖에 없었다.

정말 이 미친 입을 틀어막든지 꿰매든지 해야겠다. 할 말, 하지 말아야 할 말 구분하지 않고 닥치는 대로 주절거렸더니 뒤늦게 찾아온 창피함이 심장을 두 배로 빨리 뛰게 만들었다. 나는 루아 앞에서 거의 항상 솔직했지만, 이번엔 확실히 과했다. 애초에 루아가 어떤 얘기를 해도 다 받아주니까 생긴 결과였다.

머릿속이 새하얘지는가 싶더니 나를 둘러싼 모든 것이 거북하게만 와 닿았다. 굳이 이렇게 당황한 티를 내야 하나 싶다가도 도무지 표정 관리가 안 되어 애꿎은 입술만 깨물었다.

지금 이 순간이 왜 이렇게 불편한 건지 도통 모를 일이다. 나는 어렸을 적부터 루아에게 종종 좋아한다는 말을 했었고, 그때는 그게 당연하게 느껴졌다. 대체 그때와 지금이 무슨 차이가 있어서? 무, 물론 루아에게 서운함을 느끼긴 했지만 그렇다고 그 감정이 루아를 이성으로 보이게 해주는 건 아닐 텐데.

어쩐지 점점 내가 생각했던 계획에서 틀어지고 있었다. 원래대로라면 나는 혼란스러워하는 대신 루아를 더 몰아붙여서 확답을 받아야 했었다. 루아는 내 부탁 아닌 부탁을 거절한 적이 없었으니까. 그것이 얼마나 터무니없는 것인지를 떠나서 말이다.

나는 슬쩍 루아의 눈치를 살폈다. 루아는 참으로 순진하게 나를 바라보고 있었다.

"그럼 그동안 나 다른 사람이랑 춤춰도 돼?"

뻔히 보이는 거짓말일 텐데도 루아가 수긍하는 기색을 보였으므로 어처구니가 없었다. 나는 얼굴을 확 찡그렸다.

"안 돼! 너 정말 그 손으로 다른 여자 만지고 싶어?"

차마 내 가슴을 만졌던 손이라는 말을 할 수 없어서 이를 가는데 루아가 말했다.

"나한테도 어쩔 수 없는 사정이라는 게 있어서."

황당하기 그지없었다. 너 지금 말이랑 표정이 완전 다르잖아. 진짜 요사스럽게 웃고 있다고. 극악무도하게 귀여운 얼굴로 세상에서 가장 얄미운 표정을 짓고 있어.

기가 막혀서 나는 짜증스러운 투로 몰아붙였다.

"그래서 대답은? 앞으로도 계속 지켜보기만 할 거야?"

"아니."

"그러면?"

"기다려봐. 너를 납치해서 어디로 데려갈지 고민 중이야."

루아가 뻔뻔하게 말하며 내 팔을 붙잡았던 손을 아래로 미끄러뜨렸다. 내 손가락 사이마다 제 손가락을 끼워 넣어서 깍지를 끼었다.

"이 바보 멍청이가…….."

손가락 마디를 스치고 들어오는 감각에 소름이 돋아서 뒤로 물러나는데 루아가 예쁘게도 웃으며 물었다.

"나를 좋아하는 거 같아?"

어쩐지 그냥 넘어간다 했다. 나는 보다 다른 의미로 겁에 질렸다. 연주자들은 아예 악기도 내려놓고 휘파람을 불며 흥미진진하게 우리를 지켜보고 있었다. 차라리 루아와 단둘뿐이었다면 어떻게든 아니라고 우겼을 텐데. 구경꾼마저 있으니 속수무책으로 얼굴이 화끈거렸다.

"그, 그런 거 아니거든? 그런 의미로 한 말 아니야."

황소처럼 화가 난 엄마라도 좋으니 여기서 나를 좀 끌고 가줬으면 좋겠다.

"그래? 얼굴 빨개졌는데."

"아니라고!"

나는 무조건 부정했지만 루아는 들은 척도 안 했다. 그 입가에 걸린 미소가 심히 간사했다. 이보다 잘 어울리는 표현을 찾을 수가 없다.

"내가 빨리 안 구해줘서 속상했구나. 다시는 안 그럴게. 네가 싫어하는 거 하지 말라고 하면 절대로 안 해."

이런 미친 소리가 절로 나왔다. 내가 어쩌자고 속마음을 털어놓았는지 모르겠다. 아까 그 말만 하지 않았더라도 지금쯤 주도권을 잡고 있는 건 루아가 아니라 나였을 거였다.

어쨌든 다시는 안 그럴 거라는 확답을 들었으니 됐기…… 는 개뿔. 빨리 여기서 벗어나고 싶은 마음뿐이었다.

나는 열심히 손을 흔들며 나를 응원하고 있는 여자 연주자를 떨떠름하게 곁눈질했다. 어설픈 미소를 짓자 경직된 얼굴이 뻣뻣하게 일그러졌다.

"너무 늦었지 않아? 이만 돌아가야지."

"별로. 어차피 우리 바로 옆 마을에 살잖아."

실로 능청스러운 거짓말이었다. 루아가 나한테 다가왔을 때, 내가 부끄러워서 말을 못 잇는 거라고 여겼는지 다시 연주가 시작되었다. 붉은 여왕의 날과 도무지 어울리지 않는, 꽃잎을 건드리는 솜털처럼 부드럽고 간질거리고 로맨틱한 연주였다. 아나, 미쳐.

"너 진짜 죽고 싶어서 이래?"

나는 정말로 루아의 멱살을 잡았다. 찢어 죽일 듯이 노려봤건만, 루아는 웃음기 가득한 얼굴로 태연하게 물었다.

"이제 내가 왜 브리싱가멘을 싫어하는지 알겠어?"

"전혀."

그러자 루아가 낮게 웃었다.

"보니."

"부르지 마."

"난 네가 정말 좋아."

갑자기 목을 졸린 것처럼 숨이 막혔다.

저 장난인 듯 가벼운 말에 실은 모든 게 걸려 있다는 것을 안다.

나는 루아를 놓아주었다. 현기증이 일어서 내가 다시 고개를 푹 숙이자 루아가 고맙게도 나를 데리고 인적이 드문 곳으로 가주었다.

당장이라도 별을 한가득 쏟아버릴 것 같은 하늘이 환히 보이는 길목을 느릿하게 가로지르며, 루아가 나를 제 눈에 담고 입을 열었다.

"나도 대답했으니까 너도 대답해."

무엇에 대한 대답을 하라는지 모르는 게 아니었다. 하지만 나는 정말로 혼란스러워서, 루아가 원하는 대답을 줄 수 없었다.

나는 그저 눈을 내리뜨고 솔직하게 털어놓았다.

"모르겠어."

나도 내 태도가 이상하다는 걸 안다. 루아가 정말 친구로 보이면 3년을 알고 지낸 체르지안과 다를 바가 없어야 정상인 거 아니야? 브리싱가멘이 했던 말처럼.

나는 남들이 내게 닿는 것을 거의 병적으로 싫어하고, 엄마와 아빠가 아니라면 절대 먼저 다가가지 않았다. 단 하나의 예외가 바로 루아였다. 루아는 언제나 모든 사항에 있어서 예외였다. 어떤 기준으로도 루아를 정의 내릴 수 없었고, 포함시킬 수 없었다. 루아는 내가 구분 짓는 모든 관점에서 벗어나 있었다. 어쩌면 나는 루아에게 친구의 역할과 애인의 역할을 동시에 바라고 있는지도 몰랐다.

내가 아직 준비가 안 되었으니까. 친구와 연인의 차이가 무엇인지 모르겠으며, 루아가 나에게 어떤 기대를 품고 있는지도 모르겠어서.

언젠가 나는 루아에게 다른 사람한테 가버릴 너라면 필요하지 않다고 했다. 그러나 사실은 조각나 여러 사람에게 흩어질 마음이라면 차라리 전부 나한테 바치라고, 나한테 네 모든 걸 주라는 뜻을 담아서 말했는지도 몰랐다. 나조차 몰랐던 내 말의 의미를 루아는 알아차렸을 수도 있었다.

내 전부를 줄 자신도 없으면서 나는 루아에게 너의 모든 걸 달라고 했다.

그리고 루아는 그렇게 했다.

가슴이 먹먹했다. 어찌할 바를 모르고 난감하게 루아의 뒤만 따르는데 루아가 돌연 뚫어져라 나를 바라봐서 내 생각을 흐트러뜨렸다.

"전혀 아닌 것 같은데."

"뭐가?"

고개를 갸우뚱하던 것도 잠시였다.

루아가 멈춰 섰다.

"봐."

루아가 나른하게 중얼거리더니 머리를 숙였다.

나는 가만히 있었고, 거부하지 않았다. 루아를 잃어버릴까 두려워서 잠자코 있었던 게 아니라 정말로 싫지 않아서였다.

이 상황이 조금도 당혹스럽지 않다는 건 아니지만, 분명 내가 의도한 대로 돌아가지 않은 상황이지만, 어쨌든.

루아가 나한테 입을 맞추었다. 그 입술이 내 입술에 닿았다.

한 번, 두 번 눈을 깜박였다. 낯설고, 따뜻하고, 달콤하고, 간질거리고. 발밑에, 배 속에 나비가 득실거리는 것 같다. 꽃가루와 비단이 수북이 쌓여서.

어쩌면 루아가 이성으로 보이지 않는다던 말은 거짓일지도 모르겠다. 단지 인정하고 싶지 않아서, 주도권을 빼앗기고 싶지 않아서 외면했는지도 모르겠어.

이 감정은 어떤 특별한 계기로 인해 피어오른 열망이 아니었고, 따라서 나는 루아에게 미친 듯이 두근거려본 적도 없다. 하지만 이걸로, 어쩐지 알 것 같았다. 도저히 구체적일 수 없는 뭔가가 마음속에 단단히 자리 잡힌 기분이 들었다.

나는 루아가 나한테 서로 사랑하는 연인들이나 할 법한 애정표현을 해도 거부감이 들지 않았다. 그러니까 이것도 좋아함의 한 종류일 수도 있었다. 내가 은연중에 루아를 이성으로 보고 있기에 루아 또한 마찬가지이길 원해서, 나를 여자로 보는지, 가족으로 보는지 궁금했을 수도 있었다.

일리는 있었다. 근거도 있었고, 마냥 부정할 만한 감정도 아니었지만, 문제는 내가 아직도 루아에게 치켜세울 자존심이 남아 있다는 거였다. 나는 눈을 감고서 느릿하게 숫자를 세었다가 루아를 조심스럽게 밀어냈다. 내가 마지막으로 입을 맞춘 건 지난 3년 전, 루아와 작별하는 마지막 순간이다. 아프고 아프기만 한 기억이라 특별히 되새긴 적도 없었다.

"너……."

일단 말문을 트긴 했는데, 뒤이어 생각한 말이 그저 어렴풋했다. 희미하게만 기억날 뿐이라 미간을 찌푸린 채 나는 루아를 쳐다보았다.

마음이 복잡했다. 처음부터 연인으로 시작했으면 차라리 받아들이기 쉬웠을 텐데, 어렸을 땐 나보다 한참 뒤떨어졌던 애가 벌써 이만큼 커서 나를 내려다보고 있다는 사실이 불현듯 실감날 때마다 당혹스러워서 어찌할 바를 몰랐다.

"왜?"

루아가 뻔뻔하게도 내가 무슨 말을 할지 모르겠다는 듯 순진한 표정을 지었다.

나는 푸른빛이 번져드는 루아의 눈을 뚫어져라 직시했다. 말갛게 일렁이는 연한 물결은 그늘에서도 빛을 잃지 않았다. 내가 기억하는 예전의 그 눈이면서도 아니었다. 속내를 좀 더 비출 법도 하건만, 여전히 퇴색되지 않고 예뻤다. 순전히 마주치는 것만으로도 나를 끌어당기는 힘이 있었다.

끌어당기고, 그다음엔.

에라, 모르겠다. 나는 대답하는 대신 루아의 옷을 잡아당겼다. 눈을 꾹 감고, 심술궂게 머리를 들었다. 실컷 루아의 입술을 물고 빨다가 심장이 두근거리기는 해도 엄청 설레진 않는다는 사실을 깨닫고 어리둥절해서 눈을 떴다.

참 이상한 일이었다. 심장이 뛰지만 설레진 않고, 루아를 독점하고 싶지만 그건 정확히 무엇 때문인지 속 시원하게 알 길이 없다. 그저 나는, 예전에도 루아는 내 거였으니 지금도 내 거여야만 한다는 생각에 사로잡혀 있었다. 하지만 루아가 나를 조금이라도 얕잡아 보거나 놀리는 것 같으면 기분이 확 상하고는 했다.

이러다 머리가 터질 것 같아서 나는 포갰던 입술을 떨어뜨렸다. 소리 없는 바람에 눈물이 그렁그렁 맺혔다. 모르겠어. 진짜 모르겠다고. 왜 이렇게 복잡하지? 루아가 미치도록 좋아서 몸 둘 바를 모르겠다가도, 나 혼자서 독차지하고 싶다는 충동이 걷잡을 수 없이 들다가도 돌연 루아가 미웠다. 나는 루아에게 정말 오만 가지 감정을 느끼고 있는데 이걸 사랑이다, 아니다로 단순히 구분 짓자니 더 열이 뻗쳤다.

나는 루아에게서 두어 걸음 뒤로 물러나며 이를 악물었다.

"너를 좋아해. 좋아하기는 해."

"그런데?"

루아가 아무것도 모르는 척 되물었다. 저 얼굴만 믿고 구구절절 심경을 토로했다간 또 아까와 같은 일이 벌어질 게 뻔했으므로, 나는 경계하며 입을 열었다.

"너, 내가 하라면 뭐든지 할 수 있어?"

"응."

숨 쉬지도 않고 해주는 대답이 실로 의심스러웠다. 나는 어이없어서 말했다.

"잘 못 들은 것 같은데 나 지금 뭐든지라고 했거든."

"뭐가 필요한데? 아니면 누구 죽여줘?"

나는 얼굴을 찡그렸다.

"넌 자존심도 안 상해?"

"그거 나한테 없는데. 있으면 네가 싫어하잖아."

당연한 걸 군이 왜 묻느냐는 투로 말하며 루아가 눈알을 굴렸다. 나는 충격을 받아 입을 다물었다가, 한 걸음 더 뒤로 물러났다.

나는 한참 동안 루아를 바라보았다.

"너 진짜 나 좋아해?"

혼란이 깃든 목소리는 내가 듣기에도 불안정했다.

루아가 미간을 찌푸렸다.

"계속 그렇게 떨어져서 말할 거면 차라리 돌아갈까?"

"아니, 기다려봐. 나 지금 뭔가 깨달음을 얻을 것 같아."

나는 손을 들어서 루아의 말을 막았다. 그리고 어처구니가 없어서 소리쳤다.

"내가 놀리거나 얕잡아 봐도 아무런 상관이 없단 말이야? 어떻게 그럴 수가 있어?"

루아는 말이 없었다. 단지 못마땅한 표정만 짓는 게, 지금 당장 황성으로 이동할 것만 같아서 나는 하는 수 없이 루아에게 도로 다가가며 투덜거렸다.

"이게 자존심이 없는 거라고? 전혀 말이 안 되는데."

"나한테서 도망치지만 않으면 발바닥이라도 핥아줄 수 있어."

그러니까 전혀 그럴 것 같은 얼굴이 아니라고……. 왠지 또 속는 기분이었다. 여기서 수긍하고 납득하면 이전이랑 다를 바가 없었다.

잠시 입술을 물어뜯던 나는 근처에 있던 나무상자 더미에 올라가 앉았다.

"그럼 지금 해봐."

물론 진짜로 시킬 생각은 없었다. 지금은 이리 귀여워도 루아는 세상에서 가장 고귀한 핏줄을 타고 났질 않았나. 사실 이렇게 얼굴을 맞대고 있는 것만으로도 보통 사람들은 영광스럽게 여겨야 했다. 내가 루아와 예전부터 알던 사이가 아니고, 루아가 나를 좋아하지 않으며, 서로의 어린 시절을 공유하지도 않았다면 고개를 땅에 떨군 채 기어 다녀야 정상이었다.

어, 그러고 보니 정말 그러네. 나는 새삼스럽게 눈을 깜박였다. 루아는 강압적인 방법을 써서 나를 소유할 수도 있었다. 하려고 하면 못할 것도 없었다. 루아는 지금도 나를 많이 배려해주고 있는 거였다. 그 배려가 조금 어긋나서 문제긴 하지만.

나는 처음 보는 사람인 듯 루아의 눈짓, 입술이 움직이는 모양 하나하나를 망막에 새겼다. 축제의 열기마저 흐트러뜨렸던 창백한 바람 냄새도 이 혼란을 가라앉히진 못했다. 가슴을 조이고 있는 조끼의 매듭이 춤을 추는 것 같았다.

어차피 진심이었던 것도 아니고, 그저 루아의 반응을 보기 위한 도발이었을 뿐이다. 루아가 주저 없이 다가오더니 구두를 벗겼다. 망설이는 기색이라고는 조금도 없어서 나는 황급히 발을 빼려고 했다.

"자, 잠깐만? 이제 됐어."

그러나 루아는 내 발을 놓아주지 않았다. 놓아주기는커녕 제게 더 끌어당기고 있었다.

"아직 시작도 안 했는데 뭐가 돼? 잘 안 보이는 것 같은데 이거 입이 아니라 손이야."

방금 전의 내 흉내를 내며 루아가 가증스럽게 말했다. 그러면서 내 발목을 잡고 제게로 조금 더 잡아당겼는데, 덕분에 계단처럼 층층이 쌓여 있던 박스에서 한 칸 미끄러지고 말았다.

"야! 장난이라니까! 안 싫어할 테니까 그냥 자존심 좀 챙겨!"

"싫은데?"

무섭게까지 느껴지는 예쁜 웃음이었다. 하는 수 없이 다른 쪽 발로 루아를 걷어차 주려고 했으나, 치맛자락이 구두 끝에 걸려서 그것도 여의치 않았다. 거기다 치마에서 억지로 발을 뺐을 땐 이미 루아는 내가 뭘 하려는지 눈치 챈 뒤였다.

루아가 명백히 놀리는 미소를 짓고서 내 다른 쪽 발까지 잡았다.

"조금만 참아, 어디든 해줄 테니까."

"그게 아니야, 이 멍청아!"

아, 현기증이 인다. 머리가 어지러워. 이왕 이렇게 된 거, 끝까지 가보자는 심정으로 나는 위에 있던 박스들 중 하나를 눈여겨봤다. 그러나 내 시선 끝에 뭐가 있는지를 나보다 먼저 안 루아가 다리를 확 잡아당겨서 아예 앉아 있지도 못하게 되었다.

아픔은 없었지만 사방이 나동그라진 나무상자투성이였다. 상자를 집어 던지려던 계획도 실패한 나는 씩씩거리며 루아를 노려보았다. 모르긴 몰라도 루아가 아주 조금만 머리를 숙이면 치마 속이 훤히 보일 거였다.

"너 진짜 이럴 거야?"

"네가 시켰잖아."

저 뻔뻔한…….

시선 둘 곳이 없었다. 차라리 눈을 감자니 오히려 감각이 더 생생해질 것만 같아서 두려웠다. 어처구니가 없어서 말이 안 나온다. 나는 루아의 사고방식을 좀처럼 따라갈 수가 없었다. 벌써 천 번째로 생각하는 거지만 내가 알던 루아는 전혀 이렇지 않았는데! 물론 루아가 지금까지도 백치로 남아 있기를 바라는 건 아니지만, 확실히 감당하기 벅찼다.

땅에 떨어진 구두가 보였다. 맨발에 닿는 부들부들한 감촉을 부정할 수만 있다면 지금 당장 기절해도 좋았다.

아예 웃음을 터뜨리며 내 발에 장난스럽게 입을 맞추던 루아가 느릿느릿 입을 열었다.

"교황은 나보다 더 자유롭게 황성을 드나들 수 있어."

"뭐?"

여전히 가벼운 나무상자에 파묻힌 채 나는 얼굴을 찡그렸다. 루아가 발을 놓아주더니 응석이라도 부리려는 양 내 품으로 파고들었다. 나는 꼼짝도 못 하고 루아를 안아줘야 했다.

"내가 어렸을 때 가지고 다녔던 거 기억나? 간단한 조작만 하면 황성으로 즉시 이동하는 마법이 걸린 물건 말이야. 그거 지금 교황이 가지고 있거든. 어머님이 친히 선물하셨지."

당연히 기억하고 있다. 루아는 백치나 다름없었어도 하나뿐인 황제의 아들이었으니까. 특수한 훈련을 받은 호위 기사들 말고도 루아는 자신을 지킬 만한 수단을 아주 많이 가지고 있었다. 그러나 사용법은커녕 무엇이 어떤 작용을 하는지조차 잊어버리기 일쑤여서, 수많은 눈과 마법의 보호를 받으면서도 셀 수 없이 다쳤다. 제 발에 걸려 넘어진 경우가 제일 많았다만.

설마 그렌트헨이 그것마저 선뜻 바쳤을 줄은 몰랐다. 얼굴을 일그러뜨리지 않을 수 없었다.

"그런……. 그걸 가만히 보고만 있었어? 확 부숴버리지. 그런데 왜 지금 그 얘기를 하는 거야? 교황이 황성에 와 있기라도 해?"

루아는 아무런 대꾸도 하지 않았지만, 그건 내 불길한 예감이 적중했다는 결정적인 증거밖에는 되지 않았다.

나는 일부러 약한 척을 하며 안겨드는 루아를 하는 수 없이 토닥여주며 한숨을 쉬었다.

"내가 와 있다는 것도 알겠네. 황태후 폐하께서 말씀하셨을 테니."

황성으로 돌아가면 교황과 마주치게 될까? 그가 내 물건을 훔쳐 갔던 여섯 명의 학생을 어떻게 처리했을지 모르겠다. 어쩌면 그는 아직 모르고 있을 수도 있었다.

루아의 가족이니까, 어머니이기에 좋게 생각하려 해봐도 나는 그렌트헨이 무척이나 원망스러웠다. 하나뿐인 아들은 서슴없이 악마라 부르는 주제에 그녀는 정작 악마보다 더 악랄한 놈한테는 자유롭게 황성을 드나들 수 있도록 편의까지 제공해주었다.

나는 황금빛으로 물든 루아의 머리카락을 매만지며 입술을 비틀었다. 그렌트헨의 사랑이란 그런 걸까. 그것도 사랑의 한 종류인 걸까.

남에게 그리 추하게만 보이는 것도 사랑이라는 단어로 치장될 수 있는 건가.

"거기 꼬마들! 언제까지 그러고 있을 거야? 내가 너희 부모님한테 데려다줄까? 응?"

나는 깜짝 놀랐다. 골목 끝에서 갑작스럽게 고성을 지른 남자는 아까 그 연주자들 중 하나였다.

짜증스럽게 얼굴을 구기던 것도 잠시, 나와 루아가 다른 사람들이 보면 상당한 오해를 살 것 같은 자세로 있었다는 사실을 깨닫고 루아를 슬며시 밀었다. 그러고는 나도 벌떡 일어나서 황급히 구두를 신고 치맛자락을 끌어내렸다.

"갈 거예요."

연주자가 독주를 들이마시며 짓궂은 얼굴로 물었다.

"데려다주랴?"

"필요 없거든요."

부루퉁하게 대꾸하고 나서 나는 루아를 데리고 골목을 빠져나왔다. 하늘은 베일이 덮인 것처럼 어두워져 있었고, 거리엔 음악이 아닌 주정 부리는 소리만이 가득했다.

나는 잠시 머뭇거리다 루아의 손을 잡았다. 교황이 있는 황성으로 루아가 돌아가고 싶지 않아할 거란 생각이 들었다.

"다른 데로 갈까?"

"너랑 있으면 시간이 너무 빨리 가. 벌써 절반이나 지난 거 알아?"

엄마와 약속한 사흘을 두고 얘기하는 말이었다. 나는 쓰게 웃었다.

"시간을 좀 더 달라고 하지 그랬어."

"그것도 겨우 얻어낸 거야. 처음에 레이첼은 벨모트로 가지 않고 아발론으로 떠날 셈이었어. 돈이든, 작위든 전부 버리고 말이지. 너와 공작을 데리고 다시는 돌아오지 않으려 했을걸."

루아가 내 어깨에 고개를 묻고 고양이처럼 비비적거렸다. 확실히 내가 아는 엄마라면 그러고도 남을 거였다. 처음 이주령이 떨어졌을 때도 엄마는 불같이 화를 내셨으니까. 선황제 폐하께서 그레이스 가문 전체를 적으로 돌릴 생각일지도 모른다는 말까지 하셨었다.

그나마 폐하께서 최소한의 명분을 남겨두셨기에 아빠는 위신을 잃어버리지 않을 수 있었고, 여전히 제국을 위해 일하셨지만 여전히 앙금은 남아 있었다. 나를 두고 두 분을 협박했다는 사실 때문에. 그 점을 심히 못마땅하게 여기면서도 엄마는 아빠를 도왔다.

엄마는 나와 이 화제를 주제로 대화하는 것을 싫어했으므로, 호기심을 억누르기란 불가능했다. 그동안 나는 아주 간단한 설명만을 들었을 뿐이다. 그 자세한 내막까지는 엄마도, 아빠도 나에게 이야기해주지 않으셨다.

"어떻게 엄마를 설득했는데?"

루아가 나른하게 풀린 눈으로 나를 응시했다.

"레이첼이 보는 앞에서 자살하려고 했어."

농담처럼 가벼운 투여서, 나는 뒤늦게 그 말의 심각성을 깨달았다.

"지금 내가 제대로 들은 거 맞아? 너 지금 분명 자살이라고……."

"손목에 칼을 쑤셔 넣은 다음 마법으로 상처를 벌려서 지혈되지 못하게 했어. 그런데도 별로 충격받은 것 같지 않길래 네가 보는 앞에서 계속할 거라니까 그제야 반응하던데. 덕분에 너한테 삼 년 동안 말도 못 걸게 됐지만, 어쨌든 떠나지는 않았으니까."

루아는 만족한 것 같은 목소리로 말했다. 손가락이 뻣뻣하게 굳었다. 전신에서 핏기가 빠져나가는 느낌이었다. 아무렇지 않게 흥

터조차 남지 않은 손목을 보여주며 말하는 루아를 나는 단 1퍼센트도 이해하지 못했다.

"너 대체 몇 대를 맞아야……."

공포에 질린 내 눈을 보고도 루아는 칭얼거리는 어조로 말을 이었다.

"다 필요 없어. 전부 놓아버리면 돼. 나한테는 네가 있잖아. 너만 있으면 어떻게든 되는 거잖아. 그런데 너마저도 없으면 내가 뭐 하러 살아? 어차피 거슬리는 것들이 많아서 진짜로 죽을 생각은 없었는데 위험하기는 했어. 과다출혈이 아니라 레이첼한테 맞아서 죽었을걸."

"그러지 마."

손이 덜덜 떨렸다.

나는 창백하게 질려서 입술을 깨물었다.

"그러지 마, 루아야."

"나도 그렇게까지 할 생각은 없었어. 레이첼한테는 미안하게 생각해."

아니.

그것이 가장 중요한 문제가 아니었다.

나는 마주잡은 루아의 손을 내려다보며 미약한 호흡을 이어나갔다. 나는 루아에게 이다지도 신뢰를 주지 못했구나. 그런 극단적인 방법으로 나를 붙잡으려 한 것은 따지고 보면 내 책임이었다. 이유를 막론하고 나는 루아를 떠났으니까. 루아는 내가 너무나 쉽게 자신을 놓아버린다고 여겨서, 그 부족한 부분까지 자기가 채워야 한다고 생각했을지도 모른다.

내가 물러나는 만큼 루아는 더 다가와야 했다. 그렇게 해서 끊어지지 않은 인연이었다. 루아는 그런 방법으로 나를 그리워하고, 붙잡았다.

실로 비참했다.

"너는 너를 상처 입혀가며 나를 붙잡을 필요가 없어, 루아야. 나 여기 있잖아. 너 혼자서만 쌓아 올린 인연이 아니잖아. 내가 어디로 떠나든 돌아오는 곳은 결국 여기야. 그렇게 벨모트로 떠나버렸으니 네가 나를 믿지 못하게 된 것도 이해해. 하지만 나는……."

목이 틀어막힌 기분이었다. 지금 이렇게 붙잡고 있는 손이 차게 식어버렸을지도 모른다고 생각하니 눈물이 멈추지를 않았다.

메피스토펠레스는 내가 벨모트로 떠나지 않고 제국에 머물러 있었으면 이보다 더 최악의 사태가 벌어졌을 거라고 말했다. 내가 옆에 있으면 루아가 백치에서 벗어나는 일은 없었을 것이라고. 하지만 적어도 루아는 지금보단 행복하지 않았을까. 설령 거짓된 평화일지라도, 그것으로 만족하지 않았을까.

그러나 그때의 나는 선황제 폐하의 명령을 거부할 만한 힘이 없었다.

나는 절대로 부모님을 위험에 처하게 할 수 없었다.

"어떻게 표현해야 될지 모르겠어. 다시는 도망치지 않을 거라고 약속하고 싶은데, 네가 더 이상 불안해하지 않았으면 좋겠는데,

내가 너를 지탱해줄 만큼 강하지 않다는 걸 아니까 너무 속상해."

결국 3년 전과 같이 답은 정해져 있었다. 나는 언제까지고 부족할 수밖에 없다. 서로 절반씩 채워서 완성시켜야 할 관계에서 나는 앞으로도 할당량을 채우지 못할 거였다. 그러나 그렇다고 해서 결코 루아 혼자 채워나가도록 내버려둘 수만은 없었다.

나를 뚫어져라 지켜보면서 루아가 가만히 물었다.

"내가 무서워?"

"아니."

"내가 싫어졌어?"

"아니."

그 대답에 루아가 잠시 뜸을 들였다가 입을 열었다.

"더 멀리 떠나고 싶어졌어?"

"안 떠나."

"그럼 나랑 결혼할 거야?"

그 음험한 수작질에 나는 순간 홀린 것처럼 응, 이라고 대답할 뻔했다.

머리가 지끈거렸다. 곤혹스럽게도 루아는 순전히 이 질문을 위해 기반을 다져온 것이라는 양 굴고 있었다. 자살 시도를 했다는 얘기로 나한테 큰 충격을 준 주제에 이미 안중에도 없었다.

"넌 그렇게도 나한테 윙그비아란 성을 주고 싶어?"

죄의식과 비난을 담은 물음에 루아가 천연덕스럽게 눈알을 굴렸다.

"싫으면 내가 그레이스 할게. 레이첼이 짜증 나게 굴 게 뻔하지만."

"데릴사위는 필요 없어!"

솟구치던 눈물이 도로 들어가는 기분이었다. 나는 루아를 노려보며 한 글자씩 또박또박 힘주어 말했다.

"앞으로 내가 더 노력할 테니까 다시는 그런 짓 하지 마, 알았어?"

"무슨 짓?"

순진하게 고개를 기울이는 루아의 뺨을 나는 있는 힘껏 꼬집었다.

"네 몸에 상처 입히지 말란 얘기야."

이번엔 제법 아팠는지, 루아가 제 볼을 문지르며 입술을 삐죽였다.

"마법을 쓰면 어차피 흉터도 안 남는데."

"대답."

"알았어."

이보다 건성일 수 없는 대답에 절로 인상이 찡그려졌다.

"좋아. 그럼 연주자가 정말로 옆 마을까지 데려다주기 전에 돌아가자."

나는 한숨을 내쉬었다.

5.5

Demian

"빨리 가자. 이러다 늦겠어."

열 해를 갓 넘긴 작은 소녀는 흰 거품이었다.

부드럽게 흩어지는 검은 얼룩이자 머릿속에 가득 찬 나비였다.

"오늘은 일찍 돌아가겠다고 엄마랑 약속했단 말이야."

구름 가득한 하늘을 올려다보는 소녀의 목소리에서 조급한 기색이 묻어나왔다. 초승달 모양의 황금 들판에 앉아, 모래로 성을 쌓는 데만 몰두해 있던 어린 황태자가 놀란 듯 번쩍 머리를 들었다.

"조금만 더 놀면 안 돼?"

그러나 이미 마음만은 벌써 집에 도착해 있었으므로 보니는 황태자의 투정을 전혀 달가워하지 않았다.

"또 고집 부린다."

"하지만 난 돌아가기 싫은걸. 보니랑 다시 만날 때까지 혼자 있어야 하니까……."

더 닦달하려던 보니가 슬쩍 고개를 돌려 시무룩한 표정의 황태자를 보더니 이마를 찌푸렸다.

"왜 혼자야? 로벨리안도 있고 황후 폐하도 계시잖아. 모르나 본데 너 엄청 사랑받고 있거든?"

윙그비아 가문의 유일무이한 후계자. 장차 아카시아 제국을 짊어질 황태자. 그것이 소녀의 눈앞에 있는 어린 소년이 짊어져야 할 짐이었다. 비록 정신 연령이 한참은 낮아 아직 갈 길이 까마득하다마는.

물 밑에 가라앉은 보석처럼 푸른 황태자의 커다란 눈망울에 그렁그렁 눈물이 고였다. 그 가벼운 타박조차 상처가 됐는지 황태자가 울 것 같은 얼굴로 고개를 숙였다.

으아 하고 보니가 신경질적인 몸부림을 치더니 곧 한숨을 쉬었다.

"알았어. 알았으니까 울지 마, 이 바보야. 더 놀아주면 될 거 아니야."

언제나 둘은 이런 식이었다. 나무라고, 울고, 달래주고, 다시 또 반복. 즉시 눈물을 그치는 황태자의 머리를 어쩔 수 없다는 듯이 쓰다듬어주며 보니가 끙 앓는 소리를 냈다.

"엄마가 기다릴 텐데……."

아주 작아서, 보니와 가까이 있는 황태자의 귀에도 겨우 들릴 듯한 중얼거림이었다. 황태자가 코를 훌쩍이며 부루퉁하게 입술을 내밀었다. 황태자의 세계는 무척 좁았고, 그 안에서 활발하게 살아 움직이는 사람은 이 소녀만이 전부였다. 그런데 정작 황태자의 전부인 이 분홍 머리 소녀의 세계에는 황태자가 없는 모양이었다. 황태자는 그것이 싫었다. 그러나 싫다고 말하는 것조차 불가능했다. 그랬다간 이 소녀가 저를 떠나버릴 테니까.

"보니는 아줌마랑 노는 게 더 좋은 거야?"

황태자는 단지 그렇게 물었을 뿐이었다.

"딱히 그렇지는 않아. 뭘 하든 그냥 같이 있는 것만으로도 좋은 거지. 어, 엄마니까! 너도 나랑 이렇게 노는 것보단 황태후 폐하의 품에 안겨서 칭얼거리는 걸 훨씬 좋아하잖아?"

의아하게도 보니는 '엄마'라는 단어를 몹시 부끄러운 듯, 수줍어하며 말했다. 황태자는 그런 보니를 빤히 쳐다보았다. 가끔 보니는 자신을 걱정해주는 엄마가 있다는 사실을 눈에 띄게 자랑스러워하고는 했다. 보니는 자신이 가진 그 무엇보다 자기를 사랑하는 엄마가 있다는 사실이 가장 좋은 모양이었다.

하지만 황태자는 그렇지 않았다.

"나, 나는 엄마랑 아빠보다 보니가 제일 좋아. 보니랑 먹는 밥이 제일 맛있고, 보니랑 놀러 가는 곳이면 거기가 어디든지 엄청나게 재밌어."

그건 틀림없는 진실이었지만, 황태자는 말을 더듬거렸다. 이토록 작은 속삭임이 제 어미의 귀에 들어갈까 두렵다는 듯이.

황태자는 본능적으로 호위 기사들이 있는 쪽을 살폈다. 보니는 평소에도 말을 자주 더듬거렸던 황태자인 터라 별다른 의구심을 갖지 않고 웃음을 터뜨렸다.

"그래, 그래. 네가 어련하겠냐마는, 황태후 폐하 앞에선 그런 말하지 마. 서운해하신다."

서운해한다고? 도대체 누가?

다들 겉으로만 저를 위할 뿐인데.

해가 떠 있는 동안에만 지속되는 평온은 밤이 되는 순간 구겨지고 찢어진다.

"너랑 헤어지고 싶지 않아."

참으로 절박한, 하지만 결코 닿지 않을 목소리였다. 그 사실을 알기에 황태자는 더욱 비참했다. 머릿속에 뚫린 구멍이 너무 많아서 이젠 자신이 누구인지조차 제대로 기억나지 않을 때가 있었다.

"이 기억을 잃어버리고 싶지도 않아."

"응?"

손부채질을 하며 보니가 황태자를 돌아보았다. 황태자는 울고 있었다.

"나 돌아가기 싫어."

깨문 입술에 피가 맺혔다. 보니의 눈이 커졌다.

"……루아야?"

나를 보내지 마. 그 지옥으로 밀어 넣지 말라고. 황태자는 소리 없이 애원했다. 빌고 빌어도 돌아올 것이 없음을 이미 아는 바였다.

그는 또다시 완전한 백치가 될 것이다.

"전하, 곧 해가 저물 겁니다. 이만 돌아가셔야 합니다."

어느새 다가온 호위 기사가 황태자의 어깨를 잡았다.

이제 그만.

제발 그만.

"음."

보니가 호박빛이 도는 눈알을 열심히 굴리면서 황태자와 호위 기사를 번갈아 살폈다. 역시나 처음 보는 얼굴이었다. 최근 이상하게 루아의 호위 기사가 자주 교체되고 있었다.

뭐……, 굳이 신경 쓸 필요까진 없으려나. 늦둥이라 온갖 예쁨은 다 받고 자랄 텐데 별일이야 있겠어. 장차 황위에 오를, 귀하디귀한 황태자 전하신데.

보니는 그렇게 생각했다. 아무 문제는 없다고. 황태자는 단지 지능이 좀 낮은 것일 뿐, 그것은 늦은 출산으로 인해 생긴 선천적인 문제이고 곧 황제 폐하와 황후 폐하께서 어떤 특단의 조치를 취할 것이라고 말이다. 어쨌든 이 세계엔 마법이 존재하고 악마와 신이 존재했으니까. 가장 고귀한 황족이 못 할 것은 없었다.

그러나 보니는 그리 결론 지어놓고도 루아의 손을 잡아당겨서, 호위 기사로부터 루아를 빼앗았다. 루아가 보니의 품에 폭 안겼다.

"아무래도 루아가 오늘따라 유독 저랑 헤어지기 싫은가 봐요. 오늘은 저희 저택에서 재우고 싶은데 괜찮겠죠? 한두 번 일도 아니잖아."

순진한 소녀처럼 생글생글 웃는 얼굴로 보니는 루아의 호위 기사에게 말했다. 보니의 행동을 예상하지 못한 호위 기사가 당황했다.

"하지만 그러려면 황후 폐하의 허락을 받으셔야……."

역시나 신입은 신입이라, 어리긴 해도 대가문 그레이스의 공작 영애인 보니를 어떻게 다뤄야 할지 영 모르는 눈치였다. 또한 루아가 보니의 집에서 잔 적이 있는지 없는지조차 모르니 이렇다 할 반박도 못하고 말을 버벅였다.

차라리 잘됐지. 보니는 눈웃음을 쳤다.

"그 허락은 경이 받아주시면 참 고맙겠어요. 공작가의 저택은 여기서 가깝고 어차피 호위 기사는 레뮤시만으로도 충분하니까. 경도 레뮤시 실력 알잖아요?"

"낯부끄럽습니다, 아가씨."

레뮤시가 전혀 부끄럽지 않은 얼굴로 말했다. 보니는 그런 레뮤시를 흘겨보며 루아의 머리를 마구 헝클어뜨렸다.

"그러면서 왜 입은 웃고 있어? 아무튼 가자, 루아야. 오늘은 내가 특별히 밤새도록 놀아줄게."

그 다정한 말에 얼어붙어 있던 황태자가 퍼뜩 정신을 차렸다.

"저, 정말?"

"대신 다음번엔 어림도 없어."

"으응, 응!"

혹시라도 보니가 제 손을 놓을까 봐 황태자는 열심히 고개를 끄덕였다. 보니가 그런 황태자를 향해 환하게 웃어주었다.

어린 황태자를 지켜주는 건 황제도, 황후도, 호위 기사도 아닌 이 작은 소녀였다.

그때도, 지금도, 앞으로도.

"……아."

짧은 단꿈에 빠져 있던 황태자가 멍하게 눈을 떴다.

무의식 속, 얼마 없는 행복한 기억을 꿈꾸었음에도 불구하고 황태자는 이른 새벽부터 몹시 기분이 더러웠다. 그 이유가 제 연인이 죽도록 사랑해 마지않는 그녀의 어미 때문이라는 것이 아이러니였다.

그 여자. 아발론을 지탱하는 일곱 왕가 중 하나의 피를 물려받은.

아발론을 침범했다가 호되게 당한 적 있는 마녀들이 요정을 피도 눈물도 없는 악랄한 흡혈귀라고 하는 걸 보니가 알기는 하는지 모를 일이다. 애초에 그 이름의 뜻이 요사스러운 악의 정령이었다.

"이런 말 하기 참으로 면구합니다만 전하께선 남들보다 한참 뒤떨어졌으니 십 년을 꼬박 밤새워도 부족합니다. 가장 기초적인 학문조차 깨우친 적이 없어 무지하기 이를 데 없으니 피나는 노력밖에는 답이 없지요. 하지만 해내실 자신이 있어 저를 호명하신 것이리라 믿습니다. 그렇지 않고서야 제 앞에서 자해를 하셨을 리 없으니까요."

전혀 면구하지 않다는 얼굴로 레이첼 티타니아 브라우니드 그레이스는 싸늘하게 말했다. 심히 어이없어진 황태자가 비스듬히 고개를 들었다.

"여기 내 침실인데."

"어머, 병사들이 알아서 문을 열어주기에 미처 몰랐네요."

무표정한 얼굴. 지극히 단조로운 목소리. 개도 안 믿을 뻔뻔함으로 응수한 레이첼이 누구의 도움도 받지 않고 가져온 수십 권의 양장 서적을 테이블 위에 차곡차곡 올려두었다.

그녀는 톤의 변화가 거의 없는 음성으로 또박또박 말했다.

"급한 순서대로 올려두었으니 가급적 서둘러 독파해주셨으면 합니다. 특히 이 세 권은……, 지금 당장 읽어주시면 더할 나위 없겠고요. 그럼 오후에 정식으로 찾아뵙겠습니다, 황태자 전하. 부디 제 방문을 헛되이 하지 말아주셨으면 하는 바람입니다만, 제 주제에 무슨 꿈을 꾸겠습니까. 이 하찮은 종은 그저 전하께서 이끄시는 대로 질질 끌려갈 뿐이지요. 제가 이 벅차오르는 감격을 전하의 앞에서 감히 읊을 수 있도록 허락해주셔서 감사합니다. 전하를 모시게 되어 진정 영광스럽습니다."

사나운 단어 선정에 어울리지 않는 고상한 어투였다. 순간 레이첼의 시선이 붕대를 감은 황태자의 손목에 닿았으나, 그것은 아주 찰나였다.

나무랄 데 없는 우아함으로 예를 갖춘 레이첼이 휙 나가자, 황태자는 미간을 찌푸린 채 자리에서 일어났다. 그는 굳게 닫힌 문과 책이 쌓인 테이블을 번갈아 응시하다가 한숨을 내쉬었다.

이미 레이첼이 나가고 없으니 지금이 새벽이며, 레이첼이 홀로 들어 나른 책들이 적어도 10킬로그램은 될 거라는 사실을 말해봐야 무슨 소용이 있겠나 싶었다.

졸린 눈으로 느릿하게 테이블 앞까지 가자 황태자의 눈에 징그러울 정도로 두꺼운 서적들의 제목이 보였다. 레이첼이 특별히 강조했던 세 권의 서적은 한눈에 보기에도 제왕학과는 아무런 관련이 없었다. '무엇이 나를 어리석게 하는가', '돈으로는 가질 수 없는 것', '인간의 자격'이 '문화사와 경제사'를 보란 듯이 깔아뭉개고 있었다.

자해까지 해가며 레이첼을 붙잡은 게 자신이니 이마저도 감사할 따름이었다. 자신이 레이첼에게 죄를 저질렀다는 사실을 잘 알고 있었으므로 황태자는 눈알을 굴리며 '무엇이 나를 어리석게 하는가'를 집어 들었다. 그 책이 백 년의 역사를 담은 책보다 두꺼웠다.

오후라. 분명 점심을 다 먹기도 전에 찾아오겠지. 아니, 식사할 시간이나 있으면 다행일 거다. 황태자는 무슨 일이 있어도 레이첼이 돌아오기 전까지 그녀가 가져온 서적을 전부 독파해야 한다는 사실을 잘 알고 있었다. 스무 권이 넘는 데다가 이만 페이지는 족히 넘을 것 같지만, 이미 레이첼은 장황한 서문조차 빠짐없이 외운 뒤리라. 그러나 황태자는 별 이견이 없었다.

지난밤 레이첼은 사람이 범접할 수 없는 요정의 땅으로 떠나리라 결심을 굳혔고, 당연하게도 제 남편과 하나뿐인 딸을 동행시킬 예정이었다. 그 일을 막으려 황태자는 그녀가 보는 앞에서 손목을 그었다. 그러나 결코 거기서 그치지 않고 제 목을 조를 생각이었다. 반응이 없는 레이첼을 자극하고자 보니에게 가서 이다음을 하리라 도발했다. 물론 미친 짓이었다. 어찌어찌 발목을 붙들 수는 있겠으나, 레이첼의 딸은 구걸하고 협박하고 애원한들 남은 평생을 한 번 웃어주지 않았을 테니까. 쓰러지고 무너지다 기어이 바스라져서 어제의 자신과 같은 꼴로 목숨을 그었을 테지.

그렇게, 그 한 번의 자해로 그녀의 딸과 그의 연인은 자멸했을 거였다. 저가 건드리지 않아도 이미 상처투성이라. 아직은 너무나 섬세하기만 해서.

결국 레이첼은 굴복했다. 그녀와 그녀의 딸이 아발론으로 떠나지 않는 대신, 황태자는 3년의 낮밤이 뒤바뀌는 동안 보니를 만날 수 없다는 조건을 걸고. 그것이 시체가 득실거리는 구덩이에서 발견한 한 줌의 빛과 같았다. 산 채로 썩어가는 사람의 눈을 멀게 만드는 구원이었다.

적어도 보니는 사람의 나라에 있었다. 닿고자 필사적으로 기어가면 마주할 수 있는 거리에 머물렀다.

그 눈이, 머리칼이, 가끔 보여주던 옅은 미소가 아직도 아른거리는 듯해서 황태자는 가만히 눈을 내리떴다.

확실히 그녀의 어미라도 곁에 있으니 덜 초조했다.

"보니가 보고 싶어."

정적을 깬 한마디 말에 미끄럽게 움직이던 깃펜이 우뚝 멈췄다. 소리 없이 잉크가 고이더니 강한 압력에 못 이겨 깃촉이 휘어졌다.

레이첼이 얼굴을 굳히는 것도 무시한 채 황태자는 세상에서 가장 사랑스러운 얼굴로 나른히 그녀를 주시했다. 그가 레이첼의 반응 하나하나를 살피며 혼잣말처럼 중얼거렸다.

"저번에 줬던 보석에 마법이라도 걸어둘 걸 그랬나."

"저희 가문에 고용된 마법사는 병신이 아닙니다만."

헛수작을 부리면 당장이라도 떠나겠다는 투였다. 레이첼로부터 3년 동안 보니에게 접근하지 말 것을 명령받은 황태자가 한숨을 내쉬었다. 그녀와 물의를 빚어서 좋을 게 없는 건 황태자뿐이었다. 일단은 명망 높은 그레이스 가문이라, 추방령이 아닌 황제의 신임을 얻어 벨모트로 떠났다고 되어 있지만 그렇다고 해서 황제가 그녀의 교육을 달가워하는 건 아니었다. 황성에 발을 디딘 순간부터 벗어날 때까지 레이첼은 황제의 감시에 시달렸다. 그러나 그것이 제 탓임을 안다고 뭐가 바뀌겠는가.

숨 쉬듯이 제게 입을 맞추고 떠났던 여자아이를 떠올리려니 돌연 조급해졌다. 색색의 물이 담긴 병들 중 하나를 집으며 황태자가 눈알을 굴렸다.

"아카데미에 들어간다고 해서 없던 사교성이 생기진 않을 텐데 말이야."

"어디를 봐도 완벽한 제 딸아이 걱정은 마시고 틀린 문제나 바로 잡으세요. 그리고 전하, 그리 비딱하게 앉으시면 허리가 구부정해진다고 했습니다. 자세를 고치시지요."

새침하다 못해 오만하기까지 한 쌀쌀맞은 투로 레이첼이 경고했다. 참으로 불공평한 일이 아닐 수 없었다. 레이첼의 말마따나 그녀의 딸은 겉보기에 흠 잡을 데가 없었고, 굳이 학습하지 않아도 제 나이대의 소녀만 가질 수 있는 순진한 고상함이 깃들어 있었다. 과하지도, 모자라지도 않은 기품이었다. 몇 년 전까지만 해도 오히려 조숙하기 그지없었으나, 부모가 이따금씩 드러나는 천진한 면을 더 좋아하자 영악하게도 즉시 솔직하고 활발한 소녀가 되었다. 아양을 부리며 용돈을 요구하고, 천둥 치는 날엔 혼자 자기를 꺼려했다. 백치였던 어린 황태자의 앞에서만 보니는 그 얘기를 영웅담처럼 뿌듯하게 늘어놓았다.

「내가 이렇게 하면 엄마가 좋아해. 귀엽다고 안아줘.」

언젠가 그런 말을 하면서 짓는 웃음에 슬픔이라곤 없었다. 그녀는 정말로 제 부모에게 사랑받는 사실 하나에 만족했다. 세상을 살아가는 목표와 이유가 오직 그것밖에 없다는 듯 맹목적으로 부모의 관심을 요구했다. 제 영혼에 틀을 끼워넣어 맞추고 자신까지 속였다.

「아기는 왜 자궁 밖으로 나오는 걸까? 그냥 그 안에 있으면 언제까지고 엄마랑 같이 있을 수 있잖아. 아기한테 그 세계는 완벽할 텐데 어째서 부수고 나와야 되는 건지 모르겠어. 음……, 내가 생각해도 실없는 소리네. 새가 알을 깨고 나오는 건 당연한 일인데 말이야.」

보니는 그렇게 중얼거렸다. 웅크리고 앉아 고개를 묻으며. 알 속으로 다시 들어가기만을 갈구하는 어린 생명처럼.

"……전하."

"듣고 있어."

"지금 제 앞에서 술 한 병을 다 비우신 건가요?"

가시 돋친 말에 황태자가 뒤늦게 정신을 차렸다. 그가 어리둥절해서 눈을 깜박였다.

"술?"

한숨을 쉬며 깃펜을 내려놓은 레이첼이 소리도 없이 일어섰다. 그녀가 황태자의 책상 앞까지 와서 그의 손에 들린 잔을 빼앗았다.

"마력을 써서 육체의 성장을 부추긴다고 어른이 되는 건 아니에요. 저는 전하의 사정을 모르지만, 어째서 황제 폐하와 황후 폐하께서 전하를 다시 백치로 돌려놓으시려 하는지 모르지만, 어째서 교황 성하께서 전하의 정신이 오염되었다고 말씀하시는지도 모르지만, 보니와 거리를 두란 제안은 비단 어제의 일 때문만이 아닙니다. 서로가 서로에게 독이 되고 있잖아요. 제 딸이 전하를 꼭꼭 씹어 먹고 있어요. 전하는 그러도록 내버려두고 계시고요."

참으로 부드러운, 꽃과 같은 분홍 빛깔 머리카락이 황태자의 시선을 사로잡았다. 깊은 못에서 막 건져 올린 것처럼 산뜻한 색채가 여지없이 그녀를 떠올리게 만들었다.

어른이 되자고 했다.

제 앞에서 부서진 채 울고 있는데 잡을 힘이 없었다.

"시야를 넓게 가지세요, 전하. 물론 보니가 어느 여자와 견줄 수 없을 정도로 예쁘고 사랑스럽긴 합니다만, 전하의 신부로도 과분할 정도라 여기고 있습니다만, 전하는 지금 가까운 곳부터 살피셔도 모자랄 판입니다. 말해보세요, 전하. 왜 이리 조급해하시는지. 전하를 끔찍이도 아끼셨던 황제 폐하와 황후 폐하께서 지금은 전하만 보면 진저리를 치시는 이유가 무엇인지.”

무심결에 손을 뻗었다. 도망칠 것 같아서, 눈이 먼 것 같아서, 얌전히 그러쥐어진 여러 가닥의 실들이 그대로 바스라질 것 같아서 황태자가 몸을 일으켰다. 강제적으로 성장시킨 육체의 키가 레이첼과 맞먹을 정도였다.

책상을 사이에 두고도 그 거리가 몹시 가까웠다. 줄곧 무표정이던 레이첼이 눈썹을 추어올렸다.

“아내를 뺏긴 공작에게 베이셔도 책임 안 집니다, 전하.”

황태자는 웃지 않았다.

“내가 어떻게 해야 돼? 무릎 꿇고 빌까? 황성의 모든 재산을 주기라도 해? 아니면 네 노예라도 되어줘야 성이 차겠어? 내가 얼마나 분에 넘치는 걸 바랐다고 그것마저 거부해? 제발 한 번만 만나게 해달라고, 그것도 안 되면 그냥 희망이라도 품을 수 있게 사람의 땅에 둬달라고 했잖아. 내가 마지막으로 본 보니가 어땠는 줄 알아? 걔가 얼마만큼 나를 비참하게 만들고 갔는지 알기나 해?”

눈알을 떨어뜨렸다. 입을 꿰매이고, 귀를 틀어막혔다. 아무것도 할 수 없었다.

아무것도.

“뭐 하나 되는 게 없어서 구역질이 날 정도라고.”

그날 밤 다시 한 번 정신이 들쑤셔졌다.

보니에게 신벌을 내릴 거란 얘기를 들었다.

악의로 변한 절망이 레이첼을 꽂아 박았다. 황태자는 제 손에 선뜻 붙잡힌 머리칼을 증오스럽게 바라보았다. 그녀에게 털어놓는다고 달라질 게 있나? 대답은 아니었다. 제아무리 레이첼이라도 사도 열셋을 죽이진 못할 테니. 그보다 먼저 보니가 산 채로 불타 죽을 거다.

현기증이 돌았다. 발밑이 무너져 내리는 듯한 역겨운 기분을 무시하고 그가 레이첼의 머리카락을 잡아당겼다. 이보다 가까울 수 없게 붙잡아두고 보니와 닮은 것에, 보니에게 물려준 것에 집착했다.

풀어 내린 머리카락. 흰 얼굴. 치켜 올라간 눈매. 그리고.

"가지 마."

끝내 못 했던 말.

"왜 네가 떠나야 돼? 그럼 나는? 여기서 죽으라고?"

제게 입 맞추고 떠났던 그 마지막 모습이 아직도 망막에 박혀 있었다. 사실은 붙잡고 싶었다. 제발 가지 말아달라고, 내가 이렇게 구차하고 불쌍하니까 곁에 좀 있어달라고 빌고 싶었다. 너와 나만 있으면 완벽한 거 아니었나? 어째서 우리의 세계는 외부로부터 깨어지는가. 어째서 이토록 방해받기만 하는지. 그저 성가시고 무가치한 주제에.

황태자를 빤히 바라보던 레이첼이 결국 한숨을 내쉬었다. 진저리치는 체념이었다.

"벨모트는 이미 새벽에 가깝겠지요."

"뭐……?"

"십 분 드리겠습니다. 마법을 쓰든, 개처럼 기어서 가든 만나보고 오세요."

숨이 찢어졌다. 의심스러워할 시간조차 아까웠다.

곧장 보니를 찾아간 것은 그저 본능이었다. 그녀의 집도, 온전히 그녀만을 위한 방도 마치 제 것인 듯 친숙했다. 감히 범접할 수 없어 멀찍이 지켜보았던 그녀의 소유물이 침묵에 빠져 그를 받아들였다. 남색으로 물든 고요한 하늘은 아주 높이 있었고, 찬기를 머금은 대기는 차분히 내리깔려 있었지만 그녀는 아주 가까이에 있었다. 그 고른 숨소리가 제 것보다 생생하게 들렸다.

한 발, 두 발, 극심해지는 공포.

가장 먼저 금방이라도 침대 밑으로 쏟아질 것 같은 장밋빛 머리카락이 보였다. 눈을 지지는 것 같은 강렬한 색이었다. 흐트러진 이불은 작고 마른 몸을 딱 절반만 감싸주었고, 그 얇은 천이 감추지 못한 부분은 희디흰 레이스가 덮었다.

공포에 짓눌려 숨도 못 쉬고 한 걸음을 더 옮기자 굳게 감긴 눈꺼풀이 보였다.

참으로 그리웠던 얼굴인데 가장 큰 공포와 직면한 기분이었다.

뻑뻑한 눈을 깜박이지도 못하고 황태자가 얼굴을 일그러뜨렸다. 고른 숨결이 새어나오는 입술이 부드럽게 맞물렸다 떨어지면서 작은 잠투정을 부렸다. 일곱 자매의 별 아래, 새벽의 남색이 세상 가득 드리웠건만 쉬이 잠들지 못했다는 듯 그녀는 시트를 꽉 쥐고 있었다.

"네가 보여."

그 말로 정신을 일깨우는 순간 모든 게 부질없어졌다. 분노와 증오와 적의는 온데간데없이 그저 행복했다. 충족되는 느낌이었다.

아연하게 웃으며 황태자가 보니의 머리카락을 쓸어 넘겼다.

그래. 너.

결국 네 앞에선 모든 게 무의미하지.

"다 필요 없어. 전부 놓아버리면 돼. 나한테는 네가 있잖아. 너만 있으면 되는 거잖아."

그러니까 너도 내가 아니면 안 되기를.

너도 반드시 나여야만 하기를.

06

죄와 벌

황성으로 돌아와 씻고, 잠옷으로 갈아입는 와중에도 근심은 이어졌다. 다시는 너 스스로를 상처 입히지 말라는 명령 같은 부탁에 루아는 무척 의심스러운 얼굴로 고개를 끄덕였었다.

나는 루아를 좋아하지만, 루아 역시도 나를 좋아해주지만, 서로를 향한 우리의 맹목적인 감정은 겉포장만 같을 뿐이지 사실은 전혀 다른 성질의 것인지도 몰랐다.

참 미묘하고 혼란스럽다. 어쩌면 루아는 친구로도, 가족으로도, 연인으로도 나를 보고 있지 않은 것일 수도 있었다. 아니, 혹은 그 모든 것을 합했을 수도 있겠지. 사람이 살아가는 데 필요한 모든 관계를 오로지 나 하나를 통해서만 이루려는 걸 수도 있었다. 그러나 강제적인 듯, 아닌 듯 참으로 미묘했다.

나는 루아가 나를 붙잡기 위해 일부러 적절한 타이밍마다 지난날의 일화를 하나씩 털어놓는단 사실을 안다. 하지만 내가 어떻게 화를 내겠는가. 이렇게 절박하고, 이렇게 자기중심적인데. 미치도록 쓰고 달콤한 덫이 서서히 나를 조이며, 도망치지 못하게 묶어 두는 것을 분명하게 인식하고 있는데 도무지 벗어날 수가 없었다. 보다 정확하게는 그러고 싶지 않았다.

나는 머뭇거리며 루아가 있는 침실로 들어섰다. 브리싱가멘이 지금 뭘 하고 있을지 생각해보는데 베헤모스 후작이 발로 휘갈긴 듯한 필체로 쓴 서신—언뜻 살펴본 바론 절반 이상이 사람의 언어로 순화한 욕이었다—을 건성으로 훑어보던 루아가 돌연 얼굴을 찡그렸다.

"짜증 나."

나는 문을 등지고 가만히 서서 눈알을 굴렸다. 루아가 한숨을 내쉬었다.

"성물 넷이 한곳에 모이면 거긴 성역보다 배는 더 구역질나는 장소가 돼. 내가 그때 괜히 늦게 데리러 갔던 게 아니야. 하여튼 빨리 쫓아버리든가 해야지. 그리고 오해하는 것 같아서 말해두는데 미가엘한테 남은 사도들의 위치를 알려주면 부쉈던 성물들을 다시 복원시켜주겠다고 제안했던 거, 진짜로 불가능한 일이었어. 그러니 너한테까지 그 영향이 미쳤지. 내가 그것들을 복원시키는 동안 너도 꽤나 곤욕을 치렀잖아. 이런데도 내가 얼마나 너를 생각하는지 모르겠어?"

그 말에 루아와 떨어진 잠깐의 시간 동안 애써 굳혀온 결심이 흐트러지려 했다. 나는 입술을 꾹 다물고 마음을 다스렸다. 선을 그어야 한다. 늦었다는 생각이 들기도 했지만, 나는 정말로 루아와 어느 정도 거리를 둘 필요가 있었다. 그러니까, 조금 다른 의미로.

우리는 더 이상 열두 살이 아닌걸. 입맞춤도 나누었으니 더는 루아와 함께 잘 수는 없는 노릇이었다.

루아가 얼어붙은 내게 가까이 오지 않고 뭐 하냐는 듯한 시선을 보내왔다. 나는 몇 번의 심호흡 끝에 간신히 목을 가다듬고 입을 열었다.

"나 다른 데서 잘래."

전혀 예상하지 못했던 듯 루아가 미간을 찌푸렸다. 세상에.

"갑자기 왜?"

"갑자기가 아니라 원래부터 이렇게 했어야 되는 거였어."

단호하게, 반박의 여지도 없이, 비정할 정도로 매몰차야 하건만 세상에서 가장 귀여운 루아의 얼굴을 보고 있으려니 결심이 약해졌다. 마음 깊숙한 곳에서 나한테 말을 걸어오는 것 같았다. 어차피 아무도 모르는데 뭐 어때? 루아와 며칠을 같이 잔 것도 아니고, 엄청나게 불미스러운 일이 있었던 것도 아닌걸. 단순히 잠만 같은 곳에서 자는 것뿐이잖아. 그리고 루아는 나와 결혼하고 싶단 의사를 분명히 알렸고.

더군다나 나 역시 루아와 같이 자는 게 싫지는 않았다. 그저 당황스러울 뿐이지. 그러니까 못 이기는 척 같이 자는 것도 괜찮을지 모른다. 자주 있는 일도 아니고, 이번뿐인걸. 나는 루아와 3년 만에 만났으니까 그럴 자격이 있었다.

사실 루아와 헤어지는 것이 무척 아쉽기도 했다. 사흘이란 시간이 무척 짧게만 느껴졌다.

하지만……. 나는 식은땀을 흘리며 엄마와 아빠를 생각했다. 아빠는 이미 나와 루아가 같이 잠들었던 장면을 목격한 전례가 있고, 엄마는 다짜고짜 사흘을 운운하며 나를 데려온 루아에게 상당히 화가 나 계실 터였다. 과연 내가 얼마나 뻔뻔스럽게 '루아와 아무 일도 없었다.'는 거짓말을 할 수 있을지가 관건이었다. 나는 체르지안이 신기하게 여길 정도로 엄마와 아빠를 좋아했고, 엄마는 내 모든 거짓말을 간파하는 능력이 있었다.

"나랑 자는 게 싫어?"

루아가 토끼눈을 뜨고 물었다. 얄밉기 이를 데 없었다.

나는 입술을 삐죽였다.

"싫고 자시고의 문제가 아니거든? 너랑 내가 한두 살 먹은 어린 애도 아니고, 이미 알 거 다 아는데 계속 같이 자는 게 더 이상해."

"내가 이렇게 부탁해도? 안 돼?"

으아아, 왜 갑자기 애교를 부리고 난리야! 가증스럽기 그지없는데 그런 모습조차 사무치도록 예쁘고 사랑스러워서 나는 비명을 지르고 싶었다. 껴안고 싶다, 깨물어주고 싶다고! 그 미친 듯한 충동을 억누르기가 어려워서 나는 손톱으로 애꿎은 문을 긁었다.

"아, 안 되는 건 안 되는 거야!"

나는 자신감을 잃고 웅얼웅얼 소리쳤다. 열다섯 살의 루아가 죽을 만큼 귀엽다는 사실은 변하지 않았지만, 정말로 루아와 계속한 방에서 자는 건 자제해야 마땅하다고 생각했다. 벌써부터 같이자 버릇 하면 나중에 진짜 결혼했을 때 오히려 긴장감이 떨어질 것만 같았다. 전혀 두근거리지 않고 설레지 않을지도 몰라.

아니, 잠깐, 나 지금 나중에 루아랑 결혼할 거라고 너무 당연하게 생각하는 거 아닌가? 그것보다 기, 긴장감이라니? 내가 지금 무슨 생각을 하는 건지 모르겠다!

부끄러움이 밀려왔다. 당연하지만 나 역시 한때 연애에 대한 환상을 품은 적이 있다. 사랑하는 사람 앞에만 서면 수줍어서 얼굴이 빨갛게 달아오르고, 그런 나를 보며 남자가 부드럽게 웃어주는, 애틋하고도 비밀스러운 연애를 잠시나마 꿈꾸긴 했었단 얘기다. 물론 어디까지나 순간의 망상이었지만, 남들이 생각하는 연애란 것도 결국 다 그런 거 아닌가? 볼이 빨개지고, 심장이 두근거리고, 눈이 마주치면 어쩔 줄을 모르는.

그러나 정작 루아는 연인 사이의 달콤한 기류 같은 건 안중에도 없어 보였다. 메피스토펠레스와의 일도 그렇고, 순전히 나를 독점하고 싶어 한다는 느낌을 지울 수가 없었다. 어쩌면 이렇게 서로 안 좋은 것만 빼다 박았는지 모를 따름이지. 나 또한 루아가 오로지 나만의 것이었으면 좋겠단 생각을 종종 하곤 했으니.

시시각각 변하는 내 얼굴이 우스운지 루아가 어이없게 말했다.

"표정이 왜 그래? 어제는 아무렇지도 않아 했잖아."

아무렇지도 않았다고? 대체 누가?

얼굴이 화끈거려서 나는 일부러 코웃음을 치며 루아의 말을 무시했다. 슬슬 집에 돌아갈 시간이 다가오자 괜히 초조해지고 있었다. 잔뜩 화가 나셨을 엄마 아빠를 마주하기가 두려웠다. 만약 루아가 어젯밤에 무슨 일이 있었는지 말하기라도 한다면……, 상상하기도 끔찍하다. 아, 내가 미쳐. 자빠져 죽는 한이 있어도 어제 술을 마셔선 안 되는 거였다.

부모님을 생각하니 더더욱 이 밤이 부담스러웠다. 내가 성전에 남겨두고 온 엄마와 아빠를 걱정할 때마다 루아는 괜찮다고 했지만, 나는 어째서 루아가 그렇게까지 부모님의 안전을 자신하는지 잘 몰랐다. 그저 뭔가 믿는 구석이 있어서, 혹은 루아가 이미 신경

써주고 있어서 어련히 넘겼거니 하고 짐작할 뿐이었다.

자꾸만 신경 쓸 일이 늘어나 속이 불편했다. 소화제를 먹을 걸 그랬다. 나는 로카이유 장식이 들어간 문에 등을 기대고 주저앉았다. 루아가 불만스러운 얼굴로 가까이 오지 않는 나를 주시했으나 무시하고 화제도 돌릴 겸 입을 열었다.

"어째서 네가 교황이 우리 부모님을 해치지 못할 거라고 생각하는지 모르겠어. 그때 그렇게 급하게 나를 데려올 필요가 있었어? 엄마한테 자초지종을 설명한 뒤에 데려왔어도 늦지 않았을 것 같은데."

"가까이 오면 알려줄게."

어림도 없다는 듯 루아가 제안했다. 나는 버텼다.

"내가 교황을 공격했다고 재판을 받아도 그런 말이 나오나 보자."

"기왕 덤볐던 거, 다른 쪽 눈도 후벼 파지 그랬어."

지금 그걸 말이라고! 내가 사납게 눈을 치켜뜨자 루아가 피식 웃었다.

"그놈한테 물리적인 상해는 안 통해. 늙지도 않잖아?"

"하지만 너한테 신의 힘이 깃들었다면서. 그럼 교황의 신성력도 빼앗을 수 있는 거 아니야? 애초에 어떻게 그런 놈이 교황의 자리에 오른 건지 도무지 이해가 안 가."

나는 조금 불편해서 투덜거렸다. 루아가 일부러 교황을 내버려두는 것일 수도 있다던 브리싱가멘의 말이 떠올랐기 때문이다.

브리싱가멘은 루아가 교황을 죽이려고 작정하면 얼마든지 그럴 수 있을 거라고 말했었다. 또한 내가 루아의 심장을 잃어버렸을 때, 안절부절못하는 나를 보며 루아가 몹시 좋아했다는 말도 했었지.

루아가 뜻 모를 미소를 띤 얼굴로 나를 바라보았다.

"그럴 수도 있고, 아닐 가능성도 있고."

참으로 무성의한 답변이었다. 나는 가늘게 뜬 눈으로 루아를 노려보다가 자리에서 일어섰다.

"잘 자."

잔뜩 골이 난 내가 진짜로 문을 열고 나가려 들자 루아가 볼멘소리로 나를 붙잡았다.

"정 따로 자야겠으면 네가 여기서 자. 난 나갈 테니까."

아닌 게 아니라 루아는 진짜로 나갈 심산인지 침대에서 일어나고 있었다. 나는 의아해서 루아를 돌아보았다.

"여기가 황제의 침실인데 네가 왜 나가서 자?"

루아가 의문스러워하는 나를 따라서 비스듬히 고개를 기울였다.

"그나마 여기가 제일 안전하니까?"

나는 당혹스럽게 얼굴을 찡그렸다. 루아가 이런 식으로 나를 배려해줄 때마다 말로 형언하기 힘든 이상한 기분이 들었다. 입안이 간질거려서 죽을 것 같았다.

"그, 그럼 넌 어디서 자게?"

"옆방에. 무슨 일 있으면 불러."

루아는 기분 나쁜 기색도 없이, 오히려 당연하다는 듯 나갔다.

문 닫히는 소리가 유독 크게 와 닿아서 나는 흠칫 놀랐다. 옅은 미열에 물든 뺨이 화끈거렸다. 하여간 루아는 애인지, 어른인지 도통 알 수가 없다. 심술을 부리며 못살게 굴다가도 또 이렇게 문득 잘해주고.

한동안 주뼛거리던 나는 일단 물이라도 마실 생각으로 조심조심 침실 안으로 걸어 들어갔다.

루아가 없는 루아의 침실이라니. 어쩐지 어제와는 전혀 다른 곳으로 보였다.

무척 부드러운 방이었다. 깔끔하고, 적당히 화려했지만 황제가 머무는 방치고는 밋밋하다는 느낌마저 들었다. 천장에까지 닿을 듯한 최고급 가구들이 사치보단 고상함으로 나를 압도했다.

불현듯 어렸을 때 루아가 사용했던 황태자의 침실이 겹쳐 보이면서, 이 방의 디자인을 누가 했을지 궁금해졌다. 나는 더 이상 이렇게 큰 방에서 루아가 공포와 외로움을 느끼지 않길 바랐다. 부디 이 방이 루아의 취향을 듬뿍 담아 꾸며진 거였으면 좋겠는데. 이제 루아는 자기가 원하는 대로 자유롭게 침실을 꾸밀 수 있었다. 사실 침실뿐만 아니라 루아는 원한다면 제국 전역을 갈아엎을 수도 있었다.

나는 보란 듯이 걸려 있는 내 초상화에 시선을 두지 않으려고 애쓰며 티 테이블에 놓인 물 잔을 집어 들었다. 천천히, 음미하듯이 물을 마시면서 방 안을 둘러보려니 괜한 생각이 들었다. 책상서랍이나 침대 밑을 뒤져보고 싶은 충동이 무럭무럭 솟아나고 있었다. 뭐, 이건 나름대로의 정당방위였다. 루아는 나보다 나를 더욱 잘 아니까 나도 그만큼 루아를 알아야 할 권리가 있었다.

아무도 없는 방 안에서 나는 범죄를 꾸미는 기분이 되어 슬금슬금 발을 옮겼다. 바로 어젯밤에도 몸을 뉘었던 침대인데 주인이 없으니 선뜻 올라서기 꺼려졌다. 루아의 침대인데도 말이다.

나는 침대 옆에 주저앉아서 흘러내린 이불을 그러쥐었다. 묵직한 극세사 천에 코를 묻고 킁킁거리자 무척 그리워했던 루아의 냄새가 났다. 달콤하고, 쓰라리고, 나를 안심시켜주는 햇살 너머의 향기. 그 체취에 홀려 나는 고르게 숨을 쉬었다. 긴장이 풀려 몸이 나른해졌다.

"······기분 좋다."

잠시 모든 생각을 중단하고 나는 눈을 감았다.

잿빛 먹구름이 잔뜩 낀, 부드럽게 흐린 오전이었다. 나는 호화로운 디저트까지 딸린 아침을 먹자마자 브리싱가멘을 찾아 황성 구석구석을 탐험하기 시작했다. 어젯밤 루아가 했던 말로 미루어 보아 다른 성물들과 같이 있는 건 확실한 듯한데, 그게 어딘지를 모르겠어서 문제였다. 내가 눈을 떴을 땐 이미 루아는 공식적인 회의에 참석하러 가고 없었으므로 물어볼 수도 없었다.

루아는 성물이 모두 모이는 바람에 황성이 성역만큼 성스러운 장소로 변했다고 투덜거렸다. 그러니까 분명히 이 근처에 있을 거였다. 하지만 시녀 로벨리안에게 "짜증 나는 장검 두 자루랑 방패 하나랑 수다쟁이 목걸이 하나를 찾는데 어디 있는질 모르겠어"라고 물어봐도 돌아오는 답변은 "모르겠어요"가 전부였다.

한참 동안 성 안을 빙글빙글 돌다가 나는 정원으로 발을 돌렸다. 세상의 모든 빛이 모여든다는 황제의 궁전, 브레이다블릭엔 그 위용에 걸맞은 화려한 정원이 세 곳이나 있었다. 하나는 금의 정원, 하나는 은의 정원, 하나는 유리의 정원이었다. 나는 가장 가까이 있는 유리의 정원으로 향했다. 뜻밖에도 그곳엔 금방이라도 사라질 것처럼 덧없게만 느껴지는 미가엘이 있었다. 오직 그 혼자만. 도무지 생기라고는 없어 이질적으로까지 느껴지는 회보라색 눈을 가만히 내리감고서.

"당신."

나는 조금 긴장한 기분이 되어 미가엘을 불렀다. 처음 마주했을 당시에 미가엘은 나더러 다가오지 말라며, 내 피로 자신을 오염시키지 말라고 경고했었다. 그리고 메피스토펠레스는 어느 성물보다도 유독 미가엘을 꺼려하는 기색이었다.

미가엘은 대답하지도 않았고, 나를 쳐다보지도 않았다. 어찌나 가만히 있는지 숨을 쉬기는 할까 의심스러울 정도였다.

잠시 망설이던 끝에 나는 조심스럽게 미가엘의 곁으로 다가갔다. 그는 어느 한 송이의 꽃을 집요하게 주시하고 있었다. 10년도 전부터 그 자리에 석상처럼 굳어 있었다는 듯이 손가락 하나 섣불리 움직이지 않았다.

참으로 껄끄러운 사람이었다. 단순히 대하기 어려워서가 아니라 그보다 더한, 설명하기 힘든 본질적인 거북함이 있었다.

적당히 1미터 정도의 거리를 두고 멈춰 서서 나는 그에게 물었다.

"혹시 브리싱가멘이 어디 있는지 알아?"

미가엘은 어떤 표정 변화도 없이 반문했다.

"어째서 그 행방을 나에게 묻지?"

"다른 성물보다 너네 사이가 각별해 보여서."

나는 눈알을 굴렸다. 브리싱가멘을 성물에 봉인한 건 펠레스가 아니라 미가엘이었다. 또한 브리싱가멘은 그를 싫어하는 티를 여실히 내면서도 결코 증오하진 않았다. 어쨌거나 이들이 단순한 성물이 아니라는 사실을 깨달은 이상, 분명 뭔가가 더 있을 거였다. 심지어 성물에 봉인당한 이들은 모두 발두르를 모시던 신의 사자였다고 하질 않나. 메피스토펠레스는 그 발두르의 친구였으며, 발두르가 '어떤 일' 때문에 루아의 육체에 스며들어 사라지길 소망했다는 사실도 알았다. 선황제 폐하가 의심하지만 않았더라도 발두르의 권능이 악마의 마력으로 변질되는 일은 없었을 것이라 했었지.

악마들은 모두 한땐 광명한 빛을 뿌리는 아름다운 천사였으며, 신을 수호하는 성스러운 사자들이라고 알려져 있다. 펠레스 또한 악마가 되기 전엔 발두르를 모셨다고 했었다.

미가엘이 미간을 찌푸릴 듯 말 듯 애매하게 반응했다.

"각별하다라."

사도들은 모두 죽었고, 이지스와 프라가라흐도 살아난 탓인지 미가엘은 나에게 저번처럼 강한 경계나 적개심을 보이지 않았다. 어쩌면 그 역시 브리싱가멘처럼 루아에게 깃든 악마의 능력이 실은 발두르의 것이라는 사실을 아는지도 몰랐다.

나는 고개를 갸웃거리며 한 발자국 더 그에게 다가섰다. 같은 검인데 그와 프라가라흐는 참 다른 느낌이었다. 한쪽은 너무나 사실적이고, 한쪽은 환영 같다.

"프라가라흐는 메피스토펠레스를 보자마자 죽이려고 달려들던데, 당신은 꽤나 조용히 있네."

무슨 심경의 변화인지 갑자기 미가엘이 비스듬하게 머리를 틀어 나를 곁눈질했다. 그저 보기만 할 뿐, 아무것도 담지 않는 회보랏빛 눈이 마냥 낯설었다. 무덤의 흙에서 빠져나와 뭍으로 기어 올라온 것 같은 유령의 빛깔이었다.

"너는 그자를 각별하게 여기는 건가?"

이건 또 무슨 소린지 모르겠다. 나로서도 정확히 알 수 없는 위화감에 휩싸여 그 눈을 바라보고 있다가 나는 얼굴을 찡그렸다.

"그런 거 아니거든? 누가 누구를 각별하게 여긴다는 거야?"

굳이 성물한테까지 격식을 차릴 필요를 못 느꼈으므로, 나는 못마땅한 기색을 여실히 드러냈다.

미가엘은 듣는 척도 않더니 다시 꽃에게로 시선을 돌렸다.

"더 가까이 와서 보거라."

나는 부루퉁하게 입술을 삐죽였다. 브리싱가멘이 어디에 있는지는 알려주지도 않으면서 이젠 또 가까이 와보란다.

그냥 무시하고 나가버릴까 하는 생각이 들었던 것도 잠시, 보석으로 나를 꼬드기던 프라가라흐에게 물어보긴 더더욱 싫었으므로 나는 하는 수 없이 발을 움직였다.

미가엘이 집요하게 살피던 꽃송이는 전면이 반짝이는 유리로 빚은 섬세한 가공품이었다. 붉은 장미를 본떠 만들었는지 색칠되어 있는 풍성한 유리꽃잎이 활짝 벌어져 화려하고도 아름다운 모양을 만들었다. 그러나 명백한 조형이라, 살아 있지 않으니 당연히 나비나 꿀벌 같은 것들이 꼬일 리도 없었다. 꽃은 정원을 환기시키는 바람에도 휘날리지 않고 꼿꼿이 서 있었다.

이게 그토록 깊이 몰두해서 뚫어져라 바라볼 가치가 있나? 예쁘긴 하지만 순전히 정교한 장식물일 뿐이고, 보석처럼 반짝이는 것 말고는 별다른 특이점도 없는데.

혹시 성물에 너무 오랫동안 갇혀 있어서 정신이 살짝 나간 것은 아닐까. 어째서 미가엘이 다른 성물이랑 어울리지 않고 이렇게 혼자 노는지 알 것 같다고 생각하는데 그가 나직하게 말했다.

"신의 사자 앞에서 거짓은 통하지 않는다."

아까 한 대화의 연장선이었다. 나는 눈을 가늘게 뜨고 그를 노려보았다.

"아주 예전에 잠깐 좋아하긴 했지만 그건 펠레스가 먼저 나한테 현혹 마법을 걸었기 때문이야. 아직도 그 잔재가 조금 남아 있어서 그런 거라고. 그런데 내가 왜 당신한테 이런 얘기를 해야 되는 거야? 당신 나 싫어하지 않았어?"

"신의 사자 앞에서 거짓은…….."

이런 빌어먹을 놈 같으니. 브리싱가멘과 각별한 사이인 것 같아 보였다는 말이 그렇게도 거슬렸다 이거야, 뭐야?

나는 이를 갈며 쏘아붙였다.

"어쩌면 지금도 약간은 미련이 있나 보지. 하지만 그렇다고 좋아한다거나 그런 건 아니거든? 동경이라든가, 선망이라든가…….. 그는 어른이고, 너도 저번에 들었으니 알겠지만 나는 성장하지 못했었으니까. 진짜 브리가 어디에 있는지 안 가르쳐줄 거야?"

이러다간 답답해서 죽을 것 같았다. 그렇다고 나한테 작업을 걸었던 데다 펠레스를 죽이려고도 했던 프라가라흐한테 갔다간 더 험한 꼴을 당할 게 뻔하니 망설여지고……. 아니, 그것보다 나는 왜 이놈한테 변명을 하는 거야? 추궁한다고 술술 불어버리는 것은 전혀 나답지 않았다. 혹시 쟤가 나한테 다른 수작을 부린 거 아니야?

내가 찢어 죽일 듯 흘겨보고 있다는 걸 뻔히 알면서도 미가엘은 꼼짝도 하지 않았다. 그는, 여전히 덧없는, 무채색으로 붓칠한 것 같은 목소리로 느릿하게 말했다.

"메피스토펠레스가 직접 세운 교황은 신이 바로 앞에 있어도 알아보지 못하더군. 혹은 깨닫기를 거부하는 것이든가. 아마 후자의 경우겠지.”

사람을 개무시하는 것도 정도가 있는 법이지!

“너 진짜 짜증 나.”

백 퍼센트 진심이었다. 자기 할 말만 늘어놓을 거면 나는 왜 가까이 오라고 한 건데? 유리꽃에다 대고 말하지.

불만이 가득 쌓여 따지고 싶은 마음이 굴뚝같았으나, 그가 이어서 하는 말은 나를 더 심란하게 만들기 충분했다.

“황제는 신이되 신이 아니고, 발두르이되 발두르가 아니다. 그저 그의 권능만을 가졌을 뿐이지. 심지어 그 권능이라는 것 또한 타락하여 변질되지 않았나. 그러니 내가 황제를 섬겨야 할 의무 역시 없다. 그것이 이지스가 남긴 전언이다.”

나는 천천히 숨을 들이켰다.

이지스가, 남긴, 전언이라고.

그렇다면 이지스는 떠났다는 걸까? 더는 이 황성에 없는 거야?

부디 그가 교황한테 간 것만은 아니길 바랄 뿐이다.

나는 미가엘을 올려다보았다. 미가엘은 아주 키가 컸고, 나는 그의 가슴에도 한참 못 미쳤다. 처음 마주했을 때도 느꼈지만 그는 참 무섭도록 견고한 느낌이었다. 일순간 사라질 듯 덧없다가도 가장 잘 짜인 무기를 보는 듯했다. 무엇도 그를 휘게 하거나 부러뜨리지 못할 것 같았다. 그리고 그 점이 그를 껄끄럽게 만들었다.

“그럼 당신 생각은 어떤데?”

미가엘이 고개를 돌렸다.

그가 아예 유리꽃에서 멀어지기로 작정한 듯이 몸을 틀어서 나를 정면으로 마주 보았다.

"다른 꽃을 보고 싶다."

슬슬 그가 프라가라흐만큼 마음에 안 들려 했다. 나는 불만스럽게 눈을 치켜떴다.

"유리꽃이 질렸으면 금의 정원이나 은의 정원으로 가면 되잖아. 거긴 훨씬 더 크니까. 그것보다 브리는 어디……."

"위치를 모른다."

아, 진짜 제대로 짜증 나……. 당장 머릿속에 떠오른 욕설이 수십 가지는 되었다. 머리가 미친 듯이 지끈거렸다.

어쩐지 나중에 브리싱가멘을 찾아도 별로 안 기쁠 것 같아. 오히려 스트레스가 엄청날 것 같다고.

"당신, 아니, 너 진짜 신의 사자라면서 능력은 장식으로 달고 다니는……. 후, 아니다. 그냥 내가 데려다줄 테니까 따라와. 대신 브리가 어디에 있는지 알려줘. 내가 화병으로 죽기 전에 말이지."

그러나 이번에도 미가엘은 내 말을 귓등으로도 안 들었다. 그가 공허한 눈으로 마지막처럼 유리의 정원 내부를 둘러보았다.

"이곳을 유리의 정원이라 부르더군. 금의 정원에 있는 꽃들도 이처럼 금으로 이루어진 건가?"

나는 기어이 얼굴을 마구 일그러뜨렸다.

"아니야! 금보다 예쁘고 귀한 꽃들만 모인 곳이어서 금의 정원이라고 부르는 거라고! 그보다 브리는 어디에 있냐니까?"

"은의 정원은?"

혹시 미가엘은 일부러 나한테 이러는 게 아닐까? 나를 짜증 나게 해서 죽이려고?

나는 미가엘을 사납게 노려본 채 씹어 뱉듯이 중얼거렸다.

"너 진짜로 짜증 나."

미가엘이 그제야 정원을 둘러보던 것을 멈추고 나를 새삼스럽게 응시했다.

"그 말은 진실이로군."

그걸 이제 알았니. 나는 코웃음을 치며 돌아섰다. 일단 저 입을 닥치게 만들려면 먼저 금의 정원으로 데려다줘야 할 것 같았다.

미가엘은 어떤 면에선 프라가라흐보다 더 말이 안 통하는 상대였다. 아주 곤란하다 이거지. 도대체 브리싱가멘이 미가엘이랑 무슨 사이인 건지 모르겠다. 꼭 물어볼 거였다.

"브리가 그나마 너는 덜 싫어하는 것 같아서 잘해주는 거야. 프라가라흐였으면 어림도 없었어."

"그 말도 진실……."

나는 짜증스럽게 손을 휘저어 그의 말을 끊었다.

"따라오기나 해."

그 말에 절대로 안 움직일 것 같던 미가엘이 순순히 나를 뒤따랐다. 어휴. 내 신세가 어쩌다가 이렇게 됐는지 모를 일이었다.

야외로 이어진 금의 정원은 화려한 푸른 장미를 엮은 아치형의

긴 통로로부터 시작되었다. 붉은 장미에 인공적으로 색을 입힌 푸른빛 장미는 황제의 궁전에서나 쉽게 볼 수 있지, 다른 데선 어림도 없었다. 부르는 게 값인 꽃이었다. 더군다나 푸른 장미는 보통 장미보다 족히 세 배는 커서, 그 꽃잎이 잘 익은 열매처럼 탐스러웠다. 푸른빛 장미 한 송이가 거의 내 얼굴만 했다.

마호가니를 지나쳐 나는 철저하게 온도를 조절하는 유리 온실로 들어갔다. 우아하고, 예스럽고, 황족의 소유물답게 몹시 다분히 사치스러운 꽃들이 가득한 곳이었다. 야외에도 볼거리가 풍성했지만 장시간 걸었던 탓인지 허리가 미친 듯이 쑤셨다. 빨리 어딘가에 편히 앉고 싶은 생각뿐이었다.

이렇게 돌아다닐 줄 알았으면 로벨리안이 진통제를 준다고 했을 때 그냥 받는 거였는데. 하여간 브리싱가멘을 찾으면 족히 한 시간은 넘게 잔소리를 해야 할 것 같았다. 브리싱가멘이 사라진 게 루아 때문이라는 사실은 이미 까맣게 잊어버린 뒤였다.

미가엘은 별말 없이 나를 따라 온실로 들어왔다. 나는 주전자와 찻잔이 놓인 테이블을 발견하자마자 얼른 달려가서 의자에 앉았다.

포도송이처럼 유리천장에 주렁주렁 매달린 꽃들을 올려다보며 미가엘이 입을 열었다.

"브리싱가멘은 너를 잘 따르더군."

"누군들 안 그러겠어?"

버릇처럼 다리를 꼬면서 나는 빈정거렸다. 향긋하고 달콤한 꽃

향기가 딱 거북스럽지 않을 정도로만 매혹적이었다.

나는 의자 등받이에 몸을 묻고 한숨을 쉬었다. 어쩐지 집에 돌아가는 즉시 나의 초경을 축하하는 파티에 참석해야 할 것 같은 불길한 예감이 들고 있었다. 엄마는 분명 그냥 넘어가지 않으실 것이었다.

"같이 떠나자는 이지스의 제안을 제일 먼저 거절한 것도 그 아이였다."

미가엘이 느릿하게 걸어 노란색 꽃밭 앞에 멈춰 섰다. 벌꿀을 뒤바른 듯 보기만 해도 혀가 아릿해지는 꽃이었다.

나는 고개를 갸웃거리며 미가엘을 주시했다. 하염없이 그 꽃을 바라보는 모양새가, '만지지 마시오'라는 팻말 앞에서 어찌할 바를 모르는 어린아이 같아 조금 우스웠다. 아까도 그렇고 어찌나 집요하게 바라보는지 눈에 불이라도 붙지 않는 것이 이상할 정도였다.

어쨌거나, 미가엘이 나를 적이나 방해물로 인식하지 않는 건 분명해 보였다. 해치려 들기는커녕 아무렇지 않게 등을 보이고 있잖아. 자기 관심사에 깊이 몰두하고 있었다. 물론 기회가 주어진다고 해서 내가 미가엘의 손가락이나 찌를 수 있을지 의문이긴 하지만.

"그게 반드시 나 때문만은 아닐 수도 있잖아."

더 이상 서 있지 않는다는 사실만으로 기분이 좋아진 나는 한결 여유롭게 대꾸했다. 또 무슨 말로 나를 열받게 하려는지 미가엘이 꽃에서 시선을 떼고 나를 주시했다. 마냥 공허한 줄 알았던 그 회보랏빛 눈에 일말의 호기심이 담겨 있었다.

"브리싱가멘은 2층에 있다."

어, 갑자기 왜 이러지?

나는 얼떨떨해서 눈을 깜박였다.

"알려줘서 고마워."

너무나 순순히 알려주는 것이 영 미심쩍었다. 아까까진 그렇게 무시하더니?

미가엘이 다시 꽃으로 시선을 돌리며 무감하게 물었다.

"안 가는 건가?"

나는 미가엘의 뒷모습을 빤히 바라보았다. 그가 입은 짙은 회색의 정장 탓인지 정말로 키가 커 보였다. 그리고 흐릿했다. 미가엘은, 전체적으로 너무나 흐렸다. 금방 사라질 것처럼. 너무나 쉽게 잃어버릴 수 있을 것처럼.

어떻게 사람에게서 이런 기이한 느낌이 드는 건지 나로서도 의문이었다. 그는 이곳에 있는데 이곳에 없는 것만 같았다.

나는 충동적으로 제안했다.

"나도 꽃구경이 좀 하고 싶어져서. 다 보고 나면 은의 정원에도 데려다줄게."

이거 진짜 나답지 않은데. 나는 입술을 우물거리며 연신 고개를 갸우뚱했다. 평소의 나였으면 아무리 미가엘이 성물이어도 받아주지 않았을 거였다. 그냥 무시하거나, 한바탕 욕을 퍼부었겠지.

나는 아무것도 모르는 어린아이를 무척 싫어하고, 누군가 나에게 투정을 부리는 것도, 귀찮은 요구를 하는 것도 싫어한다. 애초에 나는 타인을 믿어주기보단 의심하고 조롱하는 것이 먼저였다. 그런데 어째서 갑자기 이토록 너그러워진 거지? 왜 이런 답지 않은 친절을 베푸는 거야? 심지어 생리통이 심해서 몸 상태도 안 좋은데!

당황한 나는 느닷없이 심성이 부드러워진 까닭을 찾아 머릿속을 더듬었다. 해답을 찾는 것은 어렵지 않았다.

루아가 이 모나고 불안정한 마음을 안심시켜주었기 때문에.

늘 갈구하던 것이 넘칠 만큼 충족되자 여유가 생긴 것이었다.

"음음음......."

얼굴이 화끈거리는 이유를 알 수 없었다. 나는 입술을 비틀며 꾸물꾸물 발을 의자에 올렸다. 무릎을 세우고 앉아서 머리를 푹 숙였다. 어차피 미가엘은 귀족도 아닌 데다 나한테 시선조차 두질 않으니 튀어나오는 부끄러움의 표출이었다.

참 이상하지. 루아가 아무리 좋아도 남자로는 안 보인다고 천 번은 넘게 생각했는데 자꾸만 입안이 간질거렸다. 나도 내가 이상할 만큼 루아에게 집착한단 사실을 잘 아는 바였다.

나는 비틀렸다. 욕심도 많고 질투심도 엄청났다. 무척 예민했고, 어릴 적부터 감정의 기복이 심한 아이였다. 또한 변덕스러워서 무엇이든 금방 질려하고는 했다. 하지만 그런 주제에 루아만은 놓치지 않았다. 루아는 반드시 내 것이어야만 했고, 그것이 아니란 생각이 들 땐 미치도록 화가 나서 견딜 수가 없었다. 루아와 떨어져 있던 3년 동안 나는 시도 때도 없이 물건을 부수고 집어 던졌다. 나를 안심시켜주고, 붙잡아주던 존재가 사라지니 사소한 일에도 지나치게 반응하기 일쑤였다.

갑자기 루아가 보고 싶었다. 도망치지 못하게 꼭 끌어안고 몽실몽실한 복숭앗빛 뺨에 얼굴을 부비면 더할 나위 없이 즐거울 텐데. 솔직히 그 정도로 사랑스러운 얼굴은 범죄나 다름없었다.

나는 시무룩한 얼굴을 한 채 꽃들에게로 눈을 돌렸다. 파릇파릇하게 돋아난 잔디와 벌꿀색 꽃을 보자 루아 생각이 더 간절했다.

급속도로 부푼 갈망은 도통 사그라들지 않았다. 나는 무심결에 불쑥 미가엘에게 말을 걸었다.

"있잖아, 그러면 당신 혹시 루아의……, 아니, 황제 폐하가 어디 계신지도 알 수 있어?"

루아를 남처럼 말하려니 기분이 참 오묘했다. 그냥 루아라고 부르면 미가엘이 못 알아들을 것 같아서 일부러 황제란 말까지 붙여줬건만, 더불어 기념으로 호칭도 불러줬건만 등 뒤에서 코웃음 치는 소리가 들려왔다.

"황제 폐하?"

공처럼 몸을 웅크리고 있던 나는 놀라 넘어질 뻔했다.

"꺅! 갑자기 뒤에서 나타나면 어떡해!"

기겁하며 발을 내려놓은 나는 목이 꺾어져라 고개를 틀었다. 바로 등 뒤에, 황실의 제복을 입은 루아가 서 있었다. 또 키가 훤칠한 성인 남자의 모습이었다.

장성한 아도니스처럼 아름답고, 왠지 모르게 비틀린 분위기를 가진.

가슴이 두근두근 뛰었다.

"황제 폐하를 황제 폐하라고 부른 게 뭐가 어때서 심술이야?"

보고 싶다고 생각한 지 일 분도 채 지나지 않았는데 어째서 이런 툴툴거리는 말만 나가는지 나로서도 모를 일이었다. 나는 입술을 깨물며 슬쩍 루아와 시선을 엇마주쳤다. 루아를 생각하느라 얼굴이 빨개졌단 사실을 들키고 싶지 않았다. 하물며 루아 본인에게라면 더더욱! 가뜩이나 엄청 매달리는데 이 정도로 중증이란 사실을 루아가 알게 된다면……, 윽. 진짜 창피해.

들뜬 기분이 쉬이 가라앉지 않았다. 나는 조마조마해서 눈알을 굴렸다. 루아가 아랑곳하지 않고 제 손가락으로 내 뺨을 건드렸다. 어찌나 얼굴이 달아올랐던지 루아의 손가락이 얼음처럼 차갑게 느껴졌다.

의자에 앉은 나를 보느라 나른하게 눈을 내리뜬 루아가 입을 열었다.

"이지스가 다른 곳으로 꺼진 건 너희와 무관하다 이거지? 너는 브리싱가멘의 뜻에 따르기로 결정한 건가?"

미가엘에게 하는 말이었다. 이윽고 어떤 감정도 엮이지 않은 단답이 귀를 파고들었다.

"우리가 이곳에 머무는 것은 너에게 해가 될 것이다."

타인을 회유하고 설득하는 것을 철저하게 배워온 루아와, 살아 있는지조차 의심스러운 미가엘의 무감정한 목소리는 참으로 극명한 차이가 있었다.

루아가 제 시선을 피하기 급급한 나를 뚫어져라 바라보면서 미가엘에게 말했다.

"알아주니 고마워서 몸 둘 바를 모르겠네. 너희들의 몸에서 나오는 성력은 나를 정말로 피곤하게 만들거든. 그러지 말고 브리싱가멘처럼 보니의 곁에 있어주는 건 어때? 내가 항상 지켜보는 것도 한계가 있는 데다 요즘 교황이 보니한테 무척 관심을 가지는 것 같아서 말이지."

그 말에 나는 번쩍 고개를 치켜들었다.

"뭐, 뭐라고? 지켜본다니? 그것도 항상?"

루아가 가끔 나를 주시하고 있단 사실은 알았어도 '항상'이라는 단어는 도무지 이성적으로 납득할 수가 없었다. 하도 당황해서 말까지 더듬거리는데 상기된 뺨을 건드리던 루아의 손가락이 입술 근처까지 내려갔다. 나는 흠칫 놀랐다.

살짝 벌어진 입술이 얼어붙어서 닫히지도 않았다. 그대로 굳은 나를 보고 웃으며 루아가 미가엘에게로 시선을 돌렸다.

"보니는 내일 떠나니까 그때까지 잘 생각해봐."

미가엘이 비딱하게 고개를 틀어서 나를 응시했다. 여전히 건조한 회보라색 눈이었다.

"네가 머무는 곳에도 이런 정원이 있나?"

"이, 있기야 한데……."

그냥 루아를 밀어내면 간단하게 해결될 것을, 차마 엄두가 안 나서 시도하지도 못하고 나는 우물우물 중얼거렸다.

계속 지켜보고 있었다니. 곤혹스럽기 이를 데 없었지만, 루아가 이토록 나를 생각해주고 있단 사실이 기쁘기도 했다. 나, 나도 루아가 보고 싶었다고 한번 살짝 말해볼까? 물론 미가엘 앞에서는 말고!

루아와 미가엘이 대화를 주고받는 동안 나는 조심스럽게 숨을 가다듬었다. 그러나 그 감정도 흘려들었던 이야기들이 제대로 귀에 꽂히면서 순식간에 도로 사그라들었다.

나는 뒤늦게 루아의 말을 이해하고 얼굴을 찡그렸다.

"지금 무슨 얘기 하는 거야? 나더러 성물을 두 개나 곁에 두란 말이야?"

미가엘이 경악하는 나를 슥 훑어보더니 미련 없이 등을 돌려 정원 밖으로 나갔다. 그에 나는 루아에게 따지려고 했으나, 눈치 빠른 루아가 즉시 화제를 돌렸다.

"너 쟤랑 아주 잘 놀더라."

나는 미간을 찌푸렸다.

"그런 거 아니거든? 아니, 잠깐……, 너 혹시 다 들었어?"

가, 갑자기 왜 식은땀이 나지? 생각나지 말아야 할 것들이 자꾸 기억나려고 하는데.

"뭐를?"

루아가 뻣뻣하게 굳은 나를 바라보면서 순진한 얼굴로 반문했다. 저 표정이 꾸며낸 것이라는 덴 의심의 여지가 없었다. 아, 진짜 미쳐. 내가 펠레스를 아주 잠깐이나마 좋아했었단 얘기를 들은 게 분명했다.

아씨. 진짜 망했다. 나는 속으로 절규하며 쭈뼛쭈뼛 허리를 뒤로 뺐다.

속이 메슥거렸다. 페튜니아와 샐비어 향이 불편하게 코끝을 간질였다. 루아의 수려한 얼굴로부터 시선을 돌리자 새침하게 하늘거리는 팬지꽃도 보였고, 계절 따위는 무시한 채 활짝 피어 있는 겨울나비꽃도 눈에 띄었다. 물론 눈 둘 곳이 절실한 지금 이 순간만큼은 하나도 가슴에 와 닿지 않았지만.

금의 정원에 있는 모든 꽃들은 섬세한 작업을 거쳐, 밖에서는 볼 수 없는 희귀한 색으로 반짝이고 있었다. 싹을 틔우게 하는 데만도 천문학적인 금액이 들어갔을 터. 섬세한 손길로 정성들여 가꾼 꽃이라는 것을 한눈에 알 수 있었다. 그러나 단지 그것뿐이다. 애석하게도 저 꽃들은 내게 이 위기를 타개할 만한 방법을 알려주지 못했다.

갑작스러운 긴장감으로 혀가 마비되었다. 심지어 눈앞의 루아는 귀여워서 미칠 것 같은 열다섯 살의 루아도 아니었다. 참 민망하지만 나는 이 퇴폐적인 미색을 가진 남자가 루아라는 사실을 알면서도 적응하기가 힘들었다. 무섭고, 위험하고, 홀릴 것 같다. 근사한 성인 남자는 그저 눈을 내리뜨는 것만으로도 나를 당황시켰다.

나는 정말로 연상의 남자에게 약했다.

그러니까, 어떤 식으로든 '어른' 같다는 느낌을 주는 사람에게.

"그래서 나는 왜 찾았어?"

내가 입술을 꾹 다물고 침묵의 시위를 하자 루아가 두 번째 질문을 건넸다. 전혀 예상하지 못했던 일이라 흥미롭다는 투였다.

나는 이 대답이 루아의 기분을 좋게 만들어줄 수 있을지 몰라 고민하며 웅얼웅얼 말했다.

"보, 보고 싶어서……."

"안 들리는데."

일부러 되묻는 것이 분명했지만, 메피스토펠레스의 이름이 거론되었던 이상 어차피 내 패배는 정해져 있었다. 나는 신경질적으로 소리쳤다.

"보고 싶어서 그랬다고!"

"그래?"

루아는 특별한 표정 변화를 보여주지 않았다. 오히려 선뜻 받아들이지 않고 고민하는 기색이었다.

괜히 찔린 나는 살짝 루아를 힐끗거렸다.

"뭐야, 그 반응은? 무슨 문제라도 있어?"

이번엔 내가 반문했다. 솔직히 좀 기분이 상하기도 했다. 기껏 보고 싶어서라는, 진부하고도 참 낯간지러운 말을 뱉어줬건만 정작 그 말을 들은 루아는 전혀 기뻐하는 기색이 아니었다.

루아를 곁눈질하는 내 시선에 서서히 분노가 서렸다. 다시는 이런 부끄러운 말 같은 거 해주지 않을 거다. 다시는! 그리 굳게 다짐하는데 잔뜩 일그러진 내 얼굴을 보며 루아가 어리둥절해하며 눈알을 굴렸다.

"문제는 없는데…….."

"문제는 없는데?"

뭔가 상당히 미심쩍어진 나는 아예 벌떡 일어나서 루아를 추궁했다. 루아와의 키 차이가 여실히 와 닿는 바람에 후회가 들긴 했지만 이제 와서 도로 앉는 것이 더 우스울 거였다.

"너는 한 번도 그런 말 순순히 한 적 없잖아."

여전히 의심스러운 어조로 루아가 말을 마쳤다.

나는 잠시 멈칫했다가, 굳었다가, 말문이 막혀서 뜸을 들였다가 얼굴을 확 찡그렸다. 루아는 나에게 청혼했으면서도 내가 자신을 어떻게 생각하는지 잘 모르는 듯했다. 확인해볼 필요가 있었다.

"루아 너, 내가 너를 어떻게 여긴다고 생각해?"

"소꿉친구?"

고개를 갸웃거리며 하는 말이었다. 나는 조금, 아니, 사실 많이 못마땅한 기분이 되어 찻잔에 차를 따랐다. 저게 저번에도 좋아한다고 말해줬는데 이제 와서 모르는 척을 해? 심지어 한두 번 감질나게 말했던 것도 아니었다!

실로 괘씸하기 그지없었다. 나는 찻잔이 가득 차고 나서야 주전자를 내려놓았다.

식어빠진 찻물이라도 먹고 이성을 되찾을 심산이었건만, 이어진 루아의 말이 더 가관이었다.

"아니면 스토커? 귀찮게 구는 짜증 나는 애?"

입 밖으로 뱉을 뻔한 찻물을 겨우겨우 삼키고서 나는 코웃음을 쳤다.

"그렇게 생각하는 주제에 용케도 나한테 결혼하잔 말을 했구나."

"난 너한테 뭐든 해줄 수 있어."

나는 몇 번이고 곤혹스럽게 눈을 깜박였다. 하여간 애도 이럴 때 보면 천상 귀족이었다. 자기한테 주어진 조건을 아주 잘 알고 적극적으로 이용하잖아. 영악하다면 영악하고, 당연하다면 당연한 일이었다. 뭐, 이제 와서 루아를 이렇게 키운 엄마를 원망할 수도 없고……. 애초에 환경이 환경이었으니.

나는 손가락을 까딱여 루아가 내 눈높이만큼 고개 숙이게 한 다음, 장난스럽게 이마를 툭 쳤다.

"그게 중요한 게 아니거든, 루아야. 내가 너 좋아한다고 말했잖아. 이제 우리는 서로 좋아해서 사귀는 거야. 정식으로 교제하는 거라고. 너 연애 몰라? 결혼하기 전에 평범한 커플이 하는 거? 요즘은 다른 귀족들도 연애결혼 많이 하던데."

"뭐? 연애?"

루아는 아까보다 더 어리둥절한 표정이었다. 그런 주제에 황홀하게 뛰어난 얼굴이었다. 조목조목 뜯어봐도 흠이 잡히지 않는.

나는 어처구니가 없어서 미간을 찌푸렸다.

"넌 내가 초경을 시작했을 때도 아무렇지 않아 하더니 이상한 데서 진짜 꼬마처럼 굴어. 나 아무 남자랑 같이 욕실에 들어가고 같이 잠자고 그러지 않거든?"

의자의 아늑함에 익숙해진 허리가 또다시 욱신거렸다. 더 버텨볼까 했으나 이 대화가 길어질 것 같았으므로 나는 하는 수 없이 도로 의자에 앉았다. 그러는 동안에도 루아는 내가 한 말을 곱씹으며 의문스러워하기 바빴다.

"이젠 잠도 따로 자겠다며?"

도무지 납득한 눈치가 아니었다. 또 욱할 것 같아서 나는 싸늘하게 말했다.

"같이 잠자서 뭐 해?"

열두 살 아이들이 같이 자는 것과 열다섯 살의 소년소녀가 같이 자는 것은 큰 차이가 있었다. 그 사실을 루아는 무시하기로 작정한 건지 뻔뻔하게 말했다.

"너 잠자는 거 보는 게 좋아."

나는 사납게 눈을 올려 떴다.

"전부터 느낀 건데 넌 나의 사생활이란 걸 존중할 생각이 전혀 없지?"

루아가 웃기지도 않은 질문을 한다는 듯 어깨를 으쓱였다.

"별로 존중할 필요성을 못 느끼겠는데."

물론 어이가 없었다. 황당하기 이를 데 없을뿐더러, 루아는 지나치게 당당했다.

나는 충격에 빠져 그 말을 되풀이했다.

"뭐야? 존중할 필요성을 못 느껴?"

앞으로 다신 안 그러겠다는 다짐은 바라지도 않았지만 이건 뻔뻔함을 지나쳐 오만하기까지 했다. 루아는 내가 기막혀 하는 것도 아랑곳하지 않고 이어 덧붙였다.

"내가 안 지켜봤으면 넌 이미 다섯 번도 넘게 죽었어."

"그거랑 이건 다른 문제야!"

루아가 알면서 이러는 건지, 정말 둔해서 이러는 건지 쉬이 파악할 수가 없어서 머리가 지끈거렸다. 루아는 어째서 내가 분통을 터뜨리는지 이유를 모르겠다는 듯한 표정을 지었다.

"내가 네 목숨을 부지시키느라 얼마나 고생했는데 어떻게 이게 다른 문제야?"

"당연히 다른 문제지! 사람은 누구나 자기가 엉망인 꼴을 남한테 보여주고 싶지 않아 하는걸!"

굳이 이런 말을 입 밖으로 뱉어야 한다는 것조차 어처구니없을 따름이었다. 너무나 근본적인 세상의 이치를 다시 깨우쳐주는 것 같은 기분이 들었다. 어떤 사람이든 혼자만의 시간이 필요한 것은 당연한 게 아닌가? 누구의 시선도 염려할 것 없이!

나는 씩씩거리며 루아를 노려보았다. 루아가 잠시 동안 나를 뚫어져라 응시하는가 싶더니 애매모호한 반응을 보였다. 아무리 설명해줘도 도무지 와 닿지 않는 듯했다.

"내가 남이야? 아까는 사귀는 사이라며."

"시끄러워! 마음껏 내 사생활을 침해해도 괜찮단 의미로 한 말은 아니었으니까 이상한 트집 잡지 마!"

나는 기어이 화를 참지 못하고 벌떡 일어섰다. 루아가 웃는 듯 마는 듯한 얼굴로 나를 훑어보았다.

"그렇게 계속 앉았다 일어나도 괜찮아?"

내가 극심한 월경통에 시달린다는 걸 알고 하는 말이었다. 순식간에 얼굴에 피가 몰렸다.

"야!"

내가 욱해서 집어 던진 주전자를 루아는 가볍게 피했다. 그래서 더 짜증 났다.

"미안. 이제 안 놀릴게."

"날 황족 살해범으로 만들지 말아줄래? 진짜로 널 죽일 뻔했거든."

나는 이를 악물고 말했다. 어찌나 얼굴이 화끈거리는지 차라리 찻잔에 빠져 익사해 죽을 수만 있으면 그러고 싶었다. 더 슬픈 사실은, 이것을 루아도 잘 안다는 거였다.

"너 지금 얼굴 엄청 빨개진 거 알아?"

하여튼 그냥 넘어가지를 않는다! 나는 이를 갈며 루아를 찢어 죽일 듯 쏘아보았다.

"입 다물어. 아까 했던 말 다 취소야. 나한테서 1미터 이상 떨어져. 가까이 오기만 해! 콱 패버릴 테니까!"

내가 진짜 이러다 제 명에 못 죽지. 답답하고 화가 치솟아서 폭발하기 직전이었다.

나는 불만스럽게 잔디밭을 노려보다가 결국 한숨을 쉬며 등을 돌렸다. 루아가 즉시 입을 열었다.

"어디 가?"

"브리싱가멘 찾으러."

내가 듣기에도 퉁명스러운 단답이 썩 마음에 들었다. 루아는 아니겠지만.

"너는 나보다 브리싱가멘이 더 좋아?"

흥. 여태껏 사람 속을 볶아놓고 이제 와서 무슨 부귀영화를 바라는지 모르겠다. 나는 코웃음을 치는 것으로 대답을 대신했다. 그러자 루아는 마법으로 아예 온실 문을 잠가버렸다.

졸지에 나는 루아와 함께 금의 정원에 갇히고 말았다.

"저 문은 네가 대답하지 않으면 절대로 안 열리는 마법에 걸렸어."

루아가 태연하게 말했다. 정확히 나와 1미터의 간격을 두고서.

어찌나 얄미운지 속이 부글부글 끓었다. 나는 진심으로 루아를 죽여버리고 싶은 충동에 휩싸였다.

더는 향기로운 꽃들도 나를 진정시켜주지 못했다. 머리가 뜨거웠다. 고정시키지 않아 아무렇게나 흘러내린 장밋빛 머리카락을 신경질적으로 쓸어 올리며 나는 가쁘게 숨을 삼켰다.

"떼쓰지 마."

물론 나는 루아가 더 좋다고 얼마든지 말할 수 있다. 그건 진심

이니까. 하지만 브리싱가멘이 더 좋다고 말해서 오히려 루아의 화
를 돋울 수도 있었다.

사실 지금 생각 같아선 루아든, 브리싱가멘이든 다 싫으니 그냥
내 앞에서 꺼져줬으면 좋겠다고 말하고 싶었다.

현재 나는 상당히 짜증 나 있었고, 언제 폭발해도 이상하지 않았
다. 루아에게 집어 던진 주전자로 분을 풀기엔 아직 한참 모자랐
다. 이 정원의 절반 이상은 때려 부숴야 속이 시원해질 거였다.

루아를 쳐다보는 것도 싫어서 나는 애꿎은 문을 노려보았다. 빌
어처먹을 마법 같으니. 하도 성질이 나서 발로 문을 걷어차는데
등 뒤에서 침착하기 이를 데 없는 루아의 목소리가 들려왔다.

"이렇게 하면 네가 억지로라도 나를 더 좋아한다고 해주잖아."

아, 정말로 익사하고 싶은 기분이었다.

나는 잠시 폭력적인 행동을 멈추고 바로 섰다. 전부터 느꼈던 거
지만 루아는 내가 자신을 좋아한단 사실을 의심하는 눈치였다. 자
기는 나 자체를 좋아해주면서 정작 그와 똑같은 내 마음을 불신했
다. 내가 자신을 진심으로 좋아할 일은 결단코 없으리라 확신하고
있었다.

아까 나에게 뭐든 해줄 수 있다던 말만 해도 그렇지. 루아는 차
라리 내가 자신의 조건을 보고서라도 곁에 있어주기를 바랐다. 스
토커? 귀찮게 구는 짜증 나는 애? 참나, 어이가 없어서 말이 안 나
온다. 루아는 자신이 나에게 무슨 짓을 하는지 알고 있었다. 너무
나 잘 파악하는 바였다.

루아는 모르지 않았다. 알지만 중요하지 않다고 생각한 것뿐이다. 배려나 양심, 도덕 같은 지극히 고상하고도 이성적인 것은 루아에게 있어 전혀 우선시할 요소가 못 되었다.

속이 비틀렸다. 누군가 가슴에 불을 붙인 것처럼 화끈거렸다. 달군 쇠로 지지는 것 같은 강렬한 충격이었다. 절대 익숙해질 수 없는.

루아는 엄마가 지켜보는 앞에서 손목을 그었다고 털어놓아 나를 슬프게 만든 뒤에, 곧장 결혼 얘기를 입에 올렸다. 그리도 영악한 아이였다. 나는 열두 살의 루아를 두고 떠났다는 것에 심한 죄의식을 느꼈고, 그 사실을 루아도 이미 알았다. 심지어 그걸 역으로 이용하기까지 할 정도였다. 어쩌면 지금 저 말도 순전히 나를 붙잡아두기 위해 하는 것일 수도 있었다.

루아는 지금 나 때문에 자신이 망가졌으니 책임 또한 내가 져야 한다는 말을 하고 있었다.

이번이 처음이 아니었다. 루아는 내가 제 뜻을 알아들을 때까지 포기하지 않을 거다.

나는 루아를 좋아하지만, 기꺼이 묶일 의향도 있지만, 이건 좀 분했다. 무엇보다 나는 그리 희생적이고 착한 사람이 아니다. 고작 죄책감을 못 이겨 누군가에게 평생을 바칠 만큼 숭고하지는 못하다는 얘기다. 그런데 어째서 루아는 몰라주는 걸까? 아니, 이 또한 알지도 모르지. 다만 고작 사춘기 소녀의 감정만으로는 확신할 수 없는 것인지도 모르겠다. 이것이 일시적인 것인지, 영원한 것인지. 하지만 나는 루아가 이 마음을 알아줄 때까지 마냥 설득하고 기다릴 순 없다. 애초에 나는 참을성이 없다시피 한 아이였다.

사생활 다음엔 또 어떤 폭탄이 나를 맞이할지 의문이 들었다. 이러다간 결혼하기도 전에 진이 다 빠지겠어.

이번에야말로 나는 상황의 심각성을 온전히 인지했다. 다섯 번 시도해서 다섯 번 모두 실패로 돌아가더라도 포기해선 안 되는 거였다. 정말로 더 물러날 곳이 없다.

어쨌거나 가장 중요한 것은, 나는 아무리 루아가 비뚤어졌어도 루아를 놓을 생각이 없다는 거다. 그렇담 방법은 하나뿐이지. 길들이는 수밖에.

살짝, 소리 없는 미소가 지어졌다. 사실 나는 루아를 길들이는 작업은 이미 열두 살이 되기도 전에 끝났다고 확신한다. 남은 건 그저, 실행이었다.

스트레스성 두통이 점점 심해져서 나는 고개를 숙였다. 물밀 듯이 차오른 서글픔을 주체할 수 없어 손으로 얼굴을 감싸고, 한숨 같은 신음을 흘렸다.

"너무해."

금방이라도 울 것 같은 그 한마디면 충분했다. 나는 조그맣고, 스무 살이 넘는 청년의 모습인 루아 앞에선 더더욱 작다. 마냥 여리고 부드러워서 샤트린 같은 강함이라고는 전무했다. 그러나 그렇기에 사람들은 항상 나를 깨지기 쉬운 도자기나 유리 인형처럼 살살 다뤘다.

그게 도리어 나에게 악영향을 끼쳤다는 사실은 잠시 제쳐두기로 하고.

나는 일부러 코를 훌쩍이며 서럽게 소리쳤다.

"너랑 브리싱가멘 중에서 누가 더 좋으냐고 물었어? 당연히 루아 네가 더 좋지! 그걸 꼭 말로 표현해야 해? 내가 부, 부끄러움 많이 타는 것도 뻔히 알면서……. 나 진짜 서운한 거 알아?"

실컷 감정을 이입했더니 분홍빛 속눈썹이 금세 젖어들었다. 곧 있으면 오열할 수도 있을 것 같았다.

나는 애달프게 소리쳤다.

"나, 나는 언제나 너한테 예쁘고 귀여운 모습만 보여주고 싶은데……. 초경도 네가 보는 앞에서 시, 시작하고 막……. 사실은 너, 나한테 질린 거 아니야? 나는 맨날 못나고 이상한 꼴만 보여주니까 이제 나한테 흐, 흥미가 사라진 거 아니냐고!"

"흥미?"

어처구니없다는 듯이 반문한 루아가 다가오는 것이 느껴졌다. 나는 반사적으로 숨을 흡, 들이켰다. 그러고는 솟구쳐 오른 눈물방울이 볼을 타고 또르륵 굴러 떨어지도록 내버려두었다.

루아가 내 어깨를 잡기 전에 나는 먼저 고개를 올려서 눈물 젖은 얼굴을 보여주었다. 나는 서럽게 히끅거리면서 열심히 할 말을 했다.

"좋아해, 루아야. 이젠 네가 데려가주지 않으면 시, 시집도 못

갈 텐데 자꾸 이렇게 나 불안하게 만들면 나, 나는……, 나는 어떻게 해야 될지 모르겠어. 나 좀 안심시켜줘, 루아야. 응?"

내가 우는 걸 몹시 싫어하는 루아의 얼굴이 일그러진 것은 말할 것도 없었다.

나는 재빨리 루아의 가슴에 폭 안겼다. 루아가 나를 밀어내지 못하게 아예 한 팔로 허리를 휘어 감고는, 가슴에 머리를 파묻고 시무룩하게 웅얼거렸다.

"나는 네 거야. 그치만 조금만 더 상냥하게 대해주면 좋겠어."

초조한 마음에 나는 나도 모르게 손톱을 물어뜯었다. 루아가 펠레스의 이름을 거론하기라도 하면 난처해지는 건 바로 나였다. 하여튼 미가엘은 첫 만남부터 이상하더니 영 도움이 안 되는 것 같다. 아니, 비단 미가엘만 그런 것이 아니라 프라가라흐도 마찬가지였다. 성물이 도통 성물 같지가 않으니 원. 사실 브리싱가멘도 말 많은 수다쟁이가 아니었나. 뭐, 그 점이 귀여워서 데리고 다니는 거긴 해도…….

"내가 어떻게 하길 바라는데?"

루아가 그렇게 물었다. 나는 한 번 더 훌쩍이며, 한참 뜸을 들이다 겨우 고개를 약간 들었다.

머뭇거리는 티를 여실히 보이려니 잔뜩 찌푸려진 루아의 얼굴이 보였다. 더할 나위 없이 아름다운, 하지만 그렇기에 더 얄미운.

나는 시리도록 푸른 루아의 눈을 들여다보며 또박또박 말했다.

"나를 믿어."

"그러지 않았던 적이 없는데."

이번엔 내가 미간을 찡그렸다.

"하지만 넌 지금 의처증에 걸린 남편처럼 굴고 있거든?"

"그리고 너는 울기만 하면 내가 뭐든지 다 갖다 바칠 거라고 생각하지."

루아가 투덜거렸다. 나는 뻔뻔한 얼굴로 눈을 동그랗게 떴다.

"사실이잖아."

실제로 루아는 제 품에 안겨든 나를 전혀 건드리지 못하고 있었다.

눈물 때문에 시야가 부옇게 흐려져서 연신 깜박이는데 루아가 여전히 불만스러운 투로 질문했다.

"그래서 원하는 게 뭔데? 더는 지켜보지 말라고?"

"그것도 있긴 한데. 정 손해 보는 것 같으면 협상을 해도 좋아. 난 제시할 게 아주 많아서. 뭐, 네가 오늘도 혼자 자고 싶다면야 소용없겠지만……."

갑자기 루아의 얼굴이 딱딱하게 굳었다. 루아가 세상에서 가장 짜증 나는 상황이 벌어졌다는 듯 사납게 얼굴을 구기는가 싶더니, 굳게 닫힌 문으로 시선을 돌렸다. 생화로 장식한 온실의 백색 문이, 보다 정확히는 그 너머의 것이 거슬리기 그지없다는 표정이었다.

"로벨리안이 말했나 보군."

"응? 무슨 일이야?"

고개를 갸웃거리던 것도 잠시, 뭔가 심각하게 불길한 예감이 들어서 나는 재빨리 손수건으로 눈 주변을 닦았다. 가볍게 나풀거리는 드레스가 조금도 흐트러지지 않았다는 데 안도하며 볼 위를 간질이는 머리카락을 귀 뒤로 넘겼다.

그 부름은 그때 들려왔다.

"흐음, 정말 볼품없는 곳이네. 금의 정원이란 이름이 아까워."

톤이 높고, 소녀와 같은 미성이었다. 나는 얼어붙은 채 미친 듯이 눈을 깜박였다.

나는 이 목소리를 알고 있었다. 잊을 수 없었다.

일부러 들으란 듯이 큰 음성은 숨 고를 새도 없이 이어졌다.

"정말 황제가 여기에 있는 거 맞니?"

이윽고 쾅 소리가 나며 온실의 문이 덜컹거렸다. 실로 참을성 없고, 난폭한 발길질이었다.

나는 황급히 두어 걸음 물러났고, 루아는 온실 문을 열었다.

가장 먼저 보인 건 죽은 듯 힘없이 늘어진 갈색 머리카락이었다. 정면에서 루아와 마주한 그렌트헨이 과장되게 빙긋 웃었다.

"어머나? 아드님이 여기 계셨네?"

철저한 가증으로 이루어진 친근한 어투였다. 루아는 지극히 형식적으로 고개를 숙였다.

"어머님."

놀란 심장이 마구 뛰었다. 예를 갖추려 황급히 가지런하게 포갠 두 손이 덜덜 떨렸다.

마르가레테 그렌트헨. 루아의 어머니이자 아카시아 제국에서 가장 드높은 여자. 사실상 세상에서 가장 지고한 여자였다. 선황제 폐하께서 화재 사고로 서거하신 뒤엔 루아의 즉위식에 맞춰 황태후라 불리게 되었지만, 그녀는 제 배로 낳은 루아를 혐오했다. 더럽고 불결하다며 증오하길 서슴지 않았다.

"이런 구질구질한 데서 우리 아드님이 뭘 하고 있었을까?"

그렌트헨이 도톰한 입술을 한껏 벌려 웃으며 화분을 걷어찼다. 화분이 엎어지면서 깨지고, 풍부한 색감의 흙이 사방으로 튀며 바로 옆에 있던 화분에 얼룩을 만들었다. 금의 정원을 난장판으로 만들리라 작정한 건지 그렌트헨은 거기서 그치지 않고 세 개의 화분을 더 깨뜨렸다. 그녀의 날카로운 구두는 금의 정원에 있는 섬세한 세공품들을 모조리 부수고도 남았다.

루아는 그저 무감한 얼굴이었다. 그렌트헨이 실망한 듯 떨떠름하게 신음하며 한 손으로 루아의 어깨를 잡고 느긋이 빙그르르 돌았다. 그녀가 정확히 루아의 눈을 응시한 채 난폭한 발길질로 화분 하나를 더 깨부쉈다. 적당히 표정을 갈무리했던 나는 그 소리에 움찔하지 않으려 애썼다.

"흐음."

루아의 어깨에 머물러 있던 그렌트헨의 손이 주륵 미끄러졌다. 남의 것인 듯, 물건인 듯 루아를 우습게 보며 품평하던 그렌트헨이 조소를 머금고 루아의 목에 팔을 둘렀다. 그제야 루아의 입이 열렸다.

"무슨 일로 여기까지 오셨습니까?"

"어머나. 그렇게 쌀쌀맞게 굴 거니? 이 어미가 찾아오는 게 싫어?"

"그럴 리가요. 전 다만 어머님이라 부르는 것조차 듣기 싫다며 제 존재 자체를 부정하시던 분이 어째서 이리 바뀌셨는지 궁금했을 뿐입니다."

그 차분한 말에 그렌트헨의 입술이 비뚜름하게 말렸다. 그녀가 루아의 코앞에 얼굴을 대고 말했다.

"난 전혀 변하지 않았어, 이 불결한 악마 자식아. 뻔뻔하고 가증스러운 생물 같으니."

왠지 모르게 그렌트헨의 말이 전부 나를 향한 모욕 같았다. 그러나 아무리 눈앞의 여자가 밉고 증오스러운들 그녀는 세상에서 가장 지고한 여자였다. 감히 범접할 수조차 없었다. 그렇기에 나는 순진하게 보이려 토끼눈을 뜨고 살짝 입술을 벌렸다. 아직 울음기가 가시지 않아서 더 극적으로 보일 터였다.

"존귀하신 황태후 폐하."

그렌트헨이 순간 치마가 붕 뜰 정도로 확 나를 돌아보았다. 드디어 나를 인식한 듯한 반응이었다.

황송해서 어찌할 바를 모르는 나를 본 그렌트헨의 입가에 함박웃음이 걸렸다.

"이게 누구야. 우리 귀여운 꼬마 아가씨 아니니? 아, 하지만 아쉬워서 어쩌나. 오늘은 너한테 볼일이 없는걸."

나 역시 그녀에게 볼일 따위는 없었다. 단지 루아를 괴롭히는 것이 정말로 싫었을 뿐이지.

비스듬하게 고개를 숙이자 깨진 유리조각에 비친 내 모습이 보였다. 다분히 소녀다운 얼굴이었다. 물기에 젖은 황금색 눈. 홍조가 피어오른 뺨. 부드럽게 벌어진 작은 입술. 언제나처럼 남을 방심시키기 좋은 모양새였지만, 지금은 전혀 마음에 들지 않았다. 나는 오직 루아에게만 이런 표정을 보여주고 싶었다. 애초에 나는 나를 아껴주는 사람이 아니면 이렇게까지 공들여 아양을 부리진 않았다. 하물며 눈앞의 여자는 그렌트헨인걸. 루아의 어머니라는 수식어조차 아까운 여자였다.

나는 저 여자가 싫다. 그러나 저번처럼 건방지게 굴 수도 없는 노릇이었다. 나는 이미 그렌트헨에게 찍혔으니까.

가볍게 숨을 고르며 감정을 갈무리한 나는 가증스럽게 눈을 깜박이며 고개를 살짝 숙였다. 불결한 악마 자식이라고? 절로 이가 갈렸다. 이런 여자에게 예의를 차려야 한다는 사실이 미치도록 짜증 났다. 치마가 구겨지지 않도록 힘을 조절해서 잡아야 하건만, 찢어버리지 않는 것만도 기적이었다. 속이 뒤집혔다.

뱃속이 뒤틀렸지만 나는 최대한 수줍게 말했다.

"소녀가 혹여 두 분의 만남에 방해가 되는 것은 아닐까 걱정돼서요. 감히 무례를 무릅쓰고 여쭙니다."

그렌트헨이 허락하지 않는 이상 나는 이곳에 더 머물 수 없었다.

나는 그렌트헨이 가진 직위에 굴복했다. 그녀는 그 사실에 만족하는 듯 보였다.

"무례라. 글쎄, 우리 아드님이 너를 참 좋아하는 것 같단 말이야?"

친근한 투로 말하면서 그렌트헨이 나를 향해 걸어왔다. 날카롭게 또각이는 구두 굽 소리가 실로 무시무시했다.

그녀가 웃는 듯 마는 듯한 얼굴로 손을 뻗더니 내 턱을 잡아 올렸다. 나는 강제로 눈을 들어 그녀와 시선을 마주했다.

그렌트헨의 눈은 부드럽게 퍼뜨려진 암갈색이었지만, 병들고 시든 것이었다. 부드러운 흙의 색감이 아니었다.

"너의 어미가 너를 몹시 질투하겠구나."

나긋나긋한 속삭임이었다. 그렌트헨이 거만하게 내리뜬 눈으로 나를 응시했다.

"세상의 모든 어미는 딸을 질투하지. 열 달 동안 어미의 뱃속에서 젊음을 빨아먹고 세상 밖으로 나오는 가증스러운 생물을 말이야. 어미를 닮은 주제에 어미보다 어리고, 예쁘고, 영민하고, 사랑스러운 그것을 어떻게 혐오하지 않을 수 있겠니? 그 작은 것이 어미의 모든 것을 빼앗아갔는데. 알아듣겠니, 귀여운 안젤리크? 모든 자식은 어미에게 큰 죄를 짓고 태어난단다. 하지만 속죄할 줄을 모르지. 저를 위해 어미가 얼마나 많은 희생을 감수했는지도 모르고. 자식들은 그걸 당연하게 여긴단 말이야."

하늘하늘한 치맛자락을 잡은 손에 어찌할 바 없이 힘이 들어갔다. 그렌트헨이 내 눈에만 집중하고 있어서 다행이었다. 나는 차분하게 두어 번 눈을 깜박였다. 그렌트헨이 무슨 저의로 이런 말을 하는진 모르겠지만, 이것은 명백한 악의였다. 심지어 우리 엄마까지 모욕했잖아.

나를 욕하는 것과 엄마를 욕하는 것에는, 엄청난 차이가 있었다. 나는 나 자신보다 더 엄마를 사랑했으므로. 애초에 엄마는 세상에서 가장 아름다운 여자였다. 여전히, 앞으로도.

이 침착한 가장이 언제 벗겨질지 알 수 없었다. 다행히 그렌트헨의 도발이 이어지기 전에 루아가 냉랭하게 말했다.

"제게 용건이 있다지 않으셨습니까?"

그렌트헨의 입술이 벌어졌다. 뒤틀리는 것에 가까웠다.

"안젤리크, 넌 이만 가보렴."

나는 다시금 예를 갖춰 인사한 다음 온실 밖으로 나왔다. 루아는 내가 나갈 때까지 나에게 시선 한번 주지 않고 그렌트헨을 주시했다. 그렌트헨이 루아를, 루아가 그렌트헨을 바라보는 시선은 결코 가족을 향한 것이 아니었다. 마치 남을, 아니, 물어뜯기 위한 적을 보는 것 같았다. 3년의 시간이 흐르고 나자 그들은 타인보다 못한 사이가 되었다.

루아가 몹시 걱정스러웠으나, 그렇다고 문밖에서 대화를 엿들을 수도 없는 노릇이었다. 나는 한숨을 쉬며 황성으로 올라갔다.

미가엘이 알려준 대로 브리싱가멘은 2층의 방에 있었다. 문제는 불타오를 것 같은 머리카락을 지닌 젊은 남자도 같이 있다는 거였다.

나는 잘생긴 건달처럼 불량한 프라가라흐의 손에 붙잡혀 있는 목걸이를 보고 미간을 찌푸렸다.

　"보니! 왜 이제 온 거야!"

　내 기척을 느낀 건지 브리싱가멘이 우는 목소리로 칭얼거렸다. 그러나 그것도 잠시, 곧 그 음성이 의아하게 변했다.

　"너 울었어?"

　나는 눈알을 굴렸다. 벨벳 소파에서 이국의 왕처럼 늘어진 프라가라흐가 휘파람을 불었다.

　"누가 이 예쁜 꼬마 아가씨를 울렸담? 혹시 황제?"

　얼굴이 일그러지는 것을 막을 수 없었다. 프라가라흐만의 독특한 억양이 섞인 제국어 덕분에 그 말이 더욱 건방지게 들렸다.

　"꼬마 아니거든? 브리싱가멘이나 돌려줘."

　나는 손을 뻗었고, 프라가라흐는 씩 웃었다.

　"그냥 주긴 싫은데."

　당연히 브리싱가멘은 항의했다.

　"이거 놓으라고, 이 멍청아! 저질! 바람둥이! 너랑은 일분일초도 더 같이 있기 싫어! 진짜 엄청나게 불쾌하니까 내가 네 거라도 되는 듯이 굴지 말아줄래? 아니, 일단 그것보다 보니 너, 정말 황제랑 무슨 일 있었던 거야? 황제 때문에 울었어?"

　"그렇기도 하고."

　정확히는 루아가 나를 그만 감시하길 원해서 연기하느라 울었던 거지만.

나는 가볍게 대꾸하고는 소파에 앉았다. 프라가라흐의 눈이 커졌다.

　"지금 내 옆에 앉은 거야?"

　자기 혼자 소파를 전부 독차지한 주제에 이제 와서 옆에 앉는다고 의아해하는 것이 우스웠다. 그러나 코웃음을 쳐주기도 귀찮아서 나는 무시하고 버릇처럼 다리를 꼬았다.

　그렌트헨이 무슨 볼일이 있어서 루아를 찾아왔는지 모르겠다. 어차피 좋은 일은 아닐 게 뻔해서 더욱 걱정스러웠다.

　같은 소파에 앉았다지만 나는 팔걸이가 있는 끝부분에 앉았고, 프라가라흐는 중앙에 늘어져 있었다. 내가 더는 말하지 않겠다는 의미로 입술을 꾹 다물자 프라가라흐가 능글맞게 웃었다.

　"까탈스러운 고양이도 아니고 말이야, 너무 매정하게 군다고 생각 안 해?"

　"내가 보는 앞에서 메피스토펠레스한테 달려들었던 건 그새 잊었나 봐?"

　그렇게 받아치자 프라가라흐가 얼굴을 찡그렸다.

　"그 배신자 자식은 맞아도 싸. 악마라니……. 심지어 인간들의 종이 됐다고."

　프라가라흐가 짜증스럽게 혀를 차며 나에게 브리싱가멘을 던졌다. 브리싱가멘이 내 무릎에 정확히 착지했다.

　"야! 살살 다뤄!"

　나는 프라가라흐에게 또 한바탕 욕설을 퍼붓는 브리싱가멘을 가만히 어루만지면서 생각에 잠겼다. 브리싱가멘은 나를 좋아했고, 내 곁에 머무르고 싶어 했다. 내가 얼마나 비틀렸는지 뻔히 알면서 말이다. 어쩐지 브리싱가멘에겐 이 고민을 털어놓아도 괜찮을 것 같았다.

다소 부끄러운 감정에 휩싸여 나는 입을 열었다.

"루아는 지금 황태후 폐하와 있어."

친한 친구들끼리 모여 비밀 얘기를 나누던 아카데미 여학생들이 어째서 그리 열성적으로 놀았는지 조금 이해 갈 것도 같았다. 나는 마음을 나눈 친구를 사귄 적이 한 번도 없었지만, 브리싱가멘은 분명 친구 이상이었다. 말이 좀 많다는 것만 빼면 흠 잡을 데가 없지.

브리싱가멘이 곧장 반응해서 경악했다.

"뭐? 그 미친 여자랑? 단둘이?"

반대로 프라가라흐는 영문을 모르겠다는 듯이 눈알을 굴렸다.

"그 여자가 누군데?"

나도, 브리싱가멘도 그의 질문을 무시했다.

"응, 단둘이. 루아랑 금의 정원에서 얘기하고 있었는데 갑자기 들이닥쳐서는……. 아, 그전에는 미가엘이랑 있었어. 루아는 미가엘이 나와 같이 벨모트로 가기를 원하는 눈치던데."

프라가라흐가 피식 웃었다.

"미가엘뿐만 아니라 우리가 전부 떠나줘야 속이 시원할걸? 괜히 성물인 게 아니니. 그런데 너는 아무렇지도 않아? 보아하니 너도 황제의 마력을 상당 부분 받아들인 것 같다만."

루아의 힘은 악마의 것으로 변질된 마력이었고, 따라서 성력을 발산하는 성물과는 상극이었다. 그러나 딱히 불편함을 느낀 적이 없었으므로 나는 어깨를 으쓱였다.

"잘 모르겠어."

"흠."

그 대꾸에 프라가라흐가 미간을 찌푸린 채 생각에 잠겼다.

프라가라흐는 내가 상당히 미심쩍은 모양이었다. 그가 가늘게 뜬 눈으로 나를 주시하는 동안 브리싱가멘이 연신 불만을 토로했다. 브리싱가멘은 나만큼이나 그렌트헨을 싫어하는 듯했다.

"그 여자는 미쳤어. 마법의 부작용으로 얼마 살지도 못할걸?"

부작용이란 말에 나는 눈을 깜박였다. 그러고 보니 브리싱가멘은 그렌트헨의 앞에서도 이런 말을 했었다. 그렌트헨이 억지로 자신의 시간을 되돌리고 있다면서, 부작용이 심각할 거라고 했었지. 하지만 그건 좀 어리둥절한 말이었다. 소녀였던 시절로 돌아가길 염원하는 그렌트헨에게 걸린 마법은, 루아가 나에게 건 마법과 비슷하면서도 달랐으니까. 그렇게 따지면 나 역시 부작용을 겪었어야 했다. 루아는 나에게 내려진 신벌을 막기 위해 시간을 벌려고 내 성장을 억제했고, 덕분에 나는 남들보다 한참은 더디게 자랐다. 나는 열다섯 살이지만, 내 신체 나이는 그보다 훨씬 어렸다.

마법은 선천적으로 소질이 있는 극소수의 사람만이 배우는 특별한 학문이다. 나는 체르지안처럼 마력을 갖고 태어난 것이 아니었으므로 그쪽 지식은 전무하다시피 했으나, 그래도 루아가 벌인 짓이 얼마나 엄청난지는 알고 있었다. 시간이란 개념에 손을 대는 건, 확실히 아무나 할 수 없는 행동일 터였다.

"하지만 루아는 내 시간을 거의 멈추게 했잖아. 그리고 난 지금 아주 멀쩡해."

초경도 시작했으니 멀쩡한 것 그 이상이지. 내가 고개를 갸우뚱하자 브리싱가멘이 순진한 어린아이를 어르는 듯한 투로 대꾸했다.

"만약 황제가 진심으로 그 여자를 위할 생각이었으면 메피스토펠레스를 시키지 않고 자신이 직접 마법을 걸었겠지. 너한테 했던 것처럼 말이야. 하지만 그러지 않았다는 건, 그 여자가 어떻게 돼도 상관없다는 뜻 아니야?"

나는 신중하게 그녀의 말을 곱씹었다. 물론 그렌트헨에게 동정심을 느껴서라든가 루아에게 실망해서 그런 건 아니었다. 그렌트헨이 죽어도 싼 여자라는 생각엔 변함이 없지만, 루아가 진심으로 나 이외의 모든 것을 포기했다는 사실을 상기할 때마다 가슴이 저몄다.

그렌트헨은 루아에게 무슨 말을 하려고 찾아온 걸까? 도대체 어떤 볼일이 있어서?

생각이 부풀어 오를수록 절로 입술이 오므려졌다. 부모가 자식을 찾아온 게 이렇게도 불길한 일로 여겨질 줄은 꿈에도 몰랐다. 그러나, 그럴 수밖에. 그렌트헨은 내가 지켜보는 앞에서도 루아를 악마 자식이라고 불렀다. 단둘이 있을 땐 필시 그보다 더한 폭언을 퍼부을 것이었다. 어쩌면 화분을 걷어차던 발로 루아에게 폭력을 휘두를 수도 있겠지. 내가 보기에도 그렌트헨은 정상이 아니었다.

뱃속을 울렁거리게 만드는 불안을 도저히 참을 수가 없어서 나는 벌떡 일어났다.

"루아가 걱정돼 죽겠어. 어젯밤 우리가 황성 바깥에……, 로즈힐이란 마을에 있을 때 루아가 파우스트 교황이 이곳에 찾아왔었다고 말했어. 루아가 어릴 적에 가지고 다녔던 그 빌어먹을 마법 장치를 지금은 교황이 가지고 있다던데. 덕분에 교황은 아주 쉽게 황성을 드나들 수 있다고 말이야. 으, 설마 교황이 시켜서 황태후 폐하가 찾아오신 걸까?"

교황이 황성을 방문한 바로 그다음 날 그렌트헨이 루아를 찾아왔다. 참으로 딱 들어맞는 가정이 아닐 수 없었다.

나는 입술을 물어뜯으며 방 안을 서성였다.

차라리 들킬 걸 각오하고 다시 금의 정원으로 내려가볼까 진지하게 고민하는데, 브리싱가멘이 걱정스러운 목소리로 물었다.

"보니 너, 상황이 이런데 정말 황제 곁에 있어도 괜찮겠어? 교황도 그렇고 그 여자도 그렇고 영 정상이 아닌 것 같아 보이는데. 거기다 교황은 너한테 대놓고 흑심을 보이기도 했잖아. 그렌트헨은 아예 머리채까지 잡았지? 내가 볼 때 너는 황제가 아니라 너부터 걱정해야 해."

맞는 말이었지만 그렇다고 도망칠 수도 없는 노릇이었다. 루아가 나를 필요로 하는데 애초에 그런 게 가능하기는 한가 싶었다.

나는 한숨을 내쉬었다.

"루아한테는 나밖에 없어."

"하지만 너는 아니잖아. 난 네가 보는 걸 볼 수 있고, 네가 느끼는 걸 느낄 수 있어. 네 안에 있는 황제의 마력이 방해하는 덕분에 아주 긴밀히 공명하는 건 불가능할지 몰라도, 꽤 정확하게 너를 꿰뚫을 수 있단 얘기야. 황제야 신의 힘을 가졌지만, 넌 그냥 평범한 여자애잖아?"

브리싱가멘이 그렇게 지적하자 프라가라흐가 슬쩍 거들었다.

"거기다 엄청나게 예민하고 말이지."

평범하고, 또 예민한 여자애라. 겨우 그게 문제였나?

나는 속절없이 방 안을 서성이던 것을 멈추고 똑바로 섰다. 나를 잘 알지도 못하는 주제에 잘난 척하기 바쁜 프라가라흐를 날카롭게 노려보면서, 솟구치는 분노의 원인을 하나하나 따졌다.

"너희는 발두르를 모시는 신의 사자였다며? 그런데 어째서 루아가 위험한 존재라고 나한테 알려주지 못해서 안달이야? 세상 모든 사람이 루아를 악마로 봐도 너희는 루아의 편이 되어주어야 하는 거 아니야? 어떻게든 루아에게 이득이 되는 일을 해야지, 이건…… 진짜 이상해. 브리 너는 정말로 내가 루아의 곁을 떠났으면 좋겠어?"

"나는 네 생각을 묻는 거야, 보니. 따지고 보면 네가 위험에 처했던 건 전부 황제 때문이잖아. 황제만 아니었어도 신벌 따윈 받지도 않았을 거고, 아카데미에서 겉도는 일도 없었을 테지. 교황이나 황태후 같은 사람한테 위협받을 일도 없었을 거고 말야. 어째서 네가 황제를 미워하지 않는 건지 모르겠어."

쏘아붙이는 말에 돌연 자신감을 잃었는지 브리싱가멘이 부드럽게 말을 끝마쳤다. 나는 입술을 꾹 깨물었다. 브리싱가멘을 그러쥔 손이 미미하게 떨리고 있었다.

이런 기분이 나는 끔찍이도 싫었다. 파헤쳐지고, 조롱당하는 느낌이었다. 수치심이 밀려왔다.

결국 브리싱가멘도 나를 가련한 피해자로 보고 있었던 거다. 멋대로 판단하고 멋대로 동정했다.

나는 브리싱가멘을 또다시 집어 던지는 불상사를 미연에 방지하기 위해 심호흡을 했다. 그러나 별 소용은 없었다.

비뚤게 고개를 기울인 프라가라흐가 제 앞에 선 나를 올려다보았다.

"황제의 몸에 발두르가 스며들었긴 해도 황제가 발두르 자체인 것은 아니야. 그 증거로 우리를 개만도 못하게 취급하잖아? 그는 단지 힘을 소유했을 뿐이지. 심지어 온전한 신의 권능도 아닌, 악마의 것으로 변질된 마력을 말이야. 거기다 우리를 원하지도 않는데 우리가 뭣 하러 그를 섬기겠어? 뭐, 어쨌거나 나도 제법 궁금하던 차였어. 너처럼 귀여운 여자애가 타락한 신을 감당할 수 있겠냐? 황제는 악마의 왕이나 다름없다고."

나는 입술을 비틀며 조소를 머금었다.

"그럼 너희는? 너희가 모시던 신이 타락했으니 이제 루아를 정화라도 할 셈이니? 그래서 발두르를 되찾게?"

"솔직히 말하자면 우리도 어떡해야 될지 전혀 몰라. 이지스는 떠났고, 우리를 봉인한 배신자 자식인 메피스토펠레스는 보란 듯이 황제의 개 노릇을 하고 있고, 미가엘은 무슨 생각인지 도통 알 수가 없단 말이야."

프라가라흐가 어깨를 으쓱이며 대수롭지 않게 응답했다. 그가 뭔가를 깊이 고민하는 듯 턱을 매만지는가 싶더니 곧 허탈해하며 미간을 찌푸렸다.

"아, 몰라. 다들 자기 내키는 대로 행동하는데 내가 알 게 뭐야. 나 참, 사막 한가운데에 떨어진 노예라도 된 기분이군. 봉인은 풀리지도 않는 데다가 주인도 거둘 생각이 없어 보이니 그냥 계속 성물인 척하는 수밖에."

나는 헛숨을 들이켰다. 머릿속에 쥐가 나기 직전이었다. 이러다간 이지스처럼 프라가라흐가 떠나는 것도 시간문제겠다. 프라가라흐가 마음에 들진 않아도 이들이 어떤 행동을 벌일지 모르는 이상 경계해야 마땅했다. 적어도 루아를 미워하게 둘 수는 없었다.

결국 나는 이들에게 과거를 털어놓기로 마음먹었다.

"나는 루아와 다섯 살 때부터 알고 지냈어. 루아는 백치나 다름 없어서 자기가 황태자인 것도 잘 몰랐는데 이상하게 나를 엄청 따르던 거 있지? 그게 귀찮으면서도 좋았어. 온전히 나만 믿고 나만 의지하는 게 눈에 보였으니까. 그런데 알고 보니 루아가 백치였던 이유는 교황이 루아의 머릿속을 마구 들쑤셔서였던 거야. 강제로 정신적 성장을 억눌렀기 때문에."

차분히, 그러나 감정을 섞어서 나는 말했다. 열두 살의 밤, 루아에게 어른이 되라고 말했던 그 순간이 아직도 선연히 떠올랐다.

나는 잔뜩 일그러진 얼굴로 말을 이었다.

"그 사실을 알았을 때 나는 이미 한 번 루아를 떠났어. 루아가 나를 가장 필요로 했던 순간에 가버린 거야. 내가 도망쳐서 모든 상황이 최악으로 치달았다고. 그러니까 두 번은 안 돼. 물론 나도 어쩌면 신벌보다 더 끔찍한 일이 생길지도 모른다는 거 알아. 교황이든, 황태후 폐하든 나를 그냥 내버려둘 리 없겠지. 그치만 나는 브리 네가 날 지켜줄 거라고 생각했는데……. 아니야?"

나는 서글프게 입술을 오므렸다. 물기가 묻어나오는 말을 듣고 브리싱가멘이 경악하며 소리쳤다.

"다, 당연히 그럴 거야! 날 뭘로 보고! 무슨 수를 써서라도 너를 지켜줄게! 그리고 미, 미안해. 이제 다시는 그런 말 안 할게. 황제가 어느 순간부터 갑자기 변했다는 소문은 들었지만 그런 사정이 있었던 줄은 몰랐어. 정말이야. 프라가라흐 너도 도울 거지? 빨리 그렇다고 말해!"

"……글쎄, 너를 간단히 구워삶는 모습을 보니 내 힘이 없어도 알아서 잘 살아날 것 같은데."

프라가라흐가 어이없다는 듯이 중얼거리자 분개한 브리싱가멘이 성난 어조로 무어라 고함쳤다. 그러나 문이 열리는 소리에 귀를 기울이느라 잘 들리지도 않았다.

어리둥절해서 눈을 깜박이던 것도 한순간이었다. 설마 싶었던 추측이 확신으로 변하면서 몹시 아름답게 생긴 남자가 눈에 들어왔다.

나는 제복 차림의 루아를 보자마자 무작정 발부터 움직였다. 단지 바라보는 것만으로도 얼굴을 화끈거리게 만들 만큼 유혹적인 성인 남성의 모습을 한 루아가 여전히 낯설었으나, 지금은 부끄러움보단 걱정이 먼저였다.

"루아야? 너 괜찮아?"

거의 뛰듯이 달려가서 나는 루아의 표정 변화를 면밀하게 살폈다. 설마 진짜로 그렌트헨이 때린 건 아니겠지? 여태껏 욕만 했다든가!

정말 걱정스러워서 죽을 것 같았다. 루아가 자신을 바쁘게 훑어보는 나를 잠시 동안 뚫어져라 바라보는가 싶더니, 새삼스럽다는 듯이 내 머리에 손을 올렸다.

"진짜 작네."

이건 또 무슨……. 나는 얼굴을 찡그렸다.

"네가 커져서 그런 거잖아!"

기껏 걱정해줬더니 쓸데없이 놀리기나 하고! 나는 씩씩거리며 루아의 손을 쳐내고는, 들고 있던 브리싱가멘을 재빨리 목에 걸었다.

루아는 개의치 않고 미간을 찌푸렸다.

"너무 작아서 누가 잡아가도 모르겠어."

"그 정도로 작지는 않거든?"

도대체 나를 뭘로 보는지 모르겠다. 설마 그렌트헨이 나를 납치하겠다는 말이라도 했나?

나는 부루퉁히 고개를 들었다. 얼핏 스쳐 지나가는 감정 한 조각도 놓치지 않으려 루아의 얼굴을 꼼꼼하게 뜯어보았다.

자주 실감하는 거지만 나는 루아를 올려다보는 것이 참 낯설었다. 다섯 살 때부터 언제나 내가 돌보았던 작은 아이가 어느샌가 머리를 들어야만 얼굴을 볼 수 있을 만큼 훌쩍 자랐다. 그러나 단지 키만 자란 것이 아니었다. 큰 짐을 지고 있으니 당연하다면 당연하다는 사실을 알면서도 나는 루아가 너무 빨리 어른이 된 것 같다는 생각을 지울 수가 없었다.

내가 미간을 찌푸린 채로 제 얼굴을 물끄러미 쳐다보고만 있자, 루아가 신기하다는 듯 비스듬히 고개를 기울였다.

"오늘은 바빠서 너랑 오래 못 있어. 보고 싶어도 저녁때까지 참아."

어째서 자꾸 얘기가 이렇게 흘러가는지 모르겠다! 나는 얼굴이 달아오르는 것을 무시하며 입술을 삐죽였다.

"누, 누가 너를 보고 싶어 했다고 그래? 그리고 왜 자꾸 그런 모습으로 다니는 거야?"

불만스럽기 이를 데 없었다. 루아는 내가 자신을 걱정하는 걸 뻔히 알면서도 나를 놀리고 있었다.

"덩치라도 커야 의회에서 덜 만만히 보이니까? 새파랗게 어린 꼬마가 갑자기 황제의 자리에 올랐는데 누군들 떠받들고 싶겠어. 하물며 내가 백치였다는 사실은 모두가 아는 비밀이었는데. 뭐……, 다른 이유도 있긴 하지만."

그렇게 말하면서 루아가 나를 슥 훑어보았다. 묘한 미소를 띤 채였다. 불현듯 루아와 처음으로 아카데미에서 재회했던 날의 기억이 떠올라 기절할 것만 같았다.

그때 루아는 내가 키 크고 연상인 남자를 좋아하기 때문에 일부러 모습을 바꿨다고 했었다.

"보니."

"으, 으응?"

부드럽게 와 닿는 부름에 나는 나도 모르게 말을 더듬거리고 말았다. 루아가 눈알을 굴렸다.

"나 배고파."

나는 살짝 이맛살을 찡그렸다.

"그런데?"

"혼자 밥 먹기 싫어."

"네가 왜 혼자 밥을 먹어? 시종들은 장식으로……, 알았어. 알았다고. 같이 가면 될 거 아니야."

나는 제 풀에 지쳐 패배를 선언했다. 루아가 실망이나 섭섭함 같은 반응을 보일까 겁이 나서 입이 저절로 움직인 거나 마찬가지였다. 이젠 루아가 영악한 것을 넘어서 기회주의자로 보였다. 그리고 나는, 그것이 슬펐다.

3년 전에 나는 이미 한 번 루아의 곁을 떠났고, 루아는 그 사실을 잊지 못했다. 나만큼이나 이별을 두려워하고 있었다.

내가 순순히 방 밖으로 나가려 하자 루아가 만족스럽게 웃으며 문을 열어주었다. 그러더니 슬쩍 고개만 틀어 여전히 방 안에 있는 프라가라흐에게 말했다.

"너희들끼리 뭘 하든 상관없지만 이지스를 살려두고 싶다면 한시라도 빨리 잡아오는 게 좋을걸. 그놈까지 감시하기엔 내 눈이 두 개뿐이라. 봐주는 건 저번 한 번으로 충분하다고 생각하는데. 그리고 싸울 거면 황성 밖에 나가서 싸워. 또다시 보니를 말려들게 하면 그땐 봉인이고 나발이고 아예 말도 못하는 평범한 검으로 만들어줄 테니까. 걸레짝이 될 때까지 굴러봐야 정신을 차리지."

나는 눈을 깜박였다. 루아가 내게서 등을 돌리고 있었으므로 표정을 확인할 수는 없었지만, 목소리는 그저 평이했다. 속을 알기 힘든 교묘한 부드러움이었다. 순간 귀를 의심할 정도로. 살벌한 단어와 걸맞지 않은 미끄러운 비단 같았다.

루아가 미소 띤 얼굴로 느긋하게 걸어 나오면서 이어 덧붙였다.

"참고로 나는 인내심이 아주 부족하거든? 그 물건 안 가져오면 메피스토펠레스한테 시비 건 거랑 황성 건물 훼손시킨 것도 그냥 안 넘어가."

"뭐? 제 발로 떠난 놈을 내가 무슨 수로 잡아와? 야!"

프라가라흐의 거센 항의는 루아가 문을 닫음으로써 완벽하게 차단되었다. 나는 이지스가 신의 사자라는 사실을 뻔히 알면서도 '물건' 취급한 루아를 멀뚱히 바라보았다.

"이지스를 다시 데려와도 괜찮겠어?"

루아에게 성력은 곧 독이나 다름없었다. 교황 또한 그 사실을 알고 있었고.

"나중에 그놈이 사고 친 거 뒷수습할 바에야 지금 좀 불편한 게 낫지."

식당으로 가는 길은 멀었다. 문득 프라가라흐가 던진 의문이 생각나서 나는 번쩍 머리를 들었다.

"음음, 있잖아, 내가 신전에서 교황한테 붙잡혀 있었을 적에 말이야. 갑자기 어지럽고 쓰러질 것 같았는데 브리는 그게 자기가 나를 정화하고 있어서라고 했거든? 애초에 자신이 만들어진 이유가 악마의 힘을 없애기 위해서라고 했어. 아마 그건 다른 성물도 마찬가지일 것 같은데……, 신기한 건 지금은 성물 셋이랑 한 건물에 있는데도 현기증이 나기는커녕 진짜 멀쩡해. 나도 네 마력을 상당 부분 받아들였으니까 성물 가까이에 있으면 고통스러워야 되는 게 당연한 거잖아?"

루아는 나를 지키기 위해 내 몸에 마력을 불어넣었다. 그것은 브리싱가멘이 가진 성력과 정확히 반대되는 성질의 것이었다. 참으로 상극이기에 서로 우위를 점하고자 호시탐탐 기회를 노리고 있었다. 따라서 루아의 영향력이 약해지면 브리싱가멘의 성력이 내

안에 깃든 루아의 마력을 정화하고, 루아의 마력이 강해질 시엔 역으로 브리싱가멘이 힘겨워했다.

그날 루아는 미가엘과 한 약속을 지켰다. 나에게 내려진 신벌을 철회하는 데 도움을 준 보답으로 부서졌던 이지스와 프라가라흐를 되살린 거다. 어떻게 그게 가능한지도 의문이지만 분명 루아에게도 힘겨웠던 일임엔 의심의 여지가 없었다.

악마의 손에 의해 복원된 성물이라니. 의심스럽기 이를 데 없었다. 그러나 아직도 그때 느꼈던 울렁거림이 생생했다. 뱃속이 뒤틀리는 기분이었다. '정화'라는 단어 자체가 불결하게 느껴질 정도로.

그리고 물론, 지금 이 순간에도 루아는 무리하고 있었다. 나는 그때처럼 아팠어야 됐다. 루아의 마력을 상당 부분 받아들였으니 나 또한 성력 자체를 거북하게 느꼈어야 한다는 얘기다.

"다시는 그런 일 없을 거야."

나는 눈을 가늘게 떴다. 루아의 대답이 영 미심쩍게 느껴졌다.

"나만 멀쩡하다고 해서 괜찮은 게 아니잖아. 너 지금 사실은 나를 성력으로부터 보호하느라 더 괴로운 거 아니야? 성물이 셋이나 있는데 괜찮을 리가…….."

나와 루아의 얼굴이 동시에 찌푸려졌다.

"그때 네가 교황한테 붙잡혀 있었다는 거 알고 속이 뒤집히는 줄 알았어."

루아가 갑작스럽게 말했다. 나는 눈을 깜박였다.

"아직도 그때만 생각하면 짜증이 나."

이해 갈 듯하면서도 목에 가시가 걸린 것 같은 기분이었으므로, 나는 섣불리 수긍하지 않았다. 그 일에 대해선 나 역시 불만이 있었다.

"하지만 넌 그때 바로 올 수 있었으면서도 구하러 오지 않았잖아. 정말로 느긋해 보였다고. 내가 빌어먹을 머리핀으로 교황의 눈을 찌른 뒤에야 와놓고는, 이미 모든 상황을 다 안다는 듯이 굴었어. 너를 생각하면서 펑펑 울고 있을 때에 말이지. 심지어 그게 처음도 아니잖아? 네 심장을 잃어버려서 불안해하고 있을 때에도 몰래 지켜보기만 했었어!"

아카데미에서 있었던 일만 생각하면 아직도 속이 부글부글 끓었다. 루아는 내가 언제든지 자신으로부터 도망칠 수 있으며, 그것이 상당히 마음에 들지 않는다고 했었다.

루아는 나를 믿지 않았다. 그 불신이 뿌리 깊기에 끊임없이 확신을 얻고 싶어 했다.

"그야 네가 날 걱정해주는 게 좋으니까."

"지금 네 말 상당히 모순되는 거 알지? 내가 위험에 처하는 건 싫은데 그 상황에서 너를 걱정하는 것은 또 좋다 이거야? 만약 내가 너를 걱정하지 않고 욕이라도 했으면 아예 오지도 않았겠구나. 죽든 말든 내버려뒀겠지. 안 그러니?"

나는 걸음까지 멈추고 소리쳤다. 루아가 태연하게 말했다.

"네가 나만 걱정하고 나만 의지했으면 좋겠어."

"방법이 잘못됐다고는 생각 안 해?"

"지금 네가 내 옆에 있는데 이게 어째서 잘못된 방법이야?"

루아가 진심으로 의아하다는 투로 반문했다. 나는 이를 갈았다.

"그런 말을 들으면 네 옆에 있는 내가 기분이 아주 나쁘거든. 가끔 나는 정말로 네가 나를 어떻게 생각하는지 모르겠어. 물론 나는 널 좋아해. 아주 많이. 징그러울 정도로 집착하고 있어. 하지만 나도 사람인데 어떻게 너한테만 길들여지고 전부를 바칠 수가 있겠어? 하물며 네가 내 걱정을 즐긴다는 사실까지 알게 됐는데 말이야."

심히 짜증스럽게도 아까 들었던 브리싱가멘의 말이 떠올랐다. 루아한테는 나밖에 없다고 했던 내 말에 돌아온 반박이 바로 내가 지금 루아에게 하고 있는 말이었다.

'하지만 너는 아니잖아.'

두통이 극심했다. 단지 그뿐이면 또 몰라, 조금 서 있었다고 그새 허리가 욱신거리기 시작했다. 열 번도 넘게 생각하는 거지만 로벨리안이 건넸던 진통제라도 먹을 걸 그랬다.

나는 벽면에 붙어서 숨을 고르며 루아를 곁눈질했다. 보나마나 브리싱가멘이 속으로 열심히 코웃음을 치고 있겠다.

루아가 그렌트헨을 만나고 왔다는 사실을 상기하면서, 나는 입술을 지그시 깨물었다. 확실히 우리는 서로가 서로에게 너무 의존해서 탈이었다. 나 역시 말은 그렇게 했어도 루아가 나만 봐주길 원하는걸. 루아가 반드시 내 것이어야만 직성이 풀렸다.

입장을 바꿔서 생각해보는 것을 나는 좋아하지 않았지만, 상대가 루아라면 또 달랐다. 만약 내가 루아이고, 루아가 나였으면 나는 틀림없이 불안해했을 거다. 어쩌면 지금의 루아보다 훨씬 더 맹목적으로 매달렸을 수도 있었다. 나는 한 번 나를 떠났던 루아를 미워하고, 원망하고, 증오하고, 질투하고, 경계하고, 또한 사무치게 사랑했을 테지. 이와 같은 감정들을 나는 전에도 느꼈지만 그 깊음은 결코 비교할 수 없을 거였다. 그렇기에 숨이 막혔다.

루아는 정말로 나와 닮아 있었다.

그 비슷한 정도가 거울을 보는 것 같았다.

입술을 물어뜯을 기세로 깨물고 있으려니 루아가 한숨을 쉬며 다가왔다.

"내가 잘못했으니까 화 풀어. 그냥 침실로 갈까? 음식이야 가져오라고 하면 되고. 너 지금 안색이 안 좋은데."

고개를 숙이고 있는데 루아가 손등으로 뺨을 어루만져서 나는 화들짝 놀랐다. 당연히 다른 감정 때문에는 아니었다. 단지 생각에 잠겨 있느라 갑작스러운 감촉에 당황했을 뿐이건만, 싫어서 그런 거라고 오해했는지 루아가 즉시 손을 거두었다.

"미안해. 그런데 너한테 거짓말하긴 싫어. 나중에 그걸 핑계로 도망가면 어떡하라고?"

"도망 안 쳐. 진지하게 너랑 결혼할 생각도 하고 있으니까 만져도 돼."

나는 황급히 말하며 루아의 손을 도로 끌어당겼다. 내가 제 손을 잡자 루아가 웃어야 할지 고민이라는 얼굴로 눈알을 굴렸다.

"네가 이렇게 적극적으로 나올 줄은 몰랐는데."

나는 즉시 얼굴에 갖다 대려던 루아의 손을 놓았다.

"죽을래? 그런 의미로 한 말 아니거든?"

열다섯 살의 모습으로 말하면 귀여운 장난처럼 보이기라도 하지, 지금 같은 모습으로는 정말로 진심인 것 같다는 착각이 들 정도였다.

나는 얼굴을 찡그리며 루아를 흘겨보았다.

"아무튼 이 얘기는 이번에 확실하게 끝내는 게 좋겠어. 우선 식당으로 가서 로벨리안한테 약 좀 달라고 한 다음에⋯⋯."

벽에 기대 있느라 전신에 힘이 빠져서인지 나는 똑바로 서자마자 중심을 잃고 비틀거리고 말았다. 다행히 루아가 잡아주어서 넘어지진 않았으나, 일순간 극심한 현기증을 느꼈다.

"으, 속이 메슥거려. 이거 브리 때문이야?"

"아니."

루아가 나만큼이나 미간을 찌푸리고서 대답했다. 나는 잠시 루아에게 거의 안기듯이 기댄 채 솟구치는 짜증을 다스려보고자 노력했다. 적어도 시도는 했다. 하지만 나는 샤트린처럼 체력 단련을 한 적도 없었거니와, 걷는 것조차 귀찮게 여기기 일쑤였으므로, 벌써 지치는 게 당연하다면 당연했다. 아니, 오히려 이 정도면 평소와 비교할 때 비교적 오래 버틴 축이지.

절로 앓는 소리가 나왔다. 브리싱가멘을 찾느라, 또 미가엘에게 정원을 구경시켜주느라 한 시간을 넘게 황성 내부를 돌아다녔으니 잠깐 쉬었다고 체력이 회복될 턱이 만무했다.

결국 나는 루아의 눈치를 살피며 체력의 한계가 찾아왔음을 시인했다.

"나 못 걷겠어."

"……이러니 눈을 못 떼지."

좀 억울하긴 했지만 이번만큼은 잠자코 있었다.

나는 루아에게 업혀 식당으로 왔다. 황제의 침실이 있는 궁전이라 드나드는 사람이 별로 없는 게 천만다행이었다. 적어도 내 이미지는 지켜졌으니까.

나를 둘러싼 소문이 좋든 안 좋든 간에, 내가 지체 높은 그레이스 공작가의 무남독녀란 사실은 결코 변하지 않았다. 대외적으로 나는 병약하여 심성이 예민한 열다섯 소녀였고, 그럼에도 학업에 열심인—비록 일부러 항상 평균점에 딱 맞춘 성적을 유지하지만 말이다—교양 있는 황후 후보였다. 설령 황성에서 가장 직위가 낮은 청소부일지라도 나에게 관심을 가질 거였다.

아침부터 스산했던 하늘은 어느새 비구름에 잔뜩 덮여 이따금씩 번쩍이고 있었다. 간간이 천둥소리도 들려왔다. 당장이라도 비를 퍼부을 기세였다.

나는 천둥이 칠 때마다 나도 모르게 흠칫 놀랐다. 신체 나이가 어려서 그런 건지, 천둥처럼 큰 소음을 들으면 원치 않아도 심장이 쿵쿵 뛰고는 했다.

루아에게 얌전히 업혀서 식당에 도착한 나는 로벨리안이 준 진통제를 먹고 의자에 기대앉았다. 아침에 먹은 성찬이 아직 소화되지도 않은 데다가 계속 허리가 쑤셔서 얼굴이 절로 찡그려졌다.

이젠 앉아 있는 것조차 짜증이 났다. 푹신푹신한 침대나 소파에 드러누울 수만 있다면 소원이 없겠다. 분명 천국이 따로 없을 테지.

벌써 지긋지긋해진 생리통 때문에 기운이 빠졌다. 루아가 먹는 모습만 구경할 생각이었건만, 고소한 냄새가 코끝을 간질이자 갈등이 일었다. 식탁 위에 펼쳐진 음식들이 어찌나 형형색색으로 반짝이는지 먹을거리가 아니라 하나의 예술 작품 같았다. 실제로 먹음직스럽게 보이도록 아주 공들여 꾸민 티가 역력했다. 소스와 꽃잎과 싱싱한 채소가 그릇 끄트머리를 섬세하게 장식하고 있었다. 대체로 가볍게 소화시킬 수 있는 재료들을 주로 사용했는데, 역시 아카데미 학생식당과는 차원이 달랐다.

당연히 나는 디저트에 먼저 눈독을 들였다. 단것을 끊기로 했던 지난날의 다짐은 루아와 재회하고서부터 까맣게 잊어버린 뒤였다.

나는 월계수 잎을 얹은 토마토 샐러드와 감귤 껍질 설탕절임, 초콜릿을 듬뿍 바른 바나나와 사과, 벨벳색 장미 케이크, 산딸기 열매 수프, 보드라운 크림이 들어간 밀푀유 따위를 바라보면서 손가락으로 입술을 잡아당겼다. 입안에 넣고 달콤한 풍미를 느끼고픈 심정이 간절했으나, 워낙 속이 메슥거려서 토하지 않을 자신이 없었다.

루아가 모든 시종을 물렸으므로, 허리를 꼿꼿하게 세우고 앉을 필요가 없어졌다. 나는 루아가 걱정 반, 불안 반으로 지켜보는 것도 무시한 채 식사 후 입을 닦는 데 쓰는 깨끗한 흰 천을 손 위에 놓고 굴렸다. 질감이 뻣뻣한 천은 종이 같았다.

"그렇게 아파?"

내가 눈앞에 널린 단 음식 앞에서도 시큰둥한 반응을 보이는 게 충격이긴 했는지 루아가 슬쩍 얼굴을 찡그렸다. 나는 아랑곳하지 않고 입맛을 다셨다.

"약 먹었으니까 이제 괜찮아질 거야."

"차라리 마법을 쓰는 게 더 빠를 것 같은데."

나는 심심풀이 삼아 뻣뻣한 종이로 꽃을 접으며 그 말을 단칼에 잘랐다.

"꿈도 꾸지 마. 너 이미 상당히 무리했다는 거 알거든?"

그러나 루아는 이미 식사용 나이프를 내려놓은 뒤였다. 지금 당장이라도 마법을 써서 나를 낫게 해주려는 것 같았다. 물론 어림도 없는 일이었다.

나는 경고하는 의미로 사납게 툭 쏘아붙이고서, 접다 만 종이꽃을 식탁에 놓아두고 루아가 내려놓은 나이프를 집어 들었다. 아예 루아의 앞에 놓인 접시까지 빼앗은 뒤에, 능숙하게 고기를 썰어 포크로 푹 찍었다.

"자, 아, 해봐."

내가 예쁘게 썬 고기를 내밀자 루아가 심히 미심쩍다는 눈으로 나를 응시했다.

"갑자기 왜 이래?"

"갑자기라니? 너 어렸을 땐 내가 맨날 이렇게 먹여줬어."

나는 고기가 박힌 포크를 흔들며 능청스럽게 대꾸했다. 루아가 황당하다는 듯이 미간을 찌푸렸다.

"누가 들으면 나 혼자 어렸던 줄 알겠네."

"당연하지. 난 아주 조숙했거든."

"영악한 거겠지."

하여간 한마디도 물러서지를 않아요. 나는 위협적으로 포크를 들이밀었다.

"헛소리 말고 입이나 벌려."

나는 루아에게 스테이크뿐만 아니라 시나몬 버터를 바른 말랑 말랑한 빵이나 생크림 체리 따위도 먹여주었다. 그러나 잘 받아먹던 것도 잠시였다. 루아는 내가 설탕을 뿌린 구운 양파를 내밀자 재빨리 몸을 뒤로 뺐다.

"난 양파가 싫어."

이 꼬마가 어쩐 일로 순순히 잘 받아먹나 했다.

"네가 지금 편식할 나이야?"

당연하지만 루아의 편식은 하루 이틀 일이 아니었다. 아무것도 모르는 울보였을 때도 싫어하는 음식만 수십 가지에 달했으니까.

짜증스러운 투로 쏘아붙이는 말에 루아가 신경질적으로 고개를 기울였다.

"왜 너한테서 들으니까 어이가 없지?"

왠지 찔렸으므로 나는 잠깐 당황했다. 사실 인정하긴 싫지만 루아보다는 내가 더 가리는 음식이 많았다. 특히 아몬드 같은 견과류라면 질색을 했는데, 초콜릿을 버무리거나 사탕에 다닥다닥 붙어 있어도 절대 먹는 법이 없었다. 아이스크림에 아몬드가 붙어 있으면 일일이 포크로 걸러내서 먹고는 했다.

선뜻 반박할 말이 떠오르지 않는다는 게 문제였다. 나는 일부러 루아의 말을 못 들은 척하고 꿋꿋하게 양파를 내밀었다.

"양파는 몸에 좋아."

루아는 내가 내민 포크를 무시하고 천연덕스럽게 말했다.

"그것보다 아까 했던 대화 말인데."

"아, 화제를 돌리시겠다?"

나는 빈정거렸고, 루아는 물론 무시로 일관했다.

"넌 나를 좀 믿어줘야 할 필요성이 있어. 나랑 결혼할 생각도 있다면서 왜 그렇게 나를 의심해? 내가 언제 너한테 해가 될 만한 짓이라도 했어? 아니잖아."

이 식사 시간이 무척 길어질 것 같다는 예감이 들었다.

"해가 되고 말고의 문제가 아니거든? 내가 하루 종일 너를 감시하고 지켜본다고 생각해봐. 그런 주제에 정작 위험할 땐 도와주지도 않아. 그럼 기분이 어떨 것 같아?"

"글쎄, 잘 상상이 안 가는데. 애초에 너는 그 정도로 나를 좋아하지 않잖아."

단정 짓는 말이었다. 나는 충격을 받았다.

"너야말로 왜 그토록 나를 못 믿어?"

내가 받은 상처가 떨리는 목소리를 통해 고스란히 드러났다. 나는 그동안 루아에게 충분히 마음을 표현했다. 단순히 좋아한다는 말뿐만이 아니었다. 루아에게 가진 비뚤어진 질투와 열등감과 집착까지도 솔직하게 털어놓았는데 루아는 여전히 나를 의심하고 있었다.

나는 루아에게 항상 좋은 모습만 보여주지 않았다. 처음부터 루아가 그러지 못하게 만들었다. 어렸을 땐 참으로 순진해서 그럴 필요성을 못 느끼게 했고, 제법 시간이 지난 지금은 황제가 되어 교활하다 싶을 정도로 능숙하게 내 마음을 후벼 팠다. 그런데도 루아는 나를 불신했다.

화가 치밀었다. 도대체 얼마나 더, 얼마나 더 내 밑바닥을 들여다봐야 만족할 셈이지? 이쯤에서 만족할 수는 없는 건가?

속이 울렁거렸다. 이젠 나를 불신하는 루아에게 화가 나는 건지, 아니면 루아에게 신뢰조차 받지 못하는 나 자신에게 화가 나는 건지도 알 수 없었다.

루아가 얼굴을 일그러뜨린 나를 보며 비스듬히 턱을 괴었다.

"원인도, 문제도, 결론도 결국 그거지. 우리는 서로를 못 믿어. 특히 너는 믿는 척만 한다는 데서 나보다 더 악질이야. 언제 어디로 도망칠지 모르니 긴장을 풀 수가 없어."

또다시 도돌이표였다. 늘 그렇다. 나와 루아 사이의 모든 문제는 우리가 서로를 진정으로 믿지 못한다는 데서부터 시작되었다.

나는 입술을 꾹 깨물었다.

"나 너 믿어. 믿지 않았으면 좋아한다는 말도 안 했을⋯⋯."

"너는 듣기 좋은 말을 속삭여서 나를 시험해. 그에 반해 나는 행동으로 너를 시험하고. 방식만 다를 뿐이지 서로 불신하는 건 똑같은데 그게 무슨 차이야? 보니 넌 내가 너를 지켜보면서도 구하지 않는 거랑 너한테 걱정받는 걸 즐기는 행동이 싫다고 했지? 나도 똑같아. 말로만 좋아한다느니, 결혼할 생각이 있다느니 하는 거 상당히 마음에 안 들어."

진절머리가 나는 의심이었다. 나는 기어이 포크를 던지듯이 내려놓고 씩씩거렸다.

"도대체 어떡하란 거야? 성 꼭대기에서 뛰어내리기라도 해야 믿겠어?"

그러나 루아는 눈 한번 깜박이지 않고 말했다.

"난 아직도 너랑 헤어졌던 그 시간에 멈춰 서 있어. 삼 년 전 그날에 말이야."

아. 갑자기 심장이 내려앉는 것 같았다. 그런, 그런 기분이 들었다.

"그, 그건⋯⋯."

무슨 말을 하기는 해야 되는데 자꾸만 혀가 아렸다. 뻣뻣하게 굳은 느낌이었다. 나도 그렇다고, 나 역시 그날에서 단 하루도 벗어

나지 못했다고, 여전히 너와의 거리가 아득하게 멀게만 느껴진다
는 고백이 목 끝까지 올라왔다. 그러나 충격에 휩싸여 입 밖으로
나오는 말이 아무것도 없었다.

루아가 손등으로 내 뺨을 가볍게 쓸면서 말했다.

"무슨 수를 써서라도 너를 붙잡아야 해. 곁에 둬야 해. 머릿속
에 남은 거라곤 단지 그것밖에 없어. 그거 알아, 보니? 그때 느꼈
던 그 구역질나게 비참한 기분을 두 번 다시 느끼지 않기 위해서라
면 난 더한 짓도 할 수 있어. 나는 자존심도 없고, 죄의식도 없고,
양심의 가책도 못 느끼거든. 그런 걸로는 너를 곁에 둘 수가 없잖
아."

문득 무엇에 비할 바 없이 비참하고, 잔인하고, 또 끔찍한 생각
이 들었다.

어쩌면 루아를 망가뜨린 건 교황도, 선황제 폐하도, 황태후 폐
하도 아닌 나일지도 모른다.

"내가……, 내가 너를 이렇게 만든 거니?"

금방이라도 울음이 터질 것처럼 눈 주변이 시큰거렸다.

"네가 뭘 했는데? 나를 구제해준 것 말고 달리 한 일이 있나?"

루아가 고개를 기울이며 부드럽게 반문했다. 나에 대한 불신을
노골적으로 드러낼 땐 언제고 이제 와서 마치 나를 숭배하기라도
한다는 양 말하는 꼴을 보고 있으려니 어이가 없었다.

"제발 나를 미워하든지, 좋아하든지 둘 중 하나만 해줄래?"

"너부터 안 그러고 있는데 내가 무슨 수로?"

나는 체념했다.

"아, 그래, 전부 내 탓이라 이거지."

"보니."

"짜증 나니까 이름 부르지 마!"

날카롭게 소리치며 나는 벌떡 일어났다. 다시금 두통이 밀려와서 잠시 비틀거렸으나, 의자를 잡고 간신히 중심을 잡았다.

고개를 숙이자 미세하게 경련하는 내 손이 똑똑히 보였다.

이 혼란과 분노의 근원이 무엇인지도 모르겠는 와중에 마치 내가 이런 반응을 보일 줄 알았다는 듯 마냥 차분한 루아의 음성이 귀를 파고들었다.

"내가 너만 좋아하고 너만 생각하는 게 싫어? 오로지 너 하나에게만 모든 감정을 쏟아붓는 행동이 그렇게도 거슬리는 거야?"

"그런 게 아니라……."

"그럼 이 관심을 다른 사람한테 돌릴까?"

전혀 생각지도 못했던 제안이었다. 나는 경악스럽게 눈을 깜박였다. 루아가 자리를 박차고 일어난 나를 뚫어져라 주시하다가 돌연 자신감을 잃고 가만히 눈을 내리떴다.

"어쩌면 삼 년은 너무 짧았던 건지도 몰라. 조금 더 시간을 들여 거리를 두다 보면 나도 너 아닌 다른 사람에게 호감을 느낄 날이 오지 않겠어? 물론 여전히 너를 좋아하겠지만, 적어도 지금처럼 지나치지는 않을 거 아니야. 지금과 같이 너한테만 매달려서 부모와 친구와 연인이 줄 수 있는 모든 것을 요구하지는 않을지도 몰라.”

부드럽고, 다정하고, 그저 호의적인. 하지만 가시가 박혀 있는
것 같았다. 그 음성이 겉으로는 사무치도록 듣기 좋았지만, 그것
은 단지 위장이었다. 정작 귓속에 박히는 건 쓰디쓴 독밖에 없었
다.

루아가 나를 단지 연인으로만 생각하고 있지 않는다는 건 안다.
루아에게 나는 그 이상이었다. 모든 정상적인 관점을 벗어나 있었
다. 그리고 나 역시 아주 어렸을 때부터 루아가 내 것이라는 생각
을 당연하게 해왔다. 그 소유욕은 거의 하나의 개념이었다.

“나, 나는…….”

입안이 거북했다. 갑자기 루아를 마주 보는 것이 두려워져서 나
는 시선을 떨어뜨렸다.

루아는 아랑곳하지 않고 나를 다그쳤다. 달콤한 재촉이었다.

“말해봐, 보니. 네가 원하는 게 정말 그거야? 너를 연인으로만
보는 것? 그 밖의 다른 모든 관계는 타인과 이루기를 원해? 나는
그냥 너를 단순히 좋아하는 이성으로서만 봐주면 되는 거야?”

이 자리가 불편했다. 도망치고 싶었다.

나는 저 질문에 대답하고 싶지 않았다. 그리고 어쩌면 루아도 그
사실을 알았다.

“그런데 있잖아, 그렇게 되면 나는 더 이상 너만의 것이 아니게
될 텐데. 그래도 괜찮겠어?”

어떻게 모를 수 있을까. 이건 협상이 아니라 협박이었다.

나는 입술을 오므렸고, 루아는 느긋하게 흰 천으로 입가를 닦고
는 자리에서 일어났다.

"지금 당장 대답하지 않아도 돼."

　루아가 다가오는 동안 나는 얼어붙어 있었다. 머릿속이 새하얗
기만 했다. 정말로 손가락 하나조차 섣불리 움직일 수 없었는데,
루아는 성인 남자의 모습으로 그런 나를 가만히 내려다보았다. 속
을 알 수 없는 푸른 빛깔 눈이었다.

　이윽고 루아의 입술이 부드럽게 열렸다.

"나 회의 있어서 이만 가볼게. 나중에 봐."

　식당 문이 닫히는 소리를 듣고 나서야 나는 가까스로 호흡을 시
작했다. 내가 천천히 긴장을 풀자 잠자코 있던 브리싱가멘이 슬쩍
말을 걸었다.

"너 괜찮아?"

　나는 머리를 숙이고 무릎을 짚었다. 아직도 손이 떨렸다.

"네가 볼 땐 쟤랑 나 중에서 누가 더 영악해 보여?"

　그저 아득한 기분이었다. 나는 한숨을 쉬며 자세를 바로 했다.

"아니야. 대답할 필요 없어."

　왜 이렇게 피곤한지 모를 일이었다.

　그날 나는 하루 종일 루아를 볼 수 없었다. 구름 덮인 하늘은 기
어이 낮아져와 난폭하게 비를 쏟아부었고, 그 차가움에 취해 울적
해하는 나를 염려한 브리싱가멘은 열심히 제 이야기를 늘어놓았

다. 하지만 나는 빗소리에도, 브리싱가멘의 명랑한 목소리에도 집중하지 못했다. 무의식 저변에서 떠오른 질문 하나가 나를 괴롭혔기 때문이다.

나는 루아에게 뭘 원하는 거지?

루아는 자신이 3년 전의 그날에서 전혀 벗어나지 못했다고 말했다. 우리가 아직 어렸을 적에 루아는 나를 부모로, 친구로, 때론 선생님으로 여겼다. 그러나 시간이 흐르면서 루아는 나를 연인으로도 보기 시작했고, 맹목적이다 싶을 정도로 나만을 갈구했다. 나를 지켜보고, 시험하고, 의심하고, 또 좋아했다. 그 시선이 한시도 내게서 떨어질 줄을 모르기에 나는 버겁다고 말했고.

나는 루아가 나 모르게 나를 지켜보는 것이 싫었다. 그런 주제에 위험에 처했을 땐 모른 척하는 것도 마음에 들지 않았다.

내가 그 불만을 토로하자 루아는 앞으론 그러지 않겠다며, 원한다면 한발 물러나겠다고 제안했다. 물론 그럼에도 여전히 나를 좋아할 거라고 말했다. 정말로 '연인'으로서만.

내가 바라는 것이 단지 그것이라면 루아는 얼마든지 따를 의향이 있다고 했다.

그러니까 결국, 루아의 말에 따르면, 그동안 루아가 했던 행동은 나를 연인 그 이상으로 보기에 벌였던 짓이었다. 루아는 나를 대신으로 선택한 거다. 선황제 폐하와 황태후 폐하의 대신으로. 어쨌든 루아는 내가 원하기만 한다면 그 갈증을 조절할 수 있다는 듯이 굴었다.

그런데 어째서 나는 내가 원한다면 나와 거리를 두겠다는 루아의 말을 협박으로 받아들였던 걸까. 먼저 불편하다고 한 것도 나고 먼저 부담스럽다고 말한 것도 나인데 왜 이렇게도 주체할 수 없이 화가 나는 건지 모를 일이었다.

"루아는? 돌아왔어?"

내 잠자리를 살피러 온 로벨리안에게 나는 슬쩍 물었다. 로벨리안이 찻주전자에 따뜻한 물을 부으면서 고개를 끄덕였다.

"방금 목욕을 끝내고 방으로 들어가셨어요. 모셔다드릴까요?"

나는 살짝 얼굴을 찡그렸다.

"아니야. 그냥……, 나 혼자 갈게."

나는 어물쩍 대답하고는 로벨리안이 나갈 때까지 얌전히 침대에 앉아 있었다.

내가 로벨리안의 안내를 받지 않겠다고 말한 건, 혹시라도 그녀가 보는 앞에서 문전박대를 당할까 봐 겁이 나기도 해서였다. 루아는 나를 보고 싶어 하지 않아 할 수도 있었다.

「그런데 있잖아, 그렇게 되면 나는 더 이상 너만의 것이 아니게 될 텐데. 그래도 괜찮겠어?」

낮에 들었던 루아의 말이 머릿속을 맴돌았다. 루아는 마치……, 내가 원해서 나한테 이토록 맹목적으로 매달리는 거라는 양 말했었다. 아쉬운 건 나지 자신이 아니라는 듯이 굴었다.

쿨쿨 잠든 브리싱가멘을 조심스럽게 벗어서 침대에 올려두고 나는 침실을 돌아보았다. 가장 안전하고 가장 고상한 황제의 침실이었다. 어젯밤에는 내 방보다 더 아늑하게 느껴졌건만, 어째선지 오늘은 불편하기 이를 데 없었다. 이곳을 떠나는 게 달갑기까지 했다.

루아는 바로 옆방에 있었으므로, 나는 레이스 잠옷 위에 가벼운 가운만을 걸쳤다. 어떻게 하면 루아가 나를 순순히 들여보내줄지 고민하다가, 품안에 다 들어오지도 않는 큰 깃털베개를 붙잡았다. 적당한 구실이 금세 떠올라서 다행이었다.

일단 결정을 한 후엔, 망설임은 없었다. 나는 곧장 침실을 빠져나와 루아가 있는 옆방으로 갔다. 시종들은 없었다.

문을 두드려볼까 잠시 고민했지만, 조금도 나답지 않아서 그냥 무작정 열어젖혔다. 루아는 여느 때처럼 책상 의자에 비딱하게 앉아 있었다.

루아는 퍽 의외라는 눈치였다. 의아한 것 같기도 하고, 기대하는 것 같기도 하고. 무작위로 곤두박질치는 빗소리가 나를 더 불안하게 만들고 있었다.

"나 여기서 자도 돼? 비……, 비 오는 날 혼자 있는 거 싫어."

거두절미하고 튀어나온 용건이었다. 루아가 탐색하듯이 나를 훑어보는가 싶더니, 곧 무료하게 고개를 돌렸다.

"……마음대로."

심장이 마구 뛰었다. 나는 베개를 품에 안고서 침대에 올라갔다. 곧장 이불 속으로 꾸물꾸물 파고들었는데, 아무리 깊숙이 들어가도 온기라고는 전혀 없었다. 지난밤 나를 안심시켜주었던 루아의 체취도 맡아지지 않았을뿐더러, 아예 사람이 한 번도 눕지 않았던 것처럼 뻣뻣한 감촉이 몸을 에워쌌다. 새것 특유의 이질감이었다.

불현듯 루아가 이 침대를 사용한 적이 없었을지도 모른단 생각이 들었다.

"왜 또 울어."

아주 작게 훌쩍이는데 이불 바깥에서 루아의 음성이 들렸다. 발소리도 듣지 못했건만 그 음성이 믿어지지 않게 가까웠다. 단순히 요란한 빗소리 때문에 눈치 채지 못한 게 아님을 알았다.

나는 이불 속에 파묻힌 채 눈알을 굴렸다.

"그, 그냥……, 오늘이 지나면 언제 다시 볼 수 있을지 모르잖아……."

"계속 여기 있어도 돼."

그 말에 나도 모르게 헛숨을 들이켰다. 하지만 나는 대답할 수 없었고, 어쩌면 루아도 그 사실을 알고 있을 터였다.

"잠들 때까지 옆에 있어줄 수 있어?"

나는 대신 그렇게 부탁했다.

"응."

간단한 대답에 나는 슬며시 이불 밖으로 머리를 내밀었다. 침대에 올라온 루아가 미간을 찌푸리고는 헝클어진 내 머리카락을 쓸어 넘겼다.

나는 여러 번 눈을 깜박였다.

"네가 내 거야, 내가 네 거야?"

"둘 다야."

지극히 뻔뻔한 얼굴로 루아는 천연덕스럽게 대꾸했다. 나는 루아를 빤히 바라보았다.

"나한테 화났어?"

"아니."

"이제 내 거 하기 싫어?"

"말은 바로 해야지. 먼저 싫다고 한 건 너잖아."

싫다고 한 적은 없는데. 나는 얼굴을 찡그린 채 베개를 꽉 껴안았다. 루아가 머리를 쓰다듬어주는 바람에 안심이 됐다. 이렇게 우스울 데가. 루아 때문에 불안해할 땐 언제고 이젠 깊이 안도하고 있다니.

어쨌든 루아는 정말로 화나지 않은 것 같았다. 적어도 지금은.

잠깐의 부드러운 침묵에 취해 있다가 나는 입을 열었다.

"나 만나러 올 거야?"

"갈게."

즉시 들려오는 긍정이 기쁘면서도 걱정스러웠다. 나는 신음하며 침대에 풀썩 쓰러졌다.

"으, 아니야. 너 또 마법 쓸 거잖아. 그냥 오지 마."

신기하게도 루아가 옆에 와 있으니 불편하고 낯설기 그지없던 침대가 돌연 아늑하게 느껴졌다. 무척 편했다. 따뜻한 건 물론이고 엄청나게 푹신푹신해서 금세 졸음이 쏟아지고 있었다.

하품을 하는데 루아가 이불을 덮어주면서 어이없다는 듯이 웃었다.

"황실 마법사들은 장식으로 있는 줄 알아? 내 몸은 알아서 지킬 테니까 너는 네 걱정이나 해."

도무지 신뢰 가지 않는 말이었지만 나는 입술을 삐죽이기만 할 뿐, 구태여 토를 달지 않았다. 이 논쟁은 나중에도 계속할 수 있었으니까.

지금은 더 중요한 게 있었다.

"……너, 이미 내가 뭐라고 대답할지 알았지?"

낮에 나눴던 대화를 두고 하는 말이었다. 루아가 미소 띤 얼굴로 말했다.

"응."

나는 사선으로 고개를 기울였다.

"처음부터 알고 물었던 거지?"

"응."

순진한 어린아이처럼 가증스러운 대답에 얼굴을 일그러뜨리지 않을 수 없었다.

루아는 내가 어떤 대가를 치르더라도 자신을 놓지 못하리라는 사실을 알고 있었다. 나는 루아에게 극심한 소유욕을 갖고 있었으며, 그건 나로서도 도무지 제어할 수 없는 충동이었다. 가장 극렬한 감정이었다. 그리고 루아는 그 사실을 뻔히 다 아는 주제에 나를 시험했다!

"나쁜 놈. 네가 나보다 천 배는 더 악질이야."

나는 이를 갈며 휙 돌아누웠다. 루아가 웃으면서 제게 등을 돌리고 누운 나를 한 팔로 껴안더니, 전혀 힘들이지 않고 끌어당겼다. 분한 마음에 시트를 잡고 버티려고 했으나 어차피 소용없는 짓이었다.

나는 손쓸 도리도 없이 완벽하게 루아의 품에 안기고야 말았다. 성인의 모습을 한 루아는 나보다 한참은 컸고, 자꾸만 부끄러운 감정이 들게 만들었다.

"중요한 건 네가 지금 내 옆에 있다는 거지. 앞으로도 그럴 거고. 거기다 너는 욕심쟁이잖아. 내가 알아서 너만 보겠다는데 네가 무슨 이유로 거절하겠어?"

얼굴이 화끈거렸다. 루아의 숨결이 귀 주변을 간질였다. 뿐만 아니라 코를 킁킁거리지 않아도 달콤한 향기가 맡아지고 있었다. 방금 목욕을 했다던 로벨리안의 말이 사실인지 정말 진했다. 갈대 밭 위의 황금빛 햇살 같은 그 냄새를 맡고 있으려니 긴장을 누그러뜨리는 나른한 당혹감이 손끝까지 퍼졌다.

어찌나 뺨이 뜨겁던지 차마 고개를 돌릴 수도 없었다. 루아를 쳐다볼 엄두가 안 났다.

어쨌든 내 패배는 이로써 확정지어졌으니.

"나 잘 거야. 입 다물어."

자존심이 구겨지는 소리가 귀에 들리는 것 같았지만 나는 애써 태연한 척했다.

루아는 속아주었다.

"잘 자, 보니."

속아주는 척했다.

07
Let Me in

벨모트로 돌아가자마자 나는 단단히 벼르고 있던 엄마에게 실 컷 시달려야 했다. 애석하게도 내가 저지른 죄는 하나같이 그냥 넘어가기 힘든 것들이었는데, 우선 사흘 동안 아카시아 제국에 있으면서 엄마한테 연락 한번 하지 않았다는 잘못이 제일 컸다. 그 다음 죄목은 루아의 심장을 찾느라 사병들까지 불러 아카데미에 서 난동을 부린 일이었고.

펠레스가 알아서 처리해줬다고는 했지만 엄마의 귀에 들어가지 않을 턱이 없었다. 덕분에 나는 그동안 수업에 불참했던 것까지 들켜서 배로 혼났다.

부모님은 내가 순전히 나의 소유물을 빼돌린 학생들한테 화가 나서 사병들을 부른 줄로만 알고 계셨으므로, 나는 구태여 열띠게 반박하려 들지 않았다. 교황과의 일부터 루아의 비밀까지 전부 털 어놓기란 여간 어려운 일이 아니었으니까. 그나마 다행인 점은 소 수의 교수와 학생들이 아카데미를 찾은 부모님에게 나를 변호했 단 거였다. 그들은 육체적인 성장을 이루지 못했던 공작 영애가 그동안 학교에서 어떤 취급을 받았는지 얘기했고, 부모님은 내 행 패에 나름대로의 정당한 이유가 있었음을 감안했다.

"으, 머리 아파."

기어이 열리고 만 축하 파티에서 나는 침울하게 음료수를 홀짝 였다. 다른 것도 아니고 초경을 축하하는 파티라 심히 낯간지럽고 창피할 줄 알았는데 생각보다 견딜 만해서 다행이었다. 물론 이 기이한 평온은 파티에 참석한 사람이 극소수여서이기도 했다. 고작해야 엄마와 아빠, 벨모트의 귀부인들 몇 명, 그리고 체르지안 정도였다.

"너는 왜 아무것도 안 물어봐? 내가 그동안 뭘 했는지, 무슨 이유로 갑자기 성장하게 됐는지 안 궁금해?"

음료수를 다 마시고 차가운 딸기 맛 아이스크림을 스푼으로 떠먹으면서 나는 체르지안을 힐끔거렸다. 나와 같은 테이블에서 쿠키를 먹던 체르지안이 웃으며 대꾸했다.

"물어볼 걸 그랬나?"

나는 스푼을 입에 문 채 고개만을 들어 체르지안을 뚫어져라 쳐다보았다. 평소처럼 느긋하기 이를 데 없는 얼굴이 오늘은 조금 달리 보였다. 말은 저렇게 해도 진짜로 나를 다그칠 생각은 없는 듯했다.

체르지안은 아주 예리했고, 또한 천재라 불릴 정도로 똑똑하니 어쩌면 이미 내 짐작보다 많은 사실을 눈치 챘는지도 몰랐다. 확실히…… 근거 있는 추측이지.

선황제 폐하의 죽음을 논할 때 체르지안은 루아가 괴물인 줄 알았다고도 했었다. 나의 몸 안에 있는 루아의 마력까지 알지는 못했어도 루아가 상당히 위험하게 변했다는 것 정도는 간파하고 있었다.

비 쏟아지던 밤, 체르지안은 다시 성장할 수 있을지도 모른다는 희망을 갖고 브리싱가멘을 들고 뛰쳐나갔던 나를 따라왔다. 하지만 수면 위로 드러난 진실은 내가 생각했던 것만큼 달콤하지 않았다. 그리고 나는 누군가에게 마음을 열 만큼 여유롭지 못했다.

그날 나는 체르지안에게 괜찮다며 그냥 돌아가라고 했지만, 그는 선뜻 그러지 않았을 거였다. 내가 브리싱가멘에게 신벌에 관해 처음 들었을 때도 그는 근처에 있었을 확률이 높았다. 브리싱가멘의 목소리를 듣지 못했더라도 저주를 운운하던 내 고함 정도는 충분히 들었겠지.

하지만 그는 아무것도 묻지 않았다. 루아의 심장을 찾으려 미친 듯이 아카데미를 헤집었을 적에도 체르지안은 이와 같았다. 지금도 봐, 그저 살가운 표정이잖아. 사흘 동안 내가 어디서 뭘 하고 있었는지 충분히 짐작할 수 있으면서.

"체르지안."

나는 가만히 그의 이름을 불렀다. 테이블 위에 올려둔 작은 보석함에서는 체르지안이 준 에리아스 원석이 아름답게 빛나고 있었다.

"선물 고마워."

"천만에."

체르지안이 미소 띤 얼굴로 대꾸하며 내 아이스크림에 시럽을 뿌렸다. 나는 시럽을 듬뿍 묻힌 부분만 골라서 먹고 있었기에 눈알만 굴릴 뿐 가만히 있었다.

"주말이 지나면 다시 아카데미에서 볼 수 있는 거냐?"

"물론이지. 엄마한테 맞아 죽지 않으려면 앞으로 남은 출석일수를 전부 채워야 해."

나는 입술을 삐죽이며 스푼으로 아이스크림을 마구 휘저었다. 시럽에서 풍겨 나오는 진한 초콜릿 향기가 코를 맛있게 자극했다.

체르지안이 턱을 괴었다.

"이젠 단것도 정말 잘 먹네."

그야 더는 기피할 이유가 없어졌으니까. 나는 코웃음을 치는 것으로 대답을 대신하려다가, 문득 떠오른 것이 있어 눈살을 찌푸렸다.

나는 스푼을 아이스크림에 푹 꽂고는 그릇째 들었다. 다른 손으로는 체르지안을 붙잡고 자리에서 일어나 엄마의 시선이 닿지 않는 구석으로 끌어당겼다.

"잠깐 이리 좀 와봐."

"무슨 일인데?"

체르지안이 순순히 따라오면서도 의아하다는 표정을 지었다.

복도로 나간 나는 값비싼 고급 찻잔을 진열해놓은 그릇장과 또 다른 그릇장 사이의 좁은 틈새에 체르지안을 밀어 넣고, 나 역시 벽에 딱 붙었다. 그러자 벨모트의 젊은 백작부인과 담소를 나누고 있는 엄마가 멀리서나마 얼핏 보였다. 아빠는 엄마가 있는 바로 옆 테이블에서 레뮤시에게 당분간 나를 더 엄하게 감시할 것을 명령하고 있었다.

나는 엄마와 아빠를 곁눈질하며 작게 입을 열었다.

"교황한테 보냈던 애들은 어떻게 됐어?"

"아, 그 애들?"

체르지안이 재밌다는 것도, 난감하다는 것도 같은 기색을 보였다. 전혀 진지하지 않아 보여서 어쩐지 심술이 났다.

"그 남잔 나를 상당히 못마땅하게 여기는 것 같더라."

나는 대뜸 그렇게 고백했다. 엄마와 아빠한테야 걱정하실까 봐 말하지 못했지만, 체르지안에게라면 얘기가 또 달랐다. 사실 못마땅하게 여긴다기보단 추근거렸던 것에 가깝긴 했어도, 굳이 그것까지 말할 필요는 없겠지.

아니나 다를까, 체르지안이 놀란 듯 어리둥절한 표정을 지었다.

"너를 왜?"

"일단 대답부터."

순서를 지켜야지. 나는 그렇게 지적하며 달콤하게 녹아내리는 아이스크림을 크게 떠먹었다.

나와 나란히 벽에 붙어 있는 게 불편했던지 체르지안이 옆으로 살짝 비켜났다.

"별다른 일은 없었어. 간단한 훈계만 받고 돌아온 모양이던걸? 다만 성하께서 다음 주 중에 공식적으로 아카데미를 방문하실 예정이라던데."

"······뭐?"

하마터면 입에 문 스푼을 그대로 떨어뜨릴 뻔했다.

나는 아이스크림을 바닥에 내려놓고, 다시 체르지안을 잡아당겼다. 이번엔 아예 내 방에 밀어 넣고는 소리 없는 고함을 질렀다.

"그게 무슨 소리야? 그 남자가 아카데미에 왜 와?"

그러자 체르지안이 내가 놀라는 이유를 모르겠다는 얼굴로 어깨를 으쓱였다.

"너도 알다시피 벨모트는 신성국가이고, 발할라 아카데미는 벨모트에서 가장 알아주는 왕립 학교니까? 유명인이 초청을 받고 연설하러 오는 것 정도야 흔한 일이잖아. 하물며 벨모트에선 신의 화신이나 다름없는 교황이시라고. 모처럼 이곳까지 행차하셨는데 그냥 넘어갈 리가 없지."

그러고 보니 교황은 지금 대외적으론 벨모트에 와 있었다. 나와 만났던 곳도 벨모트의 대표적인 성지인 이슈타르 호수였으니까. 거기서 그는 의식을 잃기 직전의 나를 치료해준답시고 성전에 데려가기도 했었다.

교황이 그렌트헨에게 받은 마법 물품을 이용해 자신이 있는 이곳 벨모트와, 제국의 황성을 자유롭게 이동할 수 있다는 사실을 아는 자는 극소수였다.

불현듯 교황에게 안겼던 기억이 떠올라서 나는 몸을 떨었다.

"이런, 세상에. 정말로 좋지 않은 예감이 든다."

"교황 앞에서 신성 모독이라도 했어?"

체르지안이 흥미롭다는 투로 질문했다. 나는 머리를 흔들었다.

"아니, 그거보다 훨씬 더 안 좋아."

내 얼굴이 하얗게 질렸는지 체르지안이 장난스러운 표정을 거두고 걱정을 담아 말했다.

"그럼 차라리 학교를 며칠 더 쉬지그래?"

"그랬다간 엄마한테 죽을걸. 으으, 진짜 어떡하지? 그 남자랑 다시는 마주치고 싶지 않았는데……, 물론 불가능한 희망이었긴 했지만 그래도!"

불안하기 이를 데 없었다. 도대체 내가 어쩌자고 교황에게 그런 무모한 도발을 했는지 모르겠다. 발을 걷어찬 것도 아니고 누, 눈을 찔렀다고.

확실히 그때의 나는 좀 미쳐 있었다. 루아를 영원히 잃어버릴지도 모른다는 생각에 제정신이 아니었다.

나는 방 안을 서성이며 손톱을 물어뜯었다. 교황이 어떻게 나올지 짐작할 수가 없었다. 간단한 훈계라니. 무슨 속셈인 거야? 정체가 탄로 날까 봐 일부러 주의한 건가?

그런데 '간단한' 훈계가 무슨 뜻이지?

"아니, 어쩌면 그냥 아무 일도 없이 넘어갈지도 몰라. 보나마나 사람들이 우글우글 몰려들 텐데 나를 건드리기야 하겠어? 그치?"

혼자 중얼중얼하던 나는 한 줌의 희망을 갖고 체르지안을 돌아보았다. 체르지안이 웃으며 나를 달랬다.

"너무 걱정하지 마, 보니. 교황이 인신공양을 주도하기는 해도 애꿎은 귀족 영애를 괴롭히는 짓은 안 할 테니까."

그 남잔 나한테 추근덕거리기까지 했다고! 나한테서 무슨 맛이 날지 궁금해했단 말이야!

목 끝까지 올라온 고함을 애써 삼키고 나는 침대 끄트머리에 주저앉았다.

"일단 최대한 쥐 죽은 듯이 있어야겠어."

이미 아카데미 역사에 길이길이 남을 정도로 화려하게 사고 친 전례가 있는 나를 체르지안이 웃어야 할지, 울어야 할지 모르겠다는 얼굴로 바라보았다.

"가능하긴 한 거냐?"

나는 신음하며 울상을 지었다.

"시도는 해봐야지."

어쨌거나 더 이상 아카데미 내에서 트러블을 일으킬 순 없는 노릇이었다.

짧은 주말이 가고 등교할 날이 되었을 때 나는 이미 만반의 준비를 갖춘 뒤였다. 메리가 다려놓은 붉은빛이 도는 화려한 교복 치마는 구김살 하나 없었다. 레이스가 달린 블라우스 또한 얼룩진 데 없이 흰빛으로 깔끔했다.

나는 늘 반쯤 풀고 다녔던 리본을 단정히 묶고, 숱이 많은 분홍색 머리카락을 하나로 풍성하게 땋아 등 뒤로 늘어뜨렸다. 옷장에 박아뒀던 베레모까지 쓰고 도수가 없는 안경을 착용하자 정말 모범생이 따로 없었다. 사실 우중충한 색감의 베레모는 써도 그만, 안 써도 그만이었으나 규칙에 어긋나지 않으면서 확 튀는 머리색을 가려주었기 때문에 갑갑해도 조금만 참기로 했다. 며칠만 고생하면 되는 거야, 며칠만!

오랜만에 일찍 일어나려니 영 적응하기 힘들었다. 책상에 걸터

앉아서 스타킹을 당겨 신는데 메리가 방문을 두드렸다.

"아가씨, 베헤모스가의 도련님께서 도착하셨어요."

"지금 나가!"

나는 소리쳐 대꾸한 다음 브리싱가멘을 목에 걸고 보이지 않게 옷 속으로 밀어 넣었다. 하품을 참으며 저택 밖으로 나가자 고맙게도 나와 같이 등교하러 온 체르지안이 보였다. 누가 내 친구 아니랄까 봐 체르지안 역시 평소의 나처럼 느슨한 차림새였다.

체르지안이 전교 1등처럼 단정하기 그지없는 내 용모를 보고 얼떨떨한 표정을 지어서, 나는 심술궂게 나름대로 예뻐 보인다고 자부하는 표정을 지었다.

"어때?"

우리가 하루 이틀 본 사이도 아니건만 이상하게도 체르지안이 잠깐 뜸을 들였다가 헛기침을 했다.

"어떻긴. 그냥…… 교복이지."

누가 그걸 물었나? 나는 눈을 가늘게 떴다.

"착실한 학생 같아 보이냐는 말이야."

그 말에 체르지안이 미묘하게 얼굴을 찡그렸다. 어쩐지 얼굴이 좀 빨개진 것도 같았는데 뚜렷한 변화가 아니라 확실하진 않았다.

"글쎄, 너 좀……, 어째 분위기가 점점 달라지는 것 같다?"

체르지안이 심히 미심쩍은 얼굴로 나를 훑어봤다. 얘가 갑자기 왜 이래? 나는 영문을 몰라 고개를 갸우뚱했다.

"안경은 네가 아니라 내가 꼈거든? 나 심각하니까 장난치지 마."

보나마나 무척이나 긴 한 주가 될 게 뻔해서 나는 잔뜩 예민해져 있었다.

부디 무사히 지나가야 할 텐데.

발할라 아카데미는 신성 왕국인 벨모트에서 가장 알아주는 명문학교였고, 그 명망이 제국에도 종종 전해졌다. 또한 숱한 성직자들의 후원을 받는 덕분에 종교적인 성향이 무척 강했다. 특히나 월요일 수업 시작 전에 있는 아침 미사는 특별한 결격 사유가 있지 않은 이상, 전교생이 반드시 참석해야만 했다. 불참한 걸 들켰다 간 담당 교수와 개인 면담을 해야 할뿐더러, 생활기록부에도 좋은 말이 못 적혔다.

예배당에 도착한 나는 체르지안과 떨어져 여학생들 사이로 숨어들었다. 비록 징계까지 받는 일은 없었다곤 해도 마주치는 교수들마다 눈치를 줘서 불편하지 않을 수 없었다. 이러다가 진짜 미운 오리가 돼도 할 말이 없겠어.

어쨌든 변명할 길이 없기는 했다. 수업도 결석하고 공작가의 권력을 남용했는데 더 눈에 띄는 짓을 한다는 건 어불성설이었다.

공식적으로 나는 그동안 몸이 안 좋아서 결석했던 걸로 처리되어 있었으나, 그 뻔히 보이는 거짓말을 믿는 사람은 아무도 없었다. 루아의 심장을 찾느라 아카데미 곳곳을 헤집은 주제에 그런 변명이 통할 리가 없지. 그래도 마지막 남은 양심은 있는지라 적당히 뒤쪽에 앉아서 분위기를 살필 셈이었건만, 신기하게도 내가 자리에 앉자마자 주변에 앉은 거의 모든 여학생이 아는 척을 해왔다.

"안녕하세요, 안젤리크 양."

"아프셨다고 들었는데 몸은 괜찮아지신 건가요?"

얘들이 갑자기 왜 이러지? 평소처럼 투명인간 취급을 안 하고. 모든 학생이 평등해야 할 아카데미에서 사병까지 불러 횡포를 부렸다니 미친 게 분명하다며 험담을 해도 모자랄 텐데. 심지어 살갑게 나를 반겨주는 여학생 중 대부분은 나와 같은 학년도 아니었다.

"좀 마르신 것 같아요."

"다시 등교하시는 모습을 보게 되어 기뻐요."

이 상황을 전혀 이해하지 못한 나는 어리둥절하게 눈을 깜박이면서도 일단 웃었다. 내 눈웃음에 자신감을 얻은 여학생 둘이 나보다 활짝 웃으며 떠들었다.

"지난주의 일은 정말 유감이에요. 동급생들이 안젤리크 양의 물건을 빼돌렸다고 했었죠? 그런 엄청난 일을 저지르다니 수치스러운 줄도 모르나 봐요. 같은 학생이라는 사실이 부끄러울 정도였다니까요. 하지만 저는 안젤리크 양의 현명한 처사에 정말 감탄했어요. 교황 성하께 가르침을 받도록 하다니!"

현명한 처사? 퍽이나.

"맞아요. 어쩜 그렇게도 너그러우신지. 저라면 그런 생각 같은 건 하지도 못했을 텐데……."

　나를 편드는 여학생의 말에 물 흐르듯 동조가 이어졌다. 내가 듣
든 말든 자기들끼리 맞장구를 치면서 대화를 이어나가는 모습에
나는 헛웃음을 삼키고 눈을 내리떴다. 바로 양옆에서 어찌나 떠드
는지 장엄한 파이프오르간의 연주 소리는 들리지도 않았다.

　저의가 심히 궁금해지는 이 지나친 아부는 말씀의 전례가 시작
된 이후에도 끝날 줄을 몰랐다. 내가 명망 높은 가문의 유일한 공
작 영애이고 차기 황후 후보이기는 했지만, 학생들이 나한테 이토
록 열렬한 관심을 보인 적은 드물었다. 분명 꿍꿍이가 있을 거였
다.

　그 속이 내심 궁금했으므로 나는 얌전히 그들의 말에 귀를 기울
였다. 여학생들은 내가 고개만 살짝 끄덕이거나 미소 짓기만 해도
좋다는 듯 앞 다투어 나를 칭찬했다. 어찌나 열성적인지 맨 앞줄
에 있던 여교수가 조용히 하라며 지적하러 왔을 정도였다.

　내가 이들의 진의를 눈치 챈 것은 얼마 뒤였다.

　미사가 거의 끝나갈 무렵 빨간 머리의 여학생이 이제야 생각났
다는 듯이 눈을 동그랗게 뜨고 말했다.

　"그나저나 안젤리크 양, 이번에 경사스러운 일이 있었다고요."

　일부러 꾸며낸 것이 다분한 들뜬 표정과 흥분한 목소리였다. 천
연덕스러운 빨간 머리 여학생의 말에 다른 여학생이 역시나 지나
치게 높은 음색으로 동조했다.

　"아주 경사스러운 일이죠! 그 덕분인지 몰라보게 아름다워지셨

어요. 물론 전에도 안젤리크 양의 외모는 따를 자가 없었지만요. 특히 저는 안젤리크 양의 머리카락이 너무 부러운 거 있죠? 꼭 장밋빛 같아요. 탐스러운 복숭아색 같기도 하고."

아하, 그런 거였군. 내 입지가 확고해졌으니까 비위를 맞출 셈이었어.

금세 흥미를 잃어버린 나는 입술을 다물었다. 아무래도 후천적 기형인 줄 알았던 보니 안젤리크 멜론느 그레이스가 드디어 월경을 시작했다는 소문이 그새 퍼져나간 모양이었다. 하기야 엄마가 일부러 귀부인들을 불렀으니 소문이 안 도는 것이 이상하긴 했다. 생각보다 빠르긴 했지만. 벌써 아카데미 내에 파다하게 퍼진 걸 보면 제국에 소식이 들어가는 것도 머잖을 듯싶었다.

보니 안젤리크 멜론느 그레이스. 열다섯 살.

더는 아무런 문제가 없는 공작 영애. 그레이스 가문의 수치가 아닌 자랑.

그리고…… 차기 황후 후보.

나는 그레이스 공작가의 하나뿐인 정통 후계자였어도 성장하지 못하는 병에 걸려 앞날이 불투명한 상황이었다. 하필 여자로서 가장 중요한 여성성에 문제가 있었기에, 분명한 계급차가 있음에도 나와 맞먹으려 드는 계집들이 있었던 거고. 하지만 이제는 아니었다. 샤트린이 아무리 벨모트의 공작 영애고 검술 천재인들 나한테 비할 바가 못 되었다.

물론, 어디 샤트린뿐이겠는가.

"동화 속에 나오는 공주님도 안젤리크 양보단 덜 예쁠 거예요. 보세요, 지금도 남학생들이 전부 안젤리크 양만 쳐다보고 있는걸요?"

"그리고 안젤리크 양, 분위기가 변했어요. 왠지 훨씬 부드러워졌다고 해야 할까요? 전에는 가까이 다가가는 것도 어려웠는데 말이에요. 안젤리크 양이 저희와는 격이 다른 분이셨던 것도 있지만……, 하하."

분위기라. 문득 아침에 체르지안이 건넸던 말이 떠올라서 나는 한숨을 참고 미소로 화답했다. 월경을 시작했다는 사실이야 숨긴다고 숨겨질 일이 아니긴 한데 참 적절치 않은 시기였다. 학생들이 열심히 떠받들어주면 뭘 해, 정작 교수들한텐 단단히 찍혔는데.

유서 깊은 아카데미의 위엄을 한순간에 깎아내린 나는 현재 모든 교수에게 눈엣가시였다. 곧 있을 교황의 방문은 둘째치고서라도 나에겐 주목도를 높여서 이득 될 게 전혀 없었다.

미사가 끝나고 예배당 밖으로 나오는 와중에도 여학생들은 내 추종자를 자처하며 정말 끈덕지게 따라붙었다. 수업을 핑계로 그들로부터 간신히 떨어져 나온 나는 강의실로 걸어가면서 얼굴을 찡그렸다. 모든 학생이 지나다니며 나를 힐끔거렸다.

"브리, 네 짓이야?"

조그맣게 혼잣말을 하는 와중에도 복도에서 마주친 여학생들이 나를 보며 수줍게 미소 지었다. 얼떨결에 미소로 화답해줬더니 아예 얼굴까지 붉히며 까르르 웃었다.

나는 이들의 변화가 단순히 내가 월경을 시작해서 영향력이 커졌기 때문인지, 아니면 브리싱가멘이 어떤 마법을 부렸기 때문인 건지 슬슬 의심스러워지고 있었다.

"난 아무 짓도 안 했어."

졸고 있었는지 브리싱가멘이 하품을 했다.

"그런데 왜 다들 날 쳐다보는 거야? 내 비위를 맞춘다기엔 좀 지나치잖아."

나는 부루퉁하게 말하곤 살짝 흘러내린 안경을 고쳐 썼다. 어찌나 강렬한 시선들이 따라붙는지 벌에 쏘인 것처럼 등 뒤가 따끔거렸다.

"지나친 게 아니라 이제야 정상으로 돌아가고 있는 거겠지. 그동안 신벌 때문에 황제가 네 성장을 강제로 막았잖아? 이젠 그럴 필요가 없어졌으니 네 육체도 원래 나이에 맞게 자라기 시작한 거고. 좀 기뻐하지그래? 드디어 네 미모가 빛을 발하고 있잖아."

브리싱가멘이 코웃음을 쳤다. 나는 투덜거리고 싶은 걸 애써 참았다.

"내가 뭣 때문에 안경까지 쓰고 왔는데? 지금은 별로 안 발해도 돼."

그렇게 말하며 부정적으로 생각하던 것도 잠시, 나는 복도 유리창에 비친 내 모습을 보면서 비스듬히 머리를 기울였다.

"루아한테도 내가 예쁘게 보일까?"

무심코 튀어나온 중얼거림이었다. 나는 내가 한 말에 화들짝 놀라 말을 더듬었다.

"아, 아니, 방금 질문은 그냥 잊어줘."

얼굴이 급속도로 달아올랐다. 아무래도 내가 진짜 이상해지는 것 같다! 나는 머리를 세게 흔들어 잡생각을 털어내고는 강의실로 뛰어 들어갔다.

수업 시간에도 나를 향한 관심은 끊이지 않았다. 남학생들이 없어서 그런 건지 여학생들은 훨씬 적극적으로 내 월경을 축하했는데, 몇몇은 미리 준비한 선물을 주기도 했다. 물론 하나같이 선물이라기엔 무척 값비싼 것들이었다. 부족함 없이 항상 최고의 사치를 누리는 공작 영애기에 어중간한 물건을 주면 쳐다도 안 볼 거라고 생각했는지 각자 그 방면에서 알아주는 것들만 가져왔다. 손수건이면 가장 고급스럽고 가장 부드러운 것을, 쿠키면 가장 맛있다고 소문난 가게의 것을 마치 경쟁하듯이 내놓았다. 그 밖에도 향초나 간단한 화장품, 생리대를 넣을 때 쓰는 주머니 같은 여성용품을 산더미로 받았다. 그들은 내가 사병들을 시켜 아카데미를 헤집었던 일 따윈 있지도 않았다는 듯이 굴었다.

역사학 교수가 나가자마자 나는 깊은 시름에 잠겼다.

"이걸 다 어떻게 들고 가지……."

다음 수업을 들으러 가야 하는데 책상 위에 놓인 선물이 한가득이었다. 일단 어떻게든 가방에 쑤셔 넣어보려고 꾸역꾸역 밀어 넣는데 나처럼 다른 강의실로 이동할 준비 중인 학생들 틈 사이로 누군가가 크게 소리쳤다.

"지금 교황 성하께서 오셨대! 예배당을 둘러보러 오셨다나 봐."

교황! 나는 뻣뻣하게 얼어붙었다.

"연설이 내일 모레라고 했지? 빨리 왔으면 좋겠다."

"난 메모장도 챙겼어. 하나도 놓치지 않을 거야. 솔직히 성하께선 너무 멋있지 않니? 얼굴도 무지 잘생기셨고, 또 상냥하시고……."

이건 또 무슨 개소리인지 모르겠다. 밑바닥에 깔린 쿠키가 뚝 부러지는 소리가 났지만 나는 잔뜩 우거지상을 한 채로 나머지 선물을 가방에 쑤셔 넣었다. 교황이 지금 여기에 있다고? 사전 답사든 뭐든 전혀 달갑지 않은 일임은 틀림없었다.

"보니, 다음 강의실까지 같이 갈래?"

그래도 동급생이라고 편하게 말을 걸어오는 무리들이 제법 있었다. 나는 그들에게 적당히 예의적인 미소를 지었다.

"괜찮으니까 너희 먼저 가. 나는 잠깐 들러야 할 데가 있어서."

평소 같았으면 그냥 물러났을 텐데, 무슨 영문인지 여학생들은 더 달라붙었다.

"그럼 우리가 같이 가줄까? 어차피 조금 늦는다고 혼나는 것도 아닌데."

"그리고 혼자 다니는 것보다야 같이 다니는 게 낫지!"

"보니 넌 몸도 약하잖아. 혼자 다니지 말고 우리랑 같이 있자,

응? 몰려다니면 남자애들도 함부로 추근거리지 못할 거야."

어느새 내 주위를 에워싼 여학생들의 수가 열을 넘었다. 난감해서 미간을 찌푸리고 있으려니 브리싱가멘이 키득거렸다.

"황제가 이 꼴을 봐야 하는데."

시끄럽거든. 나는 입술을 삐죽이며 가방을 어깨에 걸쳤다.

그때 한 여학생이 의미심장한 눈으로 등 뒤를 곁눈질했다.

"또 주제도 모르는 애가 시비 거는 일도 없을 테고."

그 말에 갑자기 여학생들이 조용해졌다.

일순간 모두가 사이좋게 머리를 돌렸는데, 그 시선이 머무는 곳에는 짙은 검은색 머리카락을 가진 여학생이 있었다. 그녀는 고개를 푹 떨어뜨린 채 묵묵히 교과서를 가방에 집어넣고 있었다.

"무슨 낯짝으로 등교했나 몰라."

침묵을 깨고 한 여학생이 툭 말하자, 조소가 쏟아졌다.

"진짜 멍청해."

"성하께서 좋게 말씀하시니까 정말로 제 죄가 아무것도 아닌 줄 알았나 보지?"

"어떻게 다른 누구도 아니고 그레이스의 물건을 빼돌려? 정말 미친 거 아니야?"

나는 말없이 눈을 내리깔았다. 노골적인 빈정거림을 듣고도 그저 고개만 숙이고 있는 검은 머리 여학생은 내 물건을 빼돌린 여섯 명의 여학생 중 하나였다.

"뻔뻔하긴. 나 같으면 그냥 자퇴하겠다."

나와 가장 가까이 붙어 있는 여학생의 비난에 모두가 웃음을 터뜨렸다.

참 여러 가지 의미로 고단한 하루였다. 잠시도 쉬지 않고 조잘거리는 여학생들 틈에 묻혀서 오후 수업까지 마쳤을 땐 체력이 바닥나 있었다. 어찌나 극성맞게 따라다니는지 점심시간에도 자유롭지 못하긴 마찬가지였다.

평소에 나는 체르지안과 점심을 먹었는데, 오늘은 작정하고 덤비는 여학생들이 도통 놓아주질 않는 바람에 같은 테이블에 앉을 엄두조차 못 냈다. 체르지안은 속으로 한숨만 내쉬는 나를 보고 안쓰럽다는 듯 그저 멀리서 손을 흔들어줄 뿐이었다. 물론 그런 체르지안의 행동을 보고 여학생들이 더욱 수군거렸다는 건 말할 필요도 없겠다.

강의실을 나온 나는 곧장 기숙사로 들어가지 않고 인적이 드문 곳으로 걸음을 옮겼다. 더 이상 여학생들에게 시달리고 싶지도 않았고, 교황이 아카데미를 떠났는지도 궁금했다. 교황을 만날 생각은 추호도 없었지만, 그가 떠났다는 사실을 직접 확인해야 마음 편히 쉴 수 있을 것 같았다.

청동 분수대를 지나가면서 나는 베레모를 벗고 헝클어진 분홍빛 머리카락이 더운 바람에 휘날리도록 내버려두었다. 땋은 머리를 고정시켰던 크고 작은 리본들을 전부 푸르고, 장밋빛을 띠며 길게 흩어지는 머리카락을 손으로 빗어 내렸다. 하루 종일 곤두서 있었더니 작은 소리만 나도 소스라치게 놀라기 일쑤여서 투덜거리지 않을 수 없었다.

"이럴 때 미가엘이라도 있으면 든든할 텐데."

미가엘은 성물들 중에서도 가장 강하다고 했다. 하는 짓이야 영 미덥진 못해도 일단 강하다고 하니까 나름대로 안심했건만, 나를 따라온다고 해놓고 그는 여태껏 모습을 비춘 적이 없었다. 벨모트에 오기는 했는지 의문이었다.

"뭐야, 그 말은? 나는 믿음직스럽지 못하다는 뜻?"

그야 당연하지. 브리싱가멘의 물음에 나는 일그러진 표정을 지었다.

"교황은 성력을 감지할 수 있다며. 네가 하는 말을 알아들을 수도 있고. 그럼 내가 너를 데리고 다니는 것 자체가 이미 엄청난 위험을 감수하고 있다는 뜻이 되거든?"

"하, 하지만 성력은 알베이흐도 갖고 있는걸?"

나는 가볍게 혀를 차주곤 풀어헤친 머리카락을 다시 여러 갈래로 나눠서 땋기 시작했다.

"그 선배는 어리지도 않고 여자도 아니잖아. 망할 교황한테 노려진 적은 더더욱 없고 말이야. 아무튼 좀 어때? 교황이 아직 근처에 있는지 알 수 있겠어?"

"음, 글쎄……, 이 주위엔 없는 것 같아."

브리싱가멘이 자신 없는 목소리로 웅얼거렸다. 도대체 믿을 수가 있어야지.

영 미덥지 못한 답변이었으므로 나는 브리싱가멘이 확신할 수 있을 때까지 조금 더 돌아다녀보기로 결정했다.

풀내음이 가득한 고전적인 자갈길은 세 방향으로 나뉘어 있었다. 넓은 큰길은 예배당을 향해 일자로 쭉 이어져 있었으며, 회양목과 들꽃으로 장식한 사잇길은 각각 별관과 소극장으로 이어져 있었다. 당연히 교황이 있을 법한 장소로 제일 그럴듯한 예배당으론 가지 않을 생각이었다.

리본을 입에 물고 걸으며 머리카락을 땋는 데만 집중하려니 제법 가까운 거리에서 사람들이 웃는 소리가 들렸다. 그러나 결코 학생들의 활기찬 웃음소리는 아니었다.

나는 어리둥절해서 고개를 들었다.

"응, 누구지?"

조금 빠르게 걸어 앞으로 가자, 별관으로 이어지는 사잇길에서 걸어오는 두 사람이 보였다. 아침 미사 때 조용히 하라고 주의를 줬던 늙은 여교수와 남자기숙사 사감이었다.

윽. 나는 나도 모르게 얼굴을 조금 찡그렸다. 둘 다 나와 썩 좋은 사이는 아니었다.

아는 척하고 싶지 않아서 그냥 물러나려고 했지만, 빌어먹게도 여교수 또한 나를 발견한 뒤였다.

그녀가 등을 돌리려던 나를 잡아 세웠다.

"이곳까진 무슨 일로 왔나요, 그레이스 양? 기숙사에 돌아갈 시간이지 않나요?"

나는 눈알을 굴리며 바로 섰다.

"잠시 산책하러 나왔어요."

"가방도 두지 않고 돌아다니는 건가요?"

보면 몰라? 나는 툴툴거리고 싶은 충동을 애써 누르며 얌전히 대답했다.

"곧 돌아갈 거예요."

여교수가 나를 빤히 바라보았다. 그녀의 입매가 비뚤어졌다.

"마침 잘됐군요. 안 그래도 학생한테 부탁할 일이 있었는데 그레이스 양과 만나서 다행이에요. 바쁘지 않다면 제 용무를 도와주시겠어요?"

그럼 그렇지. 나는 실소를 짓지 않으려고 입술에 힘을 실었다. 가뜩이나 밉보였으니 그냥 보내줄 턱이 없었다.

"어떤 것을요?"

"현재 예배당에는 교황 성하께서 와 계시답니다. 모레 있을 연설을 위해 의논차 방문해주셨지요. 그레이스 양은 저희 아카데미의 자랑스러운…… 학생이니 이번 방문이 얼마나 뜻깊은 일인지는 잘 아실 거라고 생각합니다. 얼마나 중요한지도요. 저는 그레이스 양이 이 일정표를 성하께 보여드리고 확인을 받아 왔으면 하는군요."

설마 싶었던 불안이 가장 최악의 비극으로 연결되는 순간이었다. 나는 한 번에 받아들이지 못하고 귀를 의심했다.

"누구한테 뭘 받으라고요?"

여교수가 눈썹을 위로 끌어올리며 손에 든 서류철을 내밀었다.

"모레 있을 큰 행사를 위해 준비한 이 일정표를 교황 성하께 보여드리고 확인 서명을 받아 오라는 말입니다, 그레이스 양."

당연히 나는 하기 싫었다. 그런 건 당신이 직접 받으면 되잖아! 어차피 예배당으로 가는 길이었으면서!

절박해진 나는 도와달라는 의미를 담아 남자기숙사 사감을 바라보았다. 그러나 그는 빨갛게 달아오른 얼굴을 한 채 헛기침을 하더니 내 시선을 피해 고개를 돌려버렸다. 지난주에 내가 루아의 심장을 찾으러 남자기숙사에 들어갔던 일 때문에 아직도 기분이 상해 있는 게 분명했다.

교황을 만나라니. 그리고 뭐? 확인을 받아? 그 미친놈이 내가 들고 가면 잘도 서명해주겠다. 도무지 인정할 수 없는 시련이었다.

내가 떨떠름하게 서 있기만 하자 여교수가 내 손에 강제로 서류철을 쥐여주었다.

"그레이스 양만 믿고 있겠습니다. 서명을 받으면 서류는 교무실에 있는 제 책상에 올려두세요. 부디 성하께서 그레이스 양을 마음에 들어 하셨으면 좋겠군요."

나는 여교수를 노려보다가, 입술을 깨물고 확 돌아섰다. 하필 이런 걸 시키는 이유를 알 만했다.

교수들에게 있어선 외부 인사를 초청하는 것이 마냥 좋은 일만은 아니었다. 외부 인사가 요구하는 일정이 아카데미 사정상 수용하기엔 무리가 있을 수도 있는 데다가 너무 번거롭고, 하지만 아예 무시할 수도 없으니까 조율을 잘해야만 했다. 물론 그건 교수들한테도 상당히 귀찮은 일이고. 시간을 잘못 정하기라도 했다간 위에서 깨지는 건 물론이고 다른 교수들의 원성을 살 수밖에 없었다. 그러니 먼저 임의로 일정표를 만든 다음 학생들에게 떠넘기는 거다. 명문 귀족가의 후계란 든든한 가문을 등에 업은 학생에게.

아무리 그 분야에서 성공을 거머쥔 오만한 작자라도 귀족가의 자제를 무시할 순 없다는 사실을 교수들도 잘 알았다.

여교수 또한 굳이 내가 아니더라도 학생한테 시킬 생각이었다고 했으니 처음부터 교황과 직접 논의할 생각은 없었던 것 같았다. 그러나 교황은 신의 화신이나 다름없었고, 그동안 아카데미를 방문했던 다른 유명 인사와는 격이 달랐다. 그저 그런 가문의 자제를 앞세워봤자 도리어 역효과를 낳을 게 뻔했다. 그리고 나는 대가문의 유일한 후계이지. 아, 빌어먹을. 진짜 짜증 난다!

그냥 도망치고 싶은 마음이 굴뚝같았다. 아니면 체르지안한테 대신 서명을 받아달라고 부탁해볼까? 하지만 그랬다가 체르지안에게 무슨 일이라도 생기면?

확실히 그 미친 자식은 너무 위험했다. 어떻게 나올지를 전혀 예측할 수 없기 때문에.

머리가 지끈거렸다. 성큼성큼 걸어가면서 나는 나직이 입을 열었다.

"브리."

"으, 으응?"

지은 죄를 아는지 브리싱가멘이 말을 더듬었다. 나는 얼굴을 일그러뜨렸다.

"이 근처엔 그놈 없다며."

교황을 두고 하는 말이었다. 브리싱가멘이 억울하다는 듯 해명을 시도했다.

"주변에만 없다는 얘기였어! 여기서 예, 예배당까진 제법 거리가……."

"시끄러워. 넌 이따가 죽을 줄 알아."

정말로 미가엘이 절실하게 필요해지고 있었다.

울컥하는 심정을 다스리며 나는 예배당 문 앞에 멈춰 섰다. 백년도 전에 세워졌을 것 같은 장엄한 건축물은 뾰족한 첨탑을 머리에 매단 채 직선적으로 뻗어 있었다. 그 엄숙한 모양이 다분히 권위적이고 위협적이었다.

부디 교황이 나를 마음에 들어 했으면 좋겠다고? 실로 웃기는 소리였다.

나는 심호흡을 하고 아치형의 높은 문을 열어젖혔다. 폐부 안으로 깊숙이 파고들어오는 공기에 불살라지는 기분이었다.

보나마나 수많은 추종자에게 둘러싸여 있을 것이라 생각했건만, 교황은 넓은 예배당 안을 혼자 독차지하고 있었다.

가장 최악의 가정이 명백한 현실이 되어 나를 찾아온 순간이었다.

그는, 신의 화신으로도 불리는 젊은 남자-사실 소년이라고 해도 믿을 법한 생김새였다-는, 성모의 조각상 앞에 서서 기도하듯이 두 손을 모은 채 눈을 감고 있었다. 천장에 뚫린 창에서 햇빛이 춤을 추듯이 쏟아져 들어왔고, 그것은 그를 불사르는 대신 고결하게 감쌌다. 그에게 한 점의 그늘이 드리우는 것도 허용하지 않았다.

단 한순간만큼은 교황이 빌어먹게도 성스러워 보였다.

"기도 드릴 시간을 달라고 미리 부탁드렸을 텐데요."

그가 나를 쳐다도 안 보고 말했다. 나는 숨을 들이켰다.

어째서 혼자 있는 거야? 당황한 나는 얼어붙어 있었다. 대답도, 나가는 소리도 들리지 않자 기도에만 몰두해 있던 교황이 마지못한 듯 고개를 돌렸다.

이윽고 문을 등지고 선 나를 발견한 교황이 반가운 기색마저 느껴지는 미소를 입에 머금었지만, 나는 거부감을 드러내는 것조차 할 수 없었다.

내가 머리핀으로 찔렀던 그의 눈은 흠 잡을 데 없이 멀쩡했다. 은어의 비늘 같은 홍채가 온화하게 빛났다.

어떤 그늘도 없이. 그저 새하얗게.

진짜 신의 화신이라도 된다는 양.

"이제야 오셨군요. 이다음엔 또 어떤 핑계를 대야 할지 난감하던 참이었는데."

"핑계라니?"

나는 딱딱하게 말했다. 교황이 지극히 선한 얼굴로 나에게 다가왔다.

"안젤리크 양이 저를 만나러 오실 줄 알았거든요. 하지만 나의 영애께선 워낙 부끄러움이 많으신 분이라 저를 기다리게 하리란 것도 알고 있었습니다."

명백한 헛소리였으나 충격에 빠져 비웃음이 지어지지 않았다.

나는 나를 향해 느긋하게 걸어오고 있는 파우스트를 빤히 주시했다. 새하얀 머리카락, 새하얀 눈. 한밤의 그늘도 스며들지 않을 것 같은 불투명한 백색이었다.

루아의 말처럼 평범한 방법으로 그를 죽이는 건 불가능했다.

그와의 간격이 어찌할 바 없이 좁아지고 있었다. 그에 못마땅하게 미간을 찌푸리며 뒤로 한 걸음 물러났는데, 절반이 열린 채로 삐걱이던 예배당 문이 등에 닿았다. 그 서늘한 감촉에 지나치게 놀라 전율이 일었다.

치, 침착해야지. 내가 이곳에 와 있다는 사실을 아는 사람도 둘이나 있는 데다가, 브리싱가멘도 곁에 있잖아? 별로 도움은 안 될 것 같지만 어쨌든 혼자는 아니었다.

그러나 내가 마음을 다스리고 예배당 문에서 시선을 옮겼을 때 이미 파우스트는 무척 가까이 도착해 있었다. 그가 소리 나게 예배당 문을 닫았다.

멀쩡하기 그지없는 그의 얼굴을 보며 나는 얼굴을 구겼다.

"당신은 어째서 늙지 않아?"

"신의 부르심을 받았으니까요."

"거짓말하지 마."

안경 너머로 보이는 파우스트의 얼굴이 실로 거북스러웠다.

그가 여전히 호의적인 미소를 짓고서 문을 닫았던 손으로 내 턱을 잡아 올렸다.

"귀여운 말을 하시는군요. 저는 신을 모시는 사람입니다. 어째서 거짓을 고할 거라고 생각하시는 거죠?"

"그 신은 너를 종으로 둔 적이 없으니까."

나는 짜증스럽게 말하며 그를 밀쳤다. 그가 제게서 멀리 떨어지지 못해 안달 난 나를 뚫어져라 바라보면서 웃었다. 이내 파우스트의 시선이 내 손에 들린 서류철에 잠시 머물렀다. '일정 확인서'라는 글씨가 아주 크게 쓰여 있었으니 그 의미를 교황이 모를 턱이 없었다.

"그런 말은 함부로 하는 게 아닙니다. 부탁할 것이 있을 땐 더더욱요. 더군다나 영애는 저에게 신세지지 않았습니까? 저는 영애께서 저에게 무척 할 말이 많을 거라고 생각했는데요."

신세라고? 나는 이를 갈았다.

요한 블라디미르 파우스트. 이 남자, 발두르를 섬기는 아카시아와 벨모트에서 신과 가장 가까이 닿아 있는 교황은 황제만큼이나 위세 높은 성직자였다. 그것은 인정하는 바다. 권력도 권력이거니와 신의 화신이라 여겨져 모르는 이가 없었다. 하지만 파우스트는, 그 유명세와는 달리 알려진 바가 거의 없는 수상한 인물이기도 했다. 출생지도, 나이도, 교황이 되기 이전의 신분도 베일에 싸여 있었다. 하다못해 어릴 적 무슨 마을에서 살았고 무슨 일을 했었더라 하는 뜬소문이라도 돌기 마련인데 파우스트는 그런 것조차 없었다.

평민이 신의 인도를 받고 교황이 되는 건 드문 일이 아니다. 역대 교황들 중에서 귀족이었던 자는 아무도 없었다. 그러나 요한 블라디미르 파우스트만큼 강력한 성력을 가진 자도, 그처럼 이전 행적이 알려져 있지 않은 자도 존재하지 않았다. 그를 둘러싼 유언비어는 대개 농담임이 분명할 만큼 터무니없거나, 혹은 그가 진짜 신이 아닌가 싶을 정도로 거창했다.

"저는 영애에게 상당한 애착을 가지고 있습니다."

교황이 느릿하게 말했다. 나는 문을 등지고 걸어오는 그를 피해 예배당 안쪽으로 물러나면서 입술을 깨물었다.

"그래서 나한테 신벌을 내리셨다?"

"아니요, 순서가 바뀌었어요. 제가 영애를 눈여겨보기 시작한 건 그 이후거든요."

그 목소리에서 즐거움이 묻어나왔다.

"영애의 성장이 멈췄을 때."

깔끔한 벨벳 카펫이 소리 없이 밟혔다. 교황이 일부러 뜸을 들이며 내 반응을 즐겼다.

그는 명백하게 나를 놀리고 있었다.

"바로 그 순간부터……."

뒤를 돌아보자 단상이 코앞이었다. 더 물러날 곳이 없었다.

"저는 친애하는 안젤리크 양에게 깊은 동질감을 느끼지 않을 수 없었습니다."

"동질감…… 이라고."

머리가 텅 비는 것 같은 기분으로 나는 그 단어를 따라 읊었다. 파우스트가 헛소리를 늘어놓는 게 이번이 처음은 아니지만 동질감이란 단어는 선뜻 무시하기 힘들었다. 교황인 그가 어째서 나한테 동질감을 느낀단 말인가. 그는 아스타르 성전에서 나를 악마의 딸이라고 불렀다. 루아가 가진 악마의 마력을 받아들였기에 기분 나쁜 몸이라고도 했었지. 그런데 이제 와서 동질감이라니?

긴장한 탓에 입안이 말랐다. 교황이 뻣뻣하게 서 있는 나를 다정하게 바라보았다.

"저는 아무것도 꺼릴 게 없는 사람입니다. 무엇도 두렵지 않고 무엇도 망설이지 않아요. 그 어떠한 것에도 결코 특별한 의미를 두지 않죠. 하물며 교황이라는 이 신분조차 내키지 않으면 언제든지 버릴 수 있답니다. 저는 그런 사람이에요, 안젤리크 양."

"더 이해가 안 가는데. 그런 주제에 어떻게 성력을 갖고 있는 거야?"

나는 태연한 척하려 애쓰며 물었다. 맨 정신으로 마주하는 교황은 속이 메슥거릴 정도로 무서웠다. 정말로 미친 사람을 보는 것처럼 소름 끼쳤다.

어째서 그가 교황인 걸까. 도대체 왜 그에게 성력이 있는 거지?

성력이야말로 무엇보다 깨끗하고 순수한 힘이 아니었나? 적어도 나는 그렇게 배웠다.

요한 블라디미르 파우스트는 성직자의 필수적인 면모를 골고루 갖추고 있었다. 도저히 연기라고는 의심할 수 없을 만큼…… 훌륭했다. 겉으로 보기에는. 선이 연한 아름다운 얼굴에, 짓는 미소부터가 선했고, 어디서도 볼 수 없는 새하얀 눈은 오직 호의만을 담았다. 그러나 파우스트는 루아의 삶을 철저하게 망가뜨린 장본인이었다. 그렌트헨을 이용했으며, 나에게 신벌을 내렸다. 웃는 얼굴로 사람을 절벽에서 떨어뜨리는 악마였다.

3년 전, 그와 처음 만났을 때가 생각나서 뭐라도 붙들고 싶은 심정이 간절했다. 나는 서류철을 구기지 않도록 주의하며 손에서 천천히 힘을 뺐다.

"메피스토펠레스가 당신에게 이야기해주지 않던가요?"

교황이 의아하다는 듯 눈을 깜박였다. 나는 대답하지 않았고, 그는 곧 버릇처럼 미소를 지었다.

"그렇군요. 그는 아직도 저를 동정하고 있군요."

그가 턱을 쓰다듬으며 중얼거렸다. 잠시 뭔가를 깊이 생각하는 것 같더니 형식적인 미소를 거두고 가볍게 물어왔다.

"영애께서도 한번 해보시겠습니까?"

나는 기가 막혀 물었다.

"나한테 동정받고 싶어?"

"정확하게는 안젤리크 양의 머릿속을 저로 채우고 싶습니다. 그

황제는 생각나지도 않을 정도로."

참으로 뻔뻔한 말이었다. 파우스트가 루아를 몹시 싫어한다는 건 예전부터 알았지만, 그 정도가 혐오를 넘어선 경멸에 가깝다는 것도 알았지만 그럼에도 화가 치솟았다.

교황은 나와 루아가 서로를 각별하게 여긴다는 사실을 알고 있었다. 그가 내린 신벌로부터 루아가 나를 지켜주었다는 사실 역시 충분히 짐작했겠지. 3년 전 그는 선황제 폐하께 내가 루아의 상태를 더욱 악화시키니 나를 루아에게서 떨어뜨려야 한다고 말했다.

나와 루아의 삶이 뒤틀린 건 전부, 전부 이 남자 때문이었다. 그러나 결코 거기서 그치지 않았다. 교황은 루아의 모든 것을 망가뜨리고 짓밟아야 만족하겠다는 듯 아직까지도 그 증오를 보였다. 감출 생각도 없는 화였다.

"나한테 이러는 게 황제 때문이야? 루아를 화나게 하려고 나를 이용하겠다고?"

내 고함이 넓은 예배당 안을 울렸다. 성모의 조각상이 있고, 높은 단상이 있고, 신의 그림이 수놓인 고압적인 성전에서 교황은 천구를 휘도는 백색의 별 같은 얼굴로 천연덕스럽게 웃었다.

"그럼 달리 무슨 이유가 있겠습니까? 황제에 비하면 당신은 아무런 가치도 없는데. 황제의 애정과 그레이스라는 가문의 이름을 빼면 당신에게 무엇이 남죠?"

그 말을 미리 짐작했건만 숨을 들이켜는 것조차 할 수 없었다.

나는 참지 못하고 그에게서 등을 돌렸다. 도발이라는 걸 뻔히 아는데 속이 뒤집혔다. 가슴을 불로 지지는 것 같은 통증이 전신을 휩쓸고 지나갔다.

"아, 상처받으셨군요. 농담이었는데."

"보니……."

브리싱가멘의 작은 부름이 귀를 파고들어서 나는 서류철을 내밀며 다급하게 소리쳤다.

"개소리 지껄이지 말고 여기다 서명하기나 해."

들었을까? 브리의 목소리를? 심장이 미친 듯이 뛰었다. 설령 교황이 이미 브리싱가멘의 존재를 감지했다고 해도, 그가 어떻게 나올지 모르는 이상 위험했다. 부디 브리싱가멘이 하려던 말이 미가엘을 불렀다는 얘기였길 바랄 수밖에.

등을 돌린 사이 다가온 파우스트가 내 어깨에 손을 올렸다. 그가 내 어깨를 감싸 안으면서 자신에게 끌어당겼다. 마치 연인을 위로하듯이 나를 가까이했다.

순간 당황한 바람에 나는 손에서 서류철을 떨어뜨렸다.

그가 몹시 다정한 어조로 속삭였다.

"말했잖아요. 당신에게 상당한 애착을 갖고 있다고. 저는 불완전한 당신이 무척 마음에 듭니다. 이렇게나 아름답고 순결한 당신 또한 완벽하지 않을 수 있다니, 실로 경이로운 일이 아닙니까. 고귀한 혈통과 막대한 재산, 그에 걸맞은 명성과 이런 아름다움까지……. 모두가 부러워하는 것을 독차지했는데 아주 당연한 것 하나가 없어서 비참하게 망가졌어요."

지금, 그걸, 말이라고……. 나는 기어이 폭발했다.

"애초에 네가 신벌을 내리지만 않았어도 내가 망가질 일은 없었어! 그리고 난 지금 멀쩡해! 다시 성장하고 있단 말이야!"

"정말 그런가요? 하지만 영애는 아주 어릴 때부터 이상한 아이라 소문이 자자했다고 들었는데요."

구역질이 날 정도로 가식적인 연민을 보이며 교황이 말했다. 나는 이를 악물었다. 이자를 상상할 수 있는 극히 잔인한 방법으로 죽일 수만 있다면 뭐든지 할 거였다. 더럽고 더럽고 불결한, 진짜 악마보다 더 추악한 신의 화신을 죽일 수만 있다면.

"하고 싶은 말이 뭐야?"

분노와 증오로 호흡을 가다듬었다. 교황이 낮게 뜬 눈으로 미소했다.

"안젤리크 양. 금방이라도 깨질 것처럼 불완전한 공주님."

그가 고개를 숙여 나와 눈높이를 맞추었다. 손등으로 내 뺨을 쓸면서 부드럽게 말했다.

"당신이 계속 불완전한 채로 있기를 바랍니다. 가장 순결하고 가장 고귀하지만 그만큼 비참한 순간에 머물러 있었으면 좋겠어요."

"……어째서?"

몸이 떨렸다. 내 시선에서, 목소리에서 어찌할 바 없는 혐오와 두려움이 묻어나왔는지 교황의 미소가 더 짙어졌다.

"아무 짓도 하지 않을 테니 안심하세요."

"이게 어딜 봐서 아무 짓도 안 하는 건데! 나한테 손대지 마. 저리 꺼지라고⋯⋯."

브리싱가멘에게 미가엘이든 루아든 빨리 불러오라고 말하려는데 교황이 더는 도망치는 걸 허용하지 않겠다는 양 나를 붙잡았다. 아무렇지 않은 얼굴로 내 손목을 으스러뜨릴 듯이 세게 쥐었다. 그러나 비명을 지를 새도 주지 않았다.

"당신에게 알려드릴게요. 제가 당신에게 동질감을 느끼는 이유를."

그렇게 말한 그가 내 귀에다 대고 무어라 속삭였다. 그러나 실로 터무니없는 개소리여서 나는 도리어 겁에 질렸다.

성이 없다니?

그게 무슨 소리야?

"무, 무슨⋯⋯, 거짓말하지 마!"

들을 가치도 없는 말이라 여겨 도망치려고 했으나, 그가 손을 놓아주지 않아서 무리였다. 어찌나 강한 힘으로 붙들었는지 아무리 비틀어도 벗어날 수 없었다.

결국 나는 비명을 질렀다.

"도와주세요! 누가 좀⋯⋯!"

"직접 확인해보세요."

내가 소리 지르든 말든 지긋지긋하게 차분한 목소리로 말하며 교황이 내 손목을 확 잡아당겨 손이 제 가슴에 닿게 만들었다. 손바닥에 닿는 정갈한 의복의 감촉에 소름이 돋았다. 교황은 지금 내가 자신의 몸을 만지게 하고 있었다.

　내 손을 붙든 교황의 손이 점점 아래로 내려갔다. 정말로 토할 것 같았다. 전신의 피가 발밑으로 빠져나가는 기분이 들었다.

　"야! 그만해!"

　뭐 이런 미친놈이 다 있어! 미쳐도 백 번은 더 미쳤고, 돌아도 천 번은 더 돌아버린 게 분명했다. 나는 극심한 충격에 휩싸였다. 머릿속이 새하얗게 일그러져서 아무런 생각도 나지 않았다.

　"싫어! 하지 말라니까!"

　세상에. 붙잡힌 손이 그의 가슴에서 한 뼘은 더 내려갔을 때쯤 나는 눈을 질끈 감았다. 거의 배꼽 근처까지 내려가 있었다.

　치욕스럽다. 이러다간 울음을 터뜨릴 것 같아서 나는 아예 숨까지 참았다. 그때 불쑥 튀어나온 어떤 팔이 내 허리를 휘어 감는가 싶더니, 아예 안아 올려서 나를 교황으로부터 자유롭게 만들어주었다. 내 발은 한참 뒤에야 카펫에 닿았다.

　"……아."

　숨을 몰아쉬며 가까스로 눈을 뜨자 익숙한 얼굴이 보였다. 급하게 달려왔는지 그의 교복은 땀으로 흠뻑 젖어 있었다.

　체르지안은 나를 쳐다보지 않았다. 그의 시선은 교황에게 고정되어 있었다.

　"이게 무슨 일인지 설명을 부탁드려도 되겠습니까?"

　문 열리는 소리를 못 들었는데…… 어떻게……. 나는 체르지안을 올려다보면서 혼란스럽게 눈을 깜박였다.

아직도 몸이 덜덜 떨렸다. 모든 게 그저 당황스러울 따름이었다. 다리에 힘이 들어가지 않아서 비틀거렸는데, 순간 현기증이 일더니 눈앞이 아득해졌다. 나는 이를 악물고 버텼다. 아직 안전하지 않은 이상, 여기서 쓰러질 수는 없는 노릇이었다.

"이지스."

교황의 목소리였다. 그 부름에 형체도 없는 바람처럼 보이지 않는 누군가가 답했다.

"난 황제의 시선을 돌리는 것만도 벅차."

가쁘게 숨을 고르던 것도 잠시, 황제라는 단어를 듣고 나는 미간을 찌푸렸다.

루아의 시선을 돌리다니? 더군다나 방금 교황이 분명 이지스라고…….

머리가 지끈거렸다. 이지스는 결국 교황의 편에 서기로 결정한 모양이었다.

"짐승을 상대로 너무 무리하진 마세요. 그리고 거기 학생분, 굳이 설명해야 할 필요가 있습니까? 보다시피 영애와 대화를 나누고 있었습니다만."

누가 누구더러 짐승이라는 건지. 나는 굳은 표정으로 주위를 곁눈질했다. 이지스는 목소리만 들렸지, 정작 모습은 어디에도 보이지 않았다.

"성하께서는 성력이 충만한 나머지 대화를 손으로도 하나 봅니다?"

체르지안이 공손함 따위 내다 버린 목소리로 빈정거렸다. 나는 체르지안이 이렇게 화난 모습을 처음 보았으므로 적잖이 당혹스러웠다.

교황이 소리 내어 웃었다.

"꼭 그렇지만도 않아요. 제 손은 낯가림이 심한 편이라."

"낯가림이 심하면 주머니 안에 얌전히 넣어두셨어야죠."

"영애 앞에선 안 될 일이지요."

"참 나, 얘가 지금 몇 살인지 알고는 하시는 소리십니까?"

체르지안이 기가 막혀 물었다. 아무리 교황의 겉모습이 열여덟 살 정도로 보여도 그가 집권하기 시작한 지 벌써 20년이 넘었다는 사실은 모두가 아는 바였다. 아무리 적게 잡아도 파우스트의 나이는 마흔에 근접했다.

걷잡을 수 없이 험악해지는 분위기로 인해 가슴이 더욱 조여들었다. 이러다 이지스가 체르지안을 공격하기라도 하면 어떡하지? 누군가 이 소란을 듣고 찾아왔을 때 교황이 우리를 모함하면?

등 뒤를 힐끗거리지 않을 수 없었다. 교황은 절대적인 선을 추구하며, 언제나 결백하다. 세상의 모든 사람 중 단연 신 앞에 떳떳하게 설 수 있다고 알려진 자였다. 사람들은 우리가 하는 말보다 교황의 말을 더 믿을 게 뻔했다.

나는 체르지안의 옷자락을 붙들었다.

"저, 저기."

이 사이로 낮게 새어나가는 목소리가 떨렸다. 잠깐 얼굴을 찡그렸다가 나는 아예 체르지안의 손을 감싸 쥐고 잡아당겼다.

"이만 가자."

신경 쓰이는 게 한두 가지가 아니었다. 브리싱가멘과도 얘기할 것이 많았고, 루아는 괜찮은 건지 알고 싶었다. 교황이 했던 말은 의심스럽기 그지없는 데다가 이지스가 교황의 곁에 있다는 건 더더욱 충격이었다. 이지스는 신의 축복이 깃든 가죽 방패였으며, 그 특성은 미가엘이나 프라가라흐와는 완전히 상반되는 것이었다.

체르지안이 고개를 돌려서 나를 망막에 박아 넣었다. 그가 말로 표현하기 힘든 복잡한 표정을 짓는가 싶더니 다시 교황에게 시선을 고정했는데, 교황은 여전히 느긋하게 웃고 있었다.

초조해진 내가 체르지안의 손을 더 힘주어 잡자, 그가 곧 순순히 등을 돌려서 나는 안도했다.

"가시려고요?"

교황이 장난치듯이 가벼운 어조로 물었다. 맙소사. 파우스트보다 비정상적인 사람을 찾기란 불가능할 거다. 왜 이렇게 당당한 거야?

나는 그가 무엇에도 특별한 의미를 두지 않는다던 말을 떠올리며 불편하게 목을 가다듬었다.

"너는 루아를 질투했던 거 아니었어? 네가 아니라 루아에게 신의 권능이 스며들었기에 그토록 괴롭혔던 거잖아. 그런데 왜 교황의 자리가 의미 없다고 한 거야? 교황의 자리야말로 발두르의 인정을 받았다는 가장 큰 증명일 텐데, 그거라도 사수해야 하는 거 아니야?"

교황이 정말로 미친 건지, 아니면 단순히 자신감이 넘치는 건지 모를 일이었다. 체르지안이 왔는데도 교황은 본색을 감추려 들지 않았다. 아무래도 좋다는 듯 그저 이 상황을 즐겼다.

"그 대답은 다음에 들려드리지요."

나는 뭔가를 더 말하려고 했지만, 이번엔 체르지안이 나를 잡아 끄는 바람에 속수무책으로 예배당 밖까지 끌려 나갔다.

내 걷는 속도가 불만스러웠던 건지 체르지안은 바깥으로 나오자마자 마법을 써서 확 날아올랐다. 예배당으로부터 아주 멀리 떨어진 달팽이 모양 정원의 쌍둥이 연못 앞에 나를 내려주고는, 숨 쉴 새도 안 주고 따져 물었다.

"도대체 어떻게 된 거야?"

체르지안은 아직도 어처구니가 없다는 얼굴이었다. 하기야 나한테 몹쓸 짓을 하던 사람이 다른 누구도 아닌 교황이었으니.

나는 눈을 흘겼다.

"그러는 너야말로 어떻게 알고 온 거야?"

"아까 린지 교수님이 샤트린을 찾아왔어. 원래 샤트린이 일정표를 확인받으러 성하께……, 그 교황한테 가기로 예정되어 있었는데 네가 그 일을 대신 하기로 했기 때문에 심부름할 필요가 없어졌다던데. 그런데 정작 넌 교황이랑 마주치기 싫다고 했었잖아. 혹시나 싶어서 가봤더니 역시나 참사가 벌어지는 중이었고."

터질 것처럼 뛰었던 심장이 천천히 제 심박수를 찾아가는 듯했다. 마음의 안정을 위해 규칙적으로 크게 심호흡을 하다가 나는 잠시 멈칫했다.

"샤트린? 언제부터 걔랑 그렇게 이름을 부를 정도로 가까워진 거야?"

"지금 그게 놀랄 일이냐? 진짜 너 때문에 피가 말려서 못 살겠다."

세상을 다 산 노인처럼 투덜거리며 체르지안이 바닥에 주저앉았다. 나는 그를 따라 옆에 앉으면서 의심스럽게 질문했다.

"설마하니 걔도 너를 체르지안이라고 불러?"

긴장도 풀어볼 겸 해본 말이었는데 체르지안의 표정이 엄해졌다.

"농담할 기분 아니거든, 보니. 전에도 이런 일이 있었던 거야? 교황을 피하려던 이유가 이거였어?"

나는 입술을 우물거렸다.

"뭐……, 반은 맞기도 해."

체르지안은 더 이상 나에게 질문하지 않았다. 무슨 생각을 하는지 모를 얼굴로 돌연 입을 다물어서, 나는 괜히 움츠러들었다. 체르지안이 이렇게까지 화내는 것도 드문 경우지만 말을 아끼는 것 역시 무척이나 드문 일이었다.

잘못을 저지른 건 교황인데 어쩐지 체르지안은 나를 탓하는 것만 같았으므로, 가만히 앉아 있기가 힘들었다. 나는 발을 오므려

구두 한 짝을 벗고는 구두 끝으로 연못을 살살 간질였다. 둥근 파문이 부드럽게 퍼져나가자 알록달록한 관상용 물고기들이 밥인 줄 알고 내 구두를 향해 우르르 몰려들었는데, 그것이 신기해서 구두를 이리저리 옮겨보다가 그만 연못에 빠뜨리고 말았다.

"아."

풍당 소리와 함께 구두가 연못 바닥으로 가라앉았다. 뭐 이렇게 되는 게 없지? 나는 얼굴을 찡그리며 연못에 코를 박았다. 구두가 어디까지 내려앉았는지 보기 위함이었는데 내가 찾기도 전에 체르지안이 불쑥 연못 안으로 손을 넣어서 구두를 꺼내주었다.

나는 차가운 물에 흠뻑 젖고 만 구두를 건네받은 뒤에도 어리둥절해서 멀뚱멀뚱 그를 바라보았다. 체르지안이 웃는 듯 마는 듯한 입술로 내 이름을 불렀다.

"보니."

나는 대답하는 대신 눈만 깜박였다.

"걱정했어."

다른 사람의 말이었다면 코웃음만 치고 말았을 테지만, 나는 죄책감을 느꼈다.

"사과해야 되는 거야?"

"아니."

"그럼?"

고개를 기울이며 반문하자 그제야 체르지안이 조금 웃었다.

"고맙다고 해야지. 내가 아니었으면 큰일 날 뻔했잖아?"

그건 그렇지. 나는 순순히 고개를 끄덕였다. 내가 두 번 다시 교황이랑 둘이 만나나 봐라. 브리싱가멘을 협박해서 사람으로 변신시키는 한이 있더라도 절대 이번 같은 상황을 만들지 않을 것이었다.

"고마워."

체르지안이 내 머리를 쓰다듬었다.

"착하네. 그런 말도 할 줄 알고."

나는 가만히 있었다. 솔직히 울컥하기는 했는데 또 곰곰이 생각해보면 그동안 내 성질이 얼마나 더러웠기에 체르지안마저 이럴까 싶었다. 내가 정말로 변하긴 변한 건가? 뭐……, 정체가 뭔지도 모르는 병에 걸려서 영원히 어른이 되지 못할 거라고 생각했던 지난날보단 덜 신경질적이 된 것 같기는 하다. 화가 나면 닥치는 대로 뭐든 집어 던지는 버릇도 사라진 것 같고.

부드러운 정적이 어찌나 짙게 깔렸는지 구름 지나가는 소리가 들렸다. 바람이 나뭇잎을 흔드는 소리도 들렸고, 나와 체르지안의 숨소리도 귀에 닿았다.

"다른 건 안 물어봐?"

이왕 이렇게 됐으니 체르지안이 궁금해하면 뭐든 털어놓을 용의가 있었건만, 체르지안은 기지개를 켜며 바닥에 드러눕기만 할 뿐이었다.

"말하기 싫으면 하지 마. 어차피 별 도움도 못 될 텐데."

나는 얼굴을 찡그렸다. 가슴이 따끔거렸기 때문이다.

"내가 왜 마법을 배웠는 줄 알아?"

체르지안은 나를 쳐다보지도 않고 물었다. 나는 마법학 교수의 눈에 들었다고 말하며 체르지안이 장난처럼 건넸던 농담을 생각했다.

"여자 꼬시려고?"

그때 그는 마법이 검술보다 있어 보이니 이걸로 레뮤시를 놀려 줄 거라고도 했었다.

"그런데 너는 못 꼬셨잖아."

체르지안이 정말 아무렇지 않은 투로 대꾸했다. 갑자기 젖은 구두에 붙은 투명한 은색 물방울이 미친 듯이 거슬려서 나는 구두를 마구 흔들었다. 얼굴이 화끈거렸다.

내 기분도 모르고 체르지안이 이어서 말했다.

"널 다시 성장하게 만들어주려고 했는데 그런 마법은 너무 어렵더라. 시간이 오래 걸리더라고."

입안에 가시가 돋은 것처럼 혀가 간질간질했다. 무겁고, 쓰라리고, 먹먹하고. 나는 젖은 구두를 집어 던지고서, 잠시 얼어붙어 있다가 확 등을 돌려 무릎을 세우고 앉았다.

"고마워."

반대편으로 돌아앉아서 우물우물 말한 건데도 체르지안은 알아들었다.

"뭐가?"

"지, 지금도 내 옆에 있어줘서."

머뭇거림 가득한 그 말에 체르지안이 웃었다.

"십 년 정도는 더 있어줄 수 있어."

문득 나는 호기심을 느꼈다.

"그럼 십 년 뒤에는?"

체르지안이 잠시 뜸을 들였다.

"글쎄."

숨을 한 번 쉬고.

"어떻게 되려나."

다시 구름이 지나가는 소리가 들렸다.

체르지안은 마법을 써서 내 구두의 물기를 제거해준 뒤 나를 여자기숙사 앞까지 데려다주었다. 그러나 나는 선뜻 안으로 들어가지 못하고 입구 기둥에 붙어 불안하게 홀을 살폈다. 또 여학생들이 우르르 몰려들까 봐 겁이 났는데, 잠시 귀를 기울이자 다행히도 홀은 한산하기 이를 데 없었다. 다만 쪽쪽거리는 이상한 소리가 나서 문제일 뿐이지.

나는 슬며시 기둥 뒤에서 빠져나오며 불편하게 눈살을 찌푸렸다. 욜비사에서 온 유일한 유학생이자 엄연히 남자인 라야 린이 웬 여학생과 입맞춤을 나누고 있었다. 그것도 여자기숙사에서!

짜증이 치밀었지만, 나중에 사감한테 일러바치든 말든 일단은 무시하려고 했다. 그러나 내가 홀을 절반도 가르지르기 전에 두 사람이 떨어졌다. 그래도 저 의자에 다시는 앉지 않으리란 결심은 변함이 없었다.

"나중에 보자!"

짧은 단발을 한 여학생이 그렇게 말하며 라야의 뺨에 짧게 뽀뽀했다. 그러고는 수줍은지 까르르 웃으면서 계단으로 뛰어갔다.

라야 린이 갑자기 내 앞을 가로막지만 않았어도 나 역시 계단으로 올라갔을 거였다.

그가 커피 크림 같은 부드러운 눈으로 나를 쳐다보며 입꼬리를 휘었다.

"키스하는 거 처음 봐?"

"비켜."

아, 진짜, 오늘따라 왜 이렇게 귀찮고 성가신 일투성이인지 모르겠다. 갑자기 다들 내가 만만해지기라도 했나?

"너 되게 유명하더라."

그가 다짜고짜 내 안경을 벗겼다. 한 번 훑어보는가 싶더니 자기가 써서 기가 막혔다.

"널 데려다준 남자애도 그렇고."

키스하느라 바쁜 줄 알았건만 나와 체르지안을 살필 여유도 있었던 모양이다. 홀에선 유리문을 통해 바깥을 내다볼 수 있었으므로 불가능한 건 아니었다.

하지만 체르지안은 단순히 나를 걱정해서 바래다준 거지, 누구처럼 여자기숙사 안에서 여학생을 껴안고 키스하지는 않았다.

라야가 몇 년은 알고 지낸 친구처럼 살가운 웃음을 지었지만 내 기분은 전혀 나아지지 않았다. 내가 짜증스럽게 눈알을 굴리며 침묵을 지키는 것도 아랑곳하지 않고 라야는 안경 너머로 내 얼굴을 세심히 뜯어보았다. 황금빛이 감도는 그의 갈색 앞머리가 내 안경알에 닿는 게 무척이나 못마땅했다. 빌어먹게도 안경은 보기 좋게 갸름한 그의 얼굴에 아주 잘 어울렸다. 모두의 시선을 독차지하는 뛰어난 미남은 아니었어도 그에겐 사람을 잡아끄는 매력이 있었다.

세공품을 보듯이 내 표정 변화를 탐색하던 라야가 흥미롭다는 투로 말했다.

"그 남학생이랑 좋은 일이라도 있었나 봐. 아까부터 계속 얼굴이 빨간데."

나는 결국 입을 열었다.

"그런 거 아니야."

"그럼?"

당연히, 나는 설명해야 할 필요성을 못 느꼈다.

나는 입술을 다문 채 그의 안경을 벗겼다. 그리고 라야를 피해 옆으로 한 걸음 옮겼는데, 이번에도 라야는 똑같이 걸음을 옮겨 와 내 앞을 막아섰다.

신경질 가득한 내 시선을 무시하고 라야는 천연덕스럽게 물었다.

"넌 키스해본 적 있어?"

"비키라니까."

이 성가시고 무례한 욜비사 인 같으니. 나는 마지막 남은 참을성을 발휘하여 말했다. 물론 소용없는 짓이었다. 욜비사 인 남자에게 있어 여자만큼 흥미진진한 연구감도 없을 테니까. 바람둥이, 혹은 우아한 페미니스트로 유명한 욜비사의 남자들은 여성을 숭배하고 사랑하는 행위를 아주 중요하게 여겼다. 그들에게 연애란 하나의 신성한 의식과도 같았다. 한시라도 사랑에 빠져 있지 않으면 큰일이 난다는 듯이 굴었다.

"그 사람을 좋아하는지, 아닌지 확신할 수 없을 땐 키스를 해보면 돼. 그럼 딱 느낌이 오거든. 끝내주게 황홀하거나, 아니면 토할 것 같다거나."

라야가 비밀 얘기를 하듯이 검지를 입에 올렸다. 나는 얼굴을 확 찡그렸다.

"그건 너 같은 바람둥이한테나 통하는 말이겠지. 그리고 난 이미……."

이런. 나는 가까스로 뒷말을 삼켰다. 그러나 라야는 흥미를 보였다.

"이미 뭐?"

"계속 내 앞길 막고 있을 거야?"

나는 딱딱하게 말했고, 라야는 웃으며 비켜섰다.

"실례."

방금 전까지와는 달리 지나치게 담백한 태도였다. 나는 의아하게 눈을 치켜떴다.

"왜 나한테 말 건 거야?"

"다들 그러더라. 네가 황후가 될지도 모른다고."

라야가 내 안경을 아쉬운 눈으로 바라보며 대꾸했다. 그의 목소리에서 즐거움이 묻어나왔다.

"미래의 황후 폐하와 같은 아카데미를 다니는 건 대단한 일이잖아? 졸업하기 전에 말 한 번 섞어보고 싶었어. 그런데 그동안 네가 너무 여지를 안 주는 바람에 포기해야 되나 싶었거든. 넌 누가 다가갈라 치면 질색을 하고 거부했잖아. 그 남자애만 빼고. 나 말이지, 네가 고백받는 거 여러 번 봤거든."

이 남자애와 하필 이런 곳에서 이런 대화를 나누는 것이 싫었다. 천장이 높고 사방이 트여 있으니 사적인 대화를 나누는 덴 몹시 부적합한 곳이 아닌가. 노출되어 있다는 느낌을 지울 수가 없었다. 누군가가 내 목소리를 들을까 봐 걱정됐고, 이 남학생이 나에 대해서 얼마나 안다고 여지를 운운하는 건지 우습기도 했다. 나한테 말을 걸어보려는 시도를 하긴 했었나? 아니잖아! 다가온 적도 없는 주제에 왜 사람을 철옹성 따위로 둔갑시키는 건지 모르겠다. 이와 비슷한 얘기를 한두 번 들은 것도 아닌데 뱃속이 우글거렸다. 세상에서 제일 나쁜 여자가 된 것 같았다.

난 그저 주위를 살필 여유가 없었을 뿐이다. 또 나한테 고백했던 남학생들 중 대부분은 단순히 내 신분만 보고 접근했기에, 그것이 눈에 보여서 더 거리를 뒀던 거고. 괜히 그들의 계산적인 호의에 익숙해졌다가 나중에 배신당했을 때 감정 낭비를 하고 싶지 않았다.

　나는 욕심이 많고 질투도 심한 편이다. 마음에 들이는 것이 어렵지, 일단 한번 받아들이고 나면 나는 스스로가 무서울 정도로 상대에게 집착했다. 내 사람. 내 것.

　내…….

　이 마음에 들어온 사람은 오로지 나만 바라보고 나만 생각하고 나만 좋아해줘야 직성이 풀렸다. 이것은 나로서도 어떻게 제어할 수 없는 가장 강력한 열망이었다. 탐욕이었고 집착이었고 또한 나와 상대를 죽이는 양날의 검이었다. 내가 사랑하는 만큼 그 사람도 나를 사랑해주지 않으면 머릿속이 터질 것 같았고, 가시를 삼킨 것처럼 속이 뒤틀렸다. 감정 하나하나를 씹어 삼키는 불같은 분노에 휩싸여 어찌할 바를 몰랐다.

　단 한 사람도 이 정도인데. 그 애를 감당하는 것조차 이렇게 벅찬데.

　하물며 루아는 나에게 엄청 맞춰주고 있었다. 욕심으로 가득 찬 이 추한 속을 알고도.

　"네가 그런 얼굴인 건 아마 걔가 피나는 노력을 했기 때문이겠지?"

　라야가 짐짓 감동받았단 표정으로 활짝 웃었다. 그는 지금 체르지안의 얘기를 하고 있었다.

　나는 놀라서 눈을 깜박이다가, 곧 얼굴을 일그러뜨렸다.

　"입 다물고 그만 떠들어. 그리고 여자기숙사에 들어오지도 마!"

나는 라야를 노려보며 그렇게 쏘아붙여준 뒤 내 방으로 올라갔다. 도망치는 것 같아서 심히 짜증스러웠지만 어쩔 수가 없었다.

　계단을 뛰어오르느라 숨이 차 헉헉거리면서 기숙사 방문을 벌컥 열자, 숙제 중이었던 캐리에타가 깃펜을 귀 뒤에 꽂은 채 살갑게 웃으며 나를 반겨주었다.

　"보니, 안녕! 어디 갔다 이제 온 거야?"

　나는 가방을 침대에 집어 던졌다. 낮에 여학생들이 줬던 선물들이 서로 부딪치며 가방 안에서 요란한 소리를 냈다.

　"그냥 좀……, 린지 교수님이 심부름을 시켜서."

　그러고 보니 일정 확인서는 어떻게 하지? 나는 베레모와 안경을 벗고 머리를 땋았던 리본도 풀면서 미간을 찌푸렸다. 그걸 가지러 예배당에 돌아가기는 죽어도 싫었거니와 어차피 교황의 서명도 받지 못했다. 잔소리는 피할 수 없을 거였다.

　"으, 피곤해. 일단 좀 씻어야겠어."

　나는 흐트러진 교복을 바닥에 아무렇게나 벗어둔 채 속옷 차림으로 욕실에 들어갔다. 발할라 아카데미의 기숙사는 방마다 욕조가 딸린 개인 욕실이 있고 넉넉한 사이즈의 고급 침대와 책상, 옷장, 그리고 작은 개인 서재가 각각 둘씩 기본으로 구비되어 있었다. 기숙사비와 등록금이 더럽게 비싸기는 해도 학생들의 편의에 최대한 맞춘 시설을 고려한다면 오히려 충분하게 느껴질 정도였다.

　욕조에 뜨거운 물이 퐁퐁거리며 가득 차오르자, 나는 루아가 체인을 두 겹으로 꼬아 고정시켜서 발목에 걸어주었던 야명주 목걸이와 브리싱가멘을 벗어 선반에 올려놓았다. 그런 뒤 김이 피어오르는 욕조 안으로 들어가서 긴장한 몸을 천천히 이완시켰다.

달콤한 입욕제 냄새가 욕실 안을 가득 채웠다. 높이 차올라 턱을 간질이는 감미로운 물의 감촉을 느끼면서 나는 나른하게 한숨을 쉬었다.

"브리."

"미리 말해두는데 나한테 연애 상담 같은 거 하지 마. 그쪽은 완전 도움 안 될 거거든."

내가 미쳤니. 너한테 그런 걸 바라게. 나는 코웃음을 쳤다.

"무성인 사람이 진짜 있어?"

"아까 교황이 했던 말 때문에 그래?"

"응. 그 남자가 나한테 직접 확인해보라면서 개 같은 짓을 하려고 했었잖아. 아주 자신감에 차 있던데."

나는 고개를 숙여 코 밑까지 물에 담그고, 물속에서 입술로 푸하고 볼에 담았던 바람을 뺐다. 그러자 작은 거품이 보글보글 일었다.

"나도 그 얘기는 처음 들어. 생각할수록 어떻게 그 남자가 교황이 됐는지 모르겠네."

어라. 나는 어리둥절해서 눈을 깜박였다.

"브리 너도 모른단 말이야?"

"보통은 발두르가 직접 인간들 중에서 교황을 고르고는 해. 뭐,

발두르가 사라졌으니 이젠 더 이상 새로운 교황을 선택할 수도 없겠지만."

세상에. 갑자기 토할 것처럼 속이 메슥거렸다.

"그럼 파우스트는 발두르가 직접 뽑은 마지막 교황이란 거야? 그거 진짜 끔찍하다."

"나도 그렇게 생각해. 그런데 좀 이상한 게 있어."

"이상한 거라니?"

"메피스토펠레스 말이야. 나야 태어나자마자 성물에 봉인돼서 잘 모르지만, 이지스랑 프라가라흐한테 들은 바로는 발두르가 그자를 엄청 의지하고 아꼈대. 친구처럼, 형제처럼 믿었다던걸. 그런데 왜 발두르는 그런 존재가 곁에 있는데 사라지려고 했을까? 그것도 인간의 몸에 스며드는 방식으로 말이야."

확실히 그 부분은 이상하긴 했다. 의문점이 많은 일이었다.

어째서 발두르는 루아의 몸에 스며들었을까? 신인 자신을 늙고 불경한 악마로 속이면서까지 말이다. 어째서 자신이 직접 선출한 교황을 외면했지?

"미가엘은 이유를 아는 거 같은데 도통 알려주지를 않아."

생각에 잠겨 있는데 브리싱가멘이 볼멘소리로 투덜거렸다.

문득 황성에 있을 때 브리싱가멘이 자신을 성물에 봉인한 건 미가엘이라고 하면서 중얼거렸던 말이 떠올라 나는 고개를 갸웃거렸다.

"그러고 보니 너, 미가엘이랑은 어떤 사이야? 전에 무슨 말을 하려다가 말았잖아."

브리싱가멘이 자조적인 웃음을 흘렸다.

"아, 그거? 별건 아니야. 끔찍하게도 미가엘이 내 오빠라는 소리였어."

저런. 나는 진심으로 브리싱가멘이 안타까워졌다.

"……너도 고생이 많았구나. 그런데 그렇다고 해서 화가 풀리는 건 아니거든? 어떻게 교황이 바로 코앞에 있는데 모를 수가 있어?"

체르지안이 와주지 않았으면 어떤 일이 벌어졌을진 상상도 하고 싶지 않았다. 내가 부루퉁하게 나무라자 브리싱가멘이 제 죄를 알긴 하는지 말을 더듬거렸다.

"나, 나도 나름대로 최선을 다했어! 이지스가 교황한테 붙었을 줄은 몰랐지만……. 걔는 방패고, 뭔가를 숨기는 데 엄청나게 뛰어난 소질을 가졌으니까. 도망도 엄청 잘 치고! 으으, 아무튼 미안해……. 전부 내 책임이야. 이제부턴 정신 바짝 차리고 다닐게!"

코를 훌쩍이는 목소리가 퍽 귀여워서 나는 나도 모르게 웃었다. 하여간 브리싱가멘에게는 오랫동안 화를 낼 수가 없었다.

이런 내 생각을 아는지 모르는지, 브리싱가멘이 훌쩍훌쩍 소리를 내며 말했다.

"그리고 있잖아, 보니, 굳이 나를 지켜주려고 애쓰지 않아도 돼. 나는 널 지키려고 붙어 있는 건데 도리어 네가 나를 지켜주려고 하면 어떡해? 너부터 걱정해, 너부터."

"그래, 그래. 명심하고 있을게."

나는 적당히 대꾸해주고 눈을 내리떴다. 젖은 장미향이 수증기를 타고 올라와 정신을 나른하게 만들어주고 있었다.

나는 느릿느릿 씻은 뒤 우유와 꿀을 버무린 장미 오일을 몸에 발랐다. 여사제한테 배운 대로 간단하게 근육을 풀어주는 마사지를 하곤, 브리싱가멘과 이런저런 얘기를 나누며 허리를 훌쩍 넘는 긴 머리카락도 꼼꼼히 감고 엉키지 않도록 빗었다.

거울에 비친 내 모습은 익숙한 듯 익숙하지 않았다. 파스텔처럼 부드러운 장밋빛 머리카락을 등 뒤로 넘기고 나는 내 몸을 집요하게 들여다보았다. 엄마의 체형을 물려받아 나는 얼굴이 작고 다리가 길었다. 교양 수업을 듣기 전부터 사뿐사뿐하게 걸었으니 로즈힐에서 무용수나 하라는 얘길 들은 것도 영 터무니없지는 않았다.

"음."

키가 더 자랐는지는 잘 모르겠지만 확실히 가슴에는 눈에 띌 만큼 변화가 있었다. 예전엔 밋밋하기 이를 데 없어서 속옷을 착용할 필요도 없었는데 이젠 조금이나마 봉긋하게 솟아 있었다. 어쩐지 허리도 조금 들어간 것 같고! 그냥 마르기만 한 체형이 아니라 여성으로 변하고 있었다. 비록 옷을 벗어야만 확인할 수 있는 미세함이어도 굴곡이란 게 생겨났다.

나는 고개를 돌려보며 진한 색감의 황금색 눈을 열심히 움직였다.

"도대체 무슨 분위기가 변했다는 건지."

몸이 변화하기 시작했다는 건 알겠으나 다른 건 영 실감이 안 났다. 특히나 눈에 보이지도 않는 분위기라면 더더욱.

한참 동안 거울에 푹 빠져 있다가 나는 마지못해 가운을 걸쳤다. 보송보송한 솜이 젖은 피부를 부드럽게 감쌌다.

"루아는 지금 뭐 하고 있을까?"

나는 창문을 확 열어 욕실에 가득 찬 수증기를 밖으로 내보냈다. 어느새 높은 하늘이 밤의 빛깔로 물들어 있었다. 큰 별들이 벌써부터 하늘에 붙박인 채 반짝이고 있어서 나는 혀를 빼물었다. 나와 전혀 다른 하늘을 보고 있을 루아가 진짜 괘씸하고 얄미웠다.

"나쁜 놈, 맨날 쳐다본다더니 정작 필요할 땐 오지도 않고……. 이래서야 전이랑 다를 게 없잖아. 개선의 여지가 없어."

기껏 사람이 자존심도 포기하고 매달렸는데 돌아오는 대가가 이거였다.

나는 이를 갈았다.

"황제고 나발이고 오기만 해봐. 이지스 핑계를 대도 안 봐줄 거야. 내가 무슨 꼴을 당할 뻔했는데 지금까지 오지도 않는다는 게 말이 돼? 그놈이 나한테 얼마나 더러운 짓을 하려고 했는데!"

루아는 이미 이지스를 한 번 부숴버렸던 전례가 있었다. 그러니 이지스가 무슨 수작을 부렸든, 거기에 속았다는 건 어불성설이었다.

나는 애꿎은 욕실 선반을 확 걷어차주고는 밖으로 나갔다. 선반이 큰 소리를 내며 위에 놓였던 목욕용품을 우르르 떨어뜨렸다.

"얘 또 성질 나오네."

브리싱가멘이 중얼거렸다. 물론 나는 무시했다.

다음 날 나는 이른 아침부터 교무실 근처를 서성였다. 린지 여교수에게 어떻게든 해명을 하기 위해서였는데, 무슨 영문인지 교수들은 수업까지 미루고 한 시간이 넘게 회의 중이었다. 설마 어제 사고 친 것 때문인가 싶어 괜히 초조해졌다. 교황이 순순히 돌아갔으리란 보장이 없었다.

분명히 내 잘못이 아닌데 나는 연신 손톱을 물어뜯었다. 만약 파우스트가 교수들에게 나와 체르지안이 문제를 일으켰다고 했으면 어떡하지? 교황인 자신에게 버릇없이 굴었다고 하면? 아예 대놓고 자신을 모욕했단 얘기를 했을 수도 있겠다. 그랬을 가능성이 너무 높아서 탈이었다.

파우스트가 미쳤다는 사실을 아무도 모르니, 상황은 나에게 절대적으로 불리했다. 물론 그렇다고 해서 내가 어제의 일을 후회하는 건 아니다. 시간을 되돌리더라도 나는 똑같이 교황을 싫어했을 거였다. 교황이 붙잡았던 손을 나는 열 번도 넘게 씻었다.

문제는 이 일의 여파가 어디까지 커지느냐겠지.

계속 안절부절못하고 있는데 교무회의로 인해 수업 시간이 삼십 분이나 더 미뤄졌다는 안내방송이 들려왔다. 벌써 두 번째 연장이었다.

실로 불길한 예감이 엄습했다. 온갖 생각으로 뒤엉킨 머릿속이 복잡하기 그지없어서 비명을 지르고 싶었다.

"내가 너무 무책임했던 걸까? 하지만 진짜 끔찍했는걸! 그때만 생각하면 아직도 이가 갈려. 정말 무서웠다고……."

"진정해, 보니. 그자가 그런 식으로 너를 괴롭힐 생각이었으면 진작 공공연하게 말하지 않았겠어? 어제처럼 허튼 수작을 부리기 전에 말이야. 그리고 설령 교황이 너를 고발한다고 해도 황제가 가만히 있을 리가 없잖아."

브리싱가멘의 위로 아닌 위로에 나는 얼굴을 찡그렸다.

"지켜봐준다면서 오지도 않는 놈 따위 알 게 뭐야."

벨모트에 돌아오기 전 루아에게 무리해서 오진 말라고 했던 말은 까맣게 잊어버린 뒤였다. 나는 심술궂게 입술을 삐죽였다. 황실 마법사는 장식으로 있는 거 맞네, 뭐.

불행인지 다행인지, 삼십 분 뒤엔 교무실 문이 열렸다. 그러나 약속이라도 한 듯 교무실 밖으로 나오는 교수들의 낯빛이 창백하게 질려 있어서 이상하기 이를 데 없었다.

나는 고개를 갸웃거리며 린지 교수에게 다가갔다.

"교수님, 어제 부탁하신 일 말인데요."

내 부름에 여교수가 소스라치게 놀라했다. 그녀가 내 시선을 회피하며 복도 쪽으로 빠르게 걸음을 옮겼다.

당혹스럽게 눈을 깜박이던 것도 잠시, 나는 황급히 따라붙었다.

"교수님?"

교수가 마지못해 나를 보았다.

"지금은 곤란해요. 나중에 얘기하죠, 안젤리크 양."

어젠 못 잡아먹어서 안달 난 것처럼 굴더니 갑자기 왜 이런담? 나는 끈질기게 물었다.

"나중에 언제요?"

"곧 수업이 시작될 겁니다. 어서 강의실로 올라가세요."

교수가 단호한 어조로 말하고는 속도를 올려 옆 건물로 이동했다. 나한테 그토록 중요한 심부름을 시켜놓고 이젠 아무래도 상관없다는 듯한 태도였다.

어처구니가 없어서 나는 입을 벌렸다. 도대체 뭐가 어떻게 돌아가는 건지 알 수가 없었다.

나는 짜증 가득한 얼굴로 투덜거리며 강의실로 올라갔다.

도저히 영문을 모르겠는 교수들의 이상한 행동은 거기서 끝나지 않았다. 아니, 오히려 더 늘어만 가고 있었다. 우여곡절 끝에 시작한 미술학 수업에선 교수가 세 번이나 붓을 떨어뜨렸고, 울 것 같은 표정으로 더듬거리며 해명을 시도하다가 물감 통을 팔꿈치로 확 치고 말았다. 다과 수업에서는 깐깐하기로 유명한 노년의 여교수가 찻잔을 깨뜨리는 실수를 저질렀으며, 점심시간 후 첫 수업인 승마는 시작한 지 이십 분이 지나서야 교수가 도착했다.

"오늘 교수님들 말이야, 좀 수상하지 않아?"

"무슨 일이 있는 것 같지?"

주위에 있던 여학생들이 말에게 먹이를 주는 척하며 수군거렸다. 오랜만에 입는 승마복이 영 어색해서 나는 가볍게 스트레칭을 하며 팔과 다리를 쭉 폈다.

　확실히 수상해도 너무 수상했다. 나는 점심시간에도 체르지안을 볼 수 없었는데, 같은 학년의 남학생에게 그의 행방을 물어보니 마법학 교수의 부름을 받고 불려나가서 아직도 돌아오지 않았다고 알려주었다. 체르지안뿐만 아니라 마법에 재능이 있는 학생들은 모조리 끌려가서 행방이 묘연하다고 했다. 교수들의 이상 행동에 대해 영문을 모르기는 남학생들도 마찬가지인 것 같았다.

　교수들이 단체로 정신이 나가 있는 일은 당연하지만 이번이 처음이었다. 린지 교수가 나한테 아무런 말도 하지 않았던 걸 보면 교황 때문은 아닌 거 같고……. 어쨌거나 부디 나와는 별 연관이 없어야 할 텐데.

　자꾸 신경이 쓰여서 미칠 노릇이었다. 찜찜한 기분이 사라질 줄을 몰랐다. 아무래도 수업이 끝나자마자 체르지안을 찾아봐야겠어.

　음. 나는 무심결에 혼자 멀찍이 떨어져 있는 샤트린을 곁눈질했다. 샤트린은 검술에만 매진했으므로, 같은 학년이지만 나와 겹치는 수업이 거의 없었다. 그런데 체르지안이 저 애를 이름으로 불렀다 이거지.

　신기하기는 했다. 체르지안이 누구와도 쉽게 친해지는 성격이긴 했지만 그건 정해진 선이 있는 친분에 한해서였고, 대부분 가벼운 교류에서 그쳤다. 그 이상은 체르지안이 허락하지 않았다. 마냥 서글서글한 것 같으면서도 끊을 땐 확실하게 내치는 애였다.

사실 나는 어째서 내가 체르지안의 마음에 들었는지도 잘 몰랐다.

"이리 와."

나는 고삐를 잡아당기며 커다란 갈색 말을 데리고 느리게 걸었다. 그러나 내가 무리에서 떨어지려고 하기 무섭게 여학생 셋이 득달같이 달려왔다. 그 기세에 놀란 듯 말이 잠시 주춤했지만 여학생들은 안중에도 없었다.

"어디 가, 보니? 말 산책시키는 거야?"

"오늘따라 교수님들이 왜 저러시는지 너는 혹시 아니?"

나는 미간만 살짝 찌푸리고 말았다. 대답하지 않고 말을 부드럽게 달래며 걷는데 갑자기 한 방향으로 불던 바람이 뚝 멎었다. 올올이 흩날리던 머리카락이 흐트러진 채 내려앉았다.

"조심해, 보니. 이지스가 근처에 있는 것 같아."

브리싱가멘이 의미심장한 목소리로 속삭였다.

나는 걸음을 멈췄고, 나를 따라온 여학생들은 자신만만하게 목소리를 높였다.

"무슨 일인진 모르겠지만 이건 정말 너무한 거 같지 않아? 우리가 내는 등록금 생각도 해줬으면 좋겠는데 말이야. 우리 돈으로 먹고살면서 수업을 이따위로밖에 못 하는 게 말이 되니? 엄마가 이 사실을 알면 기겁을 하실 텐데."

"내 말이. 교수진은 왜 물갈이를 안 하나 몰라. 명문 아카데미라면서 교수들은 대부분 평민이잖아! 아무리 배워봤자 평민은 평민인데 수준 떨어지게 진짜……."

하도 양옆에서 떠들어대는 통에 정신이 산만했다. 나는 짜증스
럽게 입을 열었다.

"시끄러우니까 입 다물어."

내 말에 찬물을 끼얹은 듯 여학생들이 동시에 입을 다물었다. 서
로 눈치만 보는가 싶더니 곧 가장 사교성이 좋아 보이는 애가 멋쩍
게 웃어 보였다.

"아, 미안. 우리가 너무 떠들었지?"

그러나 나는 이미 인내심을 잃은 뒤였다.

"알면 귀찮게 하지 말고 저리 가줄래? 내가 지금 좀 바쁘거든."

나는 그들의 대답을 듣지도 않고 고삐를 잡아당기며 성큼성큼
걸었다. 비교적 온순한 말을 골라서 다행이었다. 내 난폭한 손길
에도 갈색 말은 투레질 한번 하지 않고 얌전히 따라왔다.

여학생들과 어느 정도 거리가 벌어졌을 때쯤 나는 작은 목소리
로 브리싱가멘에게 소곤거렸다.

"교황도 같이 온 거야?"

그 질문을 끝까지 하기도 전부터 스산한, 그러나 격동적인 몸부
림을 품은 전조의 바람이 불어왔다. 방금 전까지 뚝 그쳤던 게 거
짓인 것처럼 삽시간에 매몰차지는 바람이었다. 스멀스멀 기어올
랐다가 기회를 발견하는 순간 망설임 없이 집어삼키는, 그런 야비
함이 있었다. 정말 제멋대로 멈췄다 불었다 하는 이상한 돌풍이었
는데 기묘한 웃음소리를 실어 나르고 있었다.

"너."

어제 들었던 형체 없는 음성이 귀를 파고들었다. 어린 남자아이의 목소리였다.

"어째서 파우스트와 황제가 너한테 흥미를 갖는 건지 모르겠어. 그냥 건방진 여자애일 뿐인데."

나는 보이지 않는 이지스를 찾아 바보처럼 두리번거리는 짓은 하지 않았다. 슬쩍 주변을 곁눈질해보니 제법 떨어져 있는 다른 학생들에겐 이지스의 목소리가 들리지 않는 듯했다. 교수는 수업할 열의도 없다는 듯 벤치에 멍하니 앉아 있었고, 나를 따라왔던 세 명의 여학생은 멀찍이 물러나서 잔뜩 골이 난 얼굴로 각각 배정받은 말에게 먹이를 주었다.

평소처럼 아무렇게나 풀어헤친 연한 장밋빛 머리카락이 바람에 나부꼈다. 이 부자연스러운 바람은 필시 이지스의 힘이겠다.

"그러는 넌 그 건방진 여자애 앞에서 재롱이나 부리고 있네."

불안과 초조가 극에 달하기 직전이었다. 내가 턱을 들어올리며 신경질적으로 말하자 이지스의 웃음소리가 멎었다.

"지금 날 도발했다간 후회할 텐데."

"황제한테 직접 들이밀긴 무서우니까 나한테 덤비시겠다?"

어이없어서 눈알을 굴리려니 브리싱가멘이 짜증 섞인 한숨을 내쉬었다.

"유치하게 굴지 마, 이지스. 애초에 왜 교황한테 간 거야? 그자가 무슨 짓을 했는지 너도 알잖아. 이젠 황제가 발두르나 다름없는데……."

"황제는 신이 아니야! 결코 그가 될 수 없다고!"

그 고함이 엄청난 바람을 불러들였다.

파도와 같이 속수무책으로 쏟아져 전신을 집어삼킬 듯한 맹렬함이었다. 갑작스러운 돌풍에 겁먹은 말이 요란한 울음소리를 내면서 크게 몸을 뒤틀었다. 어찌나 센 돌풍인지 눈을 뜨기도 힘들었다.

손으로 얼굴을 가리느라 어느 순간 고삐를 놓치고 말았는데 머리 위로 큰 그림자가 드리웠다. 나는 바람에 눈이 아리는 것도 무시하고서 고개를 들었다.

흥분한 말이 앞발로 나를 걷어차기 직전이었다.

"보니!"

브리싱가멘이 나와 말 사이에 빛의 장막을 펼쳐 나를 보호해주었다. 아주 찰나의 순간, 정확한 타이밍에 맞춰 펼쳐진 반투명한 막이라 누군가 형체를 확인할 겨를도 없이 사라졌다. 하지만 나는 이미 어떤 여학생에게 붙잡혀 몸부림치는 짐승으로부터 멀리 떨어진 뒤였다.

혼잡한 바람의 한가운데서도 여전히 차분하게 내려앉은 생머리와, 청록색 눈이 보였다. 지독하다 싶을 정도로 생생한 눈이었다. 기이하게 푸르렀다.

"응?"

나는 눈을 깜박였다. 샤트린이 건성으로 나를 훑어보며 물었다.

"다친 덴?"

"없어."

브리싱가멘이 지켜줄 거란 사실은 알고 있었지만, 샤트린의 행동은 상당히 의외였다. 그리고 나랑은 제법 거리가 먼 곳에 있었던 것 같은데 어떻게 곧장 달려왔지? 검술을 배우면서 달리기 연습도 같이 하는 건가?

"모두 이쪽으로 오거라!"

느닷없는 소동으로 인해 정신을 차린 교수가 황급히 학생들을 불러 모았다. 그러나 샤트린은 듣지 않았고, 그늘이 넓은 고목나무 아래서 멈춰 섰다.

다시 주위로 시선을 돌린 샤트린이 눈을 가늘게 떴다.

"방금 뭔가가 널……."

설마 알아본 거야? 해명할 길이 없었으므로 나는 당황했지만 일단 모르는 척 천연덕스럽게 고개를 갸웃거렸다. 내가 눈을 휘둥그레 뜨자 샤트린이 미간을 찌푸렸다. 브리싱가멘이 만든 장막을 언뜻 본 것도 같은데 본인으로서도 확신하지 못하는 듯했다.

"아니야."

샤트린이 한숨을 쉬었다.

나는 샤트린을 뚫어져라 쳐다보았다. 그녀의 키가 나보다 한 뼘은 넘게 커서 마주 보려면 머리를 들어야만 했다.

"넌 오늘 교수들이 왜 저러는지 알아?"

혹시나 싶어 물어본 말에 놀랍게도 샤트린은 고개를 살짝 끄덕였다.

"국왕 전하께서 교황 성하를 만나기 위해 내일 있을 아카데미 행사에 참석하시고 싶단 의사를 밝히셨어. 너도 알겠지만 성하와 만나는 건 국왕으로서도 대단히 영예로운 일이니까. 듣기론 왕성으로 초청할 예정이었는데 성하께서 정중히 거절하셨다고 해. 도무지 시간을 비워주지 않으셔서 아카데미까지 오시기로 하셨지."

문득 지난날 병동에서 있었던 일이 떠올랐다. 그때 샤트린은 아무도 몰랐던 루아의 방문을 알고 있었고, 벨모트의 왕성에서 루아와 직접 얘기를 나누기도 했었다고 말했다. 우리 나이가 아직 사교계에 데뷔하지도 못할 정도로 어리다는 걸 생각하면 신기한 일이었다. 왕실 직속 기사단인 달의 신임을 받아서인지, 아니면 그녀가 공작가의 딸이기 때문인 건지는 모르겠지만 참 지나치게 소식이 빨랐다. 특히 벨모트의 왕성에서 일어나는 일을 누구보다 먼저 알았다.

벨모트의 왕이 온다니. 퍽 상세하게 아는 걸로 보아 아카데미의 다른 누군가에게서 전해들은 것 같지는 않고, 그렇담 본인이 목격했다는 건데…….

나는 불편한 기분에 사로잡혀 발로 바닥을 툭 쳤다. 어쩌면 샤트린은 아카데미를 졸업한 후에 무엇을 할지 이미 결정한 것일 수도 있었다. 아무래도 그녀는 제 집보다 왕성에서 보내는 시간이 더 많은 듯했다.

사납게 불어 닥치던 바람이 점차 부드러워졌다. 더는 이지스의 목소리도 들리지 않았다. 이지스가 떠난 건지 브리싱가멘에게 물어보고 싶었으나, 샤트린이 가까이 있어 불가능했다.

나는 말들을 진정시키는 교수를 지켜보면서 샤트린에게 말했다.

"너도 그래?"

"뭐가?"

"너한테도 교황을 만나는 건 영예로운 일이야?"

샤트린이 고개를 돌려 한데 모여 있는 여학생들을 곁눈질했다. 우리와 10미터밖에 떨어져 있지 않았는데 그들 역시 우리를 힐끗거렸다. 나와 눈이 마주치자 몇 명은 손을 흔들었다.

샤트린이 무슨 생각인지 모를 얼굴로 느리게 눈을 감았다 떴다.

"난 졸업하자마자 세례를 받을 거야. 당연히 영광스러운 일이지."

벨모트에서 성행하는 세례란 딱 하나였다.

나는 얼굴을 찡그렸다.

"설마 스티그마타(성흔)를 새긴다는 뜻은 아니겠지."

스티그마타는 곧 낙인으로, 한 번 몸에 박아 넣으면 절대로 지울 수 없는 낙인이었다. 신앙의 증명이자 여성이 결혼으로부터 벗어날 수 있는 완벽한 탈출구이기도 했다. 오직 순결한 남녀만이 새길 자격을 얻으며, 성인이 돼서 받는 경우는 드물었다. 순결을 확인하기 위한 절차도 제법 까다롭다고 들었다. 보통 먼저 세례를 받은 성직자가 신청자의 몸에 직접 새기는데 이 과정에서 과다출혈로 죽는 경우도 종종 있었다.

나는 기가 막혀 샤트린을 바라보았다. 샤트린은 루아를 좋아했지만, 루아는 제국의 황제였고 그녀에게 너무 먼 존재였다. 속사정이 더 있을지도 모르겠으나 지금으로선 그녀가 일부러 나를 자극하는 것으로밖에 안 보였다. 친하지도 않은 나한테 이런 얘기를 하는 이유가 달리 더 있겠어?

샤트린은 부정하지 않았고, 나는 헛웃음을 입에 올렸다.

"수녀가 되겠단 거니, 지금?"

내 빈정거림에 샤트린이 그럴 줄 알았다는 듯 딱딱하게 말했다.

"수녀가 아니라 성기사야."

그거나 그거나. 나는 툭툭 내뱉었다.

"그럼 체르지안은? 루아는? 공작 가문은?"

이번엔 샤트린이 얼굴을 찡그렸다.

"갑자기 베헤모스의 이름을 왜 거론하는지는 모르겠지만 내 결심은 변함없어. 이미 신청서도 제출했고. 우수한 성적으로 아카데미를 졸업한 뒤에 달의 기사단에 입단하면 성하께서 직접 세례를 내려주실 수도 있다더군. 학교장과 기사단장의 추천을 받아야겠지만 말이야."

그래, 네 인생인데 내가 뭐라 하겠니. 나는 못마땅한 표정을 지으면서도 말을 아꼈다. 샤트린은 아직 체르지안을 이름으로 부를 생각이 없는 듯했다.

더 이상 샤트린과 나눌 말이 없었다. 파우스트와의 만남을 영광스럽게 여기는 애한테 그가 미쳤다는 얘기를 해봤자 들을 것 같지도 않고, 소문이라도 내면 큰일이 아닌가. 신경 *끄는* 게 상책이었다.

흐트러진 머리카락이 바람을 먹고 붕 떠올랐다. 나는 잠깐 샤트린을 응시하다가 말없이 그늘에서 빠져나왔다. 여전히 평온하게 부는 바람을 의심하며 교수가 모이라고 한 곳으로 가려는데 별안간 등 뒤에서 그런 말이 들렸다.

"네가 부러워."

나는 의아하게 등을 돌렸다.

"뭐?"

샤트린은 여전히 그늘 안에 있었다. 고목나무에 붙은 푸른 이파리가 그녀의 눈 색처럼 선명했다. 그러나 반짝임이 없는 메마른 빛깔이었다.

"너는."

샤트린이 천천히 말을 이었다.

"이제 모든 걸 가졌잖아."

이제…… 라고.

나는 억지로라도 웃음을 참으려 했지만 뜻대로 되진 않았다. 아마 내 얼굴에 피어오른 웃음기를 샤트린도 알아보았을 거다.

"어머. 그런 말은 부러울 때나 하는 건데. 나한테서 제일 탐나는 게 뭐야? 얼굴? 집안? 아니면……."

내 목소리에 가시가 돋쳤다.

"황제 폐하의 사랑?"

"그래. 그렇게 말할 수 있는 네가 부러워."

저 그늘에서 나오지 않았다면, 아직도 샤트린과 가까이 있었다면 그녀를 한 대 쳤을 수도 있었다. 가까스로 욕설을 삼킨 나는 비딱하게 고개를 기울였다.

"내가 성장을 시작했다는 소문을 듣자마자 태도를 바꾸는 꼴이 더럽게 가증스럽긴 하지만 칭찬으로 들을게."

짜증스럽기 이를 데 없었다. 하여간 쟤는 좋게 보려고 해도 도무지 그럴 수가 없는 애였다. 내 속을 못 긁어서 안달이 난 거 같잖아.

나는 입술을 깨물며 교수와 여학생들이 있는 곳으로 걸어갔다. 체르지안이 샤트린의 어떤 점을 보고 호감을 가졌는지 도통 모를 일이었다.

더운 오후였다. 햇볕이 따갑고, 턱없이 건조한 바람이 부는.

승마 수업 한 번으로 만사가 귀찮고 짜증스러워진 나는 평소처럼 헐렁하게 교복을 입고 체르지안을 찾으러 다녔다. 가방을 들고 다니는 것도 번거로워서 승마복과 함께 시종에게 맡긴 뒤였다. 나는 더위에 약한 체질이었으므로, 기온이 조금만 올라가도 스트레스가 폭발했다.

다행히 무작정 떠돌기 시작한 지 얼마 지나지 않아 체르지안을 찾을 수 있었다. 마법학 교수가 중노동이라도 시켰는지 체르지안은 잔뜩 지친 얼굴로 아카데미 정원의 벤치에 누워 있었다.

나는 그를 보자마자 반갑게 뛰어갔다.

"체르지안! 여기 있었구나!"

나는 벤치에 길게 누운 체르지안의 눈높이에 맞춰주려고 그의 머리가 있는 쪽으로 가서 허리를 구부렸다.

체르지안이 한 박자 늦게 눈을 들었다.

"……보니?"

그 시선에 의아함밖엔 없었다. 나는 볼을 부풀렸다.

"뭐야, 그 눈은? 상당히 마음에 안 드는데."

체르지안이 고개를 들었다. 부드러운 바람이 나와 그의 머리카락을 사이좋게 흐트러뜨렸다. 내 머리카락이 너무 길어서 이따금씩 체르지안의 뺨을 스쳤다.

"너 다리 보여."

힘들어 죽겠다는 얼굴이면서 장난을 치는 게 체르지안다웠다. 나는 심술궂게 그의 코를 잡아당겼다.

"지금 농담할 기분 아니거든?"

"농담 아닌데. 이러다 속옷도 보이겠다."

그러면서 그가 아예 교복 치마를 붙잡으려는 듯 손을 뻗었다.

"야!"

이게 진짜! 당황한 내가 황급히 코를 놓아주고 뒤로 물러나자 체르지안이 웃으며 손을 거뒀다. 그가 천연덕스럽게 시선을 올려 도망친 나를 바라보았다.

"나는 왜 찾았어?"

나는 체르지안에게서 멀찍이 떨어진 채 사납게 눈알을 굴렸다. 샤트린한테 오늘 교수들이 왜 이상한 행동을 벌였는지 들었지만, 새로운 의문이 생겨나는 바람에 그를 찾지 않을 수 없었다.

"아까 승마 수업 때 샤트린이랑 얘기했어."

샤트린은 내가 부럽다고 했다. '이제' 모든 걸 가졌기 때문에.

또다시 불쾌감이 치밀어서 나는 찡그려진 미간을 꾹꾹 문질렀다. 체르지안이 짧게 고민하는 소리를 내며 중얼거렸다.

"승마는 오후에 들었으니 방금 전 일이네."

애가 어떻게 내 시간표를 알지? 아니, 샤트린의 시간표를 아는 건가? 나는 연신 눈을 깜박였다.

"안에 들어가서 얘기할까? 너 더운 거 싫어하잖아."

"으응, 그래."

나는 얼떨결에 고개를 끄덕였다. 체르지안이 여전히 누워서 손을 흔들었다.

"일어나게 잡아줘."

잠깐의 머뭇거림이 있었다. 체르지안이 다시 장난을 칠까 봐 망설여졌던 건 아니었다.

나는 짧게 숨을 들이마시고 다가가 체르지안의 손을 붙잡았다. 굳은살 없이 단단하지만 매끄러운 손바닥이 손끝에 닿는 순간 나는 괜히 긴장했다. 입술이 절로 다물어졌다. 피부를 훑고 가는 더운 바람이 전보다 생생하게 느껴졌다.

체르지안이 내 손을 잡고 일어나면서도 신기하다는 듯이 나를 쳐다보았다.

"전에는 이런 부탁을 하면 코웃음만 치더니."

내가 그랬었나? 그럼 이번에도 그럴 걸 그랬다. 어째서 순순히 잡아줬는지 모르겠네. 진짜로 내가 변한 건가? 그런데 이게 안 좋은 쪽으로 변한 건지는 잘 모르겠다. 어쩌면 성장을 다시 시작했다는 기쁨에 취해서 잠시 마음이 너그러워졌는지도 모르지. 모든 것에서 말이다. 응, 확실히 샤트린을 그냥 내버려둔 것만 봐도 난 착해진 게 분명해.

착해지는 건 좋은 걸까, 나쁜 걸까? 어찌 됐건 귀찮아진다는 것만은 확실하다. 나는 심술쟁이처럼 체르지안을 잡았던 손을 확 빼는 걸로 대답을 대신했다. 체르지안도 딱히 구체적인 대답을 들을 생각은 없었는지 별다른 말을 덧붙이지 않았다.

"이리 와, 보니."

나는 체르지안을 따라서 학생 휴게실이 있는 건물로 들어갔다. 온도 조절 마법이 가동 중인 건물은 쉬지 않고 시원한 바람을 퍼뜨렸다. 그 덕에 금세 기분이 좋아져서 나는 찡그렸던 표정을 풀고 빈 휴게실을 찾아 복도를 가로질렀다.

부드러운 분홍 빛깔 머리카락을 손으로 빗어 내리며 나는 앞서 걷는 체르지안을 빤히 주시했다. 진짜 키 크다. 무, 물론 내가 다른 여자애들에 비해서 좀 작은 것도 있지만 역시 체르지안의 키는 엄청 컸다. 새삼스럽게 그와의 키 차이가 실감나서 나는 약간 주눅이 들었다.

곧 아무도 없는 휴게실이 나왔다. 체르지안이 신사적으로 문을 열어주더니 내가 들어가자 닫았다.

달뜬 뺨을 스쳐가는 바람이 서늘했다. 나는 우물우물 입을 열었다.

"너는 왜 나를 좋아해?"

체르지안은 당황한 기색도 없이 대답했다.

"예뻐서?"

지금 농담하는 거지? 단지 얼굴만 보고 좋아한다기엔 너는 내 성질을 너무 잘 아는데.

내가 불신 가득한 눈초리로 노려보자 체르지안이 웃었다.

"난 사실 너 처음 봤을 때부터 좋아했어."

"거, 거짓말."

나는 나도 모르게 말을 더듬거렸다. 정말로 믿기지 않았다.

"아까 샤트린이랑 얘기했다고 했지? 그럼 내일 누가 오는지도 알아?"

체르지안이 벨벳 소파에 기대앉으며 대수롭지 않게 물었다. 갑자기 체르지안과 마주 보고 앉기가 몹시 불편해져서 나는 그냥 문가에 등을 붙이고 섰다.

세상에. 처음 만났을 때부터 나를 좋아했다고? 도무지 받아들이기 힘든 말이었다. 나는 그때의 내가 얼마나 불안정했는지 잘 알고 있었다.

괜히 물어본 것 같다는 생각이 드는 건 왜일까. 하지만 계속 모르는 척할 수도 없는 일이었다. 어쨌거나 체르지안이 먼저 화제를 돌려주니 다행일 따름이지.

나는 작게 헛기침을 하고 대답했다.

"벨모트의 왕이 온다던데."

"그 밖에 다른 사람이 온다고는 안 해?"

체르지안이 웃으며 물어왔으므로 나는 의아하게 눈살을 찌푸렸다.

"다른 사람이라니? 국왕만큼 중요한 사람이 더 와?"

"글쎄, 맨입으로 알려주긴 싫은데."

입술이 절로 오므려졌다. 맛있는 음식을 사달라거나, 따로 갖고 싶은 비싼 물건이 있어서 떠보는 게 아니라는 것 정도는 눈치 챈 바였다.

혼란스럽지 않다면 물론 거짓이다. 지난 3년 동안 체르지안은 한 번도 이렇게 노골적으로 나를 향한 마음을 드러낸 적이 없었으니까. 내가 여지를 주지도 않았을뿐더러 체르지안 또한 그런 나를 이해했다. 체르지안은 이미 내 마음속에 누가 있는지 알았고, 내가 절대로 루아에게서 벗어나지 못한다는 사실 역시 알았다.

그는 내가 가장 충동적이고, 공격적이고, 불안정하고, 망가졌던 시기에 만난 유일한 친구였다. 지금까지도 그는 내 곁에 있었다.

처음엔 이 마음에 여유가 없었다. 친구도, 연인도, 다른 그 어떤 관계도 받아들일 수가 없었다. 루아를 버리고 떠나왔다는 죄책감에 시달렸던 나에게 위안이 되어준 건 오직 엄마와 아빠뿐이었으며, 나는 그것만으로도 충분했다. 타인의 관심은 필요하지 않았다. 그것만큼 버거운 것이 없었다.

나는 남이 나를 아는 게 두려웠다.

내가 약하고 불완전하고 쓸모없는 존재란 사실을 들킬까 봐 겁이 났다.

그래, 그렇기에 나는 유독 체르지안을 꺼려했던 거다. 남의 마음을 너무나 쉽게 알아채는 데다가, 평범한 사람들보다 백배는 예민한 감각을 가진 체르지안이 무서워서 도리어 가까이 두었다. 어쩌면 체르지안도 예전에 눈치 챘을지 모르겠다. 내가 결코 순수한 마음으로 그를 친구로 둔 것이 아니라는 사실을 말이다. 누가 내 몸에 손대는 것도 진저리치게 싫어하는 주제에 나는 친구라는 핑계로 그와 3년을 있었다. 일말의 참을성만 갖고 있으면, 쉬운 일이었다. 어차피 체르지안은 나에게 퍽 흥미가 많았으니 나는 못 이기는 척 받아주기만 하면 되었으므로. 그는 자신의 호기심을 채우고, 나는 그를 바로 옆에서 경계할 수 있었다.

그런데 정말…… 단지 그것뿐인가?

"보니."

정적을 깨고 체르지안이 내 이름을 불렀다. 그와 눈이 마주쳤다.

나는 먼저 시선을 피했다.

"좋아해."

응?

"무, 무, 무슨……."

애가 지금 뭐 하는 거야! 너무 갑작스럽잖아! 진짜 노, 놀랐다고!

나는 심각하게 말을 더듬거리며 어떻게든 그와 거리를 벌리려고 했다. 그러나 이미 방어적으로 문에 기대고 있어서, 물러나봤자 발등으로 문을 치는 것밖엔 되지 않았다.

손으로 입을 가렸다. 문을 열고 뛰쳐나갈까 진지하게 고민하는데 체르지안이 나를 해칠 의도가 없음을 증명하듯 소파에 거의 눕다시피 하며 말했다.

"대답 안 해줄 거야?"

얼굴이 화끈거려서 아무런 말도 나오지 않았다. 물론 체르지안이 나를 좋아한단 사실을 한 박자 늦게나마 눈치 채고 있었지만…… 이렇게 직설적으로 말해올 줄은 몰랐던 바였다. 3년 동안 쌓아 올린 관계를 무너뜨리지 않기 위해서라도 그가 지금껏 그러했듯이 그 마음을 숨기리라 여겼다. 그것이 나의 오만한 바람이기도 했고, 마지막 희망이기도 했다. 나는 타인을 불신했지만, 아무리 멀리하려고 해도 일단 한 번 마음에 들이고 나면 웬만해선 떨치지 못했다. 참 많은 미련에 시달렸다.

좁은 휴게실 안의 공기가 답답했다. 방금 전까지만 해도 그렇게 시원했는데.

체르지안은 강요하지도 않았고 나를 나무라지도 않았다. 그저 평소와 똑같은 시선으로 나를 바라보기만 할 뿐이었다. 그러나 지극히 불편했다.

나는 성장을 시작했다. 내 마음을 짓눌렀던 가장 큰 짐이 사라진 거다. 이제 체르지안은 나를 배려해야 할 필요가 없었다.

그는 대답을 들을 자격이 있었다.

마음속에서 어떤 목소리가 들렸다. 대답해. 빨리. 지금 당장.

"그치만 나, 나는 가장 유력한 황후 후보인걸. 언제일지는 정확히 모르지만 제국으로 다시 돌아가야 하고……, 또……."

나도 내가 무슨 말을 하는지 잘 몰랐다. 어지럽게 꼬인 머릿속에서 간신히 단어들을 찾아 무작정 늘어놓으니 체르지안이 헛웃음을 흘렸다.

"너답지 않은 변명이네."

얼굴을 쓰다듬는 시선이 부드러웠다. 나는 또다시 그의 눈을 피해 옆으로 고개를 돌렸다.

체르지안은 너무 예리해서 탈이었다.

"다른 애들한테 그랬던 것처럼 내가 싫다고 단칼에 잘라 말하지 않는 이유가 뭔지 물어봐도 돼?"

이유가 뭐냐고? 그야 당연히…….

"나……, 나 갑자기 바쁜 일이 생겨서 이만 가볼게! 안녕!"

체르지안이 무척 좋은 애라는 걸 알기 때문이다.

"보니 너 쟤한테 반한 거야?"

"아니거든!"

흥미진진한 기색이 담긴 브리싱가멘의 물음에 툭 쏘아붙여주고서, 나는 건물을 빠져나와 여자기숙사를 향해 달렸다. 그러나 머릿속이 터질 것처럼 복잡한 덕에 절반도 채 가지 못하고 결국 걸음을 멈추었다.

"도망치는 게 아니었어."

진짜 울고 싶었다. 어쩌다 내가 이런 바보 같은 짓을 저질렀는지 모르겠다.

참담한 기분에 사로잡혀 울먹이다가 나는 한숨을 쉬며 길바닥에 웅크려 앉았다.

"역시 돌아가서 제대로 말하는 게 나을까?"

풀포기를 뽑으며 시무룩하게 중얼거리는 말에 브리싱가멘이 재미있단 투로 말했다.

"뭐라고 하게?"

"그야…… 당연히……."

나는 말하다 말고 입술을 꾹 다물었다. 브리싱가멘은 개의치 않고 이야기를 늘어놓았다.

"확실히 저 애랑 사귀면 네 부모님의 소망은 이뤄지겠는걸. 평범한 학교생활을 보내는 것 말이야. 적어도 교황한테 시달리거나 목숨을 위협받는 일은 없을 거 아니야."

평범한 학교생활이라. 나는 손가락에 붙은 풀 조각을 마구 털어냈다. 그런 것까지 생각할 여유가 있을 리 없잖아.

내가 망설이는 건 엄마와 아빠 때문이 아니었다. 체르지안에게 상처 주고 싶지 않아서 그렇지. 체르지안을 좋아하긴 했지만, 설령 이 감정이 나를 좋아해주는 이성을 향한 얕은 호감이라고 해도 나는 순순히 받아들여선 안 됐다. 이미 그보다 훨씬 우선인 사람이 있기에.

"보니, 너 지금 얼굴 빨개졌어."

브리싱가멘이 지나치게 열성적으로 조잘거렸다. 윽, 진짜 그런가? 나는 황급히 볼을 문질렀다.

"내 얼굴은 원래 잘 빨개져."

"솔직하지 못하긴. 원래 네 나이 땐 얘도 좋아하고 쟤도 좋아하는 거라던데. 물론 그중에서도 더 좋은 애가 있고 덜 좋은 애가 있겠지만. 황제가 이상한 거란 말이야."

지금 루아가 나만 좋아해주는 게 이상하다고 말하는 건가? 나는 얼굴을 찡그렸다.

"그만 좀 놀리지그래?"

루아 얘기에 흠칫하지 않을 수 없었다. 어쨌든 나에겐 루아밖에 없었다. 루아가 아무리 얄밉게 굴어도, 나를 찾아오지 않아도 루아를 좋아하는 마음은 변함없었다. 내가 마음을 바친 만큼 루아가 돌려주지 않는다고 해서 그렇게 간단히 변하는 감정이 아니었다.

나는 잠시 아무것도 없는 허공을 노려보다가 자리에서 일어났다. 그리고 체르지안에게 해명하기 위해 왔던 길로 되돌아가려고 했다.

갑자기 바람을 타고 아주 낮은 속삭임이 귀를 파고들어왔다.

마치 주문 같은.

이방의 낯선 언어로 이루어진.

"어디 가?"

그 달콤한 목소리는 주문이 끝난 다음에야 나를 잡아 세웠다. 그러나 뒤를 돌아보기도 전에 극심한 현기증이 일더니, 강제적으로 다리에서 힘이 빠졌다. 시야가 뿌옇게 흐려지는 것과 동시에 일어난 일이었다.

당연하지만 나는 마법에 대한 저항력 같은 게 전혀 없었다.

중심을 잡으려는 시도조차 한번 하지 못하고 나는 앞으로 쓰러졌다. 다행히 누군가가 땅에 부딪치기 전에 나를 받아주었는데, 그 품에 안기자 아주 익숙한 체향이 맡아졌다. 모든 경각심을 일순간에 허물어버리는 햇살의 내음. 한여름의 초록보다 더한, 혀가 얼얼할 정도로 달고 미끄러운 향기였다.

나는 신음하며 숨을 삼켰다. 등을 감싼 손이 믿을 수 없이 다정했다.

"왜 다시 돌아가려는 건데?"

무척이나 쉽게 나를 안아 올린 루아가 창피할 만큼 부드러운 목소리로 물었으나, 기운이 빠져서 입을 여는 것조차 불가능했다. 약에 취한 것처럼 전신이 나른했다.

저절로 눈이 감겼다.

"내가 싫어할 걸 뻔히 알면서."

그런 게 아니라고 대답해야 하는데 의식이 끊겼다.

몸이 무거웠다. 아주 두꺼운 이불에 푹 덮인 것 같은 기분이었다. 어째서 루아는 나를 믿어주지 않는 걸까. 마법을 써서 기절시키다니. 이건 좀 너무한 처사였다. 나는 체르지안에게 나도 널 좋아한다는 말을 할 생각이 전혀 없었다.

물론 체르지안을 좋아하기는 했다. 친구로도 좋고, 이성으로서 호감을 느낀 적도 있어. 하지만 이 감정은 깊지도 않을뿐더러 일시적인 것인지, 아닌지조차 나는 잘 몰랐다. 또한 안다고 해도 달라지는 건 없을 것이다. 예전에 나는 펠레스에게도 그런 감정이 있었지만, 결국은 어차피 단념해야 할 마음이었다. 나에게 가장 필요한 건 루아였고, 내가 가장 원하는 것도 루아였다.

하지만 루아는 믿어주지 않았다.

"보니, 보니!"

나를 현실로 끌어올린 건 캐리에타의 목소리였다. 캐리에타가 나를 조심스럽게 흔들어 깨웠다.

"이제 그만 일어나야 해. 황제 폐하께서 오셨대."

정말 가까스로 눈을 떴다. 여기가 어디지? 기숙사인 건가? 지금이 몇 시인 거야? 나를 기절시킨 것도 루아이니 깨우는 것도 루아일 거라고 생각했는데 어째서 캐리에타가 옆에 있는지 당혹스러울 따름이었다.

고개를 들자 캐리에타가 걱정스러운 눈으로 나를 살폈다.

"괜찮아? 너 엄청 오래 잤어."

"얼마나?"

목이 막혀서 단어 하나를 뱉는 것조차 힘겨웠다. 나는 일어나 앉으며 얼굴을 찡그렸다. 정신이 멍했다.

캐리에타가 침대 옆 탁자에서 주전자와 유리잔을 가져오더니 차가운 물을 따라주었다.

"음, 내가 어제 저녁 8시 조금 넘어서 방에 돌아왔으니까……, 적어도 열 시간은 넘게 잔 것만은 확실해. 복도에서 애들이 너무 떠드는 바람에 사감이 조용히 시키러 왔을 때도 한 번 깨지 않고 자더라. 어제 진짜 시끄러웠는데 말이야. 윙그비아 황제 폐하께서 벨모트에 도착하셨다는 얘기를 듣고 애들이 난리도 아니었거든. 하물며 첫 공식 일정이 아카데미를 방문하시는 거라지 뭐야! 진짜 놀랍지 않아? 물론 우리를 만나러 오는 게 아니라 교황 성하 때문이지만, 좋은 게 좋은 거지!"

캐리에타가 잔뜩 흥분해서 말했다. 물을 마시다가 나는 기가 막혀 되물었다.

"어제라고?"

"응. 어제."

캐리에타가 순진한 목소리로 대답했다. 나는 벌떡 일어나서 벽에 걸린 장미시계를 확인했다. 줄기 모양의 시곗바늘은 7시를 가리키고 있었다.

이런 망할. 어떻게 이럴 수 있지? 나는 황급히 창가로 달려가 커튼을 젖혔다. 창틀까지 반짝이게 하는 깨끗한 아침 햇살이 내가 엄청난 시간을 잠으로 날렸다고 알려주었다.

"어서 준비해야 해, 보니. 오늘 수업이 전부 취소됐기는 한데 대신 오전에 소지품 검사를 할 거래. 너도 알겠지만 위험한 물건을 가지고 다녔다가 혹시 사고라도 생기면 큰일이니까. 지금 폐하께선 국왕 전하와 예배당에 계신다고 들었어. 밖에 근위병들이 우글우글거려."

뭐가 어떻게 돌아가는 건지 나는 도무지 알 수 없었다.

나는 숨을 들이켰다. 새하얗게 부서지는 햇살을 만끽하며 미친 듯이 눈을 깜박였다.

그리고 겁에 질렸다.

"지금 학교에 누가 와 있다고?"

캐리에타가 인내심을 갖고 다시 말했다.

"어, 황제 폐하랑 벨모트 국왕 전하? 그리고 곧 성하께서도 도착하실 예정이지. 덕분에 알베이흐 왕자님께선 아버님을 모시느라 새벽부터 아주 바쁘시다던걸."

루아가 조만간 공식적으로 벨모트를 방문하리란 사실은 알고 있었지만, 어째서 이렇게도 충격인 건지 모를 일이었다.

교황을 만나러 왔다고? 그러나 결코 사람들이 생각하는 이유 때문은 아닐 거였다. 파우스트는 루아가 정신적으로 성장하지 못하도록 수도 없이 머릿속을 들쑤셨으니까.

나는 햇빛이 스며드는 창을 등지고 섰다. 지끈거리는 머리를 붙잡고 충격에 빠져 신음했다. 내가 자는 동안 이야기할 상대가 없어서 무척이나 심심했는지 캐리에타는 내 얼굴이 일그러지는 것도 아랑곳하지 않고 열심히 떠들었다.

"황제 폐하께서 즉위식을 마친 기념으로 벨모트에 오실 거란 소문은 예전부터 돌았지만 이렇게 금방 오실 줄은 몰랐어. 선황제께선 즉위하신 뒤 욜비사를 먼저 방문하셨다고 했는데, 다들 이번에도 그럴 거라고 예측해서 나도 욜비사에 먼저 가실 줄 알았단 말이야. 역시 신문은 믿는 게 아닌가 봐. 어쨌거나 너무 설레지 않니? 듣기론 황제 폐하가 아도니스도 울고 갈 만큼 끝내주게 황홀한 미남이시라던데. 멋있고 섹시하고 하여튼 진짜로 근사하대. 보니 너는 좋겠다."

차라리 잘못 들은 것이길 바라며 나는 미심쩍게 입을 열었다.

"좋겠다니?"

"보니 넌 이제 곧 폐하와 결혼해서 황후가 될 거잖아! 사실 지금도 너한테 높임말을 해야 하나 고민 중이야."

캐리에타가 부러움 가득한 눈으로 나를 쳐다보았다. 적어도 지금 이 순간만큼은 전혀 기쁘지 않은 얘기였다. 나를 이 시간까지 자게 만든 사람이 바로 그 황제거든? 더불어 지금쯤 나한테 엄청나게 화가 나 있을 거고 말이야. 루아는 내가 체르지안을 좋아한다고 생각하는 게 분명했다.

루아와 나 사이엔 말로 정의 내리기 힘든 복잡한 것이 있었다. 단순히 서로를 아끼고 그리워하고 좋아하는 관계가 아니었다. 나는 루아에게 질투와 열등감을 느꼈으며, 루아는 나를 '지켜'보지만 '구해'주지는 않는다. 그렇기에 언제나 아슬아슬하고, 위태롭고,

툭하면 삐걱거리기 일쑤인데 모두 우리가 결혼할 거라고 믿어 의심치 않았다. 그러다 나중에 우리가 서로 다른 사람이랑 결혼하면 어쩌려고?

나는 루아가 없으면 안 되고, 루아 역시 나를 필요로 해주지만 이 엉망인 감정을 사랑이란 단어 하나로 함축시키기엔 뭔가가 부족했다. 결정적으로 우리는 서로를 잘 믿지도 않았다.

마음이 울적했다. 머리를 마구 헝클어뜨리다 나는 욕실로 터덜 터덜 걸어갔다.

"씻고 올게."

"응응, 서둘러!"

욕실 문을 닫자 고요가 찾아왔다. 거울 앞에 선 나는 부스스한 솜사탕색 머리를 손으로 매만지며 한숨을 쉬었다.

"브리 너는 어떻게 생각해?"

그러나 대답은 들려오지 않았다. 나는 의아해서 목걸이를 매만 졌다.

"브리? 자는 거야?"

역시나 브리싱가멘은 말이 없었다. 나는 잠시 동안 화려한 금목 걸이를 노려보다가, 결국 어깨를 으쓱이고는 간단하게 샤워를 했 다. 씻고 머리를 빗은 뒤 욕실 밖으로 나와 새 교복으로 갈아입었 다. 어제 입었던 교복은 그대로 입고 자는 바람에―그래도 잠옷으 로 갈아입혀주긴 망설여졌나 보지? 나는 쉴 새 없이 투덜거렸다― 잔뜩 구겨져 있었다.

"지금부터 소지품 검사 시작한대."

스타킹을 발에 쑤셔 넣는데 여학생 한 명이 기숙사 방문을 활짝 열어두고 나갔다. 밖에서 시끄러운 소리가 들렸다. 물론 거의 다 루아 얘기였다.

나는 무시하고 스타킹을 마저 끌어올렸다. 문 밖에서 들려오는 수군거림이 아니었더라면 훨씬 빨리 준비를 끝마쳤을 거였다.

"역시 보니 때문에 오신 거겠지?"

내 이름이 들려와 나는 잠시 멈칫했다.

"그렇지 않겠어? 아무리 우리 아카데미가 명문이라도 제국에 있는 학교만 할 리 없잖아."

"보니는 좋겠다. 폐하가 뒤에 있는데 뭐가 무섭겠어?"

"그러게. 그런 대단한 분한테 예쁨받는다는 건 어떤 기분일지 궁금해. 교황 성하를 만난다는 건 명분이고 사실은 보니를 보러 오신 거 아닐까?"

알 수 없는 이유로 심장이 뛰었다. 나는 스타킹을 마저 신고 침대 밑으로 기어들어가서 꾸물꾸물 보석함을 꺼냈다. 섬세한 장치로 돌아가는 오르골처럼 예쁘게 꾸며놓은 보석함이었다. 교황만 오는 자리라면 최대한 눈에 띄지 않게 모자를 푹 눌러썼을 테지만, 루아도 온다고 하면 얘기가 좀 다르지. 루아가 있으면 교황도 내게 섣불리 다가오지 않을 거였다. 그나저나 정식 방문이면 메피스토펠레스도 같이 왔으려나? 그에겐 파우스트와 관련하여 물을 것이 많았다.

나는 탁상거울을 가져와 눈앞에 놓은 다음 보석함을 살짝 열었다. 보석함에는 집에서 가져온 귀걸이, 브로치 같은 장신구와 알록달록한 머리핀이 가지런히 들어 있었는데 저마다 비싼 것이라 하나를 고르기 힘들었다.

오늘은 어떤 걸 하지. 나는 머리핀을 하나씩 꺼내보면서 고개를 갸웃거렸다. 교복 때문에 너무 화려한 건 오히려 역효과만 생길 거 같고.

"아하, 보니 너, 폐하한테 예쁘게 보이고 싶구나?"

캐리에타의 목소리가 너무 가까이서 들리는 바람에 나는 거의 발작을 일으킬 뻔했다.

"아, 아, 아니야!"

윽, 나는 나도 모르게 버럭 소리쳤다. 캐리에타가 말하지 않아도 안다는 듯 까르르 웃었다.

"가만 보면 넌 진짜 귀엽다니까. 꼭 고양이 같아. 어쨌든 나라면 그 빨간색 장미가 달린 머리핀을 고르겠어. 그게 더 너한테 잘 어울려."

천연덕스럽게 조언을 일삼는 캐리에타를 노려보던 것도 잠시였다. 나는 날개를 펼친 나비 모양의 짙푸른색 머리핀을 내려놓고 캐리에타가 고른 장미 장식을 집었다. 보석이 붙어 있진 않았어도 풍성한 꽃잎 덕분에 화려하게만 보이는 장미 모양 핀이었다.

나는 흘러내린 오른쪽 머리카락을 귀 뒤로 넘기고, 손바닥보다 약간 작은 빨간색 머리핀을 비스듬히 꽂아 고정시켰다. 그리고 이리저리 고개를 돌려보는데 사감이 들어왔다. 여교수들을 대동한 채였다. 평소라면 학생들을 시켰을 테지만 이번엔 교수들이 직접 방을 수색했다.

소지품 검사는 비교적 철저하게 이루어졌다. 이런 곳에서 황제를 암살할 자는 없겠으나, 확실히 방심해선 안 될 일이었다. 더군다나 황제만 온 것이 아니라 국왕에 교황까지 오는 자리이니만큼 안전의 중요성은 말할 필요도 없겠다. 교수들의 안색이 어찌나 창백하게 질렸던지 안쓰러울 정도였다.

"이제 그만 나가도 좋아요."

수색을 마친 교수의 허락이 떨어지자 캐리에타는 즉시 홀가분한 표정으로 방을 떠났다. 나 역시 전신거울 앞에서 교복을 점검한 다음 밖으로 나갔다.

"아직도 자는 거야, 브리? 아니면 루아가 뭐라고 했어?"

여전히 말이 없는 브리싱가멘이 걱정스러웠다. 나는 버릇처럼 입술을 깨물면서 초조한 마음을 가라앉히려고 애썼다. 루아를 보는 게 오늘이 처음도 아닌데, 심지어 루아는 어제 심술을 부려서 나를 기절시키기도 했는데 왜 이렇게도 가슴이 두근거리는지 모르겠다. 정식 방문이라니. 너무 갑작스럽잖아! 최소한 일주일 전에는 예고하고 와야 되는 거 아니야?

……물론 벨모트 왕성에선 미리 알고 있었겠지. 다만 공표하지 않았을 뿐. 샤트린도 그렇고 체르지안도 그렇고, 이미 알고 있었던 게 분명했다. 어쩐지 맨입으로 말해주긴 싫다고 하더라니.

예배당으로 향하는 걸음이 무거웠다. 잔뜩 기대에 찬 여학생들이 곳곳에 서 있는 근위병들을 힐끔거리며 빠른 걸음으로 나를 지나쳐갔다.

나는 건물 유리에 비친 내 모습을 지켜보면서 걷다가 걸음을 멈췄다. 장미색 같기도 하고 복숭아색 같기도 한 부드러운 머리카락은 풍성하고 예쁜 모양으로 늘어뜨려졌지만, 역시 뭔가가 부족한 것 같았다. 루아가 즉위한 뒤 처음으로 남들 앞에서 만나는 건데 수수하기 이를 데 없었다.

처음으로.

그런 생각이 들자 심장이 낯간지럽게 뛰었다.

3년 만에, 처음으로, 수많은 사람이 보는 앞에서 루아를 만난다.

나는 샛길로 빠져서 인적 없는 길에 멈춰 섰다. 그리고 슬그머니 주위를 살펴본 다음 가방에서 조그만 통에 담긴 입술연지를 꺼내 새끼손가락에 찍어 발랐다. 혹시라도 누가 지나가다 볼까 봐 도톰한 입술에 재빨리 쓱쓱 칠했다. 얼굴이 화끈거려서 죽을 것 같았다. 이, 이건 그냥 오늘따라 입술 색깔이 영 아니어서 바르는 것뿐인걸! 어차피 색깔도 탐스러운 분홍빛이라 별로 안 진하단 말이야. 절대로 루아에게 예뻐 보이고 싶어서 칠하는 게 아니었다. 절대로!

「그러게. 그런 대단한 분한테 예쁨받는다는 건 어떤 기분일지 궁금해. 교황 성하를 만난다는 건 명분이고 사실은 보니를 보러 오신 거 아닐까?」

"으......."

나는 손거울에 비친 나를 보며 경직된 표정을 지었다. 브리싱가멘이 깨어 있었으면 좋았을 텐데.

정말로 루아가 나를 만나기 위해 온 걸까? 그럼 체르지안한테 못 가게 나를 기절시킨 것도 봐줄 용의가 있는데. 교황한테 몹쓸 짓을 당하는데 구해주지 않은 건......, 으음, 이건 좀 생각을 해봐야......

"너 요즘 이상해."

등 뒤에서 들려오는 중얼거림에 나는 화들짝 놀라 손거울을 떨어뜨렸다.

"루, 루아야?"

고개를 돌리자, 익숙한 듯 아닌 듯, 도무지 모르겠는 그림 같은 남자가 보였다. 물론 그렇더라도 그가 질릴 만큼 교활하고 매력적이라는 사실은 나로서도 부정하지 못했다.

나는 루아가 마법을 써서 성인 남성의 모습으로 찾아올 때마다 부끄러워서 죽을 것 같은 기분을 느끼고는 했지만, 오늘은 그 수려함이 특히 배는 더했다. 정말 순식간에 입이 얼어버렸다. 이건 루아의 몸에 딱 맞게 제작된 제복이 미치도록 잘 어울렸기 때문도 있었다.

남자 주제에 뭐 저리 미끈하게 빠졌는지 모를 일이다. 나는 눈을 깜박깜박했다. 그렇게 하면 속눈썹에 붙었다 떨어지는 햇살처럼 루아가 사라지기라도 한다는 듯이. 쪽빛으로 물든 5월의 마지막

날 같은 눈이며, 곧은 코며, 유혹적인 입술이며, 어디 하나 모자란데가 없으니 문제였다. 루아가 황제가 아니라 평범한 시민이었다면 길 가다 덮치려고 드는 사람이 몇십 명은 있었을 거였다.

정말이지……, 누가 너를 악마로 생각하겠냐 말이야…….

루아가 얼굴이 새빨개진 나를 비스듬히 응시했다.

"되게 들떠 있네."

"그야…….."

네가 너무 지나치게 잘생겼으니까 그렇지! 정말 과한 거 아니야? 그동안 보여줬던 정장 차림도 훌륭했으나 제복을 입은 지금은 거의 사기 수준이었다. 애초에 루아가 제복을 갖춰 입은 모습을 잘 보여주지 않았던 탓도 있지만 평소의 흐트러진 차림새가 아니라 더욱 인상적이었다.

눈앞의 루아는 정말 황제였다. 누가 이 애를 어리다고 얕볼 수 있을까. 감히 말이다. 그리고 악마 같지도 않아! 불경함 따위와는 한 번도 제대로 마주한 적 없는 것처럼 아득한데…….

"그놈이랑 만날 약속을 잡기라도 했어? 그런데 내가 와서 방해한 거야?"

뭐……? 나는 조각품처럼 완벽한 루아에게 빠져들다 말고 눈을 크게 떴다. 설탕을 듬뿍 묻힌 것처럼 달콤한 목소리가 가슴을 욱신거리게 했다.

"그런 거 아니야."

"그럼 뭔데? 방금 전까지만 해도 행복한 표정이더니 왜 나를 보니까 얼굴을 찡그려? 어제 내가 기절시킨 것 때문에 그래? 그거 때문에 화났어?"

갑자기 설렘이 씻은 듯 사라지고 서러움이 북받쳐 올랐다. 루아가 한 걸음 가까이 다가오자 혀가 녹아버릴 정도로 부드러운 향기가 훅 끼쳐왔다. 참 이상하지. 분명 루아는 황실의 제복을 입었는데 지극히 퇴폐적으로만 보였다. 부적절한 신 같은 분위기를 풍겼다.

"응? 보니, 나한테서 도망치고 싶은 거야? 벨모트로 돌아오니 마음이 바뀌었어?"

루아가 짐짓 다정한 척 위선을 부리며 물었다.

나는, 파우스트와 단둘이 있다가 위험에 처했을 땐 도와주지도 않다가 체르지안이 좋아한다고 말하자 즉시 찾아와 나를 강제로 잠재웠던 루아를 뚫어져라 바라보았다.

"루아 너는 나를 '빼앗기고 싶지 않다'는 생각 말고 '지켜주고 싶다'고 생각한 적은 단 한 번도 없는 거니?"

나는 상처받은 티를 내지 않으려고 애쓰며 물었다. 어찌할 바 없이 얼굴이 일그러졌다.

"내가 소중하지 않아?"

가슴은 아프고, 머릿속은 뒤죽박죽이었으며, 자존심은 이미 상할 대로 상했다. 그렇지만 반드시 확인하고 싶었다. 이 의심이 그저 의심일 뿐이라는 증명을 받고 싶었다.

고개를 숙이고 싶은 충동을 억지로 참아가면서 나는 루아를 꼿

꿋하게 마주 보았다.

"나를 예…… 예뻐해주고 싶지는 않은 거야?"

어딘가로 숨어들고 싶은 마음이 절실했다. 하지만 역시 화가 났다.

「아하, 보니 너, 폐하한테 예쁘게 보이고 싶구나?」

서운했다.

속상했다.

그리고 무척이나 슬퍼서. 나도 여자아이인데.

나도…….

"나를 믿지 못하니까 소중하게 여길 필요도 없다고 생각하는 거야 너는? 전에 했던 말도 다 거짓말이었지? 그렇지? 넌 사실 나를 좋아하는 게 아닌 거야. 나를 독점하고만 싶지, 아껴주고 좋아해주고 싶은 마음 따위는 조금도 없는 게 분명하다고…….."

나는 뭘 기대했던 걸까? 바랄 걸 바라야지.

나는 손등으로 입술을 세게 문지르며 돌아섰다. 내가 교황한테 몹쓸 짓을 당하는 건 괜찮고 체르지안을 만나러 가는 건 싫다 이거지. 지금 찾아온 것도 체르지안에게 갈까 봐 신경 쓰여서고! 이 나쁜 놈! 진짜 못됐잖아!

서러움의 눈물이 마구 솟구쳐 올라서 견딜 수가 없었다. 나는 울먹이며 입술을 예쁘게 칠하느라 잠시 내려놓았던 가방을 들고, 손등으로 문질러 얼얼해진 입술을 꾹 깨물었다. 지금 당장 루아가 없는 곳으로 가서 빌어먹을 머리장식을 던져버리려는데 갑자기 몸이 확 떠올랐다.

"무, 무슨 짓이야!"

나는 화들짝 놀라 소리쳤다. 발이 땅에 닿지 않았다.

내 허리를 잡고 나를 들어 올려서 제 품에 가둔 루아가, 어쩐지 조금 짜증스러운 어조로 말했다.

"아직 대답 안 했어."

그러나 눈물은 뚝뚝 떨어지기 시작한 뒤였다. 루아가 눈도 깜박이지 못하고 애처롭게 눈물을 떨구는 나를 한 팔로 고쳐 안고는, 자기한테 온전히 기대게 만들었다. 루아의 어깨가 코 밑에 닿았다. 나보다 키가 한참은 커진 바람에 나는 거부할 수도 없이 폭 안기고 말았다.

"이거 놔, 이 멍청아!"

속상하기 그지없었는데 루아는 그저 묘한 목소리로 중얼거릴 뿐이었다.

"넌 내 앞에서 유독 잘 우는 것 같아."

알 게 뭐람. 나는 코를 훌쩍이며 루아를 원망스럽게 노려보았다.

아무리 깊은 대화를 나눠도 나를 믿어주지 않는 루아가 미웠다. 야속했다. 확실히 루아는 상냥한 남자친구와는 거리가 참 멀었다. 웃겨, 진짜. 내가 루아 앞에서 잘 우는 것은, 그만큼 루아가 나한테 못되게 굴어서인걸. 루아의 말이 유독 강하게 다가와서도 있고.

인정하기는 싫지만 나는 루아의 말이나 행동 하나하나에 크게 영향을 받았다. 나를 대하는 루아의 태도가 조금만 달라져도 상처를 입기 일쑤였다.

　루아가 얄밉기 짝이 없건만 그럼에도 확 달아오른 얼굴은 여전히 식을 줄을 몰랐다. 창피함을 느낀 내가 눈물로 범벅이 된 얼굴을 손으로 가려버리자 루아가 고개를 숙여왔다. 햇살에 반짝이는 벌꿀 같은 빛깔로 흐트러지는 루아의 머리카락이 이마를 간질이는 게 느껴졌다. 어……, 루아의 머리카락이 이렇게 부드러웠나? 엄청 간지러운 느낌이 들었다.

　당황한 나머지 나는 훌쩍이던 걸 멈췄다.

　"그거 알아? 나는 부모님이랑 보낸 시간보다 너랑 같이 있었던 시간이 더 많아. 어머님한테 안겼던 것보다 네가 나를 안아줬던 적이 더 많고. 그래서 그런지 나는 네가 제일 익숙해."

　루아가 소름 끼치게 낮은 목소리로 중얼거렸다.

　나는 굳은 채로 숨을 몰아쉬었다.

　"네 얼굴, 네 목소리, 그리고 네 눈."

　귀가 멍할 정도로 집요하고 맹목적인 음성에 나는 홀린 것처럼 고개를 들었다. 눈에 고인 눈물이 시야를 뿌옇게 만들었는데 유독 루아의 얼굴만은 또렷하게 보였다. 문득 말없이 올려다본 하늘을 새겨 넣은 듯한 새파란 눈이 나를 사로잡아 또다시 고개를 숙이지 못하게 만들었다.

　눈이 마주치자 루아가 무슨 생각을 하는지 모르겠는 얼굴로 가만히 말했다.

"너한테서는 항상 장미꽃 냄새가 나."

아……, 뭐? 얘가 지금 무슨 말을 하는 거야? 지금 나 유혹하는 거야? 나는 퍼뜩 놀라서 얼굴 표정을 수습하지도 못했다. 아무런 소리도 입 밖으로 나오지 않았다.

빠, 빨리 대꾸하지 않으면 루아가 이상하게 볼 텐데. 내가 자기한테 반한 거라고 생각하면 어떡하지?

아니, 그치만 나 루아를 좋아하는 거 맞잖아. 순순히 인정하자니 부끄러워 죽을 것 같아서 문제지.

"나는……."

가까스로 소리를 내는 덴 성공했으나, 그다음이 문제였다. 결국 나는 시선을 아래로 떨어뜨렸다.

용기를 잃어버린 내가 두 번째 시도를 하지 않을 거라고 생각한 건지, 루아가 보다 신중한 목소리로 나를 달랬다.

"보니."

그 목소리에 가슴이 두근거렸다. 이렇게도 듣기 좋을 수가 없었다.

"나 좀 봐봐."

너무 달콤해서 마음이 아플 정도였다.

"시…… 싫어. 입술 칠한 거 번졌단 말이야."

그나마 궁색한 변명이라도 생각해낸 나는 눈을 흘기며 손등으로 입술을 닦았다. 아, 이걸 어쩌지? 시간이 지날수록 점점 더 루아가 좋아지고 있었다. 질투와 열등감에 짓눌려 부서지기 직전이었던 호감이 언제부턴가 걷잡을 수 없이 부풀어 올라 다른 모든 걸 집어삼키고 터지기 직전이었다. 답답하고, 벅차고, 쓰라렸다. 마음이 둘로 갈라진 것처럼 아픈데 정확히 어떻게 해야 할지를 몰랐다. 그저 이 고통을 몰라주는 루아가 밉고 쌀쌀맞게만 느껴질 뿐이었다.

나는 루아를 좋아하고 루아도 나를 좋아해주는데 여전히 무언가가 부족했다. 우리가 서로를 믿지 못해서일까? 그것만 해결되면 모든 게 괜찮아지는 거야?

아니. 그것'만'일 리가 없잖아.

"그렇게 나한테 예뻐 보이고 싶어?"

루아가 나를 뚫어져라 보면서 의아하게 물었다. 나는 손수건을 찾아 교복 치마를 뒤적이다 말고 쏘아붙였다.

"당연한 거 아니야? 넌 지금 제국의 황제로서 정식으로 벨모트를 찾아온 거잖아. 거기다 첫 번째 공식 일정이 내가 다니는 아카데미를 방문하는 거고 말이야. 지금 밖에서 뭐라고 떠들어대는지 설마 모른다고 하진 않겠지."

그러나 루아는 별로 납득하는 표정이 아니었으므로, 나는 부루퉁하게 얼굴을 찡그리며 말을 이었다.

"나는 가장 유력한 황후 후보라고 이미 파다하게 소문나서, 다들 네가 나 때문에 여기 온 거라고 생각해. 교황은 그저 핑계고 실은 나를 만나기 위해 이 아카데미를 찾은 거라고 말이야. 그러니까 어쩔 수 없이……. 아, 씨, 그냥 예쁘다는 말 한마디 해주면 어디가 덧나? 미리 말해두는데 난 체르지안한테 가서 나도 너 좋다는 말 같은 거 할 생각 전혀 없었거든? 그런데 넌 자꾸 오해하기만 하고!"

결국 폭발한 나머지 나는 버럭 소리쳤다. 하지만 역시 이걸로는 분이 풀리질 않아서, 나는 씩씩거리며 언성을 높였다.

"너 진짜 짜증 나는 거 알아? 그렇게 나를 못 믿어서 나중에 결혼은 어떻게 할래? 다른 남자애한테 고백 한 번 받았다고 기절시킬 거면 왜 나랑 사귀느냐 말이야!"

어째서 우리는 늘 똑같은 걸까? 서로의 마음을 확인한 지 얼마나 됐다고 다시 원점으로 돌아왔는지 모를 일이었다.

의심하고, 싸우고, 서로를 독점하고 싶어 하고. 연인이란 달콤한 단어가 주는 마력이 우리에게는 적용되지 않는 모양이었다. 어쩌면 우리가 오랫동안 알고 지내온 소꿉친구여서일 수도 있겠다. 평범한 커플들이 갖는 긴장감이 없어서 그런지도 모르겠어. 밀고 당기기 같은 거 말이다. 우리는 그런 조율 없이 무조건 서로를 끌어당기기만 했다. 잠시라도 상대가 한눈을 팔면 세상이 끝장나기라도 한 듯이 굴었다.

내가 루아를 마냥 비난할 수만은 없는 이유는, 나 또한 루아가 다른 여자에게 고백받는 일이 엄청나게 끔찍한 재앙으로 다가오기 때문이었다. 하물며 고백까지 한 여자에게서 도망치는가 싶더니 다시 돌아간다? 분노와 질투로 눈이 백 번은 더 돌아가겠다.

"너랑 왜 사귀냐고?"

루아가 해명할 기회를 달라는 듯 미간을 찌푸렸으나, 심술이 잔뜩 난 나는 코웃음을 쳐주곤 도로 머리를 숙였다. 루아는 언제 나를 내려줄 생각인 걸까. 이러다 애들이 보기라도 하면 어쩌려고.

루아의 어깨에 머리를 파묻고서 나는 꼼지락거리며 주위를 한번 둘러보았다. 사람이 없다는 걸 확인한 뒤 루아의 가슴에 달린 황실 가문의 문양을 손끝으로 툭툭 건드려보다가 웅얼웅얼 물었다.

"그건 그렇고 아카데미까진 왜 온 거야?"

"만나러 온다고 했잖아."

화난 기색도, 한숨도 없는 대답이었다. 나는 슬며시 눈을 들었다.

"진짜 나 때문에 온 거란 말이야?"

"잠깐씩 만나는 걸로는 성에 안 차서. 너도 이편이 더 편할 거라고 생각했는데, 아니야?"

"그…… 그렇긴 한데."

또, 또 얼굴이 뜨거워진다! 도대체 내가 왜 이러지? 왜 이렇게 자제가 안 되는 거냐고!

아무래도 무슨 병에 걸린 게 분명했다. 질병을 앓는 게 아니고서야 고작 이런 대수롭지 않은 말 정도로 가슴이 뛸 리가 없잖아! 난 그렇게 쉬운 여자가 아닌데, 진짜 아닌데.

심지어 루아는 이번에도 나를 구하러 오지 않았는걸.

"난 너랑 떨어져 있는 게 너무 싫어. 기분이 더러워진단 말이지."

황성에 가지 말았어야 했다. 그렇게 무방비하게 같이 있는 게 아니었어. 조금 더 거리를 유지했으면 지금처럼 서럽진 않았을 텐데. 이 품에 안겨 있는 게 지금처럼 설레지도 않았을 거였다. 이런 듣기 좋은 말을 들어도 화가 완전히 가라앉지 않았을 거야.

"교황한테 붙잡혀 있을 땐 구해주지도 않았으면서."

무심코 튀어나온 중얼거림이었다. 속상함이 한가득 담긴.

루아가 갑자기 성큼성큼 걷는가 싶더니, 놀란 내가 제 어깨를 붙잡으며 얼떨떨하게 눈알을 굴리는 것도 개의치 않고 나를 벤치 의자에 내려주었다.

"뭐, 뭐야?"

설마 화내려는 건가 싶어서 긴장하는데 루아가 나에게 뭔가를 내밀었다.

"이거나 봐."

나는 눈을 깜박였다. 루아의 손에 있는 건 탐스러운 장미색 실들이었다. 아주 길고, 대단히 익숙했다.

"이게 뭐야? 혹시 이거⋯⋯."

"네 머리카락이야. 이지스가 친히 잘라 왔지. 너를 마녀들이 사는 곳으로 데려갔으니 돌려받고 싶으면 직접 찾아가라고 하던데. 단 너한테 상처 나는 게 싫으면 펠레스의 도움 없이 나 혼자서, 능력껏 해보라고 말이지."

그렇게 말하면서 루아가 다른 쪽 손을 뻗어 내 머리를 쓰다듬었다. 부드럽게 어루만지듯이 위에서부터 손을 미끄러뜨리자 루아의 손가락 사이사이로 내 머리칼이 끼어들었다. 숨이 멎도록 설레고 기분 좋았다. 이러다 진짜 얼굴이 터져버리는 건 아닐까 심히 걱정된다.

풍성하게 흐트러지는 내 머리카락을 일일이 훑어보던 루아가, 곧 다른 머리카락들보다 유독 짧은 길이에서 끊긴 수십 개의 가닥을 발견하고 표정을 굳혔다. 나도 썩 좋은 기분은 아니었다.

"어……, 난 몰랐어. 언제 자른 거야?"

"글쎄. 중요한 건 내가 그놈한테 속아서 이거 하나 찾자고 마녀의 땅 일부를 개판으로 만든 뒤 도착했을 땐 이미 다른 놈이 예배당 안으로 뛰쳐 들어가고 있었단 거지."

나는 입술을 삐죽였다. 그럼 오긴 온 거였단 말이야?

"뭐야, 그럼 그때라도 나타났으면 좋았잖아."

기세가 수그러든 내 투정에 루아가 비스듬히 머리를 기울였다.

"화풀이든 뭐든 걜 죽였을 텐데? 나 그때 진짜 짜증 나 있었거든."

하여간 무서워서 무슨 말을 못 하겠다. 어이없게 루아를 보던 것도 잠시, 메마른 입술이 신경 쓰여 이로 지그시 깨물었다. 입안은 가시라도 박힌 것처럼 간질거렸으며, 손은 치마를 쥐기도 하고 깍지를 끼기도 하면서 쉴 새 없이 움직였다. 물론, 이 불안이 루아가 진짜로 체르지안을 해치려 들면 어쩌지 싶어 돌연 엄습한 건 아니었다. 말은 저렇게 해도 나는 루아가 그러지 않으리라는 사실을 아니까.

나는 한숨을 내쉬며 눈을 내리깔았다. 마음이 복잡했다. 온갖 소음으로 윙윙거리는 곳에 내던져진 기분이었다.

갑자기 루아가 옆에 앉더니 허리를 숙여 가까이 오지만 않았어도 나는 첫사랑에 빠진 소녀와 같이 우물쭈물거렸을 터였다.

여름의 녹음 진 햇살이 맺힌 가지런한 속눈썹이 보였다. 찰나였지만 나는 그 모양 하나하나를 확연히 구분할 수 있었다. 나는 루아가 나에게 입이라도 맞추려는 줄 알았으나, 루아의 입술은 내 입술이 아닌 목덜미에 닿았다. 스칠 듯 말 듯 애매한 거리를 유지하며 온기를 전달해와 전신의 모든 감각을 곤두서게 만들었다.

나는 정말로 당황했다. 얼어붙어서 꼼짝도 할 수 없었다.

"루, 루아야?"

소름이 돋았다. 불어넣은 숨결이 머리칼을 흐트러뜨리고 목을 간질였다. 그러나 거기서 끝나지 않고, 루아가 내 목에 입술을 댄 채 낮은 목소리로 빠르게 어떤 단어들을 읊어내렸다. 난생처음 들어본 생소한 낱말의 나열이었다. 일종의 주문 같기도 했는데 너무나 달콤한 속삭임이라 홀리지 않고 알아듣는다는 건 불가능했다.

정상적인 호흡이 가능할 리 없었다. 나는 그저 눈을 질끈 감고, 치마를 찢을 기세로 꽉 쥐고서 이 곤혹스러운 순간이 어서 빨리 지나가기만을 바랐다. 얼굴에 불이 붙은 것 같았다. 정신이 혼미했다. 세상이 빙글빙글 도는 것 같은 느낌이 들었다. 참 이상한 일이 아닌가. 황성에 머물렀을 땐 이보다 더한 상황도 있었는데 부끄럽기는 지금이 훨씬 더했다. 이러다 심장이 뛰는 소리가 루아에게 들리면 어떡하지? 창피해서 죽을 바엔 차라리 이대로 질식사하는 편이 나을지도 모르겠다.

루아는 내게서 아주 천천히 떨어졌다. 나는 낯부끄러워 미칠 것 같은 반면에, 눈알이 화끈거릴 만큼 수려한 루아의 얼굴은 평소와 똑같아서 어이가 없었다. 배신감마저 느껴지고 있었다.

루아는 내가 무슨 생각을 하는 줄도 모르고 평이하게 말했다.

"너한테 들어간 내 마력을 사용할 수 있게 했어. 위험한 순간에 너를 보호하게 했으니까 내가 늦어도 어느 정도 시간을 벌어줄 거야. 이미 네 일부나 다름없어서 후에 잠깐 후유증이 있을지도 모르겠지만……. 내가 이지스와 프라가라흐를 되살리느라 너한테 줬던 마력을 빼갔을 때 네가 어지러워했던 것처럼 말이지. 어쨌든 짜증 나도 조금만 참아. 솔직히 털어놓자면 난 지금 교황을 죽일 수는 없거든. 메피스토펠레스가 나한테 충성하는 이유가 그놈 때문이라서."

"으, 으응."

나는 제대로 듣지도 않고 멍하게 대답하며 루아를 바라보았다. 정말로 큰 충격을 받았다. 어째서 루아는 저렇게 멀쩡하지? 나를 좋아한다면서 막 설렌다거나 두근거리는 감정도 못 느끼는 건가? 전혀 부끄럽지 않은 거야?

속이 끓었다. 화가 나서가 아니라 루아가 조금만 더 나를 좋아해줬으면 하는 갈망 때문에였다.

나는 입술을 물어뜯고 싶은 충동을 참느라 이를 악물어야만 했다. 황성에서 있었던 일을 상기하자 루아가 나한테 두근거리지 않는다는 추측은 점점 확신으로 변해갔다. 당장 내가 초경을 시작했을 때만 해도 전혀 민망해하지 않았었잖아. 심지어 내 가슴을 만졌을 적에도 얼굴색 하나 안 변했어!

이렇게도 긴장감이 없을 수가. 참으로 끔찍했다. 맨날 얼굴을 붉히는 건 나였고, 루아는 언제나 아무렇지도 않아 했다. 나를 여자로서 좋아하는 게 아니라는 듯이. 나는 이 느낌을 전에도 받았었으므로, 지난번 루아에게 직접 물어보기도 했다. 그리고 당시에 루아는 제대로 답해주지 않았었다.

그럼 난 뭐지? 이 짐작이 사실이면, 루아에게 있어서 나는 어떤 존재인 거야?

그런데…… 그게 꼭 중요한가? 반드시 루아가 나를 내가 원하는 대로 봐줘야 하는 거야?

하지만 그래서야 꼭두각시 인형이나 다를 바 없잖아.

불현듯 마음속에서 어떤 목소리가 들렸다. 그동안 자존심 때문에 무시해왔던, 당장이라도 꺼질 듯 아주 자그마한 속삭임이. 나는 더 이상 과거에만 머물러 있지 않고, 더디지만 조금씩 앞으로 나아가고 있다. 그러니까 나를 사로잡았던 자존심이나 열등감 같은 감정에서 이제 그만 벗어날 때도 되지 않았어? 루아가 나를 여자로 보든 말든 내가 루아를 좋아하면, 내가 루아를 원하고 필요로 하면 그걸로 된 거잖아.

어쩌면 누가 누구를 더 좋아하고 덜 좋아하는지는 우리의 폐쇄적인 관계에서 별로 중요한 것이 아닐지도 몰랐다. 애초에 우리는 평범하게 시작한 커플이 아니었으니까. 내가 더 노력해서 루아가 나를 여자로 보게 만들면 아무런 문제도 없어지는 거라고.

나를 여자로 봐주지 않는 루아를 탓할 게 아니라, 내가 더 노력하면 되는 거였다.

세상에나.

그렇게 간단한 거였는데.

"……내가 파우스트를 죽이지만 않으면 얼마든지 내 밑에서 기어주겠단 심산인 거지."

그 말은 귀에 들어오지도 않았다. 루아가 혼란스러워하는 나를 힐끗 보더니 대수롭지 않게 손가락으로 내 목에 걸린 목걸이를 툭 쳤다. 브리싱가멘이 갑자기 뜨거워졌다.

"그만 일어나."

루아가 나른한 투로 가볍게 중얼거리기 무섭게 줄곧 조용하던 브리싱가멘이 비명을 질렀다.

"너 이 나쁜……, 순 악질! 이번에도 내가 순순히 넘어갈 거라고 생각했으면 그거야말로 크나큰 착각이거든? 네가 저번에 보니 스타킹 가져갔다고 다 말할 거야! 어제 보니를 기절시키고 나서 미친 것처럼 몇 시간 동안 보니가 자는 모습을 지켜봤다는 것도 전부 까발릴 거라고! 심지어 너, 보니가 잠자는 모습을 몰래 훔쳐본 거

어제가 처음도 아니었잖아!"

한 번에 이해하기 힘든 말이었다. 나는 고개를 갸우뚱했다.

"스타킹?"

루아는 무시하고 일어나 손을 내밀었다.

"이만 가자. 곧 파우스트가 올 테니."

나는 뻣뻣하게 굳은 채 루아가 내민 손을 쳐다보기만 했다.

"벌써?"

"더 할 말 있어?"

나는 당황스럽게 루아를 올려다보았다. 머리 위에서 부서지는 햇살을 등지고 비스듬히 서 있으니 루아의 얼굴에 그늘이 드리웠다. 몸을 그린 선 하나하나를 흐릿한 빛이 감싸고, 형체가 그늘에 휩싸여 사라지지 못하게 단단히 붙들었다.

큰 키와 단단한 어깨, 나를 부르는 나직한 목소리. 그리고 내가 잡기만을 기다리는 손. 어쩐지 루아가 참 낯설게만 보여서 속이 울렁거렸다.

나는 천천히 숨을 들이켰다. 불같이 피어오른 충동으로 인해 마음이 저몄다. 애가 탔다. 확 매듭이 풀어진 느낌이 들다가도 뭔가에 쫓기는 것처럼 조급하고 초조해졌다. 지금 나를 심란하게 만드는 이것은 터무니없이 갑작스럽고, 어쩌면 이상할 만큼 새삼스러운 깨달음이었다. 익숙한 감정이라고 믿었는데 전에 없이 생경했다.

나는 성장하지 못하는 소녀가 아니었고, 이젠 루아를 마음껏 좋아해도 괜찮았다.

　아니, 이게 아니잖아. 갑자기 눈알이 시큰거렸다. 루아는 내가 정말로 못났을 때도 거리낌 없이 좋아해줬는걸. 질투와 열등감에 사로잡혀서 루아를 거부했던 건 나였다. 루아가 나만 봐주길 바라면서 정작 내 마음은 숨기고 또 숨겼다.

　'……너, 이미 내가 뭐라고 대답할지 알았지?'

　그때. 황성에서 보냈던 마지막 밤에.

　'처음부터 알고 물었던 거지?'

　하지만 그래도 루아는 알고 있었다. 알아주었다.

　나도 모르는 내 마음을 이해했다.

　"꼭 할 말이 없으면 안 되는 거야?"

　조금만 더 단둘이 있었으면 좋겠는데. 나는 시무룩한 마음에 작게 푸념했다. 슬며시 루아를 곁눈질해보니 루아는 그런 생각 같은 건 하지도 않는 듯했다. 하긴 겉모습만 세기의 미남이지 실은 열다섯 살인 남자애한테 이런 것까지 바랄 순 없는 거겠지.

　"그런 건 아니지만 별로 너답지 않은데."

　루아의 말에도 나는 딴청을 피웠다. 나는 슬슬 루아의 신경이 곤두서는 것 같은 느낌을 받았다. 루아는 내가 자신이 짐작할 수 있는 범위를 벗어나면 항상 그랬다.

　"나한테 뭐 부탁할 거 있어?"

　뭐? 부탁? 나는 있는 대로 인상을 썼다.

　"아니거든, 이 멍청아! 사람이 진심으로 말을 하면 좀…….."

귀 기울여 듣는 시늉이라도 하라고. 나는 애써 뒷말을 삼키며 자리에서 일어났다. 이 마음을 더 이상 부정하지 않기로 결정하고 나니 급속도로 참을성이 바닥나는 것을 느끼고 있었다.

진짜 창피해서 죽을 것 같다. 나는 눈을 흘겼다.

"허리 좀 숙여봐."

루아는 어리둥절한 표정을 지으면서도 순순히 나와 눈높이를 맞추었다. 루아와 처음 만났던 게 벌써 10년 전의 일이었다. 그로부터 긴 시간이 지났음에도 늘 새롭게 다가오는 푸른색 눈을 바라보고 있으니 또다시 얼굴이 달아올랐다. 시리도록 말간 눈동자에 내 눈이 비쳐들며 색이 변화하고 있었다. 바다의 색, 하늘의 빛, 불처럼 번져든 파랑으로 푸르게 일렁이는 홍채 위를 그 망막에 비친 황금색 눈이 덧그리듯이 수놓았다. 부드러운 별이 스며든 것 같았다. 아주 잘 어울려서, 나 말고 다른 사람이 이렇게 루아와 가까이서 마주 보는 것을 평생 허락하고 싶지 않을 정도로 마음에 들었다. 하지만 어쩔 수 없잖아. 루아는 제대로 말하지 않으면 영 알아듣질 못하는 눈치니까.

모처럼이었다. 그, 그러니까…… 루아가 나를 만나러 정식으로 벨모트에 와주었으니 이 정도 보답은 해야겠지 싶었다.

"나 너 좋아해."

그렇게 말하자마자 나는 황급히 시선을 옮겼다. 눈 둘 곳을 찾지 못하고 입술을 우물거리는데 머리 위에서 루아의 무심한 목소리가 들렸다.

"알아."

루아가 숙였던 자세를 바로 하며 지극히 태연하게 대답해서 나는 얼굴을 찡그리고 말았다. 혀끝이 간지러울 만큼 남사스러운 맞고백은 기대도 안 했지만 솔직히 이건 좀 많이 너무한 처사였다.

"네가 좋아."

다시 한 번 또박또박 강조하려니 그제야 나를 내려다보는 루아의 시선에 의아함이 서렸다. 나한테 고백을 받아서 기쁘다는 기색은 전혀 없었다.

아, 이렇게 나온다 이거지. 갑자기 오기인지, 승부욕인지 모를 무모한 충동이 샘솟아서 나는 첫사랑에 빠진 대담한 소녀처럼 고개를 기울였다.

"나랑 또 키스 안 해?"

내가 진짜 미친 모양이었다.

"진심으로 묻는 말이야?"

루아가 의심스럽게 물었지만 나는 다짜고짜 루아의 멱살을 잡고 힘껏 끌어당겨서 나와 시선을 맞추게 했다. 얘가 자꾸 고개를 드니까 키 차이가 나서 심히 짜증스러웠다. 그러나 이 불만을 결코 겉으로는 티내지 않으며 나는 눈을 동그랗게 뜨고선 엄마한테 용돈을 더 달라고 아양을 부릴 때처럼 말끝을 애교 있게 늘였다.

"왜 그런 얘기도 있잖아. 오랫동안 알고 지낸 소꿉친구끼리는 연애감정이 생기기 어렵다고……. 너도 내가 예뻐 보이지 않아? 응? 그런 거야?"

루아의 입술이 바로 코앞에 있었다. 나는 발끝을 살짝 들었다.

"저번에 나랑 키스했을 때 그렇게 별로였어?"

"그런 거 아니야."

조금 자신 없는 목소리였다. 루아가 내 시선을 회피하며 고개를 돌렸으므로, 나는 나긋하게 소곤거렸다.

"그런 게 아니면?"

나는 루아의 제복을 붙잡은 손에 힘을 실었다. 여차하면 목이라도 조를 기세로 세게 부여잡았는데 루아는 오히려 입술을 꾹 다물었다. 고개를 돌린 채 여러 번 눈을 깜박이는 걸로 보아 기분이 나쁘다기보단 당황한 것 같았다.

"갑자기 왜 이러는 거야?"

"네가 날 예뻐해주지 않으니까 그렇지!"

진짜 몰라서 묻는 건가? 나는 눈을 치켜뜨며 소리쳤다. 루아가 나를 곁눈질했다. 정면으로 마주 볼 생각이라곤 추호도 없다는 듯이 애매하게 굴었다.

"어떻게 해야 예뻐해주는 건데?"

그렇게 잘생긴 얼굴로 순진한 척해봤자 절대 안 속아 넘어가거든? 나는 집요하게 루아를 노려보았다. 루아의 얼굴은 아무리 바라봐도 성에 차질 않았다.

"이 세상에서 내가 제일 예쁘다고 해봐."

"이 세상에서 네가 제일 예뻐."

루아가 기계적으로 느릿느릿 말했다. 당연히 나는 발끈했다.

"내 눈 똑바로 보고 말해."

이런 상황에서조차 가슴이 두근거리는 게, 내가 정말로 얘한테 단단히 빠졌긴 한 듯싶었다. 예전엔 부끄럽고 자존심이 상해서 먼저 다가가지 않으려고 했는데 이젠 그런 결심마저도 무색하게 됐으니.

루아가 한숨을 쉬며 고개를 돌렸다.

"이 세상에서 네가 제일……."

"제일 뭐?"

나 같으면 그냥 귀찮아서라도 한 번 말해주겠다. 나는 눈썹을 추어올렸고, 루아는 또다시 내 시선을 피했다.

"……이러다 늦겠어."

루아가 제 옷을 붙들고 있는 내 손을 감싸 쥐고, 풀어내려 했다. 하지만 나는 더욱 손에 힘을 주며 완강하게 버텼다. 그래봤자 마음만 먹는다면 얼마든지 뿌리칠 수 있었겠지만 루아는 그렇게 하지 못했다.

"황제가 늦는다고 뭐라 할 사람은 아무도 없거든?"

"그건 나한테나 해당하는 얘기고."

귀를 파고드는 목소리가 황홀하리만치 듣기 좋지만 않았어도 나는 또 심술을 부렸을 거였다. 그러나 지금 나는 들떠 있었고, 이 흥분은 좀처럼 가라앉을 줄을 몰랐다. 자제심이 남아 있지 않았더라면 당장 루아의 뺨에 수백 번은 뽀뽀했을 거였다.

어차피 루아에게 잔뜩 빨개진 얼굴을 숨기는 건 불가능했으므로, 나는 최대한 예쁘게 웃었다.

"어머, 황제 폐하께서는 미래의 아내가 지각 좀 했다고 남들 보는 앞에서 혼나게 내버려두실 생각이셨군요. 진짜 나빴네."

평소보다 높은 톤으로 흘러나간 음성이 꽤 마음에 들었다. 훨씬 부드럽고 달콤하게 들렸다. 정말로 연인에게 말하는 것처럼.

전에는 루아가 나를 좋아하는 것보다 내가 루아를 좋아하는 마음이 더 크다고 생각할 때면 괜히 속상했는데, 지금은 간지러운 설렘이 더했다. 어째서일까. 황성에서 헤어진 이후로 첫 만남이라 반가워서 나도 모르게 들뜬 걸까? 하지만 루아와 3년 만에 만났을 적에도 지금만큼 심장이 뛰진 않았는걸.

나는 루아에게 집착해왔고, 루아가 나만을 바라봐주길 원했다. 이 바람은 지금도 마찬가지였으나, 뭔가가 조금 달랐다. 루아가 미치도록 좋아서 견딜 수가 없었다. 내 마음을 표현하지 않으면 어떤 큰일이 벌어지기라도 할 것 같았다.

머리가 어지러웠다. 루아의 제복을 붙잡은 손은 미미하게 떨렸고, 혀는 굳어서 잘 구르지도 않았다. 그럼에도 이 상황에서 도망치고 싶지 않다는 게 신기할 따름이었다.

"원래 나쁜 사람한텐 벌을 줘야 하는데 말입니다, 폐하."

나는 그렇게 말하고서, 루아가 대꾸하기도 전에 재빨리 키스했다. 한참 동안 입술을 붙이고 있다가 쪽 소리를 내며 떨어뜨렸다.

심장이 튀어나와도 이상하지 않았다.

"폐하는 누구 거예요?"

눈을 동그랗게 뜨고 묻는 말에 루아의 입술이 살짝 벌어졌다. 곧 루아가 잔뜩 붉어진 얼굴을 하고는, 손을 올려 입을 가렸다.

"……네 거."

아주 작은, 귀를 기울이지 않았으면 놓쳤을지도 모르는 속삭임 이었다. 잠시 굳어 있다가 나는 자지러지게 웃음을 터뜨렸다. 이 렇게 크게 웃었던 적이 언제였는지 기억도 안 났다.

"좋네요."

아, 정말. 이젠 나도 모르겠다.

"이렇게 고분고분하신 폐하도."

나는 웃으며 부드럽게 말을 끝마쳤다. 루아가 나를 좋아하는 것 보다 내가 루아를 훨씬 더 좋아하는 거라고 해도 전혀 슬프지 않았 다. 그저 갑작스러운 키스와 내 높임말에 얼어붙은 루아가 귀여울 뿐이었다. 하여간 덩치만 컸지, 여전히 애였다.

가슴이 미친 듯이 뛰는데 발은 날아갈 듯이 가벼웠다. 솜사탕을 한가득 입에 문 것 같은 기분이었다.

나는 세상에서 가장 행복한 소녀가 된 기분으로 루아를 놓아주 었다.

"그럼 혼나기 전에 가볼까요?"

루아가 미간을 찌푸리는가 싶더니 내 손을 잡았다.

"더 같이 있어도……."

너 정말 왜 이렇게……. 난 이미 너를 좋아하는데. 여기서 더 좋 아하게 되면 그거야말로 심각한 거란 말이야.

나는 웃음을 참느라 정말로 애를 써야만 했다. 손바닥에 닿는 루아의 손가락이 나를 깃털처럼 가벼이 만들어주고 있었지만, 모르는 척 새침하게 입술을 삐죽였다.

"이미 늦었어요. 그렇게 기회 줄 때 잡아야지."

살랑이는 바람이 뺨에 붙은 열기를 식혀주었다. 루아의 손을 잡고 잔디가 깔린 길을 걸으면서 나는 생글생글 웃었다. 내가 활짝 웃는 모습을 보고 루아가 안심하는 게 눈에 보였다.

"이따가 같이 놀러 나갈래? 나 밀푀유랑 딸기푸딩 먹고 싶어."

뭔가 할 말이 아주 많다는 듯한 얼굴이었으나, 루아는 별다른 반박 없이 고개를 끄덕였다. 그 뚱한 모습이 아이처럼 귀엽기 그지없어서 나는 결국 또 실컷 웃었다. 이렇게 사랑스러우니까 자꾸만 장난을 치고 싶어지는 거야. 이건 내 잘못 아니다, 뭐.

"나 이번 달 용돈 다 썼으니까 돈은 네가 내야 돼."

나는 장난처럼 말하고 노래를 흥얼거렸다. 루아와 맞닿았던 입술이 내내 간지러웠다.

우리가 실컷 늦장을 부리다 예배당에 도착했을 땐 이미 학생들은 1층에 집결해 있었고, 혹시 모를 상황에 대비해 이동 통제가 이루어졌다. 그러나 예배당 앞에 도착한 후에도 루아가 나를 놓아주지 않았기에 나는 조금 당황할 수밖에 없었다. 루아와 내가 약혼을 한 것도 아니거니와 결정적으로 나는 루아처럼 귀빈이 아닌 학생이었다. 교복까지 입고 있는걸! 평소같이 목을 조이는 리본을 풀지도 않고 모범생처럼 반듯하게 입었다.

"나 이만 자리로 돌아가야 되거든? 가뜩이나 문제아로 찍혔단 말이야."

나는 샐쭉하게 입술을 내밀며 투덜거렸으나, 루아는 들은 척도 안 하고 나를 2층으로 데려갔다. 그러면서 하는 말이 있었다.

"먼저 유혹한 건 너잖아. 나랑 같이 있고 싶은 거 아니었어?"

능청스러운 말에 나는 루아를 흘겨보았다.

"그건 아까고!"

하여간 무서워서 무슨 말을 못 해요.

나는 루아에게 붙잡힌 손을 꼼질거리다 결국 체념의 한숨을 내 쉬었다. 천 번도 넘게 생각하는 건데 역시 나는 고양이 새끼가 아 니라 사자 새끼를 키운 게 틀림없었다.

계단을 올라가자 안 그래도 대단했던 경비가 배는 더 삼엄해졌 다. 교수들에게 찍힐까 봐 걱정스럽긴 했지만 보는 눈이 많았으므 로 나는 잠시 입을 다물기로 했다. 부디 엄마의 귀에 들어가지 말 아야 할 텐데. 어쨌거나 루아 덕분에 교황의 연설을 들을 필요가 없게 됐다는 것만큼은 좋았다. 그런다고 교황의 얼굴을 아예 안 볼 수는 없을 것 같지만.

얌전한 공작 영애 행세를 하며 복도를 가로지르니 평소엔 학생 들을 얼씬도 못하게 했던 2층 예배실 문 앞을 태양의 기사단장과 달의 기사단장이 지키고 서 있는 게 보였다. 나는 그들의 제복에 달린 훈장을 물끄러미 쳐다보았다. 기사단장들을 직접 보는 건 이번이 처음이었다. 태양의 기사단장은 다부진 체구의 중년 남자였고, 달의 기사단장은 제법 젊어 보이는 검은 머리 여자였다. 그들은 우리가 올라오기도 전부터 무릎을 꿇고 있었다.

"그 영토가 너무나 광활하여 해가 저물지 않는 대제국 아카시아의 황제, 왕들의 왕, 태양의 화신, 국가연합의 수장, 법의 수호자, 윙그비아 왕조의 고귀한 혈통, 영화로운 동쪽의 보배 마리아 해와 그 위를 가로지르는 섬들의 주인이며 신의 축복을 받은 존귀하신 군주께 신성 벨모트의 신하가 인사 올립니다."

나는 루아를 따라서 걸음을 멈췄다.

"그래서 문은 언제 열어줄 건데?"

루아가 재미있다는 투로 말하며 비스듬히 머리를 기울였다. 아까부터 평소보다 훨씬 달콤한 목소리를 내는 걸 보면 기분이 좋은 모양이었다. 사실 저 기나긴 칭호도 전체에서 한참은 줄인 것이었지만, 요즘은 이마저도 회담이나 격식 있는 자리를 제외하고는 아예 생략하는 추세였다.

"하명하신 바를 받들겠습니다."

달의 기사단장이 루아에게 허락을 구하고 몸을 일으켰다. 조금 어리둥절하다 싶을 정도로 서둘러서.

그녀가 예배실 문을 붙잡느라 엉겁결에 고개를 살짝 들었는데, 루아의 얼굴을 보고 놀란 듯 황급히 눈을 내리깔았다.

아, 그럼 그렇지. 나는 그녀의 얼굴이 빨개졌다고 확신할 수 있었다. 루아가 엄청나게, 지나치게, 아름답다는 표현을 써도 부족할 정도로 잘생긴 아도니스라는 사실은 나도 잘 알겠는데 말이야, 이 손은 안 보이는 건가? 나 지금 루아랑 손잡고 있는걸! 십 분 전에는 키스도 했고, 저번 주에는 가슴도 보여줬……, 아니, 이건 그냥 잊고 싶은데 어째서 안 잊히는 걸까. 갑자기 또 눈물이 날 것 같다.

나는 침울한 기분이 되어 루아를 따라 예배실 안으로 걸어 들어갔다. 청동과 금으로 장식한 파이프오르간이 벽면에 붙어 있고, 머리 위를 화려하게 수놓은 천장화가 떨어질 것처럼 화려했다. 그 밖에도 거친 질감의 새하얀 석고 장식이 인상적인 곳이었다. 하지만 테이블도 있고 시녀와 소파도 있어서 예배실이라기보단 응접실에 가까웠는데, 아무래도 교수들이 사람을 불러 급하게 내부 구조를 바꾼 모양이었다. 아니면 체르지안 같은 마법학 학생들을 갈아 넣었거나. 이 방에 왕실 마법사들이 제공한 온갖 보호 마법이 걸렸음은 말할 것도 없겠다.

등 뒤에서 미련이 담겼나 의심스러울 만큼 느린 속도로 문이 닫혔다. 역시나 본론으로 들어가기 전에 간단한 인사치레가 있었다.

"황제 폐하."

예배실에 있던 사람들이 일제히 머리를 숙였다. 나는 알베이흐를 먼저 발견하고 눈을 깜박였다가 벨모트의 국왕을 보고 재빨리 루아의 손을 놓았다. 치마를 살짝 붙잡고는, 고개를 숙이고 무릎을 약간 구부렸다.

"신성 벨모트의 군주, 성인의 혈통을 이어받은 국왕 전하께 그레이스의 장녀 보니 안젤리크 멜론느 그레이스가 예를 갖춥니다."

"그레이스의 명성은 익히 들어 알고 있지. 곧 정식으로 만나길 기대하겠소."

다행히 국왕은 별다른 기색 없이 나를 잠시 훑어보다 루아에게로 시선을 돌렸다. 그와 알베이흐의 공통점은 머리카락이 새하얗고 눈은 검은색이라는 것뿐이었다.

나는 국왕이 루아와 형식적인 대화를 나누는 틈을 타 슬쩍 뒤로 물러나서 알베이흐에게 다가갔다. 확실히 국왕보다야 왕자가 편하지.

"선배도 안녕하세요."

기껏 살갑게 말을 걸어줬건만, 알베이흐는 돌연 얼굴을 일그러 뜨렸다.

"나한테 말 걸지 마."

알베이흐가 정색을 하며 나와 거리를 두려 하기에 기분이 상한 나는 오기로 따라붙었다.

"왜요? 저 선배한테 뭐 잘못한 거 있어요?"

"뒤를 봐."

곤란한 듯 한숨이 섞인 말에 나는 순순히 고개를 돌렸다. 루아가 나를 노려보고 있었다. 국왕에게 이야기를 하고, 시녀가 준 찻잔을 집으면서도 시선은 내게서 떨어질 줄을 몰랐다. 물론 사랑하는 연인을 바라보는 끈적한 시선이 아니라 당장이라도 찢어 죽일 것 같은 분노의 눈길이었다.

저 귀여운 애를 어쩌면 좋을지 모르겠다. 생각 같아선 루아가 진저리를 칠 정도로 잔뜩 뽀뽀해주고 싶었다.

나는 웃음을 참느라 애쓰면서 자세를 바로 했다.

"음, 저 그냥 아래층으로 내려갈까요?"

"일단 내 옆에서 떨어져."

강력하게 나를 거부하는 알베이흐가 웃기기도 하고 얄밉기도 했다. 혹시라도 밖에서 안이 보일까 봐 창문에 커튼을 몇 겹으로 달면서 알베이흐가 나를 곁눈질했다.

"곧 성하께서 잠시 올라오실 거다."

나는 눈알을 굴렸다. 나야 교황을 극도로 싫어하니까 오히려 이곳에 있는 편이 더 좋지만, 알베이흐는 괜찮은 건가? 신성 왕국의 왕자잖아. 교황을 살아 있는 신처럼 떠받들어도 모자랐다. 교황의 연설을 듣기 위해서 전 재산을 바치는 신도도 셀 수 없이 많은데 알베이흐라고 밑에 내려가고 싶지 않을 리 없었다. 분명히 잠깐 보는 걸로는 만족스럽지 못할 텐데.

"보니."

루아가 기어이 나를 불러들였다. 소름 끼치도록 낮은 부름이었으나 귀에 뚜렷이 닿았다. 어쨌든 일 분 정도의 참을성은 루아에게 있는 모양이었다.

참을성이라. 우리가 무슨 얘기를 나누는지 다 들은 주제에.

심술 나지 않을 수 없었다. 혹시 나 결혼하면 황성 밖으로 한 발자국도 못 나가는 거 아니야? 왠지 루아라면 그렇게 하고도 남을 것 같아서 문제였다.

나는 마지못해서인 척 시큰둥한 얼굴로 루아에게 갔다. 얌전히 루아의 옆에 착석해주었는데 이번엔 자리에 앉는 바람에 어쩔 수 없이 조금 말려 올라간 내 교복 치마가 거슬리는 듯했다. 스타킹을 신어서 다리가 직접 드러나는 것도 아니건만 루아는 겉옷을 벗어 내 무릎을 덮어주었다. 그런데 왜 시녀들이 자지러지는 건지 모르겠다. 글쎄, 루아한테 겉옷을 받은 건 너희가 아니라 나라니까? 손을 잡은 것도 나고, 키스한 것도 나고, 가슴…… 은 제발 잊어버리자고, 좀!

내가 옆에 앉아서 시녀가 주는 차를 홀짝이자 루아가 표정을 풀었다. 아마 겉옷을 받지 않았거나 또 자리에서 일어났으면 틀림없이 심술을 부렸겠다. 어차피 국왕이랑 떠들 거면서 나는 왜 곁에 두려는 거람.

속으로만 툴툴거리며 나는 찻잔을 놓은 뒤 루아의 겉옷을 만지작거렸다. 제복이라 그런지 부들부들하진 않고 미끄러웠다. 아, 냄새 맡고 싶다. 루아에게선 항상 좋은 향기가 났다. 코를 간질이는 달콤한 향기. 우유 같은 비누 냄새도 나고, 미끌거리는 향유 냄새도 나고.

코를 킁킁거리고 싶은 충동을 참기 힘들었다. 국왕이 한눈파는 사이를 노리려고 면밀히 주시하는데 갑자기 문이 열렸다. 짧게 자른 검은 머리를 가진 달의 기사단장이 들어오더니 교황이 도착했음을 알렸다. 연설을 시작하기 전에 잠시 이쪽으로 올라올 거라고. 아니, 태양의 기사단장은 뭘 하고 자꾸 얘가 들어오는 거야? 얼굴은 잔뜩 붉어져서는.

어쨌거나 기사단장의 말처럼 곧 교황이 나타났다. 여전한, 여전한 미소와 비늘빛 눈이었다. 죽이고 싶을 만큼 싫은 놈이지만 일단 교황이라는 직위가 있어 일어나려고 했으나, 비딱하게 턱을 괴고 있던 루아가 내 손을 잡더니 도로 앉혔다. 졸지에 나는 벨모트의 국왕도 일어서서 반기는 교황을 면전에서 무시한 시건방진 학생이 되고 말았다. 그러나 교황은 나를 책망하는 대신 루아를 응시했다.

"황제 폐하께서 이곳까지 오실 줄은 미처 예상치 못했군요."

또 다른 황제나 다름없는 직분이라고 교황은 루아와 마주하고서도 여유롭게 웃었다. 하지만 루아는 이왕 여기까지 온 거, 교황의 속을 긁기로 작정한 듯싶었다.

"이런 기회는 흔치 않으니까. 어디 애들 앞에서 정성껏 지껄여 봐. 짐도 이곳에서 넓은 아량으로 들어줄 테니. 열성적으로 임하는 게 너한테도 좋지 않겠나?"

루아가 턱을 괸 채 말했다. 나른한 어조였으나 비웃는 기색이 역력했다.

"네 신이 어디선가 귀 기울여 듣고 있을지도 모르잖아."

눈이 절로 커졌다. 교황의 얼굴이 어찌할 바 없이 일그러졌다.

아. 이런. 나는 당황스럽게 숨을 죽였다. 루아의 말에 뼈와 가시가 있음을 교황은 분명 눈치 챘을 터였다. 그는 모든 진상을 알고 있으니까.

처음부터 그랬다. 파우스트는 악마가 아닌 신의 권능으로 그렌트헨에게 잉태된 아이를 증오했다.

그런데 파우스트는 어떻게 선황제 폐하를 찾아왔던 악마가 위장한 신이었다는 걸 알았을까. 단지 교황이라서? 아니, 역시 메피스토펠레스와 관련이 있을지도 모른다.

알베이흐가 시녀들을 물리고는 자신도 옆방에서 대기하고 있겠다며 잠시 자리를 비웠다. 국왕은 불편한 얼굴이기는 해도 섣불리 루아를 제지할 생각은 없어 보였다. 그러고 보니 전에 체르지안이 즉위식 날 루아가 교황의 축하 인사를 무시했다고 알려줬었지. 공식적인 자리에서 그 같은 행동을 벌였기 때문에 교황의 체면이 말이 아니었다고 들었다. 이 소문을 벨모트 왕실 사람들이 모를 리없었으므로, 국왕 또한 루아가 교황을 공연히 적대한다는 것쯤은 잘 알고 있겠다. 그럼에도 잠자코 있는 건, 일단은 지켜보겠다는 속셈이겠지. 벨모트는 신성 왕국이기도 하지만 제국의 막강한 힘에 의해 존속되는 나라였다.

나는 적당히 표정을 꾸며가며 아무렇지 않은 척했다. 그러나 루아는 이 정도로 물러설 생각이 추호도 없었다.

"내가 재미있는 이야기를 들었는데 말이야. 여교황 요안나라고."

얘가 갑자기 왜 이래? 요안나의 이름을 듣는 순간 내 눈이 휘둥그레졌다. 이번에는 국왕도 가만히 있지 않았다.

"폐하, 그것은 불온한 무리들이 지어낸 낭설일 뿐입니다."

요안나는 저주받은 이름이었다. 입 밖에 내는 것조차 금기인 전설이며, 조롱거리나 다름없었다. 나도 어느 정도는 알고 있다. 하루 벌어 먹고살기도 힘드니 모든 게 그저 사치인 빈민들 사이에서 특히 득세하는 비방이라 한다.

그러니까, 요안나는 출생지도, 나이도 알려져 있지 않은 현 교황을 마뜩찮게 여긴 사람들이 그의 이름을 본떠 만든 전설상의 여자 교황이었다. 오로지 헐뜯을 목적으로, 욕보이고자 창작한 허구의 인물. 교황의 자리엔 신의 은총을 받은 남성만이 오를 수 있으므로 당연히 여교황은 실존 인물이 아니었다.

"그 이야기 속에서 요안나라는 이름을 가진 젊은 처녀는 가난한 집안의 딸이었지만 매우 총명하고 학구열이 높았다고 하지. 부와 권력을 누리고 싶은 욕심도 있었고. 그러나 성별의 한계에 부딪혀 출셋길이 가로막히자 남장을 한 뒤 자신의 이름을 요한이라고 바꿨다더군."

"참으로 우습군요. 고작 그따위 소문을 들려주시고자 예까지 먼 길 하셨습니까?"

루아의 말을 가로막는 파우스트의 목소리에 날이 서렸다. 이전에 비할 데 없이 노골적인 반응이었다.

"입 다물고 들어, 아직 안 끝났으니. 아무튼 요안나는 본디 머리가 좋았던 탓에, 화술 또한 대단했던 모양인지, 수도원과 여러 나라를 전전하며 인맥을 쌓아 성공하는 건 아주 쉬운 일이었다고 해. 요안나가 독을 품은 계집인 줄도 모르고 다들 떠받들기 바빴다던걸. 한낱 전설일 뿐이지만 교황의 보좌관 자리를 유지하다가 교황이 사망하자 결국 다음 대 교황으로 선출됐다잖아. 뭐, 교황으로서의 삶은 연인이랑 놀아나는 바람에 오래지 않아 끝났다고 하지만."

루아의 달콤한 목소리는 설탕을 혀끝에 올린 듯 부드럽게 이어졌다. 국왕은 체념했는지 한 귀로 흘려 넘기고 있었지만, 파우스트는 당장이라도 루아에게 덤벼들 기세였다. 그의 얼굴이 참혹하게 일그러졌다.

"이야기 속의 여교황께선 어느 날 순례차 산 조반니 성당을 지나던 중 갑자기 배가 아프다고 호소하더니 돌연 출산했다고 하더군. 물론 무사히 살아남을 턱이 없지. 교황이 남자가 아니었다는 사실을 알게 된 군중들에게 발길질을 당해 아기와 함께 밟혀 죽었다던걸. 옛날이야기가 다 그렇듯이 참 교훈적인 전설이지 않아?"

"폐하."

내장을 타고 기어 올라와 혀뿌리까지 불태운 증오였다.

파우스트의 부름에 루아가 권위적인 미소로 화답했다.

"그래. 내가 네 왕이지."

"아직도 잃을 게 많으신 분이 이러셔야 되겠습니까?"

"그러는 넌 잃을 게 없고?"

가슴이 조여들었다.

나는 불안하게 루아의 옷을 잡아당겼다. 파우스트가 평정심을 잃은 건 둘째치고 이 자리엔 벨모트의 국왕도 함께였다. 아, 그래서 문제가 되는 거지. 루아의 저의를 알 수가 없었다. 다른 것도 아니고 여교황 요안나라니. 하필 그 얘기를 지금 하는 이유가 뭐지?

설마 알고 있나? 교황이 나에게 했던 말을? 나는 빠르게 눈을 깜박였다. 이 도발에 이유가 없을 리 만무했다.

"널 위해 내 발밑을 기고 있는 악마가 그 말을 들으면 서운해할 걸."

루아가 미끄럽게 말을 끝맺었다.

악마라. 브리싱가멘이 신음을 흘렸다.

파우스트가 희극배우처럼 고상한 투로 말했다.

"저 역시 땅을 밟고 섰으니 사람의 왕인 당신을 폐하라 존칭하지만 당신은 제 주군이 아닙니다. 전 누구도 제 주인으로 인정하고 섬겨본 적이 없습니다. 신께 사명을 받은 종들이 다 그렇질 않습니까? 어느 한 국가에 발이 묶여선 안 될 노릇이지요."

"내가 알기로 그 신은 너에게 아무런 사명도 맡기지 않았을 텐데. 부정한 네가 교황의 자리를 거머쥔 것도 악마가 발두르에게 애원했기 때문 아니었나? 제발 이 불쌍한 인간에게 자비를 베풀라고 말이다. 그놈은 너를 위해 무슨 짓이든 서슴지 않았지. 지금 이 순간에도 너를 해치지 말아달라며 내 종을 자처하고 있는데 너는 여전히 정신을 못 차리는군."

루아는 태연하게 그 말을 읊었다. 교황이 아연하게 웃었다.

"아. 이토록 장성하신 폐하의 모습을 보니 심히 가슴이 벅차오르는군요. 정신적인 성장을 억제시킬 바엔 차라리 죽여달라고 빌던 꼴을 본 게 엊그제였는데…….”

나도 모르게 주먹을 꽉 쥐었다. 내가 모욕을 당한 것처럼 분하고 수치스럽기 그지없었는데, 갑자기 교황이 말을 멈추더니 뜻 모를 표정으로 나를 돌아보았다.

“친애하는 안젤리크 양, 어째서 제가 교황의 자리가 의미 없다고 말한 건지 이유를 물으셨습니까?”

나는 흠칫했다. 파우스트는 내가 했던 질문을 기억하고 있었다.

“제 신은 저를 위해 울어주지 않기 때문입니다.”

단지 그 말이 전부였다.

교황이 미소 띤 얼굴로 나를 쓱 훑어본 후 나가자마자 나는 루아에게로 시선을 돌렸다.

루아가 손으로 입을 가렸다. 억지로 고통을 참는 듯 얼굴이 잔뜩 찌푸려져 있었다. 과거의 고통이 트라우마로 남아 다시금 수면 위로 떠오른 거다. 낮게 내리뜬 물빛색 눈은 불안으로 흔들렸고, 새어 나오는 호흡은 불규칙했다.

나는 머뭇거리다 조심스럽게 루아의 어깨에 손을 올렸다.

“폐하.”

아무렇지 않게 루아의 상처를 들쑤신 파우스트를 죽이고 싶었다. 루아가 몇 번 거칠게 호흡하더니 국왕을 곁눈질했다.

“굳이 경고할 필요는 없겠지?”

“저는 이 방에서 아무것도 듣지 못했습니다.”

악마라는 단어까지 나왔으니 충분히 의구심을 품을 만한 대화였는데도 국왕은 그렇게 말했다.

크게 숨을 들이마신 루아가 천천히 한숨을 쉬며 고개를 젖혔다.

"빨리 이지스를 부숴버려야 저놈이 덜 날뛸 텐데."

미간을 문지르면서 중얼거리는 말에 나는 긴장했고, 브리싱가멘은 울컥해서 버럭 소리쳤다.

"뭐? 얘기가 다르잖아! 내가 전부 말해주면 이지스를 해치지 않겠다며!"

"그건 동질감이니 뭐니 하는 개소리를 듣기 전의 얘기고."

그럼 그렇지. 빈민들의 입에서나 오르내리는 여교황 요안나 얘기는 갑자기 왜 꺼내나 했다.

나는 눈을 가늘게 떴다. 내가 기절한 사이 루아는 브리싱가멘에게 모든 일을 전해들은 것 같았다.

파우스트가 무성이라는 사실을 포함해서.

나는 신벌로 인해 육체적인 성장을 이루지 못했던, 불완전한 여자아이였다. 성별이 없는 교황이 나한테 느꼈다는 동질감이 뭔지 어렴풋이 알 것도 같았다. 우리는 둘 다 모든 사람이 '당연하게' 누리는 것들을 갖지 못했으니까.

그저 어이없을 뿐이지. 내가 이렇게 된 건 전부 파우스트 때문이 아닌가. 교황은 나에게도, 루아에게도 가해자일 뿐이었다. 그런 주제에. 어떻게.

복잡한 감정에 사로잡혀 루아의 얼굴을 뚫어져라 바라보았다. 그동안 루아는 언제나 내 일거수일투족을 꿰뚫고 있었다. 내가 누구와 만나고 어떤 일을 겪었는지 말하지 않아도 나만큼 잘 알았지만, 이지스에게 속아 엉뚱한 곳으로 나를 찾으러 갔을 때만큼은 예외였다. 보나마나 그 사이 파우스트와 무슨 일이 있었는지 낱낱이 고하라며 브리싱가멘을 협박했겠다. 물론 브리싱가멘은 루아가 무서워서라도 비교적 성실하게 대답해줬을 테고. 그러나 그에 대한 보상은 없느니만 못했다. 심지어 루아는 방금 전까지 브리싱가멘의 입을 틀어막았었는걸. 브리싱가멘이 나까지 미워하지 않는 것만도 기적이다.

"이 사기꾼 같으니. 처음부터 이럴 속셈이었지? 나랑 한 약속은 지키지도 않을 셈이었어!"

브리싱가멘이 분에 겨워 훌쩍였다. 나는 걱정 말라는 뜻을 담아 블라우스 위로 목걸이를 톡톡 어루만졌다. 이지스는 이미 루아의 손에 한 번 부서졌던 전례가 있다. 사실 나야 이지스가 죽든 말든 알 바 아니지만 또 망가뜨릴 거였으면 루아가 다시 살리지도 않았을 거였다.

어쨌거나…… 알베이흐도 당연하단 듯이 브리싱가멘의 음성을 들었으니 국왕도 마찬가지일 텐데. 머리가 지끈거려서 나는 국왕을 힐끔거렸다가 다시 루아를 주시했다.

루아가 자신을 빤히 쳐다보는 나를 슬쩍 곁눈질하는가 싶더니 자리에서 일어섰다. 이곳에 더 머물러야 할 필요성을 잃었는지 아예 방 밖으로 나가려는 것 같았으므로, 나는 당황스럽게 눈을 깜박였다.

"황제 폐하."

국왕의 부름이 루아의 발을 잠시 붙들었다. 루아가 고개를 절반만 돌려 감흥 없는 눈으로 응시하자, 국왕의 입매가 비뚤어졌다.

"성물은 비단 저희 왕국만이 아니라 세계의 보배입니다. 그 값을 감히 부르는 자가 없었습니다."

"그래서?"

루아가 뭘 믿고 이렇게 막나가는 건지 모를 일이었다. 나에게 루아가 성물을 부수지 못해 혈안이 되어 있다는 사실을 가장 먼저 알려준 것도 알베이흐였지, 아마.

국왕이 말을 멈추고 루아를 가늠했다. 틀림없이 아름답고, 신을 존경하지 않으며, 무엇이든 조롱하고 또 교활하기 짝이 없는 남자를. 그러나 어떤 왕과도 견줄 것 없이 가장 위험하고 권위적인 군주였다. 아비를 죽이고 황위에 올랐단 소문이 나도는데 누구도 그 권세에 저항할 수가 없었다.

장성한 왕자 여럿을 둔 군주치고는 젊고 안온한 눈이 새로 즉위한 황제를 향했다. 감히 직시하지는 못하는 우러름이었다. 그 망막의 끄트머리만 그을린 듯 옅은 수심이 어려 있었다. 대외적으로 알려진 나이가 어떻든 루아는 지금 성인의 모습이었고, 적어도 이 잠시간의 사석에선 자신의 비밀을 감출 생각이 전혀 없어 보였다. 그리고 국왕은, 벨모트 왕실의 의견이 어떻든 간에 적어도 그 개인만큼은 루아와 대립각을 세우고 싶어 하지 않았다.

파우스트와 루아가 나눈 대화를 통해 국왕이 무엇을 유추할 수 있을까?

아니, 어디까지 유추할 수 있을까?

나도 모르게 치마를 쥐었다.

"나중에 다시 이야기하지. 어차피 시간 많잖아?"

더 이상 이어지는 말이 없자 루아가 웃는 얼굴로 돌아섰다. 실로 오만한 행동이었다. 공식적인 자리에서도 이와 같았다면 틀림없이 뒷말이 나왔으리라. 그러나 국왕은 오히려 익숙하다는 얼굴이었다.

나는 국왕에게 예를 갖추어 인사한 후, 루아가 덮어준 겉옷을 품에 안고서 뒤를 따랐다.

기사단장들이 부복하는 것도 무시한 채 예배당 바깥으로 나온 루아는 근위병을 물리고도 한참을 걸어서야 불쑥 입을 열었다.

"넌 전부 내 거인 거지?"

나는 눈을 깜박였다.

"그래."

갑자기 루아가 걸음을 멈추고는 미심쩍은 투로 반문했다.

"왜 그렇게 선뜻 대답해? 위로하려고 하는 말이야?"

"진심으로 하는 말이야."

나도 내가 이렇게 낯간지러운 말을, 그것도 루아한테 하게 될 줄은 꿈에도 몰랐지. 부끄러운 마음에 입술을 우물거리며 딴 곳을 쳐다보는데 루아가 내 턱을 확 잡아당겼다. 노골적인 의심이 깃든 루아의 바다색 눈이 바로 앞에서 보였다.

"너 진짜 보니 맞아?"

하마터면 넘어질 뻔했잖아! 졸지에 무게감이 앞으로 쏠려서 잠시 비틀거린 나는 얼굴을 찡그렸다.

"그럼 진짜지 가짜겠어?"

나는 루아의 팔을 움켜쥐고 간신히 중심을 잡았다. 씩씩거리지 않을 수 없었으나, 루아는 내 턱을 붙잡고 얼굴을 여러 각도로 돌려보면서 여전히 꺼림칙하다는 듯 눈을 치켜떴다.

"하지만 오늘 너 정말 이상한데. 혹시 파우스트가 무슨 짓이라도 했어? 답답해 돌아버리겠네. 그냥 브리싱가멘의 뇌를 쑤셔볼 걸 그랬나."

나와 브리싱가멘은 동시에 비명을 질렀다.

"뭐 이런 미친놈이 다 있어!"

"아니거든! 난 지금 지극히 정상이니까 이상한 소리 좀 하지 마! 바르고 우아하고 고상한 말만 써도 모자랄 판에 쑤시긴 뭘 쑤신다는 거야?"

내 고함에 루아가 어처구니없다는 웃음을 흘렸다.

"넌 아직도 내가 열두 살인 줄 알지?"

"그런 거 아니야!"

이러다간 억울해서 죽겠다. 나는 흥 하고 따박따박 맞받아쳤다.

"국왕한테 밉보이는 한이 있더라도 교황의 입을 틀어막았어야 하는 건데. 소란스러운 즉위여서 가뜩이나 소문도 안 좋은데 그걸 더 부추겨서 어쩌겠다는 거야? 어차피 네 힘은 진짜 악마의 것도 아니었다며! 그 비슷하게 변질됐다고는 하지만……, 아, 아무튼 교황은 그렇다 쳐도 굳이 성물이 싫어 죽겠다고 떠벌릴 필요는 없지 않았어?"

정작 나 역시도 우리 가문만 믿고 주위 평판은 신경 쓰지도 않으면서 루아에게 이런 연설을 늘어놓는다는 게 찔리기는 했다. 그러나 루아는 모조리 무시하고 대화의 방향을 비틀었다.

"내가 욕먹는 게 기분 나빠?"

얄미운 놈. 나는 턱을 잡은 루아의 손을 쳐내며 인상을 썼다.

"당연하지. 너한테 하는 소린데도 꼭 나를 욕하는 것 같거든. 그리고 나는 그자가 미치도록 싫어. 대체 왜 펠레스는 교황을 감싸주는 거야? 겉으로만 내색하지 않을 뿐이지 아주 안달이 났잖아. 교황이 무슨 짓을 했는지 뻔히 알면서 해치지 말아달라니 내가 진짜 어이가 없어서. 둘이 금단의 사랑이라도 했대?"

울컥하는 심정에 되는 대로 지껄인 말이었건만 루아는 대수롭지 않은 반응을 보였다.

"불가능한 건 아니지."

루아에게 겉옷을 돌려주려다 말고 나는 눈을 부라렸다.

"너 왠지 좋아하는 거 같다?"

"만일 그게 사실이라면 나는 너그러운 마음으로 파우스트를 조금 더 살려둘 용의도 있어. 메피스토펠레스가 그렇게 좋아한다는데 어쩔 수 없지."

루아가 돌연 펠레스에게 친절해진 이유가 너무나 짐작이 잘 가서 문제였다.

　"……나 이제 펠레스 안 좋아하거든? 잘될 확률도 없고 그러고 싶지도 않으니까 그런 데서 너그럽지 좀 말아줄래? 그리고 파우스트를 이대로 내버려둬도 정말 괜찮겠어?"

　얼떨결에 루아를 따라 교황을 파우스트라고 불렀더니─사실 교황이라는 칭호조차 놈에겐 사치다─별안간 루아의 눈이 싸늘하게 가라앉았다.

　"언제부터 친했다고 이름을 불러? 그냥 교황이라고 하면 될걸."

　아, 짜증 나. 나는 이를 갈았다.

　"지금 내 손이 너를 두들겨 패고 싶어서 비명을 지르고 있어."

　"손은 입 없어서 비명 못 지르는데."

　실로 능청스럽기 그지없었다. 나는 기어이 화를 참지 못하고 루아를 걷어찼다.

　루아가 볼멘소리로 투덜거렸다.

　"그럴 거면 차라리 발이 비명을 지른다고 하지."

　"메피스토펠레스가 이러는 이유가 뭔지 말을 하든가. 아니면 교황이고 나발이고 그냥 여기서 파우스트를 죽여버려."

　내가 사나운 투로 쏘아붙이자 루아가 비스듬히 고개를 기울이며 농담처럼 가볍게 말했다.

　"어릴 때 파우스트는 자신만 성별이 없단 사실을 알고 꽤나 충격을 받았던 모양이야."

무성의한 설명에 욕이 절로 튀어나왔다.

브리싱가멘이 한숨을 쉬었고, 루아는 미친 듯이 웃었다.

"아무튼 둘이 계약을 맺었다고 하던걸. 그것도 아주 예전에. 메피스토펠레스가 워낙 숨기려 드는 바람에 나도 자세히는 모르겠는데, 성별이 없단 죄로 마을 사람들한테 실컷 처맞고 있던 파우스트를 펠레스가 구해준 모양이야. 그 뒤로 한동안 펠레스가 파우스트를 보살폈다고 해. 그때 펠레스는 타락하기 전이었다고 했으니 새하얀 날개를 달고 신의 사자 행세를 했겠지. 파우스트는 당연히 그런 펠레스에게 성별을 달라고 부탁했을 테고."

나는 날카로운 투로 내뱉었다.

"그런데 왜 아직도 저 모양인데?"

"자기 능력 밖이었나 보지."

"그럼 발두르한테 부탁하면 됐잖아."

나는 내가 말해놓고도 우스워서 코웃음을 쳤다. 발두르는 파우스트를 위해 울어주지 않는다고 했다. 그가 교황이 된 것도 펠레스 덕분이라고 했으니 아무래도 발두르는 파우스트를 영 마음에 들어 하지 않았던 모양이었다.

그렇다면 참 기이한 일이 아닌가. 발두르는 파우스트를 교황으로 삼는 것보다 그에게 성을 주는 것을 더욱 끔찍하게 여겼다는 뜻이 되니까.

"펠레스는 어째서 악마가 된 걸까? 이것도 파우스트와 관련이 있나? 그런데 둘이 무슨 계약을 했다는 거야?"

나는 연신 고개를 갸우뚱했다. 펠레스가 어째서 파우스트를 각별히 여기는지는 대충 알겠지만 그럼에도 쌓인 의문이 한가득이었다.

"신의 사자는 계약 같은 거 못 해. 사자의 주인은 오로지 신뿐인데 계약을 하게 되면 계약자의 말을 가장 우선시해야 되거든. 그러니까 악마가 됐겠지."

브리싱가멘이 심드렁하게 말했다. 루아에게 화가 단단히 난 듯 싶었으나 그 문제는 잠시 접어두지 않을 수 없었다.

"그럼 펠레스는 자기 스스로 악마가 된 거야? 파우스트 때문에?"

"알 게 뭐야. 너도 알 필요 없으니까 놈한테 물어볼 생각은 하지 마."

루아가 내 말을 자르며 겉옷을 빼앗아갔다. 나는 부루퉁하게 눈알을 굴렸다.

루아는 내가 한때나마 펠레스에게 호감을 품었다는 사실을 아직도 못 견뎌 했다.

"체르지안이 여태 멀쩡히 살아 있는 게 신기할 따름이지."

내 중얼거림에 루아가 영문 모를 미소를 지었다.

"그건 더 기다려봐야 아는 거고."

나는 눈을 한 번 깜박였다.

"뭐야? 무슨 뜻으로 그런 말을 해?"

"난 아무 짓도 안 했어. 다 지가 자초한 거지."

"뭘 자초했다는 건데?"

나는 루아의 말이 끝나기도 전에 물었다. 갑자기 가슴이 조여들었다. 숨쉬기가 불편해져서 나는 입술을 꾹 깨물었다. 갑자기 뭐야? 왜 불길한 예감이 드는 건데?

루아가 급작스러운 불안감으로 인해 얼굴을 잔뜩 구긴 나를 곁눈질했다.

"단시간에 너무 많은 마력을 받아들이는 바람에 신체가 붕괴하고 있어. 충분히 길들이지 않았으니 거부반응을 일으키는 거지."

입안에 못이 들어간 것 같았다. 나는 가만히 서서 듣기만 했다.

"재능이 있고 없고를 떠나서 마법을 배우는 건 아주 힘들고 까다로운 일이야, 보니. 극심한 정신력을 소모하기도 하고. 아마 상당히 무리했을걸. 감각이 기민한 베헤모스의 피를 진하게 물려받았다고 해도 결국 사람은 사람이니 얼마 안 가서 죽을 거야. 수명을 깎아 키운 마력에 삼켜지겠지."

건조하게 흩어지는 대답엔 어떤 감정의 기미도 없었다. 루아는 나를 나무라지도 않았고, 체르지안이 어리석은 짓을 했다며 비난하지도 않았다.

체르지안은 천재였던 게 아니라 단지 제 목숨을 대가로 삼았을 뿐이었다.

「그럼 십 년 뒤에는?」

그때 연못 앞에서 건넸던 그 질문에.

「글쎄.」

체르지안이 어떤 표정을 지었는지 기억나지 않는다.

「어떻게 되려나.」

아무것도.

7.5.

Closed Garden

비 온 뒤의 흐린 날이었다. 투명한 재를 들이부은 듯 뿌옇고 부드러운 안개가 잔뜩 낀. 그 무거움에 젖은 시간이 게으름을 피우며 느리게만 흘러갔다. 평범했고, 지루했고, 여느 때와 다름없었다. 며칠만 지나도 기억에서 잊힐 한가한 오후였다.

모든 게 그저 희미하기만 했던 그날 소년은 처음으로 소녀를 만났다.

꽃처럼 화사한 소녀라고 소년은 생각했다. 다른 이들의 소감도 별반 다르지 않았으리라. 아주 작다는 생각이 먼저 들었고, 그다음엔 믿을 수 없이 여려 보인다는 생각이 들었다. 그러나 신기할 만큼 화사했다. 가장 짙은 색채로 물든 봄날이자 오후의 햇살이 깃든 파릇한 새순 같았다. 이 흐릿하고 애매모호한 날씨와는 조금도 어울리지 않았다.

아마 저 여자애는 예쁘다는 소리를 질리도록 들었겠다. 소년은 심드렁한 얼굴을 하고 소녀의 등 뒤로 흘러내리는 장밋빛 머리카락이 바람에 나부끼는 모습을 뚫어져라 지켜보았다. 소녀는 귀족임이 틀림없어 보이는 한 기품 있는 남자와 함께 제법 떨어진 거리에서 소년을 스쳐 지나갔지만, 소년은 해바라기 같은 소녀의 눈을 똑똑히 목격했다. 선명한 금색의 눈이 곧장 망막에 스며들었다.

"뭘 그렇게 봐?"

같이 벤치에서 늘어져 있던 비외르크의 말에 소년은 가볍게 어깨를 으쓱였다.

"저 애, 머리색이 신기해서."

아하, 하고 이유를 알겠다는 듯 비외르크가 눈을 가늘게 떴다. 그가 키득거리며 소년이 주시하고 있는 방향을 따라 눈길을 돌렸다.

"들자하니 공작부인이 요정의 피를 물려받았다고 하던데, 그거 때문이 아닐까?"

"공작부인이요? 선배는 쟤가 누군지 아세요?"

소년은 그렇게 물으면서도 건물 안으로 들어가는 소녀에게서 시선을 떼지 못했다. 저가 이렇게도 집요하게 쳐다보는데 고개 한 번 돌리지 않는 소녀가 얄미울 정도였다. 하긴, 본다고 해도 달라지는 건 없지만.

제 생각에 어이가 없어진 소년은 머리를 긁적이면서 벤치에 도로 드러누웠다. 소녀의 작은 얼굴이 무척이나 뚜렷한 색감으로 기억에 남아 있었다. 아무것도 없는 백색의 공간에 유일하게 찍힌 물감처럼. 햇살이 맺힌 고른 속눈썹이 아주 길었고, 입술은 굳게 다물려 있었다. 창백한 얼굴은 무언가를 이미 체념한 듯 보였다. 소녀가 포기한 것이 무엇인지 소년은 알고 싶었고, 반대로 알고 싶지 않았다.

비외르크가 소년을 보며 혀를 쯧쯧거렸다.

"그레이스의 후계라면 너처럼 속 편한 놈이 아니고서야 모를 수가 없거든? 설마 그레이스의 이름도 모른다고 하진 않겠지. 웬만한 왕국 하나를 살 수 있을 정도로 부자라는 건 둘째치고 결혼식 때의 일로 엄청 시끄러웠잖아. 소문으로는 아발론의 여왕이 직접 축하하러 왔었다던데. 어쨌든 잰 황후가 될지도 모른다고! 이번에 공작께서 폐하의 명령을 받고 벨모트로 이주하는 바람에 저 애도 같이 왔다던데? 이건 엄청난 기회야, 이 태평한 놈아. 공작의 눈에 들면 다시 제국으로 돌아가서 중앙 귀족이 되는 것도 시간문제라니까?"

"글쎄요……."

소년은 어설프게 웃고 말았다. 소년에겐 장성한 형이 둘이나 있었고, 따라서 가문을 승계받는 일은 소년과 몹시 거리가 먼 얘기였다.

"아무튼 너도 쟤한테 잘 보여두는 게 좋을 거다."

비외르크가 한심하다는 투로 마저 말하곤 소년의 맞은편 벤치에 누웠다.

소년은 그저 웃기만 했다.

"전 됐으니까 선배나 열심히 하세요."

"그런데 왜 실실 웃어?"

자신을 비웃는 거라고 생각했는지 비외르크가 미간을 찡그렸으나, 소년은 무시했다.

"꺄악!"

갑작스러운 비명이 소년의 단잠을 깨웠다. 뭐지? 꾸벅꾸벅 졸던 소년은 화들짝 놀라 비틀거렸다. 하필 나무 위에서 깜박 잠들었던지라 무척 볼썽사납게 떨어질 뻔했지만, 다행히 기둥에 의지해 그럭저럭 중심을 잡았다.

으아아. 제가 듣기에도 우스꽝스러운 신음을 흘리던 소년이 곧 안도의 한숨을 쉬었다.

무슨 영문인지 모를 노릇이었다. 굵은 나뭇가지를 단단히 붙잡고서 소년은 누가 비명을 질렀는지 알아보려고 주위를 두리번거렸다. 그때 소년이 올라간 고목나무 바로 앞에 있던 건물의 창문이 확 소리를 내며 열렸다.

"아, 안녕."

분홍 머리의 소녀와 눈이 마주치자 소년은 저도 모르게 더듬더듬 인사했다. 소녀가 꽃잎으로 빚은 인형처럼 예쁘장한 얼굴을 일그러뜨렸다.

"지금 나한테 시비 거는 거야?"

"아니, 절대 아닌데."

소년은 그렇게 부정하며 소녀 뒤의 풍경을 응시했다. 헛웃음이 나올 정도로 엉망이었다. 드레스라도 찢었는지 하늘하늘한 레이스 조각이 허공에 떠다녔고, 의자와 책상은 아무렇게나 엎어져 바닥에 나뒹굴었다. 그야말로 난장판이 따로 없었는데 소녀의 사랑스러운 얼굴은 지극히 멀쩡했다. 자세히 보니 조금 상기되어 있는 것 같긴 한데. 오히려 귀찮은 것을 털어버린 듯 홀가분해 보였다.

보니 안젤리크 멜론느 그레이스. 이제는 소녀의 이름을 알지만, 소년은 섣불리 아는 척하지 못하고 머뭇거렸다. 어차피 무시하든가, 노골적으로 싫어할 게 뻔했으므로.

아카데미에 들어온 지 몇 주가 지났음에도 소녀는 언제나 혼자 다녔다. 역사서에도 기록된 대가문의 이름을 보고 들러붙은 추종 자들마저 정색을 하고 뿌리쳤으며, 친구를 사귀기는커녕 학생들 이 많이 다니는 곳은 얼씬거리지도 않았다. 모두 소녀가 이 아카 데미를 초라하게 여겨서 그런 거라고 수군거렸다.

소녀는 고상했다. 남들의 눈에 띄지 않으려고 작정한 것 같았 다. 말을 아끼고, 정확히 평균에 맞춘 성적을 받고, 제국에서의 호 화로웠던 삶을 자랑하거나 화려하게 꾸미지도 않았다. 그러나 소 녀가 무의식중에 당연한 것이라고 여겨 숨기지 못한 부분만은 어 찌할 바 없이 드러났다. 아주 기본적인, 그러나 그렇기에 차이가 날 수밖에 없는 것들이 대부분이었다. 말씨나 걸음걸이, 자세, 인 사 방식, 식사 예절 등, 하다못해 깃펜을 잡는 방법조차 여느 학생 들과 달랐다. 어미를 따라 하며 자연스럽게 몸에 밴 습관이라 소 녀 본인만 모르는 기품이었다.

정적을 깨고 쿵쿵거리는 소리가 점차 커졌다. 다급한 발소리가 크게 울려 퍼지는가 싶더니, 건물 문을 열어젖히는 소리가 들렸 다. 마주 보고 있던 소녀와 소년은 사이좋게 머리를 내렸다. 키가 작은 여학생 두 명이 현관문을 밀고 나와 소란스럽게 도망치고 있 었다. 머리카락은 잔뜩 헝클어져 있었고, 겁에 질려 흐느꼈다.

"저것들은 좀 더 맞아야 되는데."

소녀가 성난 목소리로 아쉬움을 담아 말했다. 그 혼잣말에 소년 은 기가 차서 고개를 들었다.

"때렸어?"

"때렸으면?"

망막을 간질이는 분홍색 실들이 어지럽기 그지없었다. 올올이 갈라진 꽃을 보듯이 현란하다. 그 흐트러진 모양새를 빤히 쳐다보던 소년이 무심결에 중얼거렸다.

"손 아팠겠다."

"뭐?"

어처구니없는지 소녀가 눈알을 굴렸다.

"넌 거기서 뭐 해?"

"잤어."

"거기 3층 높이인데. 그러다 떨어지면 손만 아픈 걸로는 안 끝날 걸."

차라리 정말 끝장나길 바란다는 듯한 비웃음이 서린 말에 기가 막히지 않을 수 없었다.

"내가 떨어지면 교수님 불러줄 거야?"

"너 하는 거 봐서."

소녀는 아주 잘 웃었지만, 어차피 전부가 비웃음이었다.

"나 너 알아. 체르지안이지? 너도 제국에서 왔다며. 베헤모스 후작가는 다른 사람들보다 몇 배는 더 감각이 예민하다던데, 너도 그러니?"

"아마도."

과시하는 것도 아니고 부정하는 것도 아닌 태도에 소녀가 조금 얼굴을 찡그렸다. 재미없는 놈. 그런 소리가 귀에 들리는 듯했다.

소년이 어설프게 웃으며 다시 대화를 시도했다.

"정리하는 거 도와줄까? 교수님한테 들키면 곤란하잖아."

소녀가 잠시나마 조소를 거두고 흥미롭다는 시선을 보냈다.

"넘어올 거야, 뛰어내릴 거야?"

소년은 어깨를 으쓱이고 창문을 통해 넘어갔다. 소년이 창틀을 밟고 들어올 수 있도록 뒤로 물러나 있던 소녀는 소년이 들어오자 창문을 닫고 창가에 걸터앉았다. 그러고는 소년이 혼자 청소를 시작하고 끝낼 때까지 꼼짝도 하지 않았다.

"고마워, 체르지안. 네 덕에 한결 기분이 나아졌어."

깨끗해진 교실을 건성으로 둘러보면서 들려주는 소감이었다. 입 한번 잘못 놀렸다는 죄로 혼자서 큰 교실 전체를 청소한 소년은 떨떠름하게 대꾸했다.

"청소가 내 전문이기는 하지."

"그래서 너는 나한테 뭘 바라고 이렇게 잘해주는 거니?"

그 말이 참 이상하게 가슴을 찔렀다. 정작 소녀는 뭔가를 바라고 베푸는 호의가 익숙하기 그지없다는 듯 멀쩡했으나, 반대로 소년의 마음은 몹시 불편해졌다.

뭘 바라냐니. 순간 말문이 막혔다. 당연하지만 그런 건 생각도 하지 않았었다. 그러나 그렇지 않음에도 불구하고 실수를 저지른 것 같은 난감한 기분이 들었다. 곧바로 반박할 말이 떠오르지 않는다는 게 더욱 당혹스러웠다.

이 교실 안으로 들어오지 말걸. 전처럼 멀리서만 가끔 지켜보다가 어느 순간 서서히 기억 속에서 사라지도록 내버려뒀어야 했는지도 모른다. 소년은 눈앞의 소녀가 슬슬 부담스럽고 불편했다. 목에 걸린 야명주처럼 선명한 별빛의 눈이 정말로 낯설었다. 마주하고 있는데도 마냥 기이했다.

소녀가 대답을 기다리며 눈을 깜박였다.

소년은 짧게 헛기침을 했다.

"아까 걔네들이랑 왜 싸웠어?"

어설프기 짝이 없는 화제 돌리기라 소녀는 그저 소년을 빤히 쳐다보았다. 황당한 것도 같고, 그냥 멍한 것 같기도 한 눈으로 한참 동안 뚫어져라 응시하기만 했다. 거북함을 느낀 소년이 소녀의 눈치를 살피다 지칠 때까지 한마디 말도 없이 멀뚱멀뚱 앉아 있었다.

그러던 순간 창밖에서 톡, 톡 소리가 났다.

"아, 비 온다."

소년이 국어책을 읽듯이 건조한 목소리로 말했다. 소녀로부터 고개를 돌릴 적당한 핑계가 생겨 정말 다행이라고 생각하며 소년은 뻐근한 목을 주물렀다.

"우산 가져올게."

소녀는 여전히 입을 열지 않았고, 소년 또한 기다리지 않았다.

뭐 저런 이상한 애가 다 있는지. 인적 없는 건물을 빠른 속도로 빠져나오면서 소년은 못내 투덜거렸다. 이름만 공작 영애지 하는 짓은 놀라움의 연속이었다. 아까 뛰쳐나가던 그 여학생들만 봐도 그래. 교실이 그토록 난장판이었으니 때렸다는 것도 분명 손찌검 몇 번이 아니었을 거였다. 소녀의 실체는 소년이 알게 모르게 품었던 환상과는 무척이나 거리가 멀다는 뜻이다.

속으로 열심히 불평하면서도 소년은 성실하게 기숙사까지 뛰어가 우산을 갖고 돌아왔다. 이게 잘하는 짓인지, 멍청한 짓인지 알 수 없었다. 남학생 기숙사와 소녀가 있는 건물 사이의 거리가 제법 되었으므로, 어쩌면 그 사이 소녀가 이미 돌아갔을 수도 있겠다 싶었다. 그런 생각이 들자 소년의 걸음이 빨라졌다.

다행인지 불행인지 참 모르겠지만 소녀는 소년이 돌아왔을 때도 교실에 있었다. 그러나 혼자가 아니었다.

책상 위에 흐트러진 분홍색 머리카락이 보였다. 소녀는 풍성한 머리카락을 길게 늘어뜨린 채 엎드려 있었고, 눈은 굳게 감겨 있었다. 깊이 잠든 듯 규칙적으로 고르게 호흡하는 소녀를 생전 처음 보는 남자아이가 지켜보고 있었다. 눈에 확 띄는 금발을 가진 아이였다. 소년과 동갑이거나 조금 어릴 것 같았는데 황실의 문양이 새겨진 옷을 입고 있었다.

그 윙그비아의.

어째서 여기에?

"내 거야."

황태자는 시선 한번 돌리지도 않고 소년에게 박아 넣듯이 말했다. 그 목소리가 벽에 부딪쳐 부서지는 듯했다.

"마지막으로 남은……."

귀를 기울여도 뒷말이 들리지 않았다. 사라질 듯 희미한 목소리로 무슨 말을 중얼거린 황태자가 느릿하게 고개를 돌렸다.

눈물로 범벅이 된 천사 같은 얼굴이 보였다.

"뺏어 가지 마."

그 애원의 말을 남기고 황태자는 유령처럼 사라져버렸다.

처음부터 이곳에 오지도 않았다는 듯.

보니 안젤리크 멜론느 그레이스에게 어떤 심각한 문제가 생겼다. 그런 소문이 돌기 시작했다.

학기 도중에 입학한 지 벌써 1년이 다 되어가는데도 보니는 여전히 학생들의 입에 오르내렸다. 그러나 질리지도 않고 매번 다른 화제였다. 질투와 시기에 찬 악질적인 비방도 있었고, 오로지 동경뿐인 찬사도 있었다. 그러나 역시 후자가 압도적으로 많았다. 혈통의 고귀함으로는 왕가를 제외하곤 따를 가문이 없는 그레이스라, 유일한 후계자인 소녀는 늘 주목의 대상이었다. 모든 학생이 보니가 벨모트에 있는 이유를 궁금해했다. 확실히 그녀는 더 나은 취급을 받을 필요가 있었으니까.

그레이스 공작은 황명을 받아 벨모트를 감찰하러 왔다고 알려져 있었다. 하지만 공작부인과 보니의 동행에는 다들 어리둥절한 반응을 보이기 일쑤였다. 전부터 그레이스 가문을 접해온 귀족들은 그저 공작과 공작부인이 아직도 서로에게 푹 빠져 있으니 그런 것이라 적당히 수긍하고 말았으나, 뭔가 다른 사연이 있을 거라는 의견도 만만치 않았다.

그리고 최근 그 사연의 실체라며 떠오른 것이 바로 보니가 가진 심각한 '결함'이자 어떤 '문제'였다.

"그러니까, 더 이상 성장할 수가 없대. 키만 자라지 않는 게 아니라 몸 안의 장기들도 운동을 멈춰서 겨우 움직이는 정도라던데? 그래서 조금만 뛰어도 엄청 고통스럽대. 나 저번 주 승마 수업 때 걔 토하는 거 봤어. 난리도 아니었지. 그때 수업이 좀 빡세긴 했지만 정말 죽으려고 하더라니까?"

옆 테이블에서 들리는 목소리에 체르지안은 보니를 찾다 말고 미간을 찌푸렸다. 그들은 체르지안이 근처에 있다는 것도 까맣게 모르는 듯 목소리를 높였다.

보니를 둘러싼 터무니없고 악의적인 소문을 한두 번 들은 것도 아니었지만 확실히 이번 건 너무 지나쳤다. 걷잡을 수 없이 퍼져 나가고 있었다.

"요 한 달 사이 공작가에 불려간 의사들만 스무 명이 넘는다던데. 물론 전부 알아주는 일류들뿐이고 말이야. 그런데도 보니의 병이 낫질 않으니까 공작 각하께서 직접 성전을 찾아가셨다지 뭐야? 사도나 교황 성하를 만나게 해달라고 부탁했는데 단번에 거절당하셨다고 하더라."

"좀 이상하지 않아? 다른 가문도 아니고 그레이스의 간청이잖아. 어째서 거절한 걸까? 어제 선배가 그러던데 벨모트 왕실에서도 난색을 했던 모양이야. 왕족의 성력은 그런 식으로 사용할 수 없다면서."

"도대체 보니가 걸린 병이 뭐길래 이 난리가 난 거지? 겉으로 볼 땐 체력이 약한 것 빼고는 정말 멀쩡한데."

어째서 보니가 점심시간이 됐는데도 식당으로 오지 않았는지 알 것 같았다.

체르지안은 한숨을 쉬며 보니가 자주 먹는 매운 음식들로 가득 채워 온 식판을 허망하게 바라보았다. 바람맞은 적이 그렇지 않은 날보다 훨씬 많건만 여전히 꼬박꼬박 이러고 있는 자신이 우스웠다.

그때 여학생들이 키득거리며 웃었다.

"멀쩡하다 뿐이니. 툭하면 물건을 집어 던지고 밤마다 비명을 질러서 룸메이트를 내쫓는다잖아. 누가 자기 몸에 손이라도 댈라 치면 정색을 하면서 거부한다던데. 걔 진짜 정신적으로 좀 문제 있는 거 아니야?"

"아무리 그레이스면 뭘 해, 그렇게 엉망인걸. 이러다 진짜 큰일 나는 건 아닌가 몰라."

속삭임처럼 작은 목소리도 아니었다. 오히려 당당하기 이를 데 없었다.

"그럼 그레이스 가문에서 양녀를 들이려나? 아, 그게 나였으면 좋겠다. 왕국도 살 수 있을 정도로 막강한 재력을 가진 가문의 딸로 산다는 건 얼마나 행복한 일일까?"

상상에 빠져 몽롱해진 여학생의 음성이 귀에 박히는 순간 구역
질이 나올 것 같은 기분이 들었다. 체르지안은 식판을 그대로 둔
채 식당을 빠져나왔다. 거의 뛰쳐나온 것이나 다름없었는데, 그럼
에도 그는 자신이 어디로 가야 할지 알고 있었다.

보니를 찾는 일은 쉬웠다. 타인보다 감각이 배는 더 뛰어난 베헤
모스가의 능력을 이용하지 않아도 체르지안은 보니가 가는 곳을
짐작할 수 있었다.

아카데미를 졸업하자마자 사교계에 데뷔해야 할 텐데도 보니는
사람들을 싫어했다. 대화하는 것도, 닿는 것도 공연히 혐오했으니
인적 없는 곳을 발견하면 틀어박혀서 나올 줄을 몰랐다. 체르지안
에게 가장 환한 미소를 보여준 것도 사람들이 잘 지나다니지 않는
비밀정원의 위치를 알려주었을 때였다.

보니는 매일같이 정원을 드나들었고, 오늘도 그곳에 있었다.

관리되지 않아 무성하게 뻗친 잔디밭 한가운데, 산뜻한 장미색
머리카락을 가진 귀여운 소녀가 앉아 있었다. 무척 작고 여린 여
자아이였다.

손이 닿으면 부서질 것 같은. 설탕으로 섬세하게 쌓아 올린 탑
에 갇힌 유리 인형처럼. 처음 아카데미에 왔을 때보다 훨씬 길어
진 머리칼이 옅은 복숭앗빛이 도는 보니의 뺨을 간질이면서 부드
럽게 흩날렸다. 평소라면 그 모습을 홀린 듯 지켜보다가 꼼짝없이
묶여버린 제 처지를 비웃었을 테지만, 체르지안은 눈 한번 깜박이
지 않고 다짜고짜 물었다.

"그게 사실이야?"

보니는 놀라지도 않고 흥얼거리던 콧노래를 멈췄다.

"뭐가?"

"너한테 무슨 문제가 생겼다던데. 그러니까, 어, 아프다고 말이야. 공작 각하께서 사도를 만나려고 했는데 거절당하셨단 얘기도 있고……."

저를 들여다보는 투명한 황금색의 눈을 보고 있으려니 갑자기 급속도로 자신감이 사라졌다. 왠지 부끄러운 기분이 들어 체르지안이 말끝을 흐리자 보니는 웃는 듯 마는 듯한 입술로 반문했다.

"그런 얘기 돌던 게 하루 이틀도 아니고 왜 이제 와서 물어봐?"

"……이번 건 너무 악질적이라서."

"악질적이라고."

보니가 그 말을 따라 하며 다시 고개를 돌렸다.

체르지안은 잠시 보니의 옆에 앉을까 고민했다. 기분이 좋을 때면 보니는 가까이 다가가도 아무렇지 않아 했지만, 그건 정말로 드문 경우였다.

고개를 숙인 보니가 느릿느릿한 어조로 중얼거렸다.

"내가 성장하지 못하는 병에 걸렸다는 게?"

"미안, 괜히 물어봤네. 그냥 전처럼 무시하면 됐는데……. 신경 쓰지 마."

체르지안은 즉시 사과했다. 그러나 보니는 웃었다.

"아니야. 그거 진짜야."

보니가 보고 있지 않은데도 손사래를 치던 체르지안이 충격을 받아 얼어붙었다.

"뭐?"

한 번, 두 번, 그리고 세 번 눈을 깜박였다.

그러고도 믿기지 않았다.

"원인을 모르니 의사들도 고치지를 못한다던데. 그래서 아빠가 사도한테 부탁해보려고 했던 거야. 어중간한 사제들은 있으나 마나니까."

"이름도 모르는 병 때문에 각하가 사제들한테 빌었다고?"

반쯤 정신이 나가 지껄이는 소리에 보니가 숨을 들이켰다. 머리카락에 감싸인 그 작은 어깨가 미친 듯이 떨렸다.

보니의 얼굴에 그늘이 드리웠다.

"오늘은 그냥 가, 체르지안."

"하지만 말이 안 되잖아. 그런 병이 세상에 어딨어? 어쩌다가 그렇게 된 거야? 뭔가 원인이 있을 거 아니야."

"나중에 얘기해."

언제나처럼 방어적인 태도였다. 식당에서 들은 여학생들의 조롱이 귀에 들리는 것 같아서 체르지안은 나직이 욕설을 뱉었다. 어떻게 이 애를 탓할 수 있겠는가.

그가 미간을 찌푸리며 보니에게 다가갔다.

"그냥 일시적인 현상일 거야. 시간만 좀 지나면 전부 괜찮아질……."

"가라니까! 꼭 뭔가를 집어 던져야 알아듣지?"

체르지안의 손이 어깨에 닿기도 전에 보니가 잔뜩 일그러진 얼굴로 그를 돌아보았다. 그러다 생각 이상으로 체르지안이 가까이 와 있었단 걸 깨닫고는, 황급히 일어섰다.

그제야 체르지안은 보니의 모습을 온전하게 볼 수 있었다.

미열이 오른 작은 얼굴, 새하얀 피부, 긴 머리카락, 그리고 정말 이상한 것 하나.

보니의 손목을 타고 흘러내리는 피를 보고 체르지안이 공황 상태에 빠졌다.

"너, 손이."

목을 쥐어짜서 뱉은 단어였다. 그마저도 공포에 휩싸여 뚝뚝 끊어졌는데, 보니는 대수롭지 않게 제 손을 내려다보더니 주머니에서 손수건을 꺼내 대충 문질러 닦았다. 망막이 델 정도로 새빨간 생피가 부드러운 천에 빨려들면서 기이한 무늬를 만들었다.

"아주 잠깐씩만 몰래 하는 거야. 스트레스 해소용으로. 어차피 치료약을 쓰면 흉터도 안 남아. 우리 집에 그런 거 넘치도록 있거든."

역시 벅찼다. 이 애는 감당하기 힘들었다. 그 사실을 천 번도 넘게 체감했는데. 스스로를 망가뜨리지 않는 이상 결코 보니와 공존할 수 없다는 것을 뼈저리게 알고 있었으면서.

무섭다. 질식할 것 같다.

공포에 사로잡혀서 그녀를 마음에 들었다.

계하의 2
소꿉친구

"미안해."

좋아하는데 무섭고, 무서운데 곁을 배회했다. 못을 붙이려는 자석처럼 그 주위를 빙글빙글 돌았다. 무의미하게. 부질없이. 메마른 줄에 묶이고 잔뜩 움츠려서는.

전신에 화상을 입은 것 같았다.

체르지안은 자신이 울고 있다는 것도 모른 채 황망하게 거듭 사과했다.

"미안해. 정말 미안해, 보니."

보니는 건조한 눈으로 그를 응시했다.

"이제 갈 마음이 생겼어?"

낮게 흐트러지는 음성이 잘린 꽃잎처럼 부드러워서 체르지안은 놀랐다. 보니는 대답을 듣지도 않고 허리를 숙여 가방을 챙겨들더니 체르지안을 지나쳐 갔다.

필연적으로 깨닫지 않을 수 없었다. 보니는 두 번 다시 그를 만나려 하지 않을 거였다. 1년을 들여 좁힌 거리가 물거품처럼 흩어지는 거다.

그건······.

그건 싫다.

잔디를 붉게 물들인 핏자국을 내려다보다가 체르지안은 다분히 충동적으로 발걸음을 옮겼다. 일반적인 의학으로는 고칠 수 없는 병이라. 벨모트 왕실은 물론이고 성력을 가진 최고위 사제들도 난색을 하니 남은 방법은 하나뿐이었다. 하지만 역시 그들도 다른 이들처럼 기피하지 않는다는 보장이 없었다. 아니, 틀림없이 그러하겠지.

그렇다면 자신이 직접 하면 되는 일이었다. 오히려 그편이 덜 찜찜하고 좋을 것 같다는 생각마저 들었다.

"교수님!"

체르지안은 노크도 잊고 무작정 강의실 문을 열어젖혔다. 몇 명의 졸업반 선배들과 이야기를 나누고 있던 마법학 교수가 의아하게 고개를 돌렸다.

"여기까진 무슨 일이냐, 베헤모스?"

"마법 말이에요. 전에, 저한테, 소질 있는 것 같다고 하셨잖아요."

가쁘게 숨을 몰아쉬며 체르지안은 교수를 거의 노려보다시피 했다.

교수가 얼굴을 찡그렸다.

"글쎄다. 얼마 전까진 성가신 건 싫다며 질색을 하더니 갑자기 심경의 변화가 생긴 이유가 뭐냐?"

"그런 건 됐고요. 마법으로 상처를 낫게 하거나 병을 치료하는 것도 가능하죠? 마법이니까 뭐든 다 가능할 거 아니에요. 멈춘 것도 다시 움직이게 할 수 있고, 고장 난 것도 새것처럼 만들 수 있고, 또…… 성장이 멈춘 사람도 성장시킬 수 있고. 그 정도 수준까지 가려면 얼마나 걸릴까요? 한 일 년?"

교수가 혀를 찼다.

"어디서 또 이상한 헛바람이 들어와서는. 마법은 만능이 아니다. 너도 잘 알잖니? 거기다 네가 말하는 마법은 신의 권능에 가까운 영역이야. 평생을 배워도 가능성을 확신할 수 없을 판에 뭐? 일년? 네 수명을 전부 깎아먹어도 불가능할 거다."

그러나 체르지안은 굴하지 않고 열성적으로 물었다.

"수명을 깎으면 좀 더 빨리 배울 수 있어요? 그럼 마법으로만 치료할 수 있는 희귀병 같은 거도 단번에 고쳐지려나?"

"말이 그렇다는 거지. 너 대체 갑자기 왜 이러는 거냐? 마법으로밖에 치료할 수 없는 희귀병이라니. 잠깐만, 설마⋯⋯."

교수가 말을 멈추고 눈살을 찌푸렸다. 평소 학업을 게을리 하긴 했어도 귀족가의 도련님답지 않게 얌전했던 놈이라 더욱 수상쩍을 수밖에 없었다.

짧은 신음을 흘리며 교수는 이 일과 연관됐을 만한 뭔가를 찾아 기억을 더듬었다. 곧 요즘 학생들 사이에서 퍼뜨리지 못해 안달인 소문에까지 생각이 미치자 교수의 얼굴이 새하얗게 질렸다. 체르지안이 혼자 겉돌기로 유명한 보니 안젤리크 멜론느 그레이스의 하나뿐인 친구라는 사실은 교수들도 아는 바였다.

"허튼 생각 마라, 체르지안! 걔가 떠안고 있는 문제가 뭔진 몰라도 네가 감당할 수 있는 게 아니야."

이미 결심을 굳힌 체르지안의 귀엔 들어오지도 않는 타이름이었다. 체르지안은 장난스럽게 너스레를 떨며 평소처럼 가볍게 웃었다.

"에이, 사람이 천년만년씩 살 수 있는 것도 아닌데 남들보다 몇 년 덜 산다고 별일이야 생기겠어요? 어차피 저 아직 어리잖아요. 음, 어쨌든 가능하기는 하단 거군요."

이것이 오기인지, 충동인지, 진심인지는 체르지안 본인도 확신하지 못했다. 처음엔 호기심이었고, 지금 역시 마냥 순수한 감정은 아니었다. 욕심도 있었고 죄의식도 있었다. 보니를 좋아했으나 반면에 질릴 만큼 무섭기도 했다. 그러나 감정을 저변까지 파헤쳐 이 행동의 정확한 동기가 뭔지 추론하는 것조차 시간낭비로 느껴졌다.

일단 구체적으로 하고 싶은 게 생기면 체르지안은 깊게 고심하지 않았다. 애초에 그랬던 적이 있기는 했나 싶었다.

그 안일함이 교수의 눈에 뚜렷이 보인 모양이었다.

"그렇게 가벼운 마음가짐으로 접근할 문제가 아니야! 애야! 어디 가니!"

체르지안은 어느새 강의실 문을 열고 있었다.

"교수님은 지금 바쁘신 것 같으니 저희 가문에 고용된 마법사한테 물어보려고요. 빠르면 빠를수록 좋을 것 같아서."

"글쎄. 안 된다니까! 한 번 시작하고 나면 절대로 돌이킬 수 없어! 마력으로 망가진 육체는 두 번 다시 회복될 수 없다고! 망할, 누가 저 자식 좀 잡아 와!"

교수가 뒷목을 잡으며 소리쳤지만 체르지안이 잡히는 일은 없었다.

08

Love Mode

누군가를 기다릴 땐 항상 그렇지만 시간은 느리게 흘러갔다. 유독 더디고, 지루하고, 불안한 느낌이었다.

나는 놀라울 정도로 정교한 석조 장식물이 다닥다닥 붙은 예배당 건물을 원망스럽게 노려보았다. 어차피 개소리만 지껄일 거면서 무슨 시간을 이렇게 길게 잡았는지 모를 일이었다.

정오의 말간 구름이 비껴갈수록 나는 점점 더 초조해졌고, 급기야 신경질적으로 손톱을 물어뜯었다. 교황이 어떤 놈인 줄도 모르고 그저 찬양하기 바쁠 학생들을 생각하려니 신물이 올라왔다.

굳게 닫혔던 예배당 문은 점심시간이 다 되어서야 열렸다. 다행히 교황을 비롯한 사제들보다는 학생들이 먼저 예배당 밖으로 나오기 시작했다.

교황을 욕하며 할 일 없이 나무 그늘에 숨어 있던 나는 익숙한 남학생이 보이자마자 재빨리 뛰어갔다.

"체르지안! 잠깐 얘기 좀 해."

친구들과 장난을 치며 걸어 나오던 체르지안이 엉뚱한 방향에서 불쑥 등장한 나를 어리둥절하게 바라보았다. 그러나 체르지안이 입을 열기도 전에 그의 친구 하나가 그를 툭 밀쳤다.

"뭐야, 가망 없다더니?"

놀리는 기색이 다분한 어조였다. 여느 때처럼 무시할까 하다가 나는 그동안 한 번도 체르지안의 친구에게 살갑게 인사해본 적이 없다는 사실을 깨닫고 먼저 말을 걸었다.

"안녕, 니콜라이."

일부러 신경 써서 친근한 목소리로 부르자, 니콜라이의 눈이 휘둥그레졌다.

"내 이름을 알아?"

"체르지안이랑 친하잖아? 자주 어울리는 애들 이름은 다 알고 있어."

그걸 굳이 말해야 아나. 나는 눈망울을 굴렸다.

"그야 그렇긴 한데……."

그가 당혹스럽다는 듯 턱을 긁었다. 니콜라이는 워낙 뛰어다니는 걸 좋아해서 운동 경기가 열릴 때마다 빠지지 않고 참석하곤 했는데 체르지안처럼 키가 큰 덕분에 나는 한참을 올려다봐야 했다.

"혹시 이름으로 불러서 기분 나쁘니?"

의외로 까다로운 성격인가 싶어서 묻는 말에 그가 정색하며 소리쳤다.

"전혀! 앞으로도 계속 이름으로 불러줘! 너 가까이서 보니까 완전 귀엽……."

"가자, 보니."

니콜라이의 고함이 끝나기도 전부터 체르지안이 나를 잡아당겼다. 나는 체르지안에게 팔이 붙잡힌 채로 걸으면서 입술을 깨물었다.

나란히 걷는 동안에는 서로 말이 없었다. 내가 왜 예배당 안에 없었는지 궁금해할 법도 한데 체르지안은 역시나 먼저 묻지 않았다. 지난날 나에게 거절당한 경험이 있기 때문에 두는 거리였다.

그는 항상이라고 해도 무방할 정도로 나를 배려했다. 언젠가 그렇게까지 수고해서 내 곁에 있으려는 이유가 뭐냐고 물으니 체르지안은 자신도 잘 모르겠다며, 나중에 확실히 깨닫게 되면 알려주겠다고 약속했었다.

하지만 내가 그 이유를 들은 건 최근의 일이었다. 체르지안이 마법을 배우기 시작한 시기는, 당연하게도 2년은 전의 일이고.

어떻게 이럴 수가 있지? 체르지안은 자신의 감정도 확신하지 못하면서 육체적으로 성장하지 못했던 나를 도와주고자 제 수명을 깎았다. 그런 일이 어떻게 가능한 건지 나는 도저히 납득 가지 않았다. 내 이해가 닿는 범위 바깥에 있었다.

솜사탕색 꽃봉오리가 맺힌 나무 몇 그루를 지나치며 나는 이따금씩 불안한 눈으로 체르지안을 힐끗거렸다. 루아가 했던 말이 머릿속을 떠나지 않았다. 어째서 이상하게 여기지 않았던 걸까? 모든 걸 불신했던 주제에 체르지안의 만사태평한 말투만은 흘려 넘겼던 자신이 바보 같았다. 그런데 미리 알았다고 해서 달라지는 게 있기는 했었을지 의문이라 더욱 화가 났다. 얼마 전까지만 해도 나는 자신조차 통제하지 못하는 사람이었으니 결코 체르지안을 말리는 데 열의를 쏟지 않았을 테니까.

나는 부서지고 있었다. 피기도 전에 시들어버린 꽃이었고, 후천적 기형이란 꼬리표를 매단 망가진 인형이었다. 오히려 극단적으로 비뚤어진 속마음이 그를 비웃고 조롱했을 수도 있었다.

나는 내가 가장 힘들었던 시간에 곁에 있어준 유일한 친구를 그렇게 잃어버렸을지도 몰랐다.

아마, 어쩌면, 아니, 틀림없이 체르지안 또한 그 사실을 미리부터 짐작했을 거다. 그러니까 계속 숨겼겠지. 루아가 말하지 않았더라면 죽을 때까지 비밀로 남겼을 수도 있었다. 그런 생각이 들자 나는 더욱 그에게 미안했다.

바라지도 않은 호의를 받은 적이 하루 이틀도 아니건만 이번만큼은 도저히 그냥 넘어갈 수 없었다.

안타깝게 스쳐 지나가는 바람이 꽃가루를 실어 날랐다. 모든 학생이 이제 막 예배당에서 나오기 시작했으므로 아직은 여유가 있었다.

나는 슬슬 입을 열었다.

"루아가 네 얘기를 하던데."

체르지안은 순진한 얼굴로 나를 응시했다.

"내 얘기를?"

"네가 수명과 맞바꿔서 마법 실력을 키운 거라고 말이야."

나는 낮은 목소리로 말했다. 어찌할 바 없는 자기혐오가 치밀었으나 억지로 눌러 가두고 수명이란 단어에 힘을 주었다. 자꾸만 손이 떨렸다. 내가 체르지안의 목을 조르고 있는 것 같은 기분이 들었다.

체르지안이 고개를 갸우뚱했다. 곧 잊었던 사소한 기억 하나가 나로 인해 떠올랐다는 듯 여상하게 눈을 한 번 깜박거렸다.

그리고, 그는 실없이 웃었다.

"아, 그거? 어쩌다 보니 그렇게 됐어."

여유 가득한 대꾸에 절로 이가 갈렸다. 속부터 끓어올랐다. 특별한 반응을 바라고 얘기한 것도 아니지만 지극히 평온해 보여서 배는 더 기가 찼다.

"어쩌다 보니? 그걸 지금 말이라고 해? 도대체 왜 그런 멍청한 짓을 한 거야?"

나는 걸음까지 멈추고 날카롭게 쏘아붙였다. 체르지안의 입매가 끌려올라갔다.

"흠, 웬일로 네가 교수님이랑 똑같은 소릴 하네."

"체르지안!"

비명을 지르지 않을 수 없었다.

나는 체르지안이 무서웠다. 나를 위해 가던 길을 멈춰서 자신을 희생하는 모든 사람이 두렵기 이를 데 없었다. 그는 이래선 안 되는 거 아닌가? 자기가 뭐라고 그런 짓을 저질러?

태어났을 땐 악마에 씐 아이였고, 벨모트에 와선 후천적 기형이었다. 하지만 그와 같은 소문에 관계없이 나는 항상 부모님에게 무한한 애정을 받았다. 그것은 저변에서부터 시작된 파도처럼 무겁게 떠밀려와 나를 짓눌렀다. 엄마와 아빠를 실망시키고 있단 사실이 끔찍하고 증오스러워서, 한심한 나 자신이 역겹고 추잡하고 더러운데 할 수 있는 거라곤 아무것도 없고.

너는 내가 어째서 그토록 방어적으로 굴었는지 뻔히 알았으면서.

대가없는 호의. 대가없는 친절.

대가없는 사랑.

차라리 나한테 뭔가를 바란다고 하면 납득이나 가지.

「내가 왜 마법을 배웠는 줄 알아?」

연못가에서 들었던 그 말을 뿌리째 의심했어야 됐다.

체르지안이 마법을 배우기 시작한 게 정확히 언제부터였지? 분명 어떤 결정적인 계기가 있었을 거 아니야. 굳이 이런 극단적인 방법을 선택한 이유가, 그 동기가 있었을 거라고…….

문득 수면 위로 떠오르는 기억의 편린이 하나 있었다.

"……너 우는 거야?"

나는 단지 원망스럽게 그를 노려보기만 했다. 체르지안이 진심으로 당황한 듯 말까지 더듬거렸다.

"미안해. 다 내가 잘못했으니까 울지 마. 난 네가 울면 진짜로 무섭거든."

"넌 그러지 말았어야 했어. 이러면 안 됐다고."

아무리 강한 비난의 말로도 성에 차질 않을 것 같아서 나는 그렇게 말했다. 내가 울분을 토로하든 말든, 갑자기 뭔가를 찾아 가방을 뒤적이던 체르지안이 이윽고 곤란한 표정을 지었다. 자기가 찾는 물건이 가방에 없는 모양이었다.

"잠깐 실례할게."

허락도 안 했건만 체르지안은 내 치마 주머니에 손을 밀어 넣었다. 그나마 예의는 차린답시고 손가락을 이용해서 고급 천을 끌어

잡았다.

그가 내 주머니에서 꺼낸 손수건으로 어설프게 얼굴을 닦아주며 쓴웃음을 지었다.

"너도 내가 어떤 성격인지 알잖아. 별로 진지하게 내린 결정은 아니었어. 그나저나 황제 폐하도 참 대단하시지. 어떻게 아셨나 몰라."

나는 체르지안이 하는 행동을 가만히 두고 보면서 기이하게 울렁거리는 감정을 다스렸다. 조심조심 눈물을 닦아주는 손길이 그답게 어설펐다. 그런데 또 다정하고. 아무리 생각해봐도 체르지안의 속은 알 듯 모를 듯 애매했다. 루아는 내가 체르지안과 말 한마디 섞는 것조차 싫어했는데 정작 체르지안은 아무렇지 않게 루아의 이야기를 입에 올렸다. 루아가 사람이 가질 수 없는 능력을 가졌단 사실도 잘 아는데 혐오하거나 두려워하는 눈치도 아니었다.

"루아가 너를 도와줄 수 있대."

속눈썹에 붙은 여름햇살과 먼지꽃을 걷어 올리고 나는 숨소리처럼 작게 속삭였다. 체르지안이 미소 띤 얼굴로 나를 눈에 담았다.

"대가는?"

"그건 내가 알아서 할 거야."

그러자 체르지안이 장난처럼 내 이마를 손가락 끝으로 툭 쳤다.

"아니지, 보니. 내가 자초한 일인데 왜 네가 책임을 져?"

나는 발끈했다.

"나 때문이잖아. 나를 위해서 한 일이라며. 그리고 굳이 내 탓이 아니었어도 나는 너를 도와주려고 했을 거야. 너는 그만큼 나한테 중요하니까. 솔직히 지금 정말로 당황스럽고 무섭거든? 제발 나한테 만회할 기회 좀 줄래?"

당연히 나는 죄의식을 느꼈다. 체르지안을 쳐다보는 것조차 힘들었다. 자꾸만 떨어지는 시선을 억지로 고정하는 것도 힘든 일이었는데 그는 내가 과민하게 반응한다는 듯이 어깨를 으쓱였다.

"어차피 마법은 배워볼 생각이었어. 배우다 보면 당연히 빨리 실력을 키우고 싶은 욕심도 낫겠지. 그러니까 굳이 네 탓이라고 할 수도 없거니와, 난 별로 벨모트를 떠나고 싶지도 않은데."

뜻 모를 말에 나는 눈을 치켜떴다.

"벨모트를 왜 떠나?"

"그 성미에 나를 살려주는 은혜까지 베풀면서 이곳에 내버려둘 리가 없잖아. 하물며 권력도 있고 능력까지 좋은 폐하신걸."

체르지안이 전혀 진지하지 않은 어투로 말했으므로, 나는 얼굴을 찡그린 채 도로 입술을 다물었다. 확실히 루아는 지금도 엄청나게 봐주고 있었다. 내가 아침에 약속한 데이트도 마다하며 체르지안을 만나겠다고 하자 그냥 체르지안이 죽고 나서 말할 걸 그랬다고도 했으니. 어쨌든 내 닦달에 못 이겨 체르지안의 육체가 붕괴하지 않도록 도울 순 있다고 했다. 물론, 당연히, 무료봉사는 아니었다. 그 조건이 뭔지는 들어봐야 알겠지만.

나는 가능한 만큼, 혹은 그 이상이 되더라도 루아가 하는 요구를 수용할 생각이었다. 체르지안에게 고백 같은 거라도 할까 봐 나를 기절시켰던 게 바로 어제 일이니, 이런 제안을 선뜻 해준 것만도 기적이 아니던가. 루아는 상당히 양보한 셈이었다. 지금 이 순간에도 그렇지.

순간 체르지안을 보면서 나도 모르게 루아를 떠올렸다. 대가없이 뻗어오는 손길이 무섭고 껄끄럽고 마냥 싫은데, 그 동정인지 애정인지 모를 것만큼 나를 곤두세우는 것이 없는데 루아가 해주는 건 아무렇지도 않았다. 오히려 내가 더 요구할 때도 있었다. 그런 의미에선 부모님보다 루아를 더 의지했다. 루아는 내 밑바닥을 들여다보았고, 나는 우는 소리로 부모님을 실망시키고 싶지 않았으니까. 하지만 루아는 있는 그대로의 나를 알았으니 무엇이든 얘기할 수 있었다. 내가 더듬더듬 소곤거리는 진심이 뭐든 루아는 받아주고 이해하고 들어주었다.

단지 그것만으로도 마음이 놓여서.

그렇기에 나는 루아에게 체르지안을 구해달라는 부탁 또한 거리낌 없이 할 수 있었다.

"황제는 예전에 네가 자해했던 거 알아?"

그게 무슨……. 느닷없는 질문에 나는 화들짝 놀라 뒷걸음질 쳤다. 귀를 의심하며 입을 벌렸다.

"가, 갑자기 그 얘기는 왜 하는 거야?"

머리를 한 대 얻어맞은 것 같은 충격이 전신을 휩쓸었다. 그레이스의 딸이 성장하지 못하는 이름 모를 병에 걸렸단 소문이 돌기 시작했을 무렵에, 체르지안은 내가 스트레스를 참지 못하고 스스로를 상처 입히던 장면을 본 적이 있었다. 하지만 그날의 일은 우리 사이에서 암묵적인 금기나 다름없었다. 나는 동정받고 싶지 않아서 입을 다물었고, 체르지안은 내가 자신에게까지 방어적이 되지 않기를 바라서 비밀을 지켰다.

그런데 왜 하필 지금?

"그때 너 정말로 힘들어했잖아. 늘 혼자였고 말이지. 황제는 뭘 하고 있었길래?"

섬광처럼 스치는 짐작이 있었다. 나는 얼굴을 일그러뜨렸다.

"너 설마 일부러……!"

"보니 안젤리크 멜론느 그레이스."

등 뒤에서 부서지는 음성이 달콤한 만큼 소름 끼쳤다. 딱 그만큼.

나는 전율하며 어깨를 움츠렸다. 놀란 기미가 없는 걸 보니 체르지안은 다 알고서 말한 것 같았다.

루아가 듣길 바라고…….

"이제 나한테 하나도 안 미안하지? 오히려 한 대 치고 싶어서 죽겠단 얼굴인데."

체르지안이 능글맞게 웃으며 평소와 같은 톤으로 말했지만, 나는 공포에 질린 채 얼어붙어 있을 뿐이었다. 뒤를 돌아보는 게 세상에서 가장 무서운 일이 되어버렸다. 보이지도 않는 살의 비슷한 것이 정말로 느껴지고 있었다.

"······무슨 짓을 했었다고?"

아. 혀에 감각이 없다. 나는 눈을 질끈 감고서 해명 아닌 해명을
시도했다.

"체르지안한테 들킨 뒤로는 다신 안 했어! 정말이야, 믿어
도······, 꺄악!"

몸이 확 들리면서 상체가 앞으로 쏠렸다. 평소처럼 모양 좋게 안
아주는 것이 아니라 마치 짐짝을 들듯이 나를 옆구리에 낀 루아가
그대로 이동 마법을 시전했다. 그러면서 체르지안을 감흥 없이 곁
눈질했다.

"넌 나중에 다시 이야기하지."

현기증이 났다.

나는 문득 엄마가 보는 앞에서 자살하려고 했다던 루아의 말을
떠올렸다. 3년 전 엄마는 벨모트로 떠나라는 선황제 폐하의 명령
을 받들 생각이 없었다. 나를 가지고 협박했으니 이보다 더한 일
이 벌어질까 염려해 아빠와 나를 데리고 아발론으로 이주할 계획
이셨다.

아발론은 요정의 혈통을 물려받지 않은 모든 사람의 접근이 원
천적으로 차단되어 있었으므로, 제국의 위세가 닿지 못하는 유일
한 나라였다. 루아는 나를 그곳에 보내지 않기 위해 그런 극단적
인 방법을 선택했던 거다.

주위 풍경이 일그러지게 보이는 건 아주 찰나의 순간이었다. 루

아는 나를 푹신푹신한 무언가에 던지듯이 내려놓았다. 기숙사에 있는 내 침대였다. 치마가 올라갔을까 봐 황급히 일어나는 바람에 시트 위로 가지런히 덮어두었던 연분홍빛 이불이 내가 움직인 모양대로 흐트러졌다.

"보니."

놀란 심장이 마구 뛰었다. 등 뒤에서 뻗어온 루아의 손이 숨 고를 새도 없이 내 어깨를 감싸고, 끌어당겼다. 뜸을 두는 느릿한 행동이기에 더욱 친밀하게 느껴지는 접촉이었다.

무심결에 올라간 손이 도로 힘없이 내려갔다. 루아의 체온이 내게 고스란히 스며들고 있었다.

"나는 네가 없으면 안 돼."

타이르는 것 같기도 하고, 달래는 것 같기도 한 목소리였다. 평소보다 훨씬 달콤한 속삭임이라 나는 당황스럽게 굳은 채 입술을 우물거렸다. 집어 던질 땐 언제고 부드러운 손길로 품에 가두니 어찌할 바를 몰랐다.

"네가 나를 잊어버리지 않았으면 했어. 사실 다른 방법이 있었을지도 몰라. 굳이 네 몸의 성장을 억제하지 않고도 시간을 벌 만한 방법이 찾아보면 하나 정도는 나왔을 수도 있어. 그런데 나는 이 방식이 가장 마음에 들었거든. 너한테 미움받을 수도 있겠다는 생각을 하지 않았던 건 아닌데 나한테는 이 방법밖에 떠오르지 않았어."

귓속으로 흘러들어오는 목소리가 듣기 좋게 부드러웠다. 새삼스럽지만 성인 남자의 모습으로 변한 루아는 정말 다른 느낌이었다. 매일 밤마다 모양을 바꾸는 달처럼 익숙해진 것 같으면서도 새로웠다. 가슴도 넓었고 팔이나 손도 단단한 느낌이 있었다.

눈을 깜박이며 그 말을 듣던 나는 조금 얼굴을 찡그렸다.

"어째서?"

루아가 내 어깨에 고개를 묻었다.

"너와 내가 닮은 점이 하나라도 더 늘어난다면, 네가 나를 잊지 않을 확률도 그만큼 높아지잖아."

이것은 집착이었고 억지였으며 배려가 없는 맹목이나 다름없었다. 덜 자란 아이처럼, 혹은 성장하기를 거부한 고집스러운 아이처럼. 본인이 너무 위급하기에, 상상할 수 있는 가장 끔찍한 방법으로 죽을 것 같아서 더욱 치밀어 오른 갈망이었다.

이와 같은 얘기를 들어본 게 처음도 아니건만 나는 여전히 어떻게 반응해야 할지 알 수 없었다. 나 역시 루아에게 잊히고 싶지 않았다. 루아를 잊고 싶지도 않았다. 벗어나기도 싫고, 놓아주기도 싫었다. 우리는 서로에게서 자립할 생각이 전혀 없었다.

하지만 이건 마치 거울을 보는 것 같아서.

루아가 하는 말 한 마디 한 마디가 내 욕심과 무섭도록 닮아 있어서 때때로 소름이 돋는다. 우리가 서로 반대되는 상황에 처해 있었다면 내가 루아처럼 하지 않았으리란 보장이 없다.

"그래도 역시 정도를 지나치긴 한 것 같아. 나는 나보다 너를 잘 아는 사람이 없다고 생각했거든. 그래서 너한테 무슨 일이 있으면 당연히 내가 먼저 알아차릴 줄 알았어. 다시는 그러지 마, 보니. 넌 너무 작단 말이야. 내가 도울 수 없는 순간에 너한테 어떤 안 좋은 일이 생길 거라고 생각하면 속이 뒤틀려. 단지 가정하는 것만으로도 구역질이 난다고."

"네가 얼마나 나를 괴롭히는 걸 좋아하는지를 떠나서 내 모든 행동을 책임져야 할 필요는 없어. 사람 일은 원래 모르는 거야. 그리고 나 그렇게 작지 않거든? 네가 큰 거라니까!"

부끄러운 기분이 들어 나는 날 선 어조로 소리쳤다. 그때의 내가 얼마나 힘들고 괴로웠는지를 떠나 창피해 미치기 직전이었다.

나는 루아에게 그 일을 말할 마음이 조금도 없었다. 엄마의 결정을 돌리기 위해 루아가 무슨 짓을 저질렀는지 알고 난 뒤에는 더더욱. 아예 머릿속에서 지워버렸고, 체르지안이 말하기 전엔 생각도 하지 못했었다. 애당초 그건 순전히 나를 학대하고 싶은 가학적인 충동을 못 이겨 벌인 행동이었거니와, 순간적인 화풀이에 가까웠다.

"하지만 난 그러고 싶은데. 네 모든 걸 알고 책임지고 싶어."

낮고 침착한 루아의 말에 나는 한 박자 늦게 빈정거렸다.

"연인 역할만으로는 부족한가 봐? 이젠 부모님 노릇도 하려고?"

"내가 왜 레이첼한테 신벌에 관한 얘기를 안 했는지 알겠지?"

루아의 웃음소리가…… 아주 가까이서 들렸다. 황금빛 머리카락이 내 얼굴을 간질이고 있었다.

"난 네가 이럴 때마다 나를 여자로 보고 있기는 한 건지 의심스러워. 생물학적인 의미의 여자 말고 연인 상대로서의 여자 말이야."

지겹도록 말해도 확답 한 번 들어보지 못한 질문을 나는 또 했다.

루아가 여전히 뒤에서 나를 껴안은 채, 길게 늘어뜨려진 내 머리카락을 갖고 장난을 치며 물었다.

"내가 이러는 게 뭐가 어때서?"

"넌 나한테 무슨 강박증이라도 있는 거같이 굴잖아."

문득 루아가 가장 싫어할 만한 일이 바로 내가 루아에게 뭔가를 숨기고, 비밀을 만드는 것일지도 모른다는 이상한 생각이 들었다. 내가 제 시선이 닿지 않는 곳에 있는 것만으로도 루아는 견디기 힘든 모양이었다. 아닌 게 아니라 루아는 단순히 나를 넘어서 내 주위의 사정이나, 나에게 영향을 끼치는 모든 요소를 알고 통제해야 직성이 풀린다는 것처럼 굴었으니까. 그러나 이를 욕심과 집착이란 단어로만 설명하기엔 어딘가 부족한 감이 있었다. 루아는 진심으로 나를 잃을까 봐 두려워했다.

"보니."

아. 루아에게는 나밖에 없다.

"네가 세상에서 제일 예뻐."

멍하게 있던 나는 화들짝 놀라서 루아를 밀쳤다.

"무, 무, 무슨……."

얼굴에 불을 지른 것 같았다. 나는 루아를 피해 거의 기다시피 해서 침대 끄트머리로 도망쳤다.

루아는 그런 나를 보면서 얼굴색 하나 안 변하고 말했다.

"나한테 예쁨받고 싶다며. 앞으론 자주자주 표현할게."

그 말에 어리둥절하지 않을 수 없었다. 나는 여차하면 던질 기세로 부여잡았던 베개를 품에 안고서 눈을 여러 번 깜박였다.

"화…… 안 났어?"

"너한테는 안 났어. 그리고 지금 화내야 할 사람은 내가 아니라 보니 너잖아. 너를 살리겠답시고 망가뜨린 게 나니까. 내가 너를 몰아넣었어."

아니, 그렇지 않아. 나는 울 것처럼 반박하고 말았다.

"네가 그러지 않았다면 난 여기서 너와 마주 보고 있을 수도 없었을 거야."

"처음부터 나와 엮이지 않았다면 불합리한 신벌 같은 걸 받을 일도 없었겠지."

이젠 그렇게 나오겠다 이거지. 당연하지만 루아의 입에서 나와의 만남 자체를 회의적으로 생각한다는 말이 나오는 게 기쁠 리 없었다.

나는 격앙되는 감정에 사로잡혀 날 선 어조로 받아쳤다.

"그런 식으로 자책하는 거 별로 재미없거든? 그동안 내가 서운했던 건 오직 하나야. 어째서 교황이 나한테 신벌을 내렸다고 말해주지 않았어? 미리 얘기해줬으면 그렇게 미쳐 날뛰진 않았을 텐데. 이제 와서 너를 원망하는 건 아니지만 그때 나는 정말로 제정신이 아니었는걸. 귀족 영애다운 차분함이나 고상함이라고는 티끌만큼도 없었지."

루아가 나를 빤히 쳐다보았다. 그 시선에 불신이, 그리고 더한 자조가 깃들었다.

"어떻게 얘기를 해? 네가 나 때문에 곧 불타 죽게 생겼고 그로 인해 그레이스 가문도 박살 나게 생겼는데 나한테 정말 터무니없는 방법 하나가 있으니 나를 믿고 좀 기다려달라고? 너를 이용하기만 했던 아버님이 이번엔 교황을 시켜 너한테 신벌을 내렸다고? 당연히 너는 죽을 때까지 나를 증오했겠지. 다 듣기도 전에 나를 죽여버렸을 거야."

가슴이 미어질 정도로 낮게 파고드는 루아의 음성에 귀를 기울이며 나는 입술을 깨물었다. 껴안은 베개에 턱을 올리고, 떨리는 어깨를 진정시켰다. 홀로 견뎠던 시간을 생각한다면 루아가 야속하기도 한데, 루아의 말처럼 내가 쉬이 받아들이지 못했을 거란 확신이 들어서 당황스러웠다. 사실 나는 아직도 다시 성장을 시작하게 됐다는 것이 믿어지지 않았다. 신의 형벌이란 이름의 지극히 사적인 저주가 크게 와 닿지도 않을뿐더러, 루아가 가진 마력이 어느 정도인지 가늠하기도 불가능했다.

브리싱가멘은 루아가 마음만 먹으면 교황을 죽일 수도 있다고 했다. 하지만 루아는 메피스토펠레스의 부탁을 받아 교황을 내버려두고 있었다. 그렇다면 루아에게 있어서 내 목숨의 가치는 펠레스와의 약속보다 덜한 걸까? 그래서 내가 신벌을 받았다는 걸 알고도 교황에겐 아무런 책임을 묻지 않고, 사도 열셋을 해치는 극악무도한 방법을 써서 나를 구해준 거야?

아, 어째서 나는 이런 비딱한 생각만 하는 건지. 이제 나는 펠레스에게조차 질투를 하고 있었다.

"내가 너를 죽이려고 했으면 순순히 죽어줬을 거니?"

나는 충동적으로 물었다. 내가 그 질문을 하리라 예상했는지 루아가 웃음을 흘렸다.

"아니. 내가 죽으면 신벌을 철회할 수 없어지잖아."

"그럼 신벌을 철회한 다음엔?"

유치하게 물고 늘어지려니 루아가 이어 덧붙였다.

"난 네가 다른 남자랑 결혼하는 꼴은 죽어서도 볼 생각 없거든? 뭐, 죽어주는 척 정도는 했을지도 모르지. 그런데 내가 죽으면 너는 또 자학하면서 엄청 울 테니까 그것도 오래가진 않았을 거야. 나는 네가 우는 거 보기 싫어."

사람을 뭘로 보고……. 그러나 부인할 수도 없어서 나는 루아를 노려보기만 했다. 루아가 없는 세상을 살아간다는 건 있을 수도 없는 일이었다.

3년의 시간 동안 멈춰 있던 톱니바퀴가 드디어 움직이기 시작했지만, 모든 게 원래대로 돌아가진 않았다. 아니, 모든 게 변해 있었다. 루아도, 나도, 유리처럼 부서지기 쉬웠던 우리의 세계도.

나는 두 번 다시 예전으로 돌아갈 수 없었고, 그건 루아도 마찬가지였다. 하지만 우리는 여전히 서로를 필요로 했다.

"보니."

"왜 불러?"

나는 퉁명스럽게 대꾸했고, 루아는 얼굴을 찡그린 채 조금 머뭇거렸다.

"어렸을 때 아버님이 부탁해서 나를 챙겨줬던 거 알아. 그러니까……."

긴 한숨이 있었다. 루아가 그을음이 묻어나올 것 같은 눈으로 나를 바라보았다.

"내가 아버님과 똑같은 자리에 오르면 내 부탁도 들어줄지 모른다고 생각했어. 권력을 봐서라도 나를 거절하거나 무시하진 못할 거라고 말이지. 어쨌든 황제잖아? 신벌이든, 악마든 어떤 뜬금없는 얘기를 해도 들어주는 시늉은 했을 거 아니야."

그 말의 뜻을 곰곰이 헤아려볼 필요도 없었다. 나는 루아에게 베개를 집어 던지면서 얼굴을 일그러뜨렸다.

"넌 진짜 가만히 보면 나를 인간쓰레기로 아는 거 같아. 황제인 네가 하는 말은 뭐든지 듣고 황태자인 네가 하는 말은 끝까지 듣지도 않아? 그전에 너를 죽였을 거라고? 진짜 한번 죽어볼래?"

진심으로 건네는 협박이었건만, 루아는 내가 던진 베개를 너무나 가볍게 피하더니 우울한 목소리로 해명했다.

"그게 아니야, 보니. 나는 정말로 네가 무섭거든. 어떻게든 너한테 거절당하고 싶지 않았어. 하나라도 더 많은 구실을 만들어야 네가 돌아봐줄 것 같아서 그렇게 시간이 걸렸던 거야. 솔직히 아버님이 조금만 빨리 죽어주셨어도 시간이 덜 걸렸을 텐데. 물론 레이첼이 열성적으로 너를 만나지 못하게 방해해서 늦어진 것도 있긴 하지만……. 난 진심으로 레이첼이 싫어. 내가 제국의 역사를 하루만 늦게 깨우쳤어도 그 여자는 멍청하다면서 내 얼굴에 침을 뱉었을 거야.”

세상에. 저게 갈수록 못 하는 말이 없어지고 있었다. 나는 어이가 없어서 입을 벌리고 있다가 반쯤 체념하며 머리를 흔들었다.

루아의 말만 들으면 엄마나 나나 루아를 못살게 굴지 못해서 안달 난 것 같았다. 물론 엄마는 백치였다가 깨어난 루아의 교육을 맡은 공작부인으로서 해야 할 일을 한 거고, 거기에 사적인 감정이 조금 끼어들었을 순 있겠지만 결과적으론 루아를 훌륭하게 교육하는 데 성공했다. 어쨌든 남들보다 한참은 늦게 시작했음에도 루아가 뒤처지는 일은 없었다. 선황제 폐하의 갑작스러운 죽음으로 소란한 즉위였긴 했으나 루아의 황제 자질을 두고 의견이 분분하진 않았다. 3년의 시간 동안 모두에게 인정받기 위해 루아가 얼마나 많은 노력을 했을지 짐작하기도 힘들었다.

그럼 나는? 나는 어떻지? 복잡한 심정으로 루아를 살피다가 나는 손짓했다.

“자꾸 이상한 소리만 하지 말고 이리 와.”

루아는 즉시 내 곁으로 왔다. 나는 루아의 눈을 들여다보면서 또박또박 말했다.

"난 선황제 폐하의 부탁 때문에 네 곁에 있었던 게 아니야. 너도 내가 싫어하는 일은 남이 시켜도 절대 안 한다는 거 알잖아. 나는 너랑 있는 거 좋았어."

"알고 있어."

루아가 조그맣게 중얼거렸다. 뚱한 얼굴이 어딘가 심술 난 아이 같았다.

나는 천장까지 말려 올라간 주름진 캐노피와 연결되어 있는 단단한 침대 기둥에 등을 기대고 앉아 치마를 두드렸다.

"무릎 베개 해줄게. 오늘만 특별 서비스야."

심히 미심쩍은 얼굴로 나와 내 무릎을 번갈아 바라보는 루아가 귀엽기 그지없었다. 나는 망설이는 루아를 끌어당겨 내 무릎에 머리를 갖다 대게 했다. 부드러운 머리카락이 어지럽게 흩어져 치마 위를 별빛 같은 황금색으로 물들였다.

나는 루아의 머리칼을 매만지며 어느 정도 진정을 되찾았다.

"좋아, 지난날의 내 멍청한……, 아니, 충동적인 행동에 화나지 않았다니 다시 본론으로 돌아가자고. 나한테는 화나지 않았다고 치잔 말이야. 그럼 체르지안한테는? 정말 화 안 났니? 퍽이나 그렇겠다."

혼자서 북 치고 장구 치는 내 말에 루아가 코웃음을 쳤다.

"말이 나와서 말인데, 아무리 나라고 해도 육체의 붕괴를 막는 건 어려운 일이야."

"정말?"

어째서 이렇게 의심스러운지 모르겠다. 루아는 능청스러운 얼굴로 고개를 끄덕였다.

"물론이지. 잘못하면 큰일 나."

"왜 거짓말처럼 들리는지 모르겠네. 그래서?"

"우선 아까 하다 만 얘기부터 이어갔으면 좋겠는데."

루아의 머리카락을 만지작거리다 말고 나는 고개를 갸우뚱했다.

"무슨 얘기?"

"나랑 데이트 한다며. 그런데 체르지안인가 뭔가 하는 놈 때문에 그냥 가버렸잖아."

기가 차서 헛웃음도 안 나왔다. 그러니까 결국 본의 아니게 데이트를 망친 체르지안한테 심술이 나셨다 이거지. 화도 안 났으면서 나를 기숙사로 데려온 거고 말이야.

어쩐지 좀 많이 억울했다. 갑자기 뒤에서 루아가 나타났을 때 얼마나 겁먹었는데!

괜히 잔뜩 긴장했었다 싶어서 나는 입술을 삐죽였다.

"이 난리가 있었는데 아직도 나랑 데이트를 하고 싶니?"

"응."

루아는 내 말이 끝나기도 전부터 열심히 고개를 끄덕였다. 나는 나도 모르게 쯧쯧거렸다.

"커서 뭐가 되려고 이렇게 뻔뻔한지⋯⋯."

"뭐가 되긴. 네 남편이나 하겠지."

가, 갑자기 얼굴이 화끈거렸다. 루아가 눈을 들어 나를 물끄러미 올려다보기에 나는 확 소리가 날 정도로 고개를 돌렸다.

"말은 잘해요."

어째서 루아는 이런 말을 아무렇지도 않게 건네는 걸까? 설레지도 않고, 수줍어하지도 않고, 얼굴이 빨개지는 것도 아니고.

내가 고개를 돌린 게 못마땅했는지 루아가 누운 채로 내 머리카락을 아프지 않게 잡아당겼다.

"그놈 때문에 나한테 이렇게 잘해주는 거면 정말로 화날 것 같아."

나야말로 화가 나기 직전이었다. 자기만 안 부끄러우면 다인가? 나는 그런 말을 들으면 엄청 당황스럽단 말이야!

"그냥 조, 좀 창피해서 그런 거지, 체르지안이랑은 아무 관련 없거든? 체르지안에게는 정말 미안하게 생각하고 있어. 걔는 내가 행패를 부려도 다 이해해줬는걸. 무조건적으로 감싸주던 건 아니었지만 혼자 내버려두지도 않았어. 그땐 걔가 무슨 속셈인지를 몰라서 경계하기 바빴긴 한데, 곁에 있어줬던 것만으로도 충분히 고마웠다고."

체르지안은 내가 벨모트에 와서 처음으로 사귄 친구였다. 사실 체르지안이 다가왔고 나는 밀어내다 지쳐 받아들인 것밖에 없긴 했다.

"어떻게 알아차리지 못했을까? 다들 체르지안이 마법 분야에선 타고난 천재라고 하길래 단지 그런 줄로만 알았지. 그 무렵에 내가 진짜 무신경했나 봐. 아니면 체르지안의 말을 너무 믿었거나."

절로 새어나오는 탄식을 나는 막지 않았다.

"으, 앞으로 걔랑 무슨 말을 주고받아야 할지도 모르겠어. 나는 남이 나한테 뭔가를 해주는 게 부담스러운걸. 아무런 대가를 바라지 않는다는 호의가 특히 그렇지. 말은 저렇게 해도 다른 목적이 있을 테니 어떤 식으로든 되갚지 않으면 안 될 것만 같아서 아예 꺼렸던 거야. 성자도 아니고 진짜 아무것도 바라지 않을 리 없잖아. 그런 건 말도 안 돼."

나는 그레이스 가문의 후계자였고, 나에게 접근하는 모든 사람은 목적이 있었다. 어차피 귀족 사회가 다 그런 것이었으므로 익숙해져야 마땅하나 나는 그럴 여유가 없었다. 받기도 싫고 주기도 싫었다. 사막의 유사 앞에서 모래성을 쌓듯이 무의미하게 감정을 낭비하기 싫었다고 해도 무방하겠다. 그렇기에 거부의 거부를 거듭했다. 그레이스란 이름이 가진 힘이 있으니 나에겐 그들을 무시할 자격이 있었다. 하지만 체르지안에겐 그래선 안 되는 거였다.

한숨이 계속 나올 뿐이었다. 복잡한 마음에 나도 잘 모르겠는 마음을 아무렇게나 털어놓자 루아가 가만히 내 얼굴을 훑어보았다.

"너무 자책할 거 없어. 보나마나 절반은 호기심이었을 테니까. 본인도 별로 진지하게 내린 결정은 아니었다고 했잖아?"

"하지만…… 내가 자해하는 걸 봐서 그랬으면? 그게 체르지안에게 트라우마로 남았으면 어떡해?"

나는 잔뜩 겁먹은 목소리로 속삭였다. 체르지안이 단순히 나를 곤란하게 만들려고 그 일을 거론할 애가 아니라는 것 정도는 잘 아는 바였다.

루아가 대수롭지 않게 입을 열었다.

"그럼 그보다 더한 트라우마를 심어서……, 알았으니까 그만 노려봐. 그렇게 신경 쓰이면 기억을 없애버릴 수도 있어. 부작용이 남기는 해도 그게 제일 확실……."

"야!"

나는 루아의 뺨을 잡아당기면서 얼굴을 구겼다.

"진지하게 대답 안 하지?"

사납게 쏘아붙이는 말이 들리지도 않는 건지 루아는 내 머리카락 뭉치를 갖고 장난치는 데 여념이 없었다. 루아는 늘어진 분홍색 머리칼이 제 얼굴을 간질이게 내버려두면서 말했다.

"해달라는 건 뭐든 해줄 테니까 그만 기분 풀어. 이젠 너도 확실하게 깨닫지 않았어? 너한테 가장 도움이 되는 사람은 레이첼도 아니고 체르지안도 아니야."

"……너 진짜 성격 나빠졌어."

왠지 힘이 빠졌으므로 나는 틀림없이 빨개졌을 얼굴을 수습하지도 못한 채 조그맣게 웅얼거렸다. 루아가 불만스럽다는 듯 미간을 찌푸렸다.

"반대로 넌 희생적이 됐고 말이지. 황성에 있을 땐 아파 죽을 것 같다면서도 마법으로 치유하지 못하게 하더니 걔를 위해선 내가 마법을 써도 괜찮다 이거야?"

체르지안의 얘기를 들어본 바론 마법은 결코 만능이 아니었다. 체르지안은 자신의 수명과 맞바꾸어 마력을 얻었다. 그러면 루아는?

나는 물어뜯고 깨물어서 살짝 얼얼해진 입술을 오므렸다.

"있잖아, 넌 진짜 위험한 거 아니지? 만약 너도 마력 때문에 몸에 무슨 문제가 생길 수 있다거나 한다면 나는⋯⋯."

내가 다시 울음을 터뜨릴 것 같았는지 루아가 내 뺨에 손을 올렸다. 그러고는 위로하듯이 쓰다듬었다.

"그런 거 없어. 만 년도 넘게 바다 속에 잠겨 있는 고대의 대륙을 끌어올리려도 멀쩡하니까 안심해. 아무튼 나는 너를 위해서 마법을 쓰고 싶은 거지, 그놈을 위해서 마법을 쓰고 싶은 게 아니거든? 그러니까 나중에 펠레스한테 시켜도 뭐라고 하지 마. 누가 하든 일 처리만 똑바로 끝내면 되는 거잖아. 안 그래?"

아름답다는 최상의 찬사마저 어울리는 루아의 얼굴을 가까이서 보려고 나는 허리를 약간 숙였다. 그때 갑자기 배가 당겨지면서 잊었던 허기가 생생히 느껴졌다. 내가 마지막으로 밥을 먹은 게 언제였는지 기억나지도 않는다. 상당히 배가 고팠다.

나는 불편한 심정으로 입을 열었다.

"루아야."

얼굴을 찡그린 루아가 긴 한숨을 쉬었다.

"나중이 아니라 지금 당장 부르면 되겠어? 그래도 너랑 마주치게 하진 않을 거야."

"그게 아니라……."

"그게 아니면?"

불만을 담아 되묻는 말에 나는 배를 슬슬 문질렀다.

"생각해보니까 나 아까 예배당에서 차랑 쿠키 좀 먹은 거 빼고는 오늘 아무것도 못 먹었어. 아니, 어제 낮 이후로……."

루아가 기절시켰기 때문에 나는 반나절을 내리 잤고, 따라서 저녁을 먹을 수도 없었다.

갑자기 루아가 신경질적으로 얼굴을 일그러뜨리면서 몸을 일으켰다. 배에서 꼬르륵거리는 민망한 소리가 안 나는 게 다행이라고 생각하며 나는 어색하게 웃었다.

"파, 파르페 먹으러 갈래? 내가 맛있게 하는 곳 아는데. 어차피 오늘 수업은 전부 취소됐다고 했으니까 나가도 괜찮을 거야."

나는 우물우물 말했다. 루아가 당장이라도 잔소리를 퍼부을 것 같은 표정을 하고 나를 노려보다가, 그냥 참기로 했는지 한마디만 했다.

"옷 갈아입고 나와."

화끈거리는 얼굴로 눈을 깜박이던 것도 잠시였다. 루아가 문을 닫고 나가자마자 나는 화려한 목걸이를 붙잡고 소리쳤다.

"브리! 브리, 브리, 브리!"

"소리치지 마. 한 번만 불러도 알아듣거든?"

브리싱가멘이 새침한 목소리로 나를 나무랐으나 내 귀엔 닿지도 않았다. 나는 거울 앞으로 뛰어가면서 브리싱가멘을 다그쳤다.

"나 예쁘게 꾸며줘. 세상에서 제일 예쁘게! 그런데 너무 화려하게 꾸미면 괜히 부담스럽고 티만 나서 창피할 것 같으니까 적당히……, 아, 물론 그렇다고 해서 덜 예뻐 보이는 건 절대로 안 되고 뭔가 평소랑은 좀 이미지가 달라 보이면서 지나치게 이질감은 들진 않도록 막……."

수수한 것보단 화려한 게 좋지만 그것도 정도껏이어야지, 과하면 오히려 안 꾸민 것만 못할 거였다. 청순한 것도 좋기는 한데 역시 나와 동갑인 남자애한테 그런 있는지도 없는지도 잘 모르겠는 매력은 전혀 안 먹힐 것 같단 말이지. 장미처럼 화사한 머리색이나 눈의 빛깔 때문에라도 나와 청순이란 단어는 조금도 어울리지 않았다.

심각한 갈등에 빠진 내가 열심히 가장 이상적인 드레스를 설명하자 브리싱가멘이 대놓고 어이없어하며 물었다.

"그렇게 황제가 좋아?"

나는 고민할 것도 없이 고개를 끄덕끄덕했다.

"응. 아까도 껴안고 싶은 거 참느라 죽는 줄 알았어."

"얼마 전까지만 해도 죽을상이더니 아주 신나셨어. 하긴, 이 일은 황제의 책임도 있으니 수습하는 건 당연하지만. 황제가 네 시간을 느리게 가게 만들지만 않았어도 그 남자애가 수명을 깎아가며 마법을 배울 필요도 없었을 거 아니야."

흥. 나는 입술을 삐죽였다.

"그렇게 치면 나한테 신벌을 내린 교황부터가 죽일 놈이거든?

아무튼 난 이제 루아가 하는 말은 뭐든 믿기로 했어. 내가 먼저 믿어주면 루아도 나를 믿어주겠지. 교황이나 이지스가 신경 쓰이기는 해도……."

루아는 어째서 교황을 내버려두는 걸까? 어떻게든 이해해보려고 해도 의문투성이였다. 나는 헝클어진 머리를 꼼꼼하게 빗질한 다음 옷매무새를 가다듬었다. 아무리 펠레스가 부탁했다지만 교황이 벌인 짓은 묵인할 수 있는 수준이 아니잖아. 신인 발두르가 굳이 타락한 악마로서 루아의 몸에 스며들어 사라진 이유도 영 의문이고. 하여간 과거에 도대체 무슨 일이 있었는지 모를 일이었다.

그러나 이런 내 고민은 브리싱가멘이 던진 명령에 의해 단번에 날아가버렸다.

"황성에 네 사이즈에 맞는 드레스가 제법 있었다고 했지? 그거 다 황제가 직접 준비한 거 아니야? 그때 어떤 디자인이 주로 있었는지 한번 생각해봐."

"아, 맞다! 거기에 드레스가 엄청 있긴 했었지. 그런데 전부 내가 좋아하는 색이나 재질로 만들어진 것만 구비되어 있어서……. 음, 가만, 유독 크림색 드레스가 많긴 했어. 목에 리본 대신 브로치랑 단추가 달린 것들도 몇 벌 있었고……."

나는 루아가 빨리 안 나온다며 투덜거릴 때까지 브리싱가멘과 수다를 떨었다.

날씨가 좋았다. 브리싱가멘이 만들어준 고급스러운 상앗빛 드레스도 마음에 들었고, 천으로 만든 꽃 장식이 달린 모자도, 부드럽게 풀린 분홍색 머리카락이 바람에 나부끼는 모습도 썩 괜찮았다. 막 도착한 디저트 가게도 마음에 들기는 마찬가지였다.

문제는 루아였다.

"왜 그렇게 못 먹어? 배고프다며."

한가득 차려진 음식들을 눈앞에 두고도 머뭇거리는 나를 루아가 못마땅하게 나무랐다. 나는 작게 신음하며 입술을 달싹였다.

"사람들이 너무 쳐다봐서."

정말 수도에 있는 모든 사람의 시선이 내게 꽂힌 것 같았다. 단순히 벨모트의 백성들만 호기심을 갖고 지켜보는 거면 이렇게 기가 막히지도 않지. 루아를 호위하기 위해 따라붙은 근위병의 숫자만 해도 백을 웃돌았다. 물론 이것은 겉으로 보이는 숫자에 불과하고, 평민인 척 가장하여 은밀하게 뒤를 살피는 마법사와 기사들은 훨씬 더 많을 것이었다.

루아는 지금 황제로서 나와 데이트를 하고 있었다. 당장 지금 이 시간부터 벨모트 전역에 소문이 파다하게 퍼질 거다.

"원래 한 번 나오면 이래. 그냥 적응해."

루아가 시큰둥하게 말하고는 턱을 괴었다. 나는 얼굴을 확 찡그렸다.

"그걸 누가 모르는 줄 알아? 평범하게 나올 수도 있었잖아. 이건 너무…… 요란해."

요란하다는 단어보다 적당한 표현이 없었다. 내가 투덜거리자 루아가 내 드레스에 당연하다는 듯이 수놓인 그레이스 가문의 문장을 보고 헛웃음을 지었다.

"나만 튀는 게 아니라 너도 눈에 띄기는 똑같거든?"

"정도가 다르잖아, 정도가!"

평소 주목받는 덴 이골이 난 나라도 이건 도무지 부담스러워서 어쩔 줄을 모를 뿐이었다. 나는 시무룩하게 그레이스 가문의 문양을 만지작거렸다. 설령 브리싱가멘이 만들어준 드레스라도 나는 언제나 이 문장을 천 위에 붙이고 다녔다. 붉은색 왕관을 매듭 삼아, 서커스장처럼 화려하게 펼쳐진 핏빛 암막 속에 방패 모양의 복잡한 문장과 교차하는 두 장검이 있었다. 그레이스 가문은, 예부터 숱한 전쟁영웅과 뛰어난 위인을 배출한 윙그비아 황실의 주축이라 문양 역시 화려하기 이를 데 없었다. 교복을 입을 땐 치마 안쪽에 붙이지만, 드레스엔 그럴 필요가 없었다.

나는 부모님한테 언제 어디서든 늘 가문의 문장과 함께하라고 배웠다. 그리고 내 호위 기사는 레뮤시 하나로도 충분한걸!

당황한 내가 계속 통통 부은 얼굴인 게 우스웠는지 루아가 미소 띤 얼굴로 물었다.

"내가 다른 사람처럼 하고 나왔다고 쳐. 그러다 신분도 알 수 없는 웬 이상한 남자랑 공작 영애가 붙어 다닌다는 소문이라도 나면 어쩌려고?"

그 말에 나는 멈칫했다.

"나를 생각해서 그랬단 말이야?"

"사실 이 이유는 방금 떠올랐어."

그럼 그렇지. 나는 나도 모르게 썩은 표정을 지었다. 루아가 웃으며 턱을 들었다.

"상관없잖아? 공식적으로 벨모트를 찾았으니 이렇게 너를 만나는 것도. 레이첼이 열받아 하는 모습이 눈에 선하네."

"우리 엄마 좀 그만 괴롭혀."

나는 투덜거리며 아이스크림을 올린 와플에 포크를 가져다 댔다. 아예 걸음을 멈추고 가게 안을 들여다보려는 사람들이 많은 건지 바깥이 소란했다.

뭐……, 루아의 말처럼 익숙해져야 하는 일이기는 했다. 사교계에 데뷔하면 이보다 더한 시선도 받을 테니까.

일단 한 번 무시하기로 단단히 마음먹고 나자, 생각보다 음식이 수월하게 입안으로 들어갔다. 나는 전부 맛보지 못할까 봐 걱정되어 우선 조금씩만 디저트를 덜어 먹었다. 모둠 과일과 함께 나온 푸딩, 달콤한 브라우니, 푹신푹신하게 감기는 에그 타르트, 초콜릿 쿠키 같은 종류가 주로 있었는데 내가 제대로 된 식사를 하지 않았다는 게 걸렸는지 루아가 다른 것도 준비해 오라고 시켜서 간단한 샐러드나 버터와 딸기잼을 바른 빵, 고기도 나왔다.

나는 접시와 음식과 포크에만 집중했다. 아카데미에서도 나를 전시품 보듯이 품평하던 학생들이 많았으므로 시야를 고정하고 귀를 막는 것에는 익숙했다. 버릇처럼 하던 행동이긴 했는데…….

"맛있어?"

루아가 부드럽게 물으며 나를 응시했다. 테이블 하나를 두고 마주 본 얼굴에 가슴이 뛰었다. 이거 데이트였지, 참. 새삼스럽게 깨달았다. 어째서 평소와는 달리 이토록 남들의 시선이 부담스러운지. 어째서 이렇게 초조하고 불안한 건지. 드디어 머리로도, 가슴으로도 인지하고 말았다. 도무지 적응할 수가 없는 설렘이었다.

가끔, 아니, 어쩌면 자주 나는 루아가 황제라는 사실을 잊어버렸다. 실감하지 못한다는 표현이 더 들어맞을지도 모르겠다. 이건 내가 아주 어린 시절부터 루아를 봐왔기 때문일 수도 있었고, 루아가 나를 무척이나 가깝게 여기는 이유도 없진 않을 거였다. 하지만 그렇다고 해서 내가 루아를 남자로 느끼지 않는다는 건 아니었다.

정확히 언제부터인지는 나도 잘 모른다. 그저 갑자기. 빗물이 물망초 꽃에 스며들듯이. 흐린 구름이 걷힌 말간 날씨처럼. 인식하고 났을 땐 이미 돌이킬 수도 없게 되어버려서.

분명히 나는 루아를 애 취급만 했었는데, 어느 순간 의지하기 시작했다. 이 마음의 전부를 바치고 전부를 원했다. 루아를 이루고 있는 모든 것이 욕심나서 내가 부서질 것만 같았다. 반드시 루아는 내 것이어야 했다. 반드시.

"보니?"

아. 얼굴이 뜨겁게 달아올랐다. 루아가 왜 모습을 바꾸거나 제복을 갈아입지 않고 나왔는지 알 것 같았다. 말은 저렇게 해도 루

아는 정말로 나를 배려해준 거였다.

황제로서의 루아도 결국은 내 것이었다.

"으응. 맛있어."

나는 한 박자 늦게 고개를 끄덕이고, 지켜보는 눈을 생각해 짐짓 조신하게 음식을 먹어치웠다. 그런 다음엔 가게 밖으로 나와 루아에게 오르페데스의 정경도 보여줄 겸 잠시 걸었다. 자기도 성가셨는지 루아가 근위병들의 수를 절반 이상 물렸으므로 걷는 동안은 오히려 불편함이 덜했다.

우리는 왕자와 공주의 사랑 이야기를 다룬 거리 연극을 구경한 뒤─배우가 루아를 보고 깜짝 놀라서 한동안 말을 더듬었다─허리가 굽은 나무들로 만들어진 아치 모양의 비밀스러운 통로를 거닐었다. 녹음 진 연둣빛으로 가득한 자연친화적인 터널은 폭이 넓어 정원처럼 꾸며져 있었다.

루아와 거리를 돌아다니는 건 상당히 재미있었으나, 장시간 걷는 것에 익숙하지 않은 나는 금세 지쳤다. 하는 수 없이 루아를 끌어당겨 벤치에 앉아 쉬고 있으려니 멀찍이 떨어져 있던 수행원 하나가 슬며시 다가왔다.

"폐하, 이제 곧 왕실 무도회에 참석하실 준비를 하셔야 합니다."

"아."

루아가 눈을 깜박였다. 지나다니는 사람도 없겠다, 루아의 어깨에 마음 편히 머리를 붙이고서 꾸벅꾸벅 졸던 나 또한 어리둥절해서 눈을 깜박였다. 서, 설마 너…….

"까먹고 있었어."

"야!"

나는 비명을 질렀다. 루아는 뻔뻔하기 그지없는 얼굴로 수행원을 응시했다.

"이왕 이렇게 된 거 그냥 나 아프다고 하고 빠지면……."

"당장 안 가지?"

어이가 없을 따름이었다. 즉위하고 나서 처음으로 참석하는 벨모트 왕실의 무도회였다. 더욱이 루아는 이전에 공식적으로 벨모트를 방문한 적이 없다고 알려져 있어서 오늘 있을 연회는 더 각별했다.

내가 뻑뻑한 눈을 비비며 일어서자 루아가 불만을 참는 듯한 목소리로 말했다.

"데려다줄게."

나는 심드렁하게 고개를 가로저었다. 아직 다리가 아팠다. 역시 너무 무리했나.

"됐으니까 먼저 가. 난 브리랑 구경 좀 더 하다 갈래."

그냥 적당히 둘러대는 말이었다. 내 느린 걸음걸이에 맞춰 걸었다간 준비 시간이 모자랄 게 뻔했다. 그렇다고 근위병들을 다 내버려둔 채 이동 마법을 쓸 수도 없는 노릇이고. 애초에 저들이 루아가 마법에 능통하단 사실을 알기는 하는지 의문이었다.

"……알았어."

루아의 얼굴엔 내 거절이 마음에 들지 않는다는 기색이 고스란

히 담겨 있었다. 미련이 남는다는 듯 느릿느릿한 동작으로 일어서
는 루아를 보고 있으니 절로 입꼬리가 올라갔다.

"가서 다른 영애랑 춤추기만 해. 엄마한테 다 물어볼 거야."

"잠시 후에 봐."

뜻 모를 작별인사였다. 잠시 후라니? 이따가 다시 찾아온다는
걸까? 하지만 나는 기숙사로 돌아가야 하는걸. 기숙사엔 캐리에
타도 있을 거고…….

구체적인 시간을 물어볼까 하다가 왠지 혼자만 안달 난 것 같아
서 그만두었다. 아쉬움을 참고 적당히 손만 두어 번 흔들어주었는
데, 나를 두고 먼저 떠나는 것이 걸렸는지 루아가 허리를 숙여 내
뺨에 짧게 키스했다.

"너랑 같이 가고 싶은데."

애는 정말, 어쩌면 이렇게…….

나는 빨개진 얼굴을 수습하지도 못하고 버벅였다.

"나, 나중엔 싫어서라도 가게 되니까 걱정 마."

코앞에서 보이는 루아의 얼굴 때문에 숨쉬기도 힘들었다. 나는
황급히 루아를 떠밀었다.

다행히 루아는 그쯤에서 나를 놓아주었다. 나는 볼을 문지르며
루아의 뒷모습이 보이지 않을 때까지 멍하니 지켜보다가 벤치에
늘어졌다.

"아, 꼼짝도 하기 싫다……."

하품이 절로 나왔다. 가볍게 나풀거리는 상아색 드레스가 바닥

에 쓸리지 않게 치맛자락을 끌어올린 뒤 나는 목을 조인 단추를 몇 개 풀었다.

내가 당장 떠날 생각이 없다는 걸 눈치 챈 브리싱가멘이 넌지시 말했다.

"곧 해가 저물 거야, 보니."

"괜찮아. 어차피 루아가 지켜보고 있을 텐데 뭘."

그렇게만 말하려던 것도 잠시, 기분이 퍽 좋았기에 나는 아부를 떨었다.

"너도 있고."

나는 만족스럽게 미소를 지었다. 브리싱가멘이 입에 발린 말이라면서 나무라긴 했으나 자기도 영 싫지만은 않은 눈치였다.

얼마나 쉬었는지 모르겠다. 깜박 잠이 들었나 싶었을 무렵에, 한쪽으로만 불던 바람의 방향이 돌연 뒤틀렸다. 반대편에서도 바람이 불어오기 시작하며 터널 중앙이 세차게 흔들리고 있었다. 날씨에 따른 자연스러운 변화라기엔 서로 다른 방향에서 불어오는 바람이 맞부딪치는 소리가 무척 날카로웠다.

졸지에 양방향에서 불어오는 바람의 끝에 선 나는 얼떨떨해서 몸을 일으켰다.

"브리? 이게 무슨 일이야?"

그때 반대편에서 불던 강풍이 일시적으로 파도처럼 확 덮쳐오면서, 아슬아슬하게 걸쳐져 있던 모자가 바람에 휘날렸다. 붕 떠오른 채 흐트러진 머리칼이 시야를 어지럽혔다.

"아, 이런. 괜찮아. 엄청 안 좋은 일은 아닌 것 같아. 다만……."

브리싱가멘이 짧게 탄식하더니 입을 다물었다.

바람에 의해 이리저리 휩쓸리는 모자를 붙잡으려고 손을 뻗은 순간 그 목소리가 귀에 닿았다.

"너는 여전히 자기 감정을 가장 중요하게 여기는군."

그건 브리의 목소리가 아니었다.

나는 어느샌가 다가와 내 옆에 선 남자를 보고 눈을 크게 떴다.

"미가엘……?"

바람이 그쳤다. 모자가 덤불 위에 툭 떨어졌다.

"우리는 신을 섬기는 미물이었으며, 모시던 주인이 사라졌으니 성력이 고갈되면 소멸되어 사라질 터. 헌데 그 사실을 알면서도 그리 목숨을 낭비하니 개죽음마저 합당하다고 한 거다."

"이거 놔!"

소년보다도 더 어린 남자아이의 목소리가 미가엘의 말에 항의하듯이 버럭 고함쳤다. 나는 그제야 목이 꺾어져라 들었던 고개를 아래로 내렸다.

맨 처음에는, 벌꿀에서 뽑은 실로 빚은 것처럼 부드러운 머리카락이 보였다. 나는 한눈에 알아볼 수 있었다. 그 햇살이 깃든 머리카락도, 푸른색 눈도, 사랑스러운 복숭앗빛이 감도는 얼굴도.

열두 살의, 어쩌면 그보다 더 어린 모습의 루아가 미가엘의 손아귀에 붙잡혀 있었다. 그러나 진짜 루아일 턱이 없었다.

그렇다면.

폐하의
소꿉친구 2

"너 진짜 최악인 거 알지, 이지스."

브리가 이를 갈았다. 정말 악질이었다.

"어째서……."

머리끝까지 올라온 화를 주체할 수도 없었다. 이보다 더한 모욕은 존재하지 않으리라. 나는 모멸감에 사로잡혀 미가엘의 손에서 이지스를 낚아챘다. 어렸을 때의 루아와 정확히 똑같은 모습으로 변한 이지스는 정말 어린 소년이라도 된 것처럼 가볍게 내 손에 들렸다.

나는 이지스의 멱살을 쥐고 내 눈높이까지 끌어올렸다.

"어째서 루아의 모습을 하고 있는 거야?"

각막이 따끔거렸다. 루아의 이름을 말할 때 혀가 얼얼했다. 성장을 시작한 이후 잠시 사그라드나 싶었던, 나를 보호하기 위한 방어적인 악의와 적개심이 등골을 타고 스멀스멀 기어 올라왔는데, 이지스는 치미는 감정을 억제하느라 입술을 깨문 나를 비웃기 바빴다.

"궁금해? 그런데 질문이 좀 잘못됐잖아. 지금은 내가 어떻게 황제의 과거를 아냐고 물어봤어야지."

"너!"

이지스를 붙잡은 손이 덜덜 떨렸다. 내가 극도로 강한 분노를 느끼면서도 겁에 질렸다는 사실을 알아차린 이지스가 루아와 똑같은 입술로 함박웃음을 지었다.

"전에 황제가 어째서 나를 한 번 부쉈었는지 알아? 내가 그의 기억을 보고 말았거든. 발두르의 흔적을 찾으려고 황제와 공명을 시도했다가 그의 불쌍하기 그지없는 어린 시절을 지긋지긋하게 구경했지. 참 웃겨, 너희 인간들은 심각한 정신지체가 있는 놈이라도 혈통만 좋으면 왕으로 떠받드나 보지? 어떤 병신이든 정통성만 있으면 상관없다 이거야? 어?"

살을 가르는 비난이었다. 지금 당장 이지스를 죽여버리고 싶은 마음뿐이었다.

기만도 이런 기만이 없고, 경멸도 이런 경멸이 없었다. 나와 루아만의 비밀스러운 추억이 송두리째 멸시당한 것 같았다. 하지만 루아의 얼굴을 한 이지스를 때린다는 것은 불가능했다. 진짜 루아가 아니라는 것을 뻔히 아는데, 심지어 목소리조차 루아와 다른데도 나는 이지스에게 위해를 가할 수 없었다. 유사같이 떠밀려 온 거부감에 손발이 묶였다. 그러나 이지스의 입에서 나오는 루아의 이름을 듣는 것도 증오스럽기 이를 데 없어서.

루아의 기억을 들여다보았단 이지스의 말이 사실이라면, 루아를 정신적으로 성장할 수 없게 만든 원인도 이지스는 명백하게 알 거였다.

그게 누구 때문인지, 왜 루아가 그런 일을 당해야만 했는지.

하지만 이지스는 지금 교황의 편에 서 있었다.

신의 사자? 실로 개 같은 소리였다. 역겨움이 치밀어 숨을 삼키는데 이지스가 아이처럼 고개를 갸우뚱하며 나를 올려보았다.

"너한테도 보여줄까?"

참으로 천진한 물음이었다. 오로지 가식밖에 없는.

"그 밤에, 네가 떠나고 황제가 얼마나 비참하게 울었는지."

무너진다. 무너져 내린다. 나로 인해 내가 사랑하는 사람이 큰 상처를 받았다는 말만큼 나를 무너뜨리기 쉬운 것도 없었다. 몸 전체가 얼어붙은 것 같았다.

내 반응이 마음에 든다는 듯 이지스가 목소리를 높였다.

"사실 그렇게 대단한 건 아니었어. 똑같은 말만 되풀이하다가 지쳐 쓰러졌지. 가지 말라는 둥, 자길 버리지 말아달라는 둥, 제발 등 돌리지 말라는 둥…….""

망가뜨리고 싶다. 내가 가라앉아 있는 밑바닥까지 끌어내려서.

"……자기 주인한테서도 버림받은 주제에."

이 무력함을, 참담함을 똑같이 느껴봐야 제 죄를 알지.

"뭐?"

이지스가 여전히 미소의 잔재가 남아 있는 얼굴로 반문했다. 나는 이를 악물었다.

"발두르는 너 같은 건 안중에도 없었어. 그러니까 자살하는 거나 다름없는 짓을 벌였지. 그렇잖아, 네 목숨이 조금이라도 귀했다면 이렇게 지상에서 죽어가게 내버려뒀겠어? 성물에 빌붙어 살아가는 것도 결국 잠시뿐이겠지. 그렇게 비참하게 목숨을 연명한다고 해서 네가 버려졌다는 사실은 변하지 않아. 넌 버려졌다고. 발두르가 너를……, 너를 버리고…….""

버린다. 한쪽은 버리고, 남은 한쪽은 버려진다. 나는 저 단어가 너무 싫었다. 발두르는 신의 사자들을 등진 채 사라지는 것을 선택했고, 3년 전 나는 어쩔 수 없는 일이라며 루아의 곁을 떠났다. 살에 박히고 뼈에 새겨진 상처였으나 결코 같지 않았다. 애초에 우리에겐 선택권이라는 것이 존재하질 않았다.

나는 발두르만큼 대단하지 못했다. 나에겐 거부할 여지도 없었다.

기어이 내가 서럽게 눈물을 떨어뜨리자 이지스가 어이없다는 듯이 머리를 들었다.

"참 나, 울든가, 말하든가, 하나만 하지?"

"루아는 발두르가 아니야. 루아의 잘못이 아닌데 어째서 그 대가를 루아가 치러야 한다는 거야?"

이지스가 내 손을 뿌리치고, 허공에 떠올랐다.

"알 게 뭐야? 파우스트는 황제로부터 신을 분리해내는 방법을 알고 있다고 했어. 가능성은 극히 적어도 시도해볼 가치는 있다 이거지. 난 발두르만 돌려받으면 그 황제한테는 아무런 볼일 없거든?"

나는 다급하게 목소리를 쥐어짰다.

"그게 무슨……. 그럼 루아는? 발두르가 다시 돌아오면 루아는 어떻게 되는데?"

"사라지겠지. 아니면 분수에 맞게 다시 전처럼 백치로 돌아가든가. 그러니 너도 그만 정신 차려, 브리싱가멘. 이런 여자한테 붙어서 시시덕거리는 게 창피하지도 않냐? 네가 아무리 신의 사자로서

활동한 적이 전무하다지만 너무 격이 떨어지잖아."

하도 분노가 치밀어서 이젠 웃음이 나올 지경이었다. 산 사람에게서 죽은 사람을 찾으려는 것만큼 어리석은 일이 또 어디 있는지. 하물며 그 대상이 사람도 아닌 신이라면.

파우스트의 말이 사실인지 아닌지를 떠나서 이지스가 모든 걸 알고도 루아를 가해자 취급하는 꼴이 무척이나 비열했다. 루아의 과거를 엿보기까지 했으면서 그따위 헛소리를 지껄였으니 전혀 개선의 여지가 없었다. 지금도 봐, 루아의 어릴 때 모습을 하고서는.

갑자기 주변이 달리 보였다. 이지스는 자신의 주인을 돌려받길 원한다. 한 번 부서졌다 돌아온 뒤에도 그의 결심은 변함없었다. 다른 성물이라고 해서 발두르를 다시 원하지 않을 리 없었다. 루아의 삶이 중요하지 않다고 여기는 것도 마찬가지겠지.

"결국 너넨 다 한통속이라 이거구나. 늦든 빠르든."

나는 조금 황망하게 중얼거렸다. 브리싱가멘을 집어 던지고 싶은데 선뜻 손이 움직이질 않는다는 게 의아할 따름이었다.

내가 경계하며 뒤로 물러서자, 한동안 조용히 있던 미가엘이 입을 열었다.

"꽃."

나는 미심쩍어서 그와 시선을 마주쳤다. 그는 언제 주워들었는지 내 모자를 쥐고 있었다.

"꽃이 보고 싶다."

참으로 뜬금없는 얘기였으므로 나는 얼굴을 찡그렸다.

"지금 이 상황에 그런 소리가 나와?"

"이지스를 잡아 오면 네가 정원을 구경시켜줄 거라고 하던데."

그런 제안을 한 사람이 누군지 이름을 물을 필요도 없었다.

나는 기가 막혀 되물었다.

"루아가 그랬어?"

그러나 미가엘은 대답하지 않고 생기 없는 회보랏빛 눈으로 나를 바라보기만 했다.

"너한테서는 항상 꽃향기가 나는군."

이놈한테 정상적인 대화를 바란 게 잘못이지. 나는 바보 천치가 된 기분을 느끼며 짜증스럽게 머리칼을 쓸어 올렸다. 내가 어째서 미가엘의 말에 일일이 대꾸해주고 있는지 황당할 따름이었다.

"귀족 가문의 여자들은 다 그래. 씻은 뒤에 몸에 값비싼 오일이나 향유를 바르고, 수시로 향수를 뿌리는 데다 향낭까지 들고 다니니까. 그보다 내가 당신을 어떻게 믿고 정원 구경 같은 걸 시켜줘?"

신경질적인 기미가 다분했건만, 미가엘은 내 모자에 붙은 꽃 장식에 시선을 고정하고서 언제나처럼 평이하게 말했다.

"나는 발두르의 결정을 존중한다. 그는 내 주인이니까. 너도 도발에 일일이 반응할 거 없어. 그 정도로 허술한 놈이 아니다."

미가엘이 말하는 허술하지 않다는 이가 발두르인지, 루아인지 도통 알 길이 없었다.

나는 드레스를 꽉 쥐었고, 이지스는 그를 비웃었다.

"고지식한 새끼. 네가 그러니까 맨날 한발 늦는 거라고. 뭐, 상관없어. 브리싱가멘이나 프라가라흐만 있으면……."

"있으면?"

신경이 곤두서서 나는 한 걸음 더 뒤로 물러났다. 이지스의 시선이 기이하다 싶을 정도로 집요하게 나한테 머물렀다. 처음엔 이상한 바를 눈치 채지 못하고 있었으나, 내 주위에서 부는 바람만 유난히 날카롭다는 사실을 깨닫고 미간을 찌푸렸다.

내가 바로 그 표정 변화를 보인 순간, 오른쪽 뺨에서 불 같은 통증이 확 피어올랐다.

줄곧 가만히 있을 것만 같았던 미가엘이 아무렇지 않게 나를 안아 올린 건, 바람이 폭풍으로 돌변하기 직전의 순간이었다. 그가 나를 안아든 채 바람을 피해 공중으로 떠올랐다. 이미 터널은 알아볼 수도 없이 난잡하게 헝클어져 있었다. 중앙에는 큰 구멍이 뚫렸고, 덤불 조각이 바람에 휩쓸려 떠다녔다.

"보니! 괜찮아?"

브리싱가멘이 황금색으로 빛나는 장막을 펼치면서 다짜고짜 욕을 했다. 여전히 상황 파악이 덜 되었으므로 나는 다소 어리둥절하게 화끈거리는 뺨을 문질렀다.

뭔가 싶어서 뺨을 만진 손바닥을 내려다보니, 피가 묻어 나왔다.

"야! 좀 더 빨리 잡았어야지!"

"네가 무능하다는 걸 잠시 잊고 있었다."

"뭐라고? 이런 미친……."

미가엘과 브리싱가멘이 떠드는 소리는 잘 들리지도 않았다. 나는 견딜 수 없이 화끈거리는 부분을 따라 손으로 얼굴을 더듬었다. 오른쪽 뺨에서부터 시작되어 목 언저리까지, 손을 내려도 피가 계속 묻어나오는 걸 보니 상처가 길게 나 있는 듯했다. 거기다 단순한 생채기인 것도 아니었다. 손바닥에 고인 새빨간 피가 금세 넘쳐서 허공에 뚝뚝 떨어졌다.

"……아."

상처가.

그것도 얼굴에.

"어…… 어떻게……."

망막에 꽂혀 박히는 붉은색이 머릿속까지 들어온 것 같았다. 나는 비명을 지르며 미친 듯이 얼굴을 더듬었다. 잠깐 그쳤던 눈물이 도로 쏟아졌다.

"죽여버릴 거야! 지금 당장 죽일 거라고!"

바람에 닿은 피부가 불타는 것처럼 얼얼했다. 패닉에 빠진 내가 이지스를 향해 저주와 욕을 퍼붓자 브리싱가멘이 마치 미끄러지듯이 내 목에서 풀려나왔다.

나는 브리싱가멘이 내 눈앞에서 긴 머리를 가진 소녀로 변하는 것도 멍하니 보고만 있었다.

다른 성물들처럼 사람으로 변한 브리싱가멘이 내 얼굴에 손을 뻗었다. 그 즉시 통증이 멎었다.

"다 나았어. 이제 괜찮아."

"이제 괜찮다고?"

홀린 것처럼 브리싱가멘의 말을 따라하다가 나는 헛웃음을 흘렸다.

"흉터도 안 남았어. 정말 멀쩡해."

그러나 어떻게 믿을 수 있겠는가. 나는 유황에 덴 듯 경련하는 손을 억지로 움직여 품에서 작은 손거울을 꺼냈다. 브리싱가멘의 빛이 닿았어도 내 손은 여전히 피로 범벅이었다.

손이 떨리니 붙잡은 거울도 같이 떨렸다. 심호흡을 하며 마음을 다스렸지만 거울을 볼 용기가 선뜻 나지 않았다. 결국 나는 가까스로 울음을 삼키곤 거울을 도로 집어넣었다. 그리고 이상하리만치 횅한 지면에 시선을 꽂은 채 입술을 뗐다.

"내려줘, 미가엘. 나 내려놓고 그 새끼 잡아와. 잡아오면 정원이고 나발이고 뭐든 구경, 아니, 그냥 사줄게. 아예 정원 하나를 네 소유로 만들어줄 테니까 죽여서라도 내 앞에 끌고 와."

이 손으로, 발로 짓밟아야 직성이 풀릴 화였다. 내가 씹어 뱉듯이 말하자 미가엘이 무덤덤하게 턱을 들었다.

"진심이군."

"브리싱가멘 너도 따라가."

쳐다보지도 않고 내뱉는 명령에 브리싱가멘이 울상을 지었다.

"하, 하지만…… 그렇게 되면 너 혼자 남잖아."

혼자? 언제는 그런 게 중요했던가? 나는 어느 때보다 원망스럽게 그녀를 응시했다.

"난 내가 알아서 할 테니까 빨리 꺼져버려. 왜? 이참에 너도 이지스랑 같이 작당해서 발두르를 되찾으면 될 거 아니야. 너도 나나 루아가 어떻게 되든 개의치 않는 거 아니었어? 적당한 핑계거리도 줬으니 이지스랑 붙어서 제발 좀 네 주인을 살려달라고 파우스트한테 빌어봐. 혹시 알아? 그는 어린 계집이라면 환장을 하니 네 부탁이면 퍽 수월하게 들어줄지."

도를 지나쳤다는 생각이 들었을 땐 이미 늦어 있었다. 미가엘이 나를 내려주었고, 나는 피와 분노로 일그러진 얼굴을 절망스럽게 감싸며 주저앉았다.

"……미안해, 브리."

"이해해."

브리싱가멘이 놀라울 정도로 침착하게 사과를 받아들이고는, 위로하듯이 내 어깨를 감싸 안았다. 손을 새빨갛게 물들인 피가 빠르게 식어가는 걸 느낄 수 있었다. 이지스가 왜 나를 공격했는지 너무나 짐작이 잘 가서 문제였다.

이지스는 내 목에 걸린 브리싱가멘을 노렸다.

"지금 갈 거 없어. 이미 잡아다 가뒀으니까. 하여간 틈만 주면 못 설쳐서 안달이지."

바람이 멎은 터널 한가운데에서 루아의 나른한 목소리가 귀를 파고들었다. 나는 얼굴을 반만 들었다.

모피로 만든 망토를 어깨에 걸치고, 그 안에 황금을 녹여 만든 금장과 붉은색으로 장식한 연회복을 입은 루아가 보였다. 윙그비아 왕조의 웅장하고도 섬세한 문장이 망토에 크게 새겨져서, 평소처럼 정장을 입었을 때완 다르게 신사적인 분위기를 풍긴다기보단 어딘가 위압적이었다. 근사한 것이 아니라 무척이나 화려하고…… 기품 있었다. 그 어떤 귀족도 황제만큼 사치스럽게 치장하지 못하니, 절로 시선을 내리깔게 만드는 엄숙함이었다. 이미 연회장에 발을 디뎠던 건지 향수와 고급 포도주 냄새가 진동했다.

갑자기 울적함이 배는 더해져서 나는 도로 고개를 숙였다. 무릎을 세우고 웅크린 채 피로 엉망이 됐을 게 뻔한 내 얼굴을 필사적으로 숨겼다. 루아는 저렇게도 잘 차려 입었는데 내 꼴은 지나가던 개도 비웃을 정도로 만신창이였다.

"아직 한 곡밖에 못 췄는데……, 뭐 별로 상관없겠지."

대수롭지 않게 말하는 음성이 들렸다. 곧 나에게 가까워지는 발소리가 이어졌다. 나는 틀림없이 루아일 거라 확신하고는 머뭇거리며 살짝 앞을 보았다.

전과 같은 시선으로 나를 쳐다보는 루아가 보였다.

"루아야……."

서러운 감정이 목 끝까지 올라와서 나는 무심결에 손을 뻗었다. 그러나 루아가 잠시 당황한 듯 걸음을 멈추고 눈을 깜박이기에, 역시 지금 내 얼굴이 정말 끔찍한가 싶어서 시무룩하게 손을 내렸다. 하긴, 내가 너무 억지를 부리는지도 모른다. 루아가 입은 연회복은 가격을 매길 수도 없을 만큼 진귀한 보석들로만 치장되어 있었다. 다시 돌아가야 할지도 모르는데 피를 묻혀서 가는 것만큼 난감한 일도 없겠지. 그러니까 현재로서는 루아에게 다가가지 않는 게 옳은 거였다.

별수 없이 나는 손을 완전히 거두고 입술을 깨물었다. 내 입에서 억지로 울음을 참는 소리가 새어나오자 루아가 얼굴을 찡그리더니 한 팔로 나를 안아 올렸다.

익숙한 손, 따뜻한 품이었다. 전에는 아빠의 품에 안기면 세상에서 가장 안전해진 것 같다는 느낌이 들곤 했는데, 지금은 루아의 품이 더 좋았다. 순식간에 긴장이 풀렸다.

"네 옷에…… 묻으면……."

코를 훌쩍이며 웅얼거리는 말을 루아는 무시했다. 그것이 괜찮다는 의미로 전달되어서, 나는 기다렸다는 듯이 루아의 목에 팔을 둘렀다. 얼얼할 정도로 힘껏 껴안았다.

아. 드디어 비로소 안전해졌다는 느낌이 들었다. 더는 불안에 떨 필요가 없다는 확신이 들었다.

나는 루아의 어깨에 얼굴을 묻고 소리 없이 울었다. 어린애처럼 매달리는 나를 제 품에 더 끌어당기면서 루아가 브리싱가멘에게 물었다.

"애 얼굴은 왜 이런 거야?"

"지켜보고 있던 거 아니었어?"

퉁명스럽기 그지없는 반문에 루아가 어깨를 으쓱였다.

"가끔씩. 수도에 있었던 걸 가지고 캐묻는 인간들이 워낙 많아 서."

그 음성에 즐거운 기색이 섞였다는 것이 의심스러울 따름이었 다. 루아가 나를 안지 않은 손으로 내 등을 감싸며 어처구니없을 정도로 비실비실 웃었다.

"나랑 보니가 그렇게 잘 어울린다던데."

"⋯⋯너 진짜 짜증 나거든?"

그건 내가 하고 싶은 말이었다.

"그거야 서로 마찬가지인걸. 특히 난 성가신 건 질색이라. 줏대 없이 왔다 갔다 하는 것도 싫고, 성력 좀 다룰 줄 안다고 깨끗한 척하는 것도 역겨워서. 모습을 바꾼 걸 보니 이제 보니는 너랑 별 로 같이 지내고 싶지 않은가 봐? 그럼 어떻게 되든 아무래도 좋겠 네."

거만한 말이 끝나고 난 뒤에, 잠깐의 신경질적인 정적이 있었 다. 브리싱가멘이 달갑지 않은 기색이 역력한 투로 말했다.

"너한테 물어볼 게 있어."

"좋아. 지금은 기분이 좋으니까 뭐든 질문해."

루아에게 닿아 있자 서서히 떨림이 잦아들었다. 작게 한숨을 쉬 는 나를 루아가 부드럽게 달랬다.

"이지스는 파우스트가 너한테서 신을 분리하는 방법을 안다고 했어. 아마 이지스는 그것 때문에 그의 종노릇을 하는 거 같아. 그 게 정말로 가능한 거야?"

"글쎄?"

무성의한 답변에 조금 고개를 들었다. 조소에 가까운 웃음이 걸린 루아의 옆얼굴이 보였다. 나는 루아가 이런 식으로 상대를 볼 때마다 뜻하지 않은 두려움을 느끼고는 했다.

"확실하게 대답해!"

진저리가 난다는 듯한 고함이었다. 그 역시 루아는 건성으로 흘려듣고 흘러내린 내 머리카락을 귀 뒤로 넘겨주었다.

"질문하라고 했지 대답해준다는 말은 안 했는데. 그거 때문에 이렇게 기분이 안 좋은 거야, 보니? 내가 백치로 돌아갈까 걱정돼서? 그런데 그러느니 차라리 죽는 편이 나을 것 같은데. 너한테 또다시 나를 돌보라고 할 순 없는걸. 게다가 파우스트가 발두르를 돌려받고 나서도 나를 살려둘지 의문이고. 그렇게 되면 너도 무사하리란 보장이 없어."

뒷말은 나에게 하는 것이었다. 추측한 미래를 얘기하는 건지, 빈정거리는 건지 알 수가 없어서 나는 불만스럽게 입을 열었으나, 루아가 그전에 내 말을 가로막았다.

"됐어. 얼굴이나 왜 그렇게 됐는지 말해."

나는 신음을 삼켰다.

"이거 내 피야."

얼굴을 문지르니 말라붙은 핏덩이가 후두둑 떨어졌다. 나는 황급히 손수건을 꺼내서 얼굴을 세게 문질러 닦았다. 어쩐지 몸이 으슬으슬 추웠다. 벌써 해가 졌는지 사방이 그늘에 잠겨 있었다.

미가엘은 세상만사가 무료하다는 표정으로 서 있었는데, 정말로 정원이나 꽃 이외엔 아무것도 흥미가 없는 듯싶었다.

나는 씹어 뱉듯이 중얼거렸다.

"이지스가 얼굴에 상처를 내는 바람에……."

그 새끼를 내 손으로 죽일 거라고, 어떻게 시집도 안 간 여자의 얼굴에 상처를 입히는 개 같은 짓을 할 수 있냐고 말하려다가 나는 재채기를 했다. 속이 토할 것처럼 뒤틀렸다. 피 냄새에 향수 냄새가 섞이니 더더욱 코가 아렸다. 루아의 몸에선 진한 포도주향을 뒤로하고 희미하게 매그놀리아와 크리스털 로즈, 인동덩굴 냄새가 났다. 이거……, 엄마가 즐겨 쓰는 향수인데.

내가 미심쩍게 쳐다보든 말든 루아는 웃음을 거뒀다. 그 감정 없는 조각 같은 얼굴이 낯설기 이를 데 없어서 나는 눈을 깜박였다.

"너희가 원한다면 발두르의 행세를 해줄 수도 있어. 너희를 성물에 묶어둔 봉인을 풀어 신의 사자답게 만들어줄 수도 있고, 아니면 고갈되기 시작한 성력을 다시 채워주는 것도 가능해."

"하지만 넌 악마잖아. 그런데 무슨 수로……."

"……물론 이건 나한테 협조했을 때의 얘기고."

루아의 음성에 서서히 못마땅한 기미가 서렸다. 수백 번 넘게 달콤하다고 느꼈던 목소리라고는 믿을 수 없이 서늘했다. 진심으로 상대가 진절머리 난다는 듯, 혐오감까지 섞인.

나는 루아를 뚫어져라 쳐다보았다.

아까 루아가 나한테 잠시 후에 보자고 했었다.

"우리한테 뭘 원하는 건데?"

"내가 너희에게 원하는 게 달리 있던가? 제발 설치지 좀 마. 귀찮게 굴지도 말고 쓸데없는 희망에 목매달아서 수명을 깎는 짓도 하지 말라고. 그거 수습은 다 누가 하는데? 이놈이나 저놈이나 지 목숨이 무슨 벼슬인가. 차라리 펠레스처럼 아예 성력을 버리고 악마가 되어버리는 것도 괜찮고. 그러면 귀찮을 일이 줄어서 좋지 않겠어?"

물에 술을 탄 듯이 서서히 범람해오는 깨달음이 있었다. 나는 루아의 옷을 잡고 강제로 끌어당겨서 고개를 돌리게 했다.

"잠깐만. 루아 너."

틈만 주면 못 설쳐서 안달이라고 했던 말도 아직 기억한다.

"이지스가 올 거 알고 있었어?"

"날 믿는다면서 아직도 그런 섭섭한 말을 해?"

루아가 부드럽게 말했다. 브리싱가멘을 대할 때하고는 눈빛부터 달랐다. 그런데 역시나 기분이 더러웠다. 이번에야말로 토할 것 같았다.

"내려놔."

내가 진심으로 화났다는 걸 알았는지 루아가 한숨을 쉬며 나를 설득했다.

"아닌 거 알잖아. 솔직히 난 지금 너를 아예 내 몸에 붙이고 다녀야 되나 고민하고 있어. 왜 나보다 네가 훨씬 위험한 것 같지? 브리싱가멘은 너한테 득 될 것이 없으니 진작에 떼버리라고 했잖

아. 내가 부숴준다고 했는데 그 위험부담을 감수하겠다고 말한 건 너야. 내 말만 들으면 너도 안전하고 나도 피곤할 거 없어서 좋은데……."

그 말이 하도 기가 막혀서 나는 도중에 끊었다.

"그래서 전부 내가 자초한 거다?"

"난 너밖에 없는데 넌 자꾸 다른 걸 만들어. 네가 그만큼 나한테 잘해주니까 참으려고는 하는데, 어차피 후회하기만 하면서 부질없는 시도를 한다는 게 아직도 이해가 안 가."

나는 볼을 쓰다듬는 루아의 손을 뿌리쳤다.

"내려놓으라고 했어."

머리가 지끈거렸다. 이런 소모적인 논쟁은 하고 싶지 않았다. 특히나 전신이 피로 범벅일 땐. 급한 대로 얼굴에 묻은 피만 좀 닦아냈지, 아직도 드레스와 목 주변은 새빨갛게 젖어 있었다.

루아가 마지못해 나를 내려주었다. 지면을 밟고 나는 잠시 비틀거렸지만, 곧 그럭저럭 바르게 섰다. 그리고 입술을 깨물며 브리싱가멘을 마주 보았다. 병 주고 약 준다는 생각이 가장 먼저 들었으나 어쨌든 나는 다시 한 번 사과를 했다.

"아까 했던 말은 정말로 내가 미안해, 브리. 너나 나나 얘나 다를 게 없는데……, 서로 똑같은 처지인데 내가…… 병신처럼 진짜 어이가 없어서……."

신의 사자에게 있어 발두르는 주인이었다. 뗄레야 뗄 수 없는 관계이니 발두르를 그리워하는 것도 당연했다. 그러나 나는 그것을 이해해선 안 됐다. 내가 그들의 상실감을 이해한다는 건, 결국 또 다른 갈등밭에 불러들이지 않을 거였다. 내가 그들의 동기를 이해한다고 해서 발두르를 되찾기 위해 루아에게 상해를 입혀도 괜찮다는 의미가 아니니까. 뿌리부터 다른 밭에 놓고 싹을 잘라야 하는 동질감이었다.

머리로는 받아들일 수 있다. 감정으로도 어느 정도 납득하는 바였다. 그런데 왜 이렇게 화가 나지? 실낱같은 가능성에 매달려 파우스트의 수발을 드는 이지스나, 그런 이지스 하나 잡자고 나를 이용하다시피 한 루아나, 전부 거지 같았다. 이번이 처음인 것도 아니라서 더 치밀어 오르는 분노였다.

저 구제불능. 머저리. 진짜 답답해. 내가 인형처럼 자기만 보고 자기만 따라야 만족할 건가? 정말로? 진짜 계속 같은 자리만 이렇게 맴돌아야 하는 거야?

내가 먼저 지칠 때까지?

자꾸 욕이 나와서 나는 기어이 몇 마디 뱉고는 발을 움직였다.

"가지 마."

그 말을 무시하고 한 다섯 걸음 정도 걸었던 모양이었다.

"보니?"

풍경이 잠시 기울었다. 내 걸음걸이가 좀 이상했는지 브리싱가멘이 먼저 의아하다는 얼굴로 뛰어왔다. 어설픈 달음질이었다. 이내 코앞까지 온 브리싱가멘이 바람을 맞아 오히려 뜨겁게 달아오른 내 얼굴을 보고선 얼굴을 찡그렸다.

"너 열나는 거 같아. 기다려봐. 내가 치유해줄게."

"하지 마."

뻗어오는 손을 거부할 수밖에 없었다. 브리싱가멘의 힘은 성력이고, 그것을 전부 소비하면 브리싱가멘은 죽는다.

"나한테 마법 같은 거 걸지 마."

하지만 브리싱가멘은 단순히 나와 함께하는 것만으로도 상당한 힘을 소비하고 있었다.

루아의 마력이 내 안에 있기에.

"그치만……."

"그리고 당분간은 떨어져 있는 게 좋겠어."

긴, 긴 한숨을 쉬며 나는 루아를 곁눈질했다.

"내가 쟤랑 해결을 볼 동안에는."

단순히 내가 먼저 루아를 믿는다고 해결될 문제가 아니었다. 루아는 그냥 참았던 것뿐이다. 자신을 억제하면 그만큼 내 태도가 달라지니까.

"내가 잘못했으니까 화 풀어."

루아가 머뭇거리며 다가왔다. 나는 이마를 짚었다.

"화 안 났어."

"그럼?"

즉시 반문하는 걸 보면 어지간히도 내 속이 궁금한 모양이었다.

나는 찬바람이 머리카락을 쓸고 지나가도록 내버려두었다. 벌써부터 열이 오르니 꼬박 사흘은 앓을 것 같았다. 그러니까, 마법을 써서 치료하지 않는다면.

마법이라. 신물이 날 지경이었다.

루아는, 여전히, 나를 조금도 소중하게 여겨주지 않았다. 다쳐도 마법을 쓰면 그만이었고, 미끼 역할을 해도 결국 무사하다는 결론만 나오면 그만인 것 같았다. 그런 주제에 내가 브리싱가멘이나 체르지안을 신경 쓰는 게 부질없는 짓이라는 양 비난했다. 뭐? 자기 말만 들으면 나도 안전하고 자기도 피곤할 거 없어서 좋다고?

나는 루아를 한 대 치고 싶은 충동을 억눌렀다.

"앞으론 너도 내 허락 없이 나한테 마법 같은 거 쓰지 마. 파우스트도 돌아갔겠다, 이지스도 붙잡았으니 당분간 위험할 일도 없잖아?"

"너 지금 열나잖아. 그런데도 쓰지 말라고?"

루아가 모욕이라도 들은 것처럼 짜증스럽게 얼굴을 일그러뜨렸다. 나는 내 몸 안에 잔류하는 루아의 마력 덕분에 큰 효력을 발휘하지 못한 브리싱가멘의 성력을 오히려 달가워하며 대꾸했다.

"아파도 내가 아픈 거야. 어차피 죽을병도 아닌데. 약속하면 감정 상했던 건 전부 없었던 일로 할게."

어지러웠다. 나는 진심으로 루아에게 화내지 않으려 했다. 화낸다고 나아질 관계였으면 진작 그렇게 됐겠지. 따라서 그 화살을 이지스에게 돌리는 건 무척이나 쉬운 일이었다. 지금 이 순간만큼은 루아에게 소중히 여겨지지 않는다는 것보단 이지스에 대한 분노가 훨씬 컸다. 아직도 눈앞이 아득하고 속이 끓어오르는 걸 보면 얼굴에 상처가 났을 때의 충격이 가시지 않은 모양이었다.

더불어 이지스에게 들은 말로 인한 불안도.

나는 무의식중에 뺨을 문질렀다. 이 행동이 정말로 버릇이 될 것 같다고 생각하며 이지스를 욕했다. 어떻게 여자 얼굴에 상처를 낼 수가 있지?

혼인하지 않은 귀족 영애의 얼굴은, 속된 말로 '상품'이나 다름없었다. 내 가문만큼이나 중요한 자존심이자 값어치였다. 브리싱가멘이 곧장 치료해주긴 했어도 화가 치밀었다.

"보니, 진짜 가는 거야?"

터널 밖으로 나가려는데 브리싱가멘이 시무룩한 목소리로 나를 불러 세웠다. 내가 의아해서 고개를 들자, 그녀가 울 것처럼 입술을 모았다.

"나⋯⋯, 난 갈 곳이 없는걸."

그 말에 나는 미가엘을 쳐다보았다. 그는 브리싱가멘을 쳐다보고 있지도 않았다.

나는 한숨을 쉬었다. 나와 함께 있어서 자신에게 득이 될 것보단 해가 될 것이 배는 더 많다는 사실을 브리싱가멘이 모를 리 없었다. 그런데도 그녀는 나를 붙잡았다.

"이리 와."

허락이 떨어지자 브리싱가멘은 지체하지 않고 나에게 손을 뻗었다. 곧 그녀가 전처럼 화려한 목걸이가 되어 내 목에 자리했다.

나는 그런 브리싱가멘을 손끝으로 쓰다듬듯이 어루만지며 말했다.

"어째서 내 곁에 있어주려는 거야? 그래도 미가엘이랑 지내는 게 나을 텐데."

"그야…… 익숙하니까?"

본인도 영문을 잘 모르겠다는 투였다. 나는 고개를 갸우뚱하면서 미가엘을 올려보았다. 150을 겨우 넘는 나에게 미가엘은 거인처럼 커 보였다.

미가엘이 마지못해서 대답을 주었다.

"우리의 인격은 발두르를 닮는다. 단순히 그에 의해 창조되고 나서 끝나는 인연이 아니란 뜻이다. 말 그대로 그에게 모든 걸 의탁하지. 하물며 수명까지도 그가 정해두는 바. 하지만 브리싱가멘은 그를 직접 본 적이 없으니 이곳에서 연을 쌓은 인간을 더 살갑게 느끼고 의지하는 것이겠지. 그때 그 왕자를 따랐던 것처럼."

일단은 남매라고 했으니, 미가엘이 내가 브리싱가멘을 데려가는 걸 허락할지 몰라 의아했으나 그는 무표정한 얼굴을 고수했다.

나는 눈을 깜박였다. 문득 떠오르는 한 가지 짐작이 있었다.

"그럼 발두르가 꽃을 그렇게 좋아한단 말이야?"

별 뜻 없이 건넨 물음이었건만 미가엘이 고개를 돌렸다. 그가 난처할 만큼 뚫어져라 내 얼굴을 마주 보았다. 눈 한번 깜박이지 않을 정도의 집요함이었다.

어, 조금…… 웃었다.

"우……, 졸려."

브리싱가멘이 투정을 부려서 나는 미가엘로부터 시선을 뗐다. 그리고 내 뒤에 서 있던 루아에게 손을 내밀었다.

"가자."

루아가 심히 의심스럽다는 얼굴로 내가 내민 손을 응시했다. 내 손에 맹독이라도 묻은 것처럼 경계하고 있었다.

"손잡는 거야?"

"싫어?"

조금 상처받으려는 찰나에 루아가 눈에 띄게 망설였다.

"나한테 화나서 마법 못 쓰게 하는 거잖아."

내 기분을 단순히 화났다, 아니다로 구분 지으려는 애 같은 행동이었지만 웃음이 나오진 않았다. 우리는 이해받고 싶어 했다. 루아는 나에게. 나는 루아에게. 하지만 정작 서로를 온전히 이해하지는 못하고 있었다. 서로를 이해하지 못하면서 정작 자신은 이해받기를 원한다. 이해할 생각은 없으면서 이해받을 욕심만 있었다.

멀리서 소란스러운 소리가 나기 시작했다. 미가엘이 사라졌고, 나는 뻗었던 손을 거둘까 말까 고민하며 대꾸했다.

"내가 왜 너한테 화난 것 같은데?"

이제 루아는 내 눈을 들여다보고 있었다.

"난 너한테 특별해?"

"당연하지."

"얼마나?"

루아가 조급함이 느껴질 정도로 빠르게 물었다. 그 모습이 당장 부서질 것처럼 불안정해서 루아가 바라는 대답을 들려주지 않을 수 없었다.

"가장. 첫 번째로. 세상에서 제일."

평소 가졌던 부끄러움도 잊고 솔직하게 말하자, 그제야 루아가 내 손을 잡았다. 울 것 같은 얼굴로, 정말로 내가 아니면 안 된다는 표정으로 다가와 나에게 꼭 붙었다.

"내가 다 잘못했어. 이지스는 갈기갈기 찢어서 교황 머리에 뿌릴게."

나는 루아와 함께 엉망진창으로 망가진 터널을 빠져나왔다. 곧 도착할 경비대가 이 꼴을 보고 어떻게 생각할지 고민하면서 할 일 없이 걷다가, 한참 뒤에 혹시나 싶어 루아를 흘겼다.

"진짜 그러진 말고."

아니나 다를까였다. 다음 날 나는 미친 듯이 치솟는 고열에 시달렸다. 그러나 방학이 며칠 남지도 않은 데다가 수업을 성실히 듣겠다는 엄마와의 약속도 있었으므로, 이를 악물고 모든 수업에 참석했다. 그나마 오늘은 이론 수업만 있어서 다행이었다. 강의실을 옮겨 다니는 것만도 힘들어 죽을 것 같은데 승마 수업이나 사교 활동 수업까지 들었으면 도중에 쓰러졌을 수도 있었다.

당연하지만 어제 내가 루아와 데이트를 했다는 소문은 아카데미 내에도 파다하게 퍼져 있었다. 그러나 여름임에도 불구하고 외투를 껴입고, 잔뜩 충혈된 눈으로 교과서를 뒤적이는 내가 가히 정상은 아니게 보였는지 섣불리 말을 걸어오는 여학생들은 없었다.

물론, 그런다고 내 귀에 아무런 소리도 들리지 않는다는 건 아니었다.

오늘의 화젯거리는 주로 어젯밤 열린 왕실 무도회였다. 사교계에 데뷔할 수 있는 나이도 아닌 주제에 학생들은 여러 은밀한 경로로 전해들은 최신 소식을 전하기 바빴다. 벨모트의 공주가 루아의 얼굴을 넋 놓고 쳐다보다가 잔을 떨어뜨렸다는 둥, 루아가 그레이스 공작부인에게 첫 춤을 신청했다는 둥, 그러더니 얼마 있어주지도 않고 바로 연회장을 빠져나갔다는 둥의 얘기가 입에서 입으로 전해졌다. 황제의 퇴장이 예상보다 빨랐던 이유를 두고 의견이 분분했는데, 왕비가 제 딸을 황후 자리에 앉히려고 지나치게 황제를 몰아붙였다는 설이 가장 지지율이 높았다. 나와 낮 시간을 함께했다는 소문이 순식간에 퍼졌는데도 황제와 공주를 연결시키려고 했으니 황제가 짜증이 날 법도 하다며 입을 모았다.

"병동에 안 가봐도 괜찮겠어, 보니?"

오후 수업까지 막 끝났을 무렵이었다. 교수가 나가자 즉시 강의실이 소란해졌다. 점심도 굶은 내가 앓는 소리를 내며 책상에 엎어지려니 용기 있는 여학생 하나가 다가와서 슬쩍 물었다. 나는 그 여학생의 얼굴을 쳐다볼 힘도 없어서 손만 흔들었다.

"괜……, 음, 괜찮아."

목이 잠겨서 나는 헛기침을 했다. 심각하게 갈라진 내 목소리를 듣고도 여학생이 상냥하게 말했다.

"그래도 혹시 몰라서 약 받아 왔어. 밥 먹은 다음에 먹어야 해."

황제와 데이트 한 번 했다고 이렇게 대우가 달라지다니 역시 세상은 살고 봐야 안다는 걸까. 나는 입술을 삐죽이며 여학생이 놓고 간 흰색 약 봉투를 노려보았다. 결석만 하지 않았다 뿐이지 나는 전혀 성실하게 수업에 임하지 않았고, 교양학이나 어학 수업에선 아예 끝날 때까지 엎드려 있었다. 그렇게 상당히 불량한 태도였는데도 누구 하나 지적하는 교수가 없었다. 오히려 차라리 기숙사로 돌아가거나 병동으로 가서 쉬어줬으면 한다는 의견을 대놓고 드러내기도 했다. 순수하게 나를 걱정하는 마음에서 나온 친절이 아니라는 것을 알기에 더욱 거부감이 일었다.

나는 학생들이 빠져나가고 난 뒤에도 한참을 뭉그적거리다가 강의실 밖으로 나왔다. 내가 계단을 내려가면서 현기증에 못 이겨 비틀거리자 브리싱가멘이 심술 가득한 볼멘소리로 투덜거렸다.

"그러다 진짜 큰일 나겠어, 보니. 내가 치료해주면 금방 나을 텐데 어째서 싫다고 하는 거야?"

나한테 붙어 있는 것만도 상당한 성력을 소비하면서 무슨. 브리싱가멘의 수명을 깎아 낮고 싶진 않다는 생각엔 변함이 없었으므로 나는 단호하게 말했다.

"이 정도는 약만 먹어도 오래 안 가서 나아."

"하지만 너, 아까 그 여자애가 준 약 봉투 쓰레기통에 버렸잖아.

내가 다 봤거든? 무슨 고집인지 모르겠네. 이유라도 좀 알려주든
가!"

브리싱가멘이 빽 고함을 질러서 나는 짜증스럽게 머리를 흔들
었다.

"어지러우니까 소리 지르지 마. 정작 내가 마법을 부릴 줄 모르
는데 계속 너나 루아한테 의존했다가 나중에 진짜 아프면 어떻게
버티라고?"

"네가 그런 걸 신경 쓴단 말이야?"

이게 날 뭘로 보고…….

나는 얼굴을 찡그렸다. 브리싱가멘이 여전히 못마땅한 투로 중
얼거렸다.

"하지만 황제가 그렇게 내버려둘 리 없잖아. 걘 너를 자기 목숨
보다 아끼는 것 같던데."

"목숨보다 아끼는데 매번 도와주지도 않고 미끼로 써?"

코웃음을 칠 기력도 없었다. 머리는 지끈거리고 몸은 안 쑤신 곳
이 없었다.

기숙사를 향해 터벅터벅 걸으며 나는 기나긴 한숨을 쉬었다. 더
말해서 뭐 해. 내 입만 아프지.

"글쎄……, 솔직히 나도 황제가 무슨 생각인지 전혀 모르겠거
든. 변덕스러운 건지, 의심이 많은 건지, 불안정한 건지. 어릴
때 백치였다더니 그것 때문인가? 부작용으로 정신이 나갔다든
지……. 저놈이라면 그러고도 남을 거야."

머리를 갸우뚱하는 브리싱가멘의 모습이 눈에 선했다. 나는 무표정하게 기숙사 건물 문을 열었다. 나를 보자마자 다가오려는 시종에게 오지 말라는 뜻을 담아 고개를 가로젓고는 곧장 내 방으로 올라갔다.

누워서 하루 종일 잘 생각이었는데, 방에는 캐리에타가 아닌 루아가 와 있었다.

나는 어제처럼 성인이 아닌 열다섯 살의 모습을 한 루아를 빤히 바라보기만 할 뿐, 먼저 입을 열지 않았다. 이젠 놀랍지도 않다는 게 어이없을 따름이지.

우선 문을 닫고 나는 천천히 안으로 들어섰다. 내가 가방을 내려놓자 그새 참을성이 바닥난 루아가 나와 시선을 맞추며 위태위태한 침묵을 깨뜨렸다.

"약 가져왔어. 네가 마법 걸지 말라길래."

부드러운 설탕 같은 목소리가 귓가에서 윙윙거렸다. 아, 어지럽다. 나는 목에 감긴 리본을 푸르면서 책상에 한가득 쌓인 먹거리를 아연하게 바라보았다. 약은 물론이고 아플 때 먹으면 좋다는 과일, 채소, 죽과 같은 영양식, 약초, 풀뿌리, 꿀에 절인 차, 심지어는 중앙성전의 마크가 새겨진 성수를 담은 물병도 있었다.

나는 질색하는 눈으로 생강을 노려봤다.

"이거 다 못 먹어."

"내가 먹여줄게."

루아가 선뜻 말했다. 그게 문제가 아니거든? 받아칠 기운도 없어 나는 속으로 타박하다가 교복을 마저 벗으려고 블라우스 단추를 풀었다.

나한테 다가오려던 루아가 걸음을 멈추고 인상을 썼다.

"지금 뭐 하는 거야?"

"옷 벗잖아. 누워서 잘 거야."

"내가 있는데 그렇게 막 옷을 벗어?"

어차피 안에 캐미솔이랑 속바지 입었는걸. 그것도 프릴이 엄청 달린 거. 그러나 이젠 일일이 설명하기도 귀찮아서 나는 건성으로 대꾸했다.

"그럼 네가 벗겨주든가."

"……당장 저리 가서 안 벗지?"

그렇게 말한 루아가 나를 파티션 안으로 밀어 넣었다. 깔끔한 단색으로 꾸며진 칸막이 안으로 들어가면서도 나는 내내 투덜거렸다. 여긴 내 방인데 내가 왜 루아의 눈치를 봐야 하는 건지 모르겠다. 열이 올라서 한 걸음 움직이는 것도 끔찍하게 싫은 데다가 성인의 모습이면 몰라도 열다섯 살의 루아는 나에게 아무런 긴장감도 주지 못했으므로, 그저 귀찮을 뿐이었다.

대충 편한 옷으로 갈아입은 뒤 나는 침대에 쓰러지듯이 앉았다. 속은 울렁거리고 정신은 멍했다.

꾸물꾸물 이불 속으로 기어들어가서 거의 눕다시피 한 자세로 편히 베개에 기대자, 루아가 내 이마를 짚어보더니 불만이 상당하다는 듯 느릿하게 말했다.

"열이 더 올랐어."

나는 무시하고 하품을 했다. 루아가 언제 어떻게 데웠는지 김이 모락모락 피어오르는 묽은 음식을 가져오면서 짧게 투덜거렸다.

"그냥 내 도움을 받으면 서로 편할 텐데."

그 도움이란 것이 이런 병간호가 아니라는 것 정도는 잘 아는 바였다.

나는 이불에 감싸여 긴장을 풀었다. 달콤하고 뜨거운 냄새가 코끝을 간질였지만, 식욕이 전혀 일지 않았다. 입안은 메말라 있었고 목 안쪽은 부어서 침을 삼킬 때마다 얼얼한 느낌이었다.

내가 조금은 짜증스럽게 그릇을 노려보는 것도 무시한 채 루아는 스푼으로 죽을 떠서 내밀었다. 부드러운 곡식을 끓여 무르게 만든 것답게 눅진눅진하고 고소한 향이 훅 끼쳐왔다. 냄새는 분명 좋은데 전혀 먹고 싶다는 생각이 들지 않는 게 신기할 노릇이었다.

나는 시들시들한 반응을 보였으나, 루아는 물러서지 않겠다는 듯 단호했다.

"얼른 먹어. 너 점심도 안 먹었잖아."

이 얄미운 스토커 같으니. 나는 한숨을 쉬며 느릿느릿 입을 벌렸다. 너무 뜨겁지도 않고 너무 미지근하지도 않은, 딱 알맞게 맞춘 온도의 묽은 액체가 입안으로 들어왔다. 흐물거리며 순식간에 녹아내려서 입을 많이 움직일 필요가 없다는 것은 마음에 들었다. 목이 조금만 덜 따가웠어도 한결 나았을 텐데.

"목 아파."

내가 투정을 부리자 일부러 열다섯 살의 모습으로 온 것이 뻔한 루아가 불만스러운 표정을 지었다.

"너는 왜 그렇게 약한 거야? 어렸을 때나 지금이나 변한 게 없어."

나는 입안에 가득 들어온 액체를 꿀꺽 삼키고 코웃음을 쳤다.

"그걸 내가 어떻게 알아. 넌 내가 운동해서 우락부락해지면 좋겠니?"

모름지기 귀족 여자는 가늘고 긴 팔과 다리를 가져야 하며 새하얀 얼굴, 햇볕에 그을리지 않은 창백하고 부드러운 살결, 나올 데 나오고 들어갈 데 들어간 이상적인 몸매를 유지해야 했다. 여자에게 근육이 있는 건 끔찍한 수치로, 여자까지 일해야 할 정도로 집안 형편이 열악하고 살기 힘들단 뜻으로 받아들여졌다. 이것이 정석이니만큼 샤트린처럼 굳이 체력을 단련하는 귀족 가문의 여식이 있으면 눈총을 받기 일쑤였다.

나는 이불을 좀 더 끌어당겼다. 뭐……, 내가 워낙 움직이는 걸 귀찮아하고, 늘어져 있는 걸 좋아한다지만 이건 대부분의 귀족 영애도 똑같았다. 다만 내 체력이 유달리 안 좋은 것뿐이지. 이건 후천적인 이유가 더 컸다. 2차 성징을 보이지 못했던 지난 3년의 시간 동안 성장만 더딘 게 아니라 장기의 운동까지 저하되는 바람에 조금만 움직여도 몸이 금세 거부반응을 일으키고는 했다.

"아프지 않을 수 있는 방법은 많아. 더 빠르고 확실한 수단은 얼마든지 있어."

고집스러운 말이었다. 나는 머리를 흔들었다.

"마법 얘기는 됐어."

내가 그 무렵에 얼마나 망가졌고 방어적이었으며 예민해 있었는지를 떠나서, 나는 그 일로 루아를 탓할 생각이 없었다. 다 빌어먹을 교황 놈 잘못인걸. 복잡한 감정의 잔재가 아직 마음 저변에 가라앉아 있었으나, 루아를 향한 원망은 아니라고 단언할 수 있었다. 그만큼 루아에게 푹 빠져 있었다. 나는 더 이상 루아를 좋아하는 마음을 숨기지 않기로 결심한 뒤였다.

하지만 루아는…… 어떨까. 다른 방법을 생각할 겨를이 없었다고 하면서도 사실 죄책감을 가지고 있는 건 아닌지 모르겠다.

"나 이제 그만 먹을래. 목 따가워서 삼키기 힘들단 말이야."

이지스의 행방도 궁금한 데다 나누고 싶은 얘기가 많았으므로, 식사 시간은 방해밖에 되지 않을 뿐이었다. 그러나 루아는 조금 의외의 반응을 보였다.

"겨우 두 번 먹었거든? 맛이 별로야?"

루아가 얼굴을 찡그리더니 내가 먹었던 스푼으로 죽을 한입 떠먹었다. 나는 화끈거리는 얼굴을 수습하지도 못하고 소심하게 입술을 우물거렸다.

"너 그, 그러다 감기 옮는다."

"상관없으니까 조금만 더 먹어."

호소력을 띤 부드러운 부탁이었다. 이런. 말려드는 것 같다는 생각을 지울 수 없으면서도 나는 어쩔 수 없이 입을 벌렸다.

묽게 퍼진 고소한 음식을 필요 이상으로 오랫동안 씹다가 불현 듯 의문점이 떠올라 고개를 갸웃거렸다.

"그런데 왜 맛을 걱정해? 이거 벨모트 왕실 요리사가 직접 만들어준 거 아니야? 너 지금 거기에 머물고 있잖아."

"걔네를 어떻게 믿고? 내가 만들었어."

순간 내 귀가 이상해진 줄 알았다.

"뭐…… 뭐라고? 이걸 네가 만들었다고?"

미친 듯이 눈을 깜박이는 나를 도리어 의문스럽게 바라보면서 루아는 벌어진 내 입에 스푼을 밀어 넣었다. 나는 얼떨결에 죽을 잘 씹지도 않고 꿀꺽 삼켰다.

"혹시 몰라서 재료도 다른 데서 구했어. 황제가 먹을 줄 알고 독이라도 타면 안 되니까."

세상에. 나는 전혀 표정 관리를 못 했다.

"거짓말, 그런 것치고는 너무 먹을 만하잖아!"

"그거 지금 욕이지?"

루아는 심술 가득한 표정을 지으면서도 내가 당황한 틈을 타 열심히 죽을 떠먹였다. 영문을 모른 채 루아가 주는 대로 받아먹던 것도 잠시, 곧 만족스럽게 펴진 루아의 얼굴을 보고 왠지 모르게 당했다는 생각이 들었다.

"약 먹어야지."

지극히 호의적인 목소리로 말하며 루아가 약을 가지러 갔다. 나는 이불에 얼굴을 반 이상 가리고서 루아의 행동을 훔쳐보았다. 꿀을 덧칠한 것 같은 귤빛 머리카락이 자꾸만 내 시선을 잡아끌었다. 아, 천 번도 넘게 생각하는 거지만 정말 귀엽다. 세상에서 가장 반짝이는 수식어를 붙여도 모자랐다. 아직 소년티가 남은 사랑스러운 얼굴은 3년 전 나와 작별했던 열두 살의 루아를 떠올리게 만들었다. 루아가 내 경계심을 쉽게 허물 목적으로 열다섯 살의 모습을 했다는 것엔 의심의 여지가 없었다. 루아 역시 어젯밤 일이 마음에 걸리는 모양이었다.

나는 루아를 뚫어져라 주시했다. 이렇게 지켜보고 있으니 평소엔 잘 눈여겨보지 않았던 것이 선명하게 와 닿고 있었다. 루아가 약간 비스듬히 물 컵을 쥐는 모양이나 생각에 잠겨 눈을 내리뜨는 방식이 내가 가진 버릇과 똑같아서 부끄러웠다. 이 잠깐의 정적이 부담스럽기 이를 데 없었다.

말없이, 오직 소리만이 들린다. 약 봉투를 뜯는 소리, 주전자 안에 든 물이 찰랑이는 소리, 바람이 창문을 건드리는 소리. 그리고 불규칙한 내 숨소리.

몽롱한 정신으로도 이 방 가득 고인 긴장감을 느낄 수 있었다. 나는 눈을 내리깔면서 손으로 입술을 매만졌다.

"이지스는 어떻게 했어?"

"아직 부수지는 않았어."

아직이라고……. 나는 서서히 찾아들어온 허전함에 에워싸여서 멍하게 눈을 깜박였다. 루아와의 거리가 멀었다. 어쩌면…… 루아가 모습을 바꾼 건 어제의 일을 후회한다는 의미일 수도 있었다.

열다섯 살의 루아와 열다섯 살의 나.

비슷한 키. 같은 눈높이.

확실히 나는 지금의 루아가 더 좋다. 성인일 때보다 덜 근사할지 몰라도, 훨씬 어리고 귀여워서 지켜줘야 할 것 같지만 이게 바로 내가 아는 루아였다.

나와 같은 시간을 사는.

"루아야, 내가 너를 불안하게 만드니?"

따뜻한 물을 따르던 루아의 손이 잠시 멈칫했다.

"……가끔."

"가끔?"

"거의 항상."

두려움마저 느껴지는 대답이었다. 나는 어제 들었던 루아의 말을 떠올리며 방어적으로 웅크렸던 자세를 바로 했다.

"내가 어떻게 해야 네 불안이 사라질까? 네가 하자는 대로 따르면 되니? 단지 그것뿐이야?"

"모르겠어."

어제와는 달리 참으로 자신 없었다. 나는 전혀 화나지 않았다는 뜻을 담아, 최대한 상냥하게 말했다.

"너를 이해할 수 있게 해줘."

지난밤, 분노와 흥분이 가시고 남은 감정은 이상하게도 슬픔이었다. 내가 좋아하는 사람이 나를 좋아해주는데 그런 상대를 온전히 이해하지 못한다는 것이 너무나 큰 슬픔으로 다가왔다. 그리고 나는 더 이상 루아에게 도움만 받고 싶지 않았다. 루아가 나를 구해주러 오길 바라지만, 나를 구해주는 사람이 루아였으면 좋겠다고 생각하지만, 나 또한 루아를 구해주고 싶은 마음이 있었다.

평소에 쓰지 않던 단어를 사용했기 때문인지 루아는 방어적으로 나왔다.

"그렇게 말해놓고 떠날 거잖아."

나는 눈을 깜박였다.

"안 떠나."

"버릴 거잖아."

"안 버려."

그러나 루아는 믿지 않았다. 이 정도로 믿을 거라곤 생각지도 않았던 바였다.

"너도 내가 징그럽지?"

"그렇게 생각한 적 없어."

나는 조금 얼굴을 찡그렸다. 왠지 모르게 모욕을 당한 것 같은 기분이 들었다.

"내가 계속 빛을 만들어두지 않으면 너도 사라질 것 같아. 너한테 내가 필요하다는 사실을 계속 각인시키지 않으면, 너도, 결국은."

루아가 혼잣말처럼 그렇게 말하고 한숨을 쉬었다. 미간을 찌푸리는가 싶더니 곧 표정을 갈무리하고 나에게 다가왔다.

"약 먹어."

더 대화를 이어나가기 위해 나는 얌전히 약을 먹었다. 물과 함께 삼키고, 동그란 사탕을 입안에 넣자 달콤함이 혀끝에 스며들었다. 아, 맛있다. 아직 어지러움이 다 가시지 않았음에도 사탕을 우물 거리자 기분이 좋아졌다. 역시 루아는 내가 좋아하는 걸 몹시 잘 알아서 탈이었다.

"내 옆에 잠깐 앉을래?"

딸기맛 사탕을 입안에 넣고 굴리며 내가 그렇게 제안하자 루아 가 노골적인 의심이 담긴 눈으로 나를 바라보았다. 커다란 푸른색 눈으로 나를 이리저리 살피는 모양새가 비 맞은 고양이처럼 귀여 워서 나는 살짝 웃고 말았다. 열이 올라서 멍한 얼굴로 짓는 배시 시한 웃음이라, 조금 우스웠을 법도 한데 루아는 안심하는 눈치였 다.

루아가 경계를 허물고 침대 위로 올라왔다. 나는 루아가 편히 앉 을 수 있게 옆으로 물러났다. 그런 다음 루아에게도 이불을 덮어 주면서 나도 푹 파묻혔다.

"있잖아, 이 침대 되게 따끈따끈하다? 시종이 뜨거운 물병을 넣 어준 것도 아닌데 계속 뜨거워."

그 이유를 알 만했다. 장난스럽게 나무라는 말에 루아가 모르는 척 시치미를 뗐다.

"난 모르겠는데? 네가 열이 있어서 그렇게 느끼는 것뿐이겠지."

거짓말쟁이. 그러나 썩 싫지만은 않았다. 뭐, 어쨌든 약속은 아직 지키고 있는 셈이기도 하고. 나는 나에게만 마법을 걸지 말라고 했지, 나 이외의 사물한테도 마법을 걸지 말라는 얘기는 하지 않았었다.

루아가 비스듬히 기대앉으며, 거의 눕다시피 한 나와 눈높이를 맞췄다. 루아의 손이 흐트러진 장밋빛 머리카락을 헤치고 들어와 내 이마를 덮었다. 저절로 눈이 감겼다.

"시원해……. 기분 좋다."

나는 내게도 잘 들리지 않을 만큼 조그맣게 중얼거리고서 루아의 손에 얼굴을 맡겼다. 눈을 감고 고르게 호흡하려니 이마에 머물러 있던 루아의 손이 내려와 상기된 뺨을 손등으로 가볍게 쓸었다. 하늘하늘한 깃털이 내려앉은 듯 간지럽고 기분 좋은 느낌이었다. 루아의 손은 언제나 다정했다. 나는 나를 만질 때마다 루아가 얼마나 신중해지고 조심스러워하는지 알고 있었다.

가만히 눈을 뜨고, 루아를 올려보았다. 나는 옆으로 돌아누워서 루아의 품에 파고들었다. 루아의 가슴에 기대 숨을 쉬다가, 심장이 '있어야 할' 부분에 손을 가져다 댔다.

"여기."

손바닥을 통해 따뜻한 온기가 전달되어온다. 하지만 이 안엔 아무것도 없었다.

그저 공허했다.

"내 걸 줄까?"

반은 충동이었고, 반은 진심이었다. 머리 위에서 당혹스러운 듯한 루아의 음성이 들렸다.

"무슨 소리야?"

"네 심장은 내가 갖고 있잖아. 지금 이 안에는 아무것도 없고……. 내 거라도 주면 기분이 나아질까 싶어서."

어쩐지 부끄러워서 얼굴이 더 빨개질까 걱정스러웠는데, 루아는 드물게 정색했다. 제 심장 부근에 머물러 있는 내 손을 잡아 내리더니 내게서 조금 떨어졌다.

"농담으로라도 그런 말 하지 마. 그동안 내가 얼마나 많이 칼에 찔렸는 줄 알아? 그렇게 되면 내가 아니라 네가 다쳐. 죽어도 네가 죽고 병들어도 네가 병든다고."

슬슬 약 기운이 퍼지는지 루아의 화난 목소리도 뿌옇기만 했다.

나는 느리게 눈을 깜박였다.

"그렇구나. 그럼 내 심장이 이 안에 있으면 너도 조금은 너를 아껴주지 않을까? 네 몸에 상처 날 일이 세 번에서 한 번으로 줄어들지는 않는 거야?"

루아는 허를 찔린 것처럼 대답이 없었다. 나와 눈을 마주치려 들지도 않았으며, 기회만 생기면 당장 이 자리에서 벗어나려고 할 것 같았다. 그래서 나는 망설이지 않고 다음 제안을 했다.

"아니면 우리 그냥 바로 결혼할까? 너 나랑 결혼하고 싶댔잖아. 엄마랑 아빠는 내가 설득할게. 지금부터 준비해도 식은 내년에나 올릴 수 있겠지만 약혼식 정도는 가을에도 가능할 거야."

이것 또한 진심이었다. 동시에 한계이기도 했다.

내가 루아에게 해줄 수 있는 건 이런 것뿐이었다.

"갑자기 왜 그래?"

루아가 명백한 비난을 담아 나를 응시했다. 내가 자신을 놀린다고 생각하는 게 부정할 여지도 없이 분명해 보여서 울화가 치밀었다.

"그러는 넌 왜 그래? 나한테 주기만 할 생각이었어? 받을 생각은 없니? 내가 다른 사람들이랑 가까워지는 건 죽을 만큼 싫어하는 주제에, 왜 너한테 뭘 더 해달라고 요구하지는 않아? 너도 나한테 원하는 게 있을 거 아니야. 그런데 막상 내가 먼저 다가가면 놀라서 피하기만 하고. 넌 내가 표현할 때마다 오히려 도망치더라."

재회하고 나서부터 루아는 늘 그랬다. 주기만 하고, 받으려 하지는 않는다. 루아는 나에게 기대하지 않았다.

황성에 머물렀을 때에, 우리가 떨어져 있던 3년의 시간 동안 나를 생각하며 품었던 환상이 정말 아무것도 없었냐고 묻자 루아는 너는 너일 뿐이라고 했다. 이토록 곤두선 나에게 실망하지 않았으며, 뭔가를 바라거나 할 틈은 없었다고 말했다.

루아는 나에게 여러 번 신호를 보냈던 거다. 자신이 얼마나 절박하고, 외롭고, 위태롭고, 불안정한지를 알아달라고.

"루아야."

이름을 부르자 루아는 입을 다물었다. 나는 나와 거리를 두려는 루아의 옷자락이라도 잡고선 시무룩하게 중얼거렸다.

"네가 몇 번을 더 괴롭혀도 나는 계속 너 좋아할 거야. 그런데……, 음, 있지, 이번에 마법으로 치료해주지 말라고 했던 건 내가 이렇게 잘 아프고 허약하다는 사실을 알려주기 위해서였기도 하거든? 네가 잘 모르는 것 같아서. 물론 마법을 쓰면 아픈 것도 금방 낫기는 한데 그렇다고 아예 없었던 일이 되는 건 아니잖아. 그러니까…….”

우물우물 새어나가는 음성이 내가 듣기에도 자신 없었다. 나는 목을 가다듬은 뒤 보다 또렷하게 말하려고 애썼다.

“도망 안 쳐. 버리지도 않을 거고, 너를 징그럽게 생각한 적도 없으니까, 굳이 나를 지켜보거나 시험하지 않아도 나한테는 너밖에 없으니까, 그렇게 울 것 같은 표정 좀 하지 마. 정말로 좋아해, 루아야. 네가 놓아줘도 나 어디 안 가.”

“거짓말.”

그렇게 말하면서도 루아는 내 시선을 피했다. 나는 비실비실 웃었다.

“그래, 그래. 천 번 정도 말하면 언젠간 믿겠지.”

어쩌면 만 번은 말해줘야 그러려니 할지도 모르겠다. 그럼 만 번에 만 번은 더 해줘야지. 아예 진저리를 치게 만들어버릴 테다. 속으로 굳게 다짐한 나는 뻑뻑해진 눈을 비볐다. 하품이 멈출 줄을 몰랐다.

약 기운이 안 그래도 어지러운 정신을 더욱더 흐릿하게 일그러뜨렸는데, 몽롱한 시야로도 차라리 우는 게 나을 만큼 얼굴을 찡그린 루아가 애달프게 보였다.

선황제 폐하는 루아의 정신을 망가뜨리는 데 일조했고, 그렌트헨은 오직 파우스트의 마음만을 갈구하여 선황제 폐하와 루아를 진정으로 사랑하지 않았다. 게다가 그렌트헨이 선황제 폐하와 결혼한 것도 파우스트의 뜻이었다. 겉으로만 화목한 가족이었을 뿐이지, 그 뒷면은 참혹하게 그을려 있었다.

어렸던 루아가 아무리 손을 뻗어도 돌아오는 것은 없었다. 그렇기에 루아는 내게도 기대하지 않는 건지도 몰랐다. 그때의 루아가 원했던 게 엄청나게 특별하고 무리한 거였을까? 그럴 턱이 없었다. 아주 작고, 사소하고, 다른 사람들에겐 너무나 쉽게 얻을 수 있는 무언가였을 터.

"루아야, 나한테 바라는 거 있으면 뭐든 말해. 사소한 거여도 좋고, 내가 들어줄 수 없을 만큼 턱없는 거라도 좋으니까 말해줘. 내가 다른 사람들에게 하길 바라는 것 말고, 내가 너한테 하길 바라는 것 말이야. 루아 너한테."

망막이 따끔거렸다. 그제야 루아가 나를 바라봐주었다. 시리도록 말갛고 깨끗한 푸른 눈으로 나를 하염없이 주시했다.

"그럼 안아줘."

입가에 희미한 웃음이 번지는 걸 느낄 수 있었다. 예쁜 빛으로 달아오른 루아의 볼을 깨물어주고 싶다고 생각하며 나는 손을 뻗었다. 얌전히 안겨오는 루아를 품에 가두고는 만족스럽게 미소 지었다.

"감기 옮아도 내 탓 하지 마."

"……보니."

"응? 아, 코 간질거려. 기침 나올 것 같아."

나는 얼굴을 찡그렸다. 루아는 아랑곳하지 않고 내 허리에 팔을 둘렀다.

"너랑 있으면 안심이 돼. 사실 알고는 있어. 넌 내가 불쌍해서라도 안 떠날 거잖아."

이건 또 무슨 소리람. 나는 동정심으로 누군가에게 붙어 있을 만큼 상냥한 위인이 못 되었다. 그걸 루아도 알 텐데.

"그래도 이렇게 입으로 듣는 게 좋아."

만족스러움이 듬뿍 묻어나오는 음성이 조용히 이어졌으므로, 나는 반박하려다 말고 입을 다물었다. 루아가 내 어깨에 뺨을 비비적거렸다.

"나를 필요로 해주는 건 너밖에 없으니까. 네가 있어서 내가 살아."

원래 있던 의심조차 단번에 날아가버리게 만드는 의존적인 말에 머릿속이 하얗게 타들어갔다. 이 말이 거짓이어도 믿을 수밖에 없어서 나는 다급하게 소리쳤다.

"그, 그럼 내가 다른 사람들 몫까지 필요로 할게! 어때? 나 혼자서 못 하는 거 되게 많거든. 병뚜껑도 제대로 못 열고, 무거운 것도 못 들고, 오랫동안 걷지도 못하고……, 또…….."

또 뭐가 있지? 나는 약 기운을 쫓으려고 머리를 흔들었다. 그러나 별 효과가 없어 신음을 흘리자 루아가 웃으며 나를 더 세게 껴안았다.

"나 졸려."

그럼 자라고 말하려다가 나는 한 박자 늦게 여기가 여학생 전용 기숙사라는 사실을 떠올렸다.

"여기서 자면 안 돼. 캐리에타가 언제 올 줄 알고?"

"걔는 안 와. 네 호위 기사도 안 오고, 하여튼 아무도 못 들어 와."

설마 문에도 마법을 부렸나. 나는 어리둥절해서 눈알을 굴렸다.

"호위 기사라면 레뮤시를 말하는 거야?"

"어제 오르페데스에서부터 따라오길래 돌려보냈어."

무슨 상황인지 파악해보려고 나는 빠르게 눈을 깜박였다.

"음."

"……가라고 말만 했어."

그동안 저지른 만행을 기억하고 있기는 한 건지 루아가 볼멘소리로 시인했다. 나를 놓아줄 생각이 조금도 없어 보였으므로, 나는 어쩔 수 없다는 듯 웃으며 루아의 머리칼을 만지작거렸다.

"그래서 아까 내가 했던 제의는 어떻게 할 거야?"

루아의 가슴에 있는 빈자리를 내 심장으로 채워주고 싶단 얘기를 두고 한 말이었다. 루아는 단칼에 거절했다.

"꿈도 꾸지 마."

"어째서? 난 나름대로 괜찮은 것 같은데."

"전혀 안 괜찮거든?"

잔뜩 가시를 세운 고슴도치처럼 매몰찬 답변이라 나는 부루퉁하게 입술을 삐죽였다.

"결혼도?"

내가 실망하는 것 자체가 어이없다는 듯 루아가 긴 한숨을 쉬었다.

"말이 나와서 하는 소린데 레이첼은 어떻게 설득시키려고?"

"잘? 어차피 할 거 조금 빨리 한다고 하면 되지."

나는 고개를 갸우뚱했다. 어쨌든 엄마와 아빠는 내가 원하는 건 무엇이든 해주셨으니, 시간이 걸릴지언정 설득할 자신은 있었다. 생각보다 빨리 부모님으로부터 독립해야 한다는 사실이 아쉬울 뿐이지. 가뜩이나 기숙사가 있는 아카데미로 오는 바람에 자주 만나지도 못했건만, 다시 가까워지기도 전에 이별해야 한다는 게 조금 서글플 뿐이었다. 나는 여전히 겁쟁이였고, 좀 더 어리광을 부리고 싶었다.

루아의 머리카락을 쓰다듬던 손이 힘없이 멈췄다. 애써 부모님 생각을 떨쳐내려는데 루아의 목소리가 들렸다.

"너는 언제나 레이첼이 가장 우선이잖아. 필연적으로, 목숨처럼 당연해서, 더 고려할 가치도 없다는 듯이. 그래서 내가 우선이 되지 못할 바엔 차라리 너를 망가뜨리는 게 나을지도 모른다는 생각이 들기도 했었어. 나는 너한테서 항상 첫 번째이고 싶은데 될 수가 없으니까. 나는 너밖에 없는데 너는 아니지. 그 마음에 내가 들어갈 자리가 너무 좁아. 어떻게든 비집고 들어가지 않으면 금방이라도 잊힐 것 같아서 불안해."

뭐? 망가뜨려? 나는 루아의 말이 끝나기도 전부터 얼굴을 일그러뜨렸다.

"나 아직 한 번도 사람 죽여본 적 없거든? 첫 번째 희생자가 되는 건 어때?"

루아가 웃으며 고개를 들었다. 푸른색 망막에 오직 나만이 있었다.

"난 그래서 네가 좋아."

"사람을 죽여본 적 없어서?"

"내가 사람일 수 있게 해줘서."

하여간 순 영문 모를 말투성이였다. 나는 퉁퉁 부어서 쏘아붙였다.

"난 물건이 아니야."

이런 말을 하는 와중에도 졸음이 쏟아졌다. 무거운 눈꺼풀을 억지로 들어올리려니 루아가 순진하기 짝이 없는 얼굴로 물어왔다.

"전부터 궁금한 게 있었는데 말이야. 네가 어렸을 때 울지도 않고 웃지도 않는 이상한 애였다는 소문이 돌았다던데, 그것도 아파서 그랬던 거야?"

나는 루아를 빤히 쳐다보았다. 그러고 보니 루아는 그 소문의 진위를 단 한 번도 묻지 않았었다. 어렸을 땐 몰랐기 때문에서였겠지만, 재회한 후엔 아마 나를 배려해서 입을 다물었을 거였다.

바보 같기는. 나는 루아에겐 아무것도 숨길 생각이 없었다.

"아니. 그건 아팠다기보단……, 내가 좀 희한한 걸 기억하고 있었어."

"희한한 거?"

나는 다시 루아의 머리카락을 만지기 시작했다.

"길고 긴 꿈이라고 해야 할지, 전생의 삶이라고 해야 할지. 지금은 전혀라고 해도 좋을 정도로 기억나는 게 없긴 한데 그때는 좀 생생하게 떠올랐던 것 같아. 그러니까, 꿈인지 현실이었는진 모르겠지만 나는 또 다른 삶을 살아가고 있었어."

"결혼도 하고?"

엉뚱한 데서 불만스러워하는 티가 역력하게 드러났으므로 나는 웃음을 터뜨렸다.

"아니거든? 뼈 빠지게 가난했는데 결혼은 무슨 결혼이야. 연애도 못 해봤어. 부모님한테 사랑받은 기억도 없는걸. 그냥 죽도록 배고프고 힘들었던 기억만 나."

그동안 의식적으로 떠올리지 않으려 애썼던 탓인지, 이젠 기억하려고 해도 잔상처럼 뿌옇게 어른거리기만 할 뿐이었다. 어쨌든 내 대답이 루아는 마음에 든 눈치였다. 즉시 표정을 바꾸는 걸 보면.

"그럼 내가 네 첫 남자친구야?"

이 귀여운 꼬마를 어떡해야 좋을지 모르겠다. 나는 참지 못하고 복숭앗빛이 도는 루아의 볼을 마구 문질렀다.

"그렇게 좋으면 이제라도 잘 좀 대해줄래?"

"갖고 싶은 거 있으면 말만 해. 마녀의 땅이라도 뺏어서 줄게."

또 핀트가 어긋났다. 나는 입술을 삐죽였다.

"그런 거 말고! 날 아껴달란 말이야! 나는 두 번 다시 얼굴에 상처 나는 일이 없었으면 좋겠거든? 흉터라도 남았으면 내 인생은 정말 끝이었어. 여자한테 얼굴이 얼마나 중요한데. 아무리 가문이 좋아도 끔찍한 추녀이거나 얼굴이 상처투성이면 안에서건 밖에서건 무시만 당한다고. 으, 안 되겠다. 나 정말 자야겠어."

머리가 점점 무거워지는가 싶더니 혀가 꼬였다. 나는 귀족 영애의 고달픈 삶을 조금 더 하소연할까 하다가 더 이상 버티긴 무리일 것 같아 입을 다물고 자세를 편히 했다.

설령 내 몸에 영구적인 흉터가 생기더라도 루아의 마음은 변하지 않을 거란 확신이 있었지만, 그와 별개로 나 또한 여자이니만큼 예쁜 모습만 보여주고 싶었다. 피를 잔뜩 묻힌 얼굴을 보여주는 것은 한 번으로 족하다 이거지. 핏자국이 지워지지 않는 바람에 어제 입었던 드레스는 결국 버려야만 했다.

루아가 내 품에서 빠져나와 얼굴을 가까이했다. 입술에 입술이 닿을 듯 가까운 거리에서 루아가 내 이름을 불렀다.

"보니."

루아에게서 듣는 내 이름은 언제 들어도 참 좋았다. 귀를 간질이는 달콤한 울림이었다. 부끄러운 마음에 나는 조금 움츠러들었다.

"왜 불러?"

"아직도 내가 좋은 거야? 또다시 너를 괴롭힐지도 모르는데?"

초조한, 불안한, 그리고 두려운. 그런 감정이 밑바닥에 고여 있는 목소리였다. 나는 망설일 것도 없이 곧장 고개를 끄덕였다.

"엄청 좋아. 나 이제 잘 거니까 그동안만이라도 사고치지 말고 얌전히 있어."

나는 루아의 뺨에 살짝 뽀뽀했다. 쪽 소리가 났다.

"응."

루아가 꼬물거리며 순순히 대답했다.

루아는 내가 잠에서 깰 때까지 한순간도 떠나지 않고 곁에 있어 주었다.

- 3권에서 계속.